탐
라
의

사
생
활

탐라의 사생활

초판 1쇄 발행 · 2013년 8월 12일

지은이 · 조중연
펴낸이 · 황규관
편집장 · 김영숙
편집부 · 노윤영 윤선미
총무부 · 김은경

펴낸곳 · 도서출판 삶창
출판등록 · 2010년 11월 30일 제2010-000168호
주소 · 121-838 서울시 마포구 서교동 355-22 우암빌딩 4층
전화 · 02-848-3097 팩스 · 02-848-3094
홈페이지 · www.samchang.or.kr

ⓒ 조중연, 2013
ISBN 978-89-6655-029-6 03810

조중연 장편소설

탐라의 사생활

삶창

| 차례 |

프 롤 로 그

칠흑 같은 어둠발이 내리깔린 새벽, 부슬비가 추적추적 내렸다. 구두 뒷굽에 진흙이 달라붙어 걷기가 부담스럽다. 사내는 목을 걀쭉하게 늘여 빼고 자꾸만 주변을 할금거린다.

제주 성내城內에서 두 시간 남짓 한라산 방향으로 걸었다. 숲의 음습한 아가리 한 귀퉁이, 날카로운 이빨을 지닌 산짐승이 살천스럽게 노려보고 있다. 예리하게 깨진 거울 파편에 반사된 불빛처럼 차갑고 섬뜩한 눈빛이다. 사내는 초조함을 달래기 위해 애써 담배를 물어본다. 꿉꿉한 습기 때문에 담뱃불이 발갛게 피어오르다가 사르라니 꺼진다.

그 문장 몇 줄 때문이다. 지운地運이라니…… 땅의 기운이라니……. 제주도에 100년 넘게 흘러다니던 전설을 채록해서 이번 역사서에 올린 게 화근이었다. 전생前生의 편린처럼 아령칙하지만 낯익은 문장. 그래서 더욱 해석을 가할 수 없는 기이한 문장.

행간行間이 드넓어 그 어떤 섬핏한 그물로도 낚아 올릴 수 없는 투명한 물고기 같은 문장.

저들이 이 문장을 집요하게 물고 늘어지는 데는 다 이유가 있다. 단언컨대 이 모든 음모는 저들과 연결되어 있다. 열두 명의 학자 중에서 무려 열 명이 반대했다. 머릿수로만 따지면 참패다. 그래도 나 말고 찬성한 사람이 한 명 더 있지 않은가. 역사는 얼마나 반복적으로 다수의 합의라는 미명하에 소수의 의견을 무작스럽게 짓밟아왔던가.

사내는 짊어지고 온 항아리를 땅에 내려놓았다. 삽을 꺼내 땅을 파기 시작한다. 예전에 비석이 서 있던 지점이다. 제주도에서 둘째가라면 서러운 석공이 비문을 새겼다지. 어느 순간 비석이 사라졌다. 아무도 관심 갖지 않는 사이에 흔적도 없이 증발해버린 것이다.

두 가지 방법이 안전하다. 원본과 사본을 따로 보관하는 방법. 둘 중 하나는 공개될 것이다. 문서 파기가 아내의 보드라운 살결과 안정된 직장, 탄탄대로의 출셋길을 보장한다 해도 혈수할수 없다. 심장에서 허락하지 않는 것이다.

30분쯤 흘렀을까. 나무 둥치 아래 구덩이가 생겼다. 백사장에서 모래를 팠을 때처럼 물이 고여 있다. 사내는 항아리를 두 손으로 들어 구덩이 속으로 조심조심 내려놓는다. 비가 내려서 땅을 파는 데 별 어려움은 없었다. 날을 잘 잡았다. 때마침 한라산에서 안개가 보자기로 뒤집어씌울 듯 몰려오고 있다.

사내는 항아리에 흙을 덮고 나서 땀을 훔친다. 혼자 짊어지기에 너무 무거운 운명의 맷돌 같은 걸 내려놓은 느낌이다. 어디선가 바스락거리는 소리가 들린다. 놈들인가……. 사내는 삽을 멀찌감치 던지고 한라산 방향으로 잰걸음을 놓는다. 발자국 소리가 심상치 않다. 얼마 가지도 못했다. 저들은 지금 뛰고 있다.

순간 차가운 금속성 기계음이 들린다.

"웬 놈이냐."

사내는 그 자리에 서서 아랫배에 힘을 주고 물었다. 한라산에서 바람이 점령군의 기세로 몰아치자 가랑이 사이로 안개가 짓쳐 든다. 똬리를 튼 구렁이처럼 두 다리를 칭칭 감는다. 섬쩍지근한 느낌에 무춤하게 한 발 물러서본다.

"고 선생."

온몸에 소름이 오스스 돋는 목소리다. 마취 주사를 맞았을 때처럼 선뜩한 느낌에 사로잡힌다. 소복을 쩍지게 차려입은 남자가 어깨너비로 다리를 벌리고 서 있다. 두 사람 모두 가면을 쓰고 있다. 소복이 하얀 게 꼭 귀신 같아. 돌래지 가면이군. 그래, 이렇게 사람들이 죽어나갔던 거야. 피식, 헛웃음이 비어진다. 아이러니다. 허드레로라도 웃음 같은 게 터질 타이밍은 아닌 것이다.

"지금도 늦지 않았소. 원본을 당장 내놓으시오, 고 선생."

다정한 친구가 장난삼아 드잡이하듯 돌래지가 '선새앵' 하고 늑진하게 발음한다. 승기勝氣를 잡은 권투 선수 같다. 상대방을 제압했다는 희열감에 은연중 나온 행동이다. 다부진 대장이 그렇게 발음하는데도 졸개는 긴장을 늦추지 않는다. 총으로 사내의 앙가슴을 조준하고 있다. 군더더기라고는 찾아볼 수 없이 정갈하고 단아한 동작이다.

사내는 절망감에 지수굿이 땅바닥을 노려본다.

"정녕 우리 손에 피를 묻히길 바랍니까?"

어차피 죽은 목숨이다. 예로부터 돌래지를 만나면 사망의 어두운 골짜기로부터 헤어날 방법이 없다고 했다. 돌래지가 꿈에 나타나면 목욕재계하고 한라산신에게 기도를 올릴 정도였다. 돌래지 가면은 150여 년 전부터 기록에 등장했다. 제주도에서 의문사한 사람 주변에는 언제나 돌래지가 굶주린 들개처럼 기웃거렸다.

"지금도 늦지 않았다니까. 어서 그 문서가 있는 곳을 대란 말이오."

순간 사내가 산천단 방향으로 뛰기 시작했다. 마지막 발악을 하듯. 살 수만 있다면. 살아날 수만 있다면. 아니다, 구질구질하게 목숨을 구걸하기보다는 의연하게 죽는 게 낫다. 사내는 자신이 멀리 가지 못하리라는 것을 잘 알고 있다.

곧바로 총소리가 결연하게 울려 퍼진다. 사내가 땅에 고꾸라

진다. 오른 다리에 맞았다. 돌래지가 서두르는 기색 없이 뒷짐을
지고 한 발 한 발 다가온다. 고요하고 오만한 발걸음이다. 가면
때문에 얼굴을 확인할 수가 없다. 거기에는 마침표처럼 냉정한
셈속이 깔려 있다. 무뚝뚝한 표정에 나무토막처럼 굵은 목, 감정
을 드러내지 않는 냉혈한의 몸짓. 이 모든 게 잔인할 만큼 너무
나 계산적인 것이다.

부하가 사내를 발로 툭툭 차더니 몸을 뒤집어 놓는다. 이어 의
견을 묻듯이 대장을 바라본다. 다부진 대장이 고개를 끄덕이자
칼빈 소총이 사내의 배를 향해 불을 뿜는다.

"미련한 놈일세 그려. 우리 쪽에 붙으면 신神이 넘쳐나고 영화
를 누릴 텐데."

네놈들 말이 맞지. 너붓너붓 달차근한 제안이라 동의하지 않
을 수 없지. 하지만 네놈들과 나는 갈 길이 달라. 피가 파열된 수
도관처럼 뱃가죽을 뚫고 거푸거푸 솟아오른다. 손으로 막아본
다. 손가락 사이로 피가 줄줄 새어나온다. 피식, 다시 헛웃음이
터진다. 콸콸 쏟아지는 피를 막겠다고 손바닥을 댄 행동이 우스
운 것이다. 뒤통수가 얼음장처럼 사늘하다. 천지 사방이 온통 깊
은 호수 속같이 적요해진다.

돌래지가 달려들어 사내의 주검을 나무 근처로 끌고 간다. 사
내가 묻은 항아리는 조각난 채 바닥에 나뒹굴고 있다. 대장은 사

내가 숨겨둔 기름종이 원본을 거늑하다는 듯 내려다보고 있다. 그에게서 며칠 굶은 들개가 사냥감을 허발하듯 먹어치우고 난 뒤의 포만감 같은 게 느껴진다.

자, 오늘은 여기에서 끝. 예정이 되어 있었는지 부하 돌래지가 나무로 올라가 끈을 맨다. 대장이 일어서서 담배를 땅에 던지자 치익, 하고 무작스럽게 꺼진다.

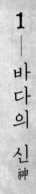

1
—
바다의 신神

1

왜 이렇게 막히는 걸까. 도심으로 들어갈수록 지체가 심해지고 있다. 여기가 이렇게 막힌다면 저 아래는 지옥일 것이다. 제기랄, 연료 경고등까지 존재증명을 하고 나섰다. 제주여고 입구까지 좀 더 가야 하는데. 한 1킬로미터쯤 남았을까. 오늘은 하는 일마다 왜 요 모양 요 꼴인지 모르겠다.

이형민은 구멍가게 주인처럼 차창 밖으로 고개를 내밀어본다. 도로는 이미 거대한 주차장이 되어버렸다. 서귀포에 일을 보러 갔다가 허탕 치고 돌아오는 길이었다. 고수산高水山이라는 필자의 원고를 받아오라는 편집장의 지시가 있었다. 원고 마감을 보름 넘긴데다가 집 전화도 받지 않으니 직접 찾아가서 확인해보라고 했다.

고수산의 글은 올해 제주특별자치도 기관지인 제주도지 특집란에 실릴 메인 원고였다. 내용은 극비였다. 필자 고씨는 노인이고, 휴대폰도 없으며, 이메일을 사용할 줄도 모른다고 했다. 그렇다면 원고지에 만년필로 꾹꾹 눌러 작성한 육필 원고일 가능성이 컸다. 그런 원고 대부분이 철자나 띄어쓰기 기본 무시에다가, 초서처럼 휘갈겨 쓴 한자 일색이라 교정의 피로도가 남달랐다. 도청 공보실에는 다들 높은 사람들뿐이라 누구에게 이 작업이 배당될지 예측하는 일은 여반장일 터였다.

그나저나 며칠 전 발생한 어린이집 여교사 실종 사건이 빨리 종결되어야 할 텐데. 이번에도 강력 사건이 난 게 틀림없었다. 고등학교 동창들과 술을 마신 뒤 만월滿月처럼 부푼 기대감으로 느실난실 남자친구 집으로 향하던 길. 찜질방에서 자고 가겠다고 부모에게 거짓 문자를 날린 그녀. 그러나 계획과 달리 남자친구 집에서 담배 문제를 두고 다퉜다. 거기에서 뛰쳐나온 게 새벽 3시쯤, 휴대폰이 꺼진 시각은 새벽 4시 4분. 그 한 시간 사이에 무슨 일인가 벌어진 것이다.

여교사 실종에 대한 소문이 황사黃砂처럼 흐리터분하게 퍼져나가자 경찰에서 이례적으로 공개수사를 선언하고 나섰다. 그러자 기다렸다는 듯이 여교사의 가방과 소지품, 그리고 휴대폰이 아라동의 밀감 밭에서 발견되었다. 범인이 동선을 감추기 위해 유류품을 엉뚱한 곳에 흩어놓은 것으로 보였다. 이형민은 지난해에 발생했던 서귀포 여자 어린이 실종 사건을 떠올렸다. 이번에도 그때와 같은 일이 벌어질지 모른다.

여자 어린이 실종 사건이 일어나자, 잠깐 집을 비운 사이에 이형민의 집에도 수색에 동원된 사람들이 다녀갔다. 혼자 사는 30대에 무엇을 하다가 서귀포까지 흘러들어왔는지 아무도 모르는 남자. 외지 출신에, 사고무친 제주도와는 어떤 연고도 찾아볼 수 없는 남자. 문제는 여자 어린이가 실종되었다는 점. 그렇다면 성적 소외자가 여자 어린이를 강간할 목적으로……. 범행의 밑그림이 그럴듯하게 그려지는 추론이었다.

이형민은 그 사건이 해결될 때까지 사람들의 의심 어린 눈초리에서 벗어나지 못했다. 한 달쯤 뒤에 실종된 어린이가 부패한 시체로 발견되고 범인이 잡힐 때까지. 범인은 40대의 전라도 사람이었다. 외지에서 들어와 밀감 밭에 급조한 움막집에 살면서 고물을 주워 그러구러 입에 풀칠이나 하던 남자였다. 사람들은 그럴 줄 알았어, 하는 눈치였다.

잠재적 위험인물 혹은 경계대상 1호. 서귀포 사람들은 혼자 사는 외지인을 온몸에 폭발물을 칭칭 감은 알카에다 조직원처럼 취급했다. 언제든지 가면을 벗어던지고 흉포하게 자폭할 수 있는 사람으로 대했다. 서귀포 사람들에게 외지인은 여름 한철 해수욕장을 달구던 피서객처럼 가을이 되면 불문곡직 섬을 떠나는 허깨비 같은 존재였다.

제기랄, 이번에도 용의 선상에 오르는 거 아닌가. 범인이 빨리 잡혀야 할 텐데. 그래도 제주도청에서 근무하고 신분도 확실하니 용의자 상단에 놓이지는 않을 거야. 이형민은 계속 관심을 가지고 신문을 되작거렸다. 이번에는 제발 범인이 외지인이 아니길 바라면서.

차창 밖이 막 어스름이 깔린 다저녁때처럼 어둑선해졌다. 구름 한 점, 바람 한 점 없던 오후 2시의 하늘이었다. 장마철 급류처럼 사납게 몰려온 구름이 직사광선을 가리자 차 안으로 나무 그늘 같은 서늘함이 밀려들었다. 교통사고라도 난 걸까. 뭔가 비현실적인 일이 벌어지고 있는 느낌이었다.

그 순간 커다란 크레인이 사격 조준점처럼 시선을 사로잡았다. 크레인이 차선 정중앙에 거대한 괴물처럼 버티고 서 있었다. 저놈이 범인이군. 이 지독한 교통 정체를 불러일으킨 주범이 바로 저 크레인이었어.

주위가 더 어두워지자 이형민은 모이 주워 먹은 닭처럼 하늘을 올려다보았다. 전국의 먹구름이 죄다 몰려온 느낌이었다. 어디에선가 매미가 그악스럽게 울어댔다. 동시에 거대한 바닷게 관절처럼 꺾인 크레인 끝에 위태롭게 매달린 네모난 철제 난간으로 시선이 날아가 꽂혔다. 난간에 서 있던 사람들이 기계톱에 시동을 걸자 예열하는 오토바이의 배기구 연기처럼 뿌연 매연이 터져 나왔다. 날카로운 기계톱 날이 허공을 두 동강으로 갈라 친 순간, 울울창창한 숲속에서 숨죽이던 새 떼들이 포르릉포르릉 날개를 쳤다.

제대 소나무는 수령이 200년 가까이 된, 곰솔이라 불리는 해송이었다. 제주대학교 진입로 사거리 회전형 교차로에 있다 해서 제대 소나무라 불렸다. 지난해에 목석원과 춘강복지관까지 도로 확장이 이루어지면서 이 소나무가 갑자기 스포트라이트를 받았다.

제주시 당국은 나무를 베어버리고 왕복 7차선의 신호형 교차로를 만들겠다는 구상을 발표했다. 이 확장 공사 지점의 정중앙에 소나무가 서 있었기 때문이었다. 마을 사람들과 학생들의 반대가 빗발쳤다. 마을 어른들은 오래된 나무를 함부로 잘랐다간 동티가 난다고 믿는 눈치였다.

그러자 환경단체가 솔가率家해서 이들의 주장에 힘을 실어주었다. 환경단체는 회전형 교차로의 장점을 집중적으로 부각시켰다. 실제로 회전형 교차로의 교통량 처리율이 높고 적색 신호로 인한 대기 시간이 없어서 연료를 절감할 수 있다 했다. 사고 빈도가 신호형 교차로보다 훨씬 낮다는 점도 주목할 만했다. 사고가 발생하면 회전형 교차로가 신호형 교차로보다 덜 치명적이라는 점 역시.

그러나 제주시 당국은 신호형 교차로에 대한 미련을 쉽사리 떨쳐버리지 못했다. 환경단체의 주장을 무마시키려는 듯 제대 소나무 서쪽에 신호형 교차로를 만들겠다고 한발 물러서긴 했다. 제대 소나무를 베지 않겠다고 선언했으니 서로가 만족할 만한 타협점이었다. 문제는 그 발표가 나자마자 누군가 기다렸다는 듯 제대 소나무에 제초제를 투여했다는 점이었다. 소나무 밑둥치 생살을 공업용 드릴로 찢어 구멍을 뚫고 그라목손, 글로포세미트 등의 성분이 함유된 제초제를 투여했던 것이다.

사건 발생 8개월이 지났는데도 범인은 아직까지 오리무중이었다. 다만 제대 소나무 때문에 사고를 당한 자의 친척이나 도로 편입과 관련된 이권 당사자가 범인일 가능성이 높다는 풍문만 가지를 치고 뻗어 나갔을 뿐이었다. 제주시는 제초제 투여한 자를 제보할 경우 200만 원의 현상금을 지불하겠다고 했다. 그 제대 소나무가 8개월 만에 빨갛게 타서 말라 죽은 것이다.

이것 때문에 막혔던 거로군. 이형민은 갓길에 차를 대고 현장으로 다가갔다. 인부들이 크레인 줄에 가지를 고정시킨 채 기계톱으로 자르고 있었다. 오래된 나무의 정한情恨이 단단하게 응고되었는지 기계톱 날이 돌아갈 때마다 용접 불꽃 같은 게 환영으로 솟구쳤다. 사람들 머리 위로 푸실푸실한 톱밥이 눈송이처럼 하느작하느작 떨어졌다. 아직 이울기에는 이른 푸른 벚꽃이 생피처럼 뜨거움을 뿜어내며 투신하는 느낌이었다.

"천벌을 받지. 이렇게 오래된 나무를 죽일 생각을 하다니."

인근에 살고 있는 노인일 것이었다. 이 늙수그레한 노인은 제 대 소나무에 남다른 애정을 품고 있음이 분명했다.

"확실하게 앗아버리려고 독한 제초제 세 개를 섞어 썼다지. 우 리 제주도 도로에서 이 제대 소나무만큼 오래된 나무도 없을 거 야. 저 위 산천단 곰솔의 손자뻘쯤 되지. 주민들로부터 두남받는 신목神木 닮은 나무를 어떤 놈이 감히……. 정말 흉악한 놈이 아 니고서야 이따위 지정거리를 벌일 순 없지."

또 다른 늙수그레한 노인이 혀를 끌끌 차면서 말했다. 찰나적 으로 그의 눈씨에서 시뻘건 불꽃이 반짝 튀었다가 스러졌다.

"아깝고 안타깝지. 그 오랜 세월이 단칼에 잘리고 말았으니. 여기에 녹아 있는 우리의 추억만 해도 그래. 어렸을 때 이 나무 아래서 얼마나 재미있게 놀았냐고. 추억을 빼앗겨버렸군."

"정말이지 오랜 친구를 잃은 느낌이야. 왜 4·3사건 때 토벌대 의 총알에 맞고서도 별일 없었던 나무잖아. 천벌을 받을 거여. 어여 가 막걸리나 한 사발 들이키자고. 끔찍해서 더 이상 지켜볼 수가 없어."

"그래도 다행이지 뭐. 한라산신이 노하지 않도록 윤달에 작업 을 하니 말이야."

늙수그레한 노인들이 허정허정 사라지자 이번에는 부동산 중개업자처럼 생긴 남자가 팔짱을 끼고 말했다. 사내의 말에 새삼스러운 데가 있었다. 옷차림을 보아하니 사내 역시 갓길에 차를 세워두고 나온 게 분명했다. 옆에는 중고차 매매상 같은 남자가 서 있었다.

"옛날부터 나무 함부로 잘랐다가 결딴난 이야기가 어디 한둘이냐고. 오래된 것을 함부로 다루면 안 된다고 어른들께 배웠잖아. 책에 나오는 얘기가 아니지."

그러고 보니 오늘이 윤 6월 5일. 올해는 6월이 한 달 더 있었다. 윤달이라……. 불길한 예감이 편두통처럼 불현듯 찾아든다. 윤달은 공짜로 주어진 달이다. 윤달에는 수의를 맞추거나 이장을 한다. 평소에 잘 하지 않는 일을 이 윤달에 하는 것이다.

사람들은 인간사를 관리하는 귀신들이 과도한 업무로 인해 만성피로에 시달리고 있다고 믿었다. 음력으로 3년에 한 번, 귀신들은 이 윤달이 돌아오기만을 손꼽아 기다린다고 믿었다. 1년 열두 달도 고된데 윤달이 있는 해에는 열세 달을 일해야 하는 것이다. 하여 윤달에는 아예 일손을 놓아버린다. 초과근무수당 대신 무급 휴가를 선택하는 것이다. 돈이 무슨 필요가 있어. 쉬는 게 좋아. 뭐 이런 식으로.

따라서 윤달에는 인간들이 어떤 무람없는 행동을 해도 문제가 되지 않는다. 평소에는 안 좋다는 일을 해도 귀신이나 신의 노여움을 타지 않는 달. 그게 바로 윤달이다. 그러고 보니 여교사가 실종된 것도 윤달이 시작되면서부터였다. 제주시 당국에서도 미상불 윤달이 돌아오자마자 서둘러 제대 소나무 제거에 나섰던 것이다.

"내가 택일을 해도 이렇게 잡았을 거야. 이게 모두 우리 제주도를 위한 일이지. 제대 소나무에게도 최소한의 예우를 갖추는 것이고."

30여 분의 작업 끝에 세 개의 큰 가지가 모조리 잘려나갔다. 땅바닥에 생목숨 같은 톱밥이 공사판 모래 야적장처럼 다보록하게 쌓여 있었다. 200년을 살았다는 큰 나무의 허리가 꺾이는 데 불과 30분도 걸리지 않았다.

다음 수순으로 인부들이 나무 양편에 서서 마주보는 형태로 톱날을 댔다. 밧줄을 나무 몸통에 묶어 땅에 떨어지지 않도록 조치한 뒤 1미터 정도의 길이로 토막을 냈다.

그 순간 짙은 먹구름이 하늘을 뒤덮었다. 노송의 죽음을 애도하기 위해 전국에서 먹구름이 문상객처럼 몰려든 느낌이었다. 제대 소나무가 우지끈, 단말마의 비명을 내지르자 사위가 일순간 괴괴해졌다.

잘린 소나무는 재선충 감염이 우려되어 일괄적으로 파쇄한다고 했다. 인부가 트럭에 목재를 싣고 있는 사이 또 다른 무리가 포클레인을 몰고 대통령직 인수위원처럼 모습을 드러냈다.

그래, 처음부터 이 제대 소나무를 없애버리려고 했던 거야. 제대 소나무를 꺾어버리고 길을 닦으려 했던 것이지. 그렇지 않고 서는 이렇게 일사불란하게 일이 진행될 리 없지. 포클레인이 나무의 뿌리 주변을 파기 시작했다. 땅에 묻혀 있던 뿌리를 끄집어 내 도로의 높낮이를 맞추려는 의도로 보였다.

포클레인 기사 옆에는 40대 중반의 사내가 달라붙어 뭔가 마음에 들지 않는지 손수 지시를 내리고 있었다. 시 공무원이었다. 민방위 훈련 날도 아닌데 노란 모자를 챙겨 쓰고 상의 지퍼를 목까지 야무지게 끌어올렸다. 포클레인 기사는 밑동 주변에서 파낸 흙을 반대편 차선에 쌓았다. 나무뿌리를 뽑으면 그 흙으로 덮을 모양이었다. 포클레인 기사의 얼굴에는 두려움이 굴 껍데기처럼 덕지덕지 묻어 있었다.

하긴 상서로운 일은 아니지. 누구나 꺼리는 일이고. 곱절의 일당을 챙겨주겠다고 해도 평소처럼 히죽해쭉 자원하지 못할 일이란 말이야.

포클레인 오른편으로는 나무를 자른 인부들이 서둘러 봉고차에 오르는 게 보였다. 관官의 지시라 마지못해 투입됐지만, 죄의식에 사로잡힌 듯 보였다. 결과적으로 자기들이 오래된 나무를 자른 당사자니까. 퇴근하면 술독에 진탕 빠져서 애써 오늘 일을 잊으려 하겠지. 예수의 죽음에 대한 판결은 자기와 상관없다며 물에 손을 씻은 총독 빌라도처럼.

2

이상하다면 이상한 일이었다. 원고를 받아오지 못했는데도 사무관은 이렇다 할 지청구를 들이대지 않았다. 빈틈도 없고 손끝 여물어 누구에게도 꼬투리 잡히지 않는 사무관. 서기관 다음 서열의 공보실 2인자이자 실세. 날카롭게 벼린 완벽주의를 칼처럼 품고 사는 그가 아무 언급도 없다는 게 도리어 불안할 정도였다.

제주도에서 연설문을 가장 잘 쓴다는 사람. 그는 연설자의 속내와 청중의 심리를 예리하게 간파한 문장으로 제주도지사의 연설문과 각 단체의 기관지에 실릴 축사나 격려사를 썼다. 언뜻 볼 때는 성의가 없다는 오해를 받을 만큼 가지를 쳐낸 문장이었다. 그의 장점은 단언컨대 효율성에 있었다. 그는 시조시인이었다.

이형민이 사무관을 만난 것은 서귀포문학회에서였다. 장편소설 탈고를 위해 무작정 서귀포에 들어앉은 이형민은 1년 정도 막일을 해서 챙긴 종잣돈으로 은둔을 일삼곤 했다. 돈이야 상황에 따라 다시 벌 수 있었으므로 사사로운 걱정은 봇짐처럼 내려놓고 집필에만 몰두했다. 어둠 속에서 등불을 비춰 다리만 환하게 밝힌 것처럼 다른 곳으로는 눈길이 떨어지지 않았다. 아침마다 조깅을 하고 저녁에는 피트니스 클럽에서 헬스와 요가로 체력을 다졌다. 낮 동안에 최소의 비용으로 생활하는 법도 터득했다.

인간관계를 넓히기 위해 문학회에도 가입했다. 문인협회나 작가회의 어느 기관에도 속해 있지 않은 순수 문학 모임이었다. 그러나 속사정은 달랐다. 동인회가 아니라 정년퇴직한 노인들이 주도하는 노인회 같은 인상이었기 때문이었다. 대한노인회 서귀포지부라면 어울릴까. 흥미를 잃은 채 멍하니 그들의 새살을 듣고 있노라면 눈을 어디에 두어야 할지 갈등이 생겼다. 노인들은 문학이 좋아서가 아니라 자신의 말을 들어줄 사람이 필요한 것이었다. 퇴직은 했지만 내가 아직 죽지 않았다는 것을 보여주지. 글을 써서 나 자신을 증명할 거야. 뭐 이런 결연한 각오와 막연한 기대로.

그러던 어느 날, 사무관으로부터 제주도지 편집 일을 해볼 생각 없느냐는 제안을 받았다. 그만큼 등에 압정이 박힌 듯 엎드려 지냈으면 이제는 제주시로 나와 현실과 맞닥뜨려도 좋을 거라고 했다. 불빛만 보면 득달같이 달려드는 하루살이처럼 살지 말고 긴 호흡을 가지라는 충고도 덧붙였다.

사무관은 서귀포문학회에서부터 안면이 있던 사람이었다. 한두 번 데면데면 인사를 나눈 그에게서 이런 제안을 받은 게 의외라면 의외였다. 그는 제주도에서 문벌이 다른 사람이었다. 약관의 나이로 중앙 유력 일간지 신춘문예에 당선된 입지전적 인물. 제주도에서는 좀체 만나기 힘든 중앙 일간지 신춘문예 출신. 이 섬에서 다섯 손가락 안에 꼽힐 만한 문단의 적자嫡子 중 한 명. 목이 곧아도 한참 곧을 만한 출신 배경이었다. 해서 그에게는 적이 많았다. 너무 이른 성취가 다른 사람들의 게염을 자극했던 모양이었다.

그것은 곧 추락으로 이어졌다. 제주도를 쥐고 흔드는 문인들이 아무리 수준 미달의 잡지 출신이라 해도 세상 물정 모르고 날뛰는 젊은 놈을 그냥 놔둘 위인들은 아니었다. 그들에게는 가드락가드락 설쳐대는 천둥벌거숭이 하나쯤 은밀하게 매장시킬 수 있는 힘이 있었다. 그것이 20대 사무관의 앞길에 장애물로 작용했다. 사무관은 늦가을처럼 신산한 20대를 보내야 했다.

사무관은 30대로 들어서면서 태도가 돌변했다. 청죽靑竹처럼 도도하게 흐르던 물길이 급작스럽게 방향을 틀었다고나 할까. 겉으로는 중앙지 신춘문예 출신이라는 울연한 자존심조차 버린 것처럼 보였다. 그가 지역 문단 어른들의 비위를 맞추자 곧바로 일자리가 생겼다. 서귀포시청 공보실에서 한동안 이름깨나 드높이던 그는 도지사가 바뀌자 선거 러닝메이트처럼 도청으로 스카우트된다. 최고의 연봉과 조건, 지방 별정직 5급 사무관으로.

누구도 따라잡을 수 없는 가파른 출세 가도였다. 별정직이었으므로 다른 행정직 공무원의 터치를 받지 않아도 되었다. 행정직 공무원이 할 수 없는 분야의 전문가를 초빙하는 형식이었으므로. 그는 단 한 사람, 제주특별자치도 도지사를 위해 연설문을 작성했다. 거기다 제주도의 기관지인 제주도지 편집장까지 겸하게 되었다. 그에게 주어진 공식적인 업무란 이 두 가지밖에 없었다.

사무관은 편집장이 되면서 새로운 파워를 갖게 된다. 제주도지에 실릴 문학작품을 자기 입맛에 맞춰 청탁을 넣을 수 있게 된 것이다. 지방에서 시나 수필을 써서 원고료를 받는 경우는 가뭄에 콩 나듯 드문 일이다. 사무관은 이를 적절하게, 정략적으로 이용했다. 제주도지에 작품이 실리고 두둑한 원고료까지 챙겨주니 두 마리 토끼, 명리와 실리를 한꺼번에 잡을 수 있었다. 자연 그에게 줄을 대는 문인들이 많아졌다.

이형민은 그의 업무를 뒷바라지하는 계약직 직원이었다. 사무관에게서는 서귀포문학회에서 봤을 때와는 다른 면이 종종 목격되었다. 일에 관한 한 누구보다도 민첩하고 냉철한 판단. 그리고 재바른 수습. 그는 노회한 문화 행정 전문가의 경지에 도달해 있었다. 이제는 젊은 시절 자신을 짓밟은 늙은 문인들에 대적하고 복수를 할 수 있을 만큼 힘과 배짱도 가지고 있었다.

*

향토사학자 고씨의 원고는 1년여의 장고長考 끝에 결정이 난 기획이었다. 준비 단계부터 결정 과정까지 철저히 극비에 부쳐졌다. 중요한 사안임에 틀림없지만 내용은 짐작할 수 없었다. 최초 발굴 타입의 원고일 수도 있었다. 제주도지는 이전에도 다른 책에 발표되지 않은 희귀 원고를 실어서 주목을 받은 적이 있다.

애월장첩 장씨의 금강산 유람기라든가 이강회李綱會의 탐라직방
설耽羅職方說이 그 대표적인 경우였다.

지난해는 특히 파격적인 특집으로 인해 언론의 집중 스포트라
이트를 받았다. 언론의 주목을 끌려면 먼저 원고의 희소성과 보
안성을 바탕으로 해야 했다. 그래서 사무관은 책이 배포되기 직
전까지 모든 과정을 극비리에 전개했다. 원고의 작성, 수납, 교
정, 인쇄 과정까지 철저한 기밀에 부쳐졌다. 교정은 사무관과 외
부 필자 대표 관광대 김 교수, 그리고 이형민이 갈라 맡아서 전
체적인 윤곽을 눈치채지 못하도록 만들었다. 목차마저 맨 나중
에 스리슬쩍 끼워 넣는 방식을 사용했으니 그 보안 강도를 짐작
하고도 남을 만했다.

지난해 특집이었던 탐라직방설의 기획에서부터 출판 과정은
가히 첩보 작전을 방불케 했다. 1813년 난을 일으킨 양제해梁濟
海, 그로부터 자그마치 200년 동안이나 역모의 수괴라는 오명에
갇혀 있던 양제해. 조선왕조실록이나 승정원일기 등의 국가 공
식 문서에서 그를 반란 주동자로 기록하고 있기 때문이었다.

그러나 탐라직방설은 전혀 다른 관점에서 기술되고 있었다.
양제해가 민란의 전 단계, 즉 소장訴狀도 제출하지 못한 채 억울
하게 죽임을 당하고, 제주목사와 향리층이 결탁하여 이를 변란
으로 왜곡하여 조정에 보고한 과정을 상세하게 그려낸 것이다.
이 과정에서 의뭉스럽기만 했던 제주도 향리층의 비밀 결사, 상

찬계相贊契란 조직이 수면 위로 모습을 드러내게 되었다.

탐라직방설이 당시 제주 사회를 자못 포악하리만치 비판하고 있었으므로 사무관은 특집 채택을 두고 상당한 고민을 했음이 역력했다. 하긴 금강산 유람기와는 차원이 다른 얘기였다. 가뭇 없는 옛일을 들춰내어 현재의 제주도정을 비판하려는 의도로 비춰질 수도 있었다. 도정의 기관지보다는 진보적인 역사학회지에나 어울릴 법한 이야기였으므로.

그러나 사무관은 사납게 달구어진 무쇠 같은 외부의 비판마저도 교묘하고 능숙하게 스룰 수 있는 사람이었다. 그 편린의 여파가 만만치 않아서 지금까지 탐라직방설에 대한 논쟁이 이어지고 있다.

이런 극비 프로젝트에 이형민이 들어가게 된 것은 오로지 사무관의 신임 덕택이었다. 사무관은 이형민이 서귀포에 살 때부터 계속 관찰해왔다고 말하곤 했다. 그 집요함을 내가 좀 빌려 쓰면 안 될까. 사무관이 공식 문서의 행간처럼 비공식적으로 물었다. 집요하다니. 집요하다는 말은 일반적으로 부정적인 뉘앙스가 강하다. 이 사람은 나의 어떤 면을 보고 집요하다고 말하는 것일까.

이형민은 이번 원고 누락 문제로 자존심이 상했다. 물론 누구의 잘못도 아니었다. 하지만 여태까지의 어떤 작업도 의도와 달

리 새퉁스러운 방향으로 흘러간 경우는 단 한 번도 없었다. 어떻
게든지 해결했어야 했다. 고씨 노인의 행방이라도 파악해서 보
고했어야 옳았다. 그런데 특집 원고를 못 받아왔다고 길길이 날
뛰어도 모자랄 판에, 그냥 수고했어, 이 한마디 시치름한 일별이
끝이라니. 사무관에게 다른 대안이 있는 것일까. 아니면······. 내
가 원고를 못 받아올 줄 미리 알고 있었던 것일까.

3

오랫동안 궁금한 게 있었다. 누구에게도 물어볼 수 없는 질문. 아무리 도저한 향토사학자라도 긴가민가 고개를 자꾸만 외로 꼬게 만드는 수수께끼. 왜 이런 것에 흥미를 가지게 되었는지 설명하기 어려웠다.

서귀포에 몇 년 살다 보니 제주도의 문화와 역사의 소용돌이에 빠져들었다고나 할까. 천혜의 자연환경에 반해 탄성을 터트리다가 차츰 그들의 문화와 유산으로 관심의 돛대가 거연히 틀어졌다고 하면 정확할까. 최근 들어 그런 것들이 시선을 왁살스럽게 잡아끄는 것이었다.

이런 것들은 득달같이 소설 소재로 이용되었다. 제주의 웅숭깊은 문화와 역사 속에는 흥미를 도발하는 무언가가 있었다. 이형민은 가끔 아르바이트를 하는 경우를 제외하면 도서관의 제주 문헌 향토자료실에서 책을 읽거나 현장 답사를 다녔다. 돈이나 다른 목적이 있어서가 아니라 호기심 충족 차원의 막연한 작업이었다. 그런 만큼 방향도 정해져 있지 않았다. 갑자기 승용차를 끌고 나와 즉흥적으로 좌충우돌 달린다고나 할까.

그즈음 이형민은 서귀포에서 오래되었다는 나무를 조사하고 있었다. 나무를 찾아가 직접 둘레를 재고 기록을 찾아 재정리하는 방식에 따라 서귀포 도순천변에 위치한 녹나무를 둘러보려고 계획하고 있었다. 사람들은 이 나무가 족히 몇백 년은 살았을 거라고 말했다. 역사서에도 기록이 남아 있었다. 1954년에 편찬된 증보탐라지增補耽羅誌에 유일하게 기록이 존재했다.

이형민은 먼저 증보탐라지 역주본譯註本을 찾았다. 아무래도 현대어로 풀이한 책이 읽기 편했기 때문이었다.

> 남목楠木
>
> 중문면中文面 도순천道順川변에 있다. 나무 나이는 미상이나 천연기념물로 삼아 보존 중이다.
>
> — 남목 : 녹나무를 말함.

정확한 위치는 적혀 있지 않았으므로 다른 자료를 찾든지 올레꾼처럼 마을 삼거리 슈퍼 같은 데서 물어보면 될 것이다. 그도 저도 안 되면 한라산 쪽에서 도순천을 따라 둘된 조사자처럼 내려가다 보면 확인할 수 있으리라. 그런데 천연기념물이란 표현이 눈에 거슬렸다.

가만있어봐라. 1954년에 발간된 증보탐라지가 아닌가. 그 당시에도 천연기념물이란 말을 사용했던가. 혹시 번역한 사람이 현대적 표현으로 바꾼 것은 아닐까. 발싸심이 끓는 물처럼 조릿조릿 일었다.

1954년이면 한국전쟁이 끝난 다음해다. 1948년 대한민국 헌법이 제정될 때 천연기념물 법안이 만들어진 것일까. 이형민은 먼저 원본과 가장 형태가 유사하다는 영인본影印本을 찾아보았다. 영인본은 원본을 가까이 대고 사진을 찍어서 제작한 것이었다. 이 과정에서 잘 안 보이거나 명백한 오류로 지적된 부분을 고쳐 수정본을 만들고, 그것을 현대어로 번역한 것이 역주본이었다. 증보탐라지 원본은 철판에 긁어 만든 등사본이었다. 녹나무 건은 일단 이 문제를 해결한 다음으로 미뤘다.

증보탐라지 영인본에는 이렇게 적혀 있었다.

　　楠木
　　　中文面 道順川邊에 在하니 樹岭은 未詳이나 此를 天然
　　記念物로 保存中

국한문혼용체를 사용했지만, 명명백백 천연기념물이라고 표현되어 있었다. 그렇다면 1954년에도 천연기념물이란 단어를 사용했다는 뜻이다. 눈으로 확인했으니 페이지를 적어두었다가 나중에 정리할 때 권말부록처럼 덧붙일 생각이었다. 79페이지였다. '-79-'라고 왼쪽 상단에 적혀 있었다. 짝수 페이지는 오른쪽 상단에, 홀수 페이지는 왼쪽 상단에 쪽번호가 붙어 있었다.

그런데 79페이지가 이상했다.

뭔가 도드라진 느낌, 자연스러운 흐름도 깨진 느낌이었다.

부드러운 모래를 쓰다듬는데 자갈이 불쑥 튀어나와 이물감을 느끼고 손길을 처음으로 되돌렸다고나 할까. 어딘가 어색했다. 79페이지의 글씨체가 달랐기 때문이었다. 앞뒤 페이지와 전혀 다른 글씨체였다. 이 책의 출판 형태를 감안하면 믿기지 않는 사실이었다.

증보탐라지의 저자는 한국전쟁 직후 제주도에 살고 있던 석학 12명. 이른바 담수계淡水契라 불리던 사람들이었다. 제주도에서 내로라하는, 머리에 먹물깨나 들었다는 학자들이 모여 탐라사를 올바르게 정립하자는 취지에서 기획한 역사서였다. 역주본 발간사를 보면 증보탐라지의 탄생 과정에 대해 확인할 수 있다.

… 당시는 한국전쟁 직후라 경제가 극도로 궁급窮急했던 시절이었다. 출판에 필요한 모든 물자가 조잡하고 저질이었다. 거기다 어떤 기관의 지원도 받지 못한 상태에서 담수계원 자신들이 맨손으로 추진하였으니 제대로 격을 갖춘 책을 만들 여력이 없었다. 그리하여 저질의 갱지에, 그것도 활자 인쇄를 할 수 없어 저자마다 철필로 기름종이를 긁어 제작한 것이 바로 증보탐라지다. 참으로 애틋하고 가슴 먹먹한 일이 아닐 수 없다.

증보탐라지는 담수계 12학자가 지리地理, 연혁沿革, 기상氣象,

풍속風俗, 구획區劃, 관공서官公署, 교통交通, 통신通信, 교육敎育, 종교宗敎, 산업産業, 언론기관言論機關, 사회단체社會團體, 산업기관産業機關, 금융기관金融機關, 인물人物, 관풍안觀風案의 17분야를 저술하고 있다. 한 사람이 두 분야를 맡았을 수도 있고, 두세 사람이 한 분야를 맡았을 수도 있다. 조선조에 만들어진 이원진李元鎭·고홍진高弘進의 탐라지耽羅誌, 이원조李源祚의 탐라지초본耽羅誌草本 등속을 참고하여 조선 이후 1954년까지의 역사를 덧붙여 다시 쓴 것이다. 전자를 구舊탐라지, 후자를 신新탐라지라 부른다.

그러니까 발간사에 의하면 자신이 맡은 분야를 각자가 철필로 기름종이에 긁었다는 뜻이다. 책 원본이 5개의 글씨체로 나뉘어 있다는 사실이 이 점을 입증했다. 아무렇게나 페이지별로 나뉜 게 아니라 챕터에 따라 글씨체가 달라졌다. 각 챕터마다 저자가 따로 있었으니까. 일명 가리방이라 불리는 등사판의 전형적인 작성 방법이었다.

79페이지는 17분야 중에서 1편 지리에 속해 있었다. 지리 편의 부록 명소고적名所古蹟. 후대 사람들에게 증보탐라지의 백미白眉라 평가받는 챕터. 1편 지리에 속해 있으면서도 책 전체에서 가장 많은 분량을 차지하는 명소고적. 500페이지 중에서 무려 200페이지 가량이 명소고적으로 채워져 있었다.

1편 지리에 속해 있으면서도 명소고적만 글씨가 다른 이유가 바로 그것이었다. 명소고적을 한 사람이 맡았다는 의미였다. 그런데 방대한 200페이지 중 한 페이지만 돌올하게 다른 글씨체라니……. 쪽번호는 책 전체를 통틀어 한 사람이 매긴 게 분명했다. 원본 기름종이를 차례로 배열해 편집자가 일괄적으로 붙인 것으로 보였다. 가만히 살펴보니 79페이지는 책 후반부에 실린 언론기관·산업기관·금융기관을 저술한 자의 글씨체였다.

이 점이 수상쩍었다. 무려 200페이지나 되는 분량을 철필로 오지게 긁은 저자가 79페이지만 다른 사람의 손을 빌렸다는 점이 보통 수상한 것이 아니다. 79페이지 원본이 사라졌었던 것일까. 그래서 편집자가 다른 저자에게 부탁해서 끼워 넣은 것일까. 찰나적으로 여러 가정이 가지를 치고 뻗어 나갔다. 어쨌거나 심혈을 기울인 원고가 이런 식으로 침범당하는 것은 상식적으로 용납할 수 없는 행위였다.

수상한 점은 또 있었다. 다른 페이지들은 세로로 해서 평균 열네 줄 전후로 작성되었는데 유독 79페이지만 여덟 줄에 불과했다. 챕터의 마지막이라면 비워둘 수도 있었을 것이다. 그러나 79페이지는 챕터의 마지막 쪽이 아니었다. 내용이 80페이지와 이어져 있었다. 그것도 단락이 구분되어 새 단락으로 시작된 게 아니라, 문장이 끊겼다가 연결된 경우였다.

79페이지는 '이를 영주십이경瀛洲十二景 중中에'로 끝나고 80페이지는 '산포조어山浦釣魚라 한다'로 시작되었다. 그러니까

'이를 영주십이경 중에 산포조어라 한다' 로 두 페이지가 이어진 것이다. 문맥적 하자를 찾아볼 수 없었다.

평균 열네 줄을 채우던 페이지에 여덟 줄을 쓰려고 하니 줄 간격도 굉장히 넓어 보였다. 하지만 자로 잰 것처럼 줄 간격이 일정했다. 그렇다면 이 페이지를 작성한 자가 여덟 줄이 들어갈 것을 염두에 두고 썼다는 뜻이다. 200페이지 중 한 페이지만 글씨체가 다른데다가 줄 간격마저 다른 쪽에 비해 월등히 넓다……

그렇다면 누구일까. 지리 편의 부록 명소고적을 쓴 원저자가. 좀 더 살펴보니 그의 호가 권두사에 한 번, 편집여묵編輯餘墨 즉 편집후기에 해당하는 마지막 부분에 한 번 더 언급되어 있었다.

돌이켜보면, 이 원고를 완성하기 한 달 전에 故人이 된 正念군이 애달프다. 오늘의 결실을 함께 보지 못하니 지금과 옛날의 感懷를 느끼지 않을 수 없다.
　－ 권두사 중간 부분

感慨無量(감개무량)하다 獲麟歌(애련가)를 부르니
回顧(회고)하자 一年間事(일년간사)를
變態無常(변태무상)이라 十二支(십이지)가 十一干(십일간)으로
名所古蹟(명소고적)의 正念翁(정념옹) 고이고이 주무

시오

　우리는 獲麟歌(애련가)를 부르네

　無限(무한)한 謝意(사의)를 올립니다

　– 편집여묵 마지막 부분

이로 보아 다음의 추정이 가능했다.

증보탐라지를 편찬하기 위해 각계의 석학 12명이 모였다. 각기 다른 분야의 저자들이 각자 혹은 공동으로 집필했다. 이 중에서 가장 많은 분량을 차지한 명소고적을 정념正念이라는 호를 가진 사람이 썼다. 그런데 그중 한 페이지만 판연히 다르다. 200페이지나 되는 분량 중에서 단 한 페이지만 정념의 글씨체가 아니다. 필시 다른 분야를 쓴 사람의 글씨체다. 누군가 원본 기름종이를 모아 일괄적으로 쪽번호를 부여하고 인쇄를 했다.

문제는 정념이 증보탐라지의 출간을 목전에 두고 죽었다는 점이다. 정념은 누구일까. 전혀 다른 방향으로 호기심이 방향을 틀었다. 2차선 길가에 붙어 시큰둥 달리다가 길 건너편 손님을 발견하고 운전대를 돌려 모지락스럽게 유턴하는 택시 운전수처럼.

4

처음에 가졌던 호기심은 풀렸다. 1954년 당시에 천연기념물로 관리되고 있다 함은 대한민국의 법제에 의한 법 집행이 아니었다. 일제 식민지 치하의 법령이 그때까지 유효했던 것이다. 해방 후 급변하던 정세에서 법 제정자들은 우리의 옛것과 자연유산 보존에 신경 쓸 겨를이 없었다.

제주도의 경우 문화유산에 대한 홀대는 더욱 심각한 수준이었다. 당장 먹고사는 문제, 자신의 정적을 제거하는 문제에만 골몰하고 있었다. 홀대의 대표적인 경우가 돌하르방이다.

돌하르방은 현재 제주도의 상징으로 대우를 받고 있지만 해방 전후에는 아무도 관리하지 않아 방치되어 있었다. 제주도에는 원래 48기의 돌하르방이 있었다. 제주목에 24기, 대정현과 정의현에 각각 12기씩. 그렇지만 아무도 관심을 갖지 않은 사이에 제주목 돌하르방 1기가 사라진다. 뒤늦게 문화재의 가치를 알아본 사람들이 돌하르방을 찾아 자리를 재배치했지만, 지금까지도 1기의 행방이 묘연하다. 이 또한 역사와 관련된 수수께끼다.

담수계에서 1954년에 천연기념물이란 표현을 쓴 것은, 일제 강점기인 1933년 8월 9일 조선총독부에 의해 공표된 '조선 고적 · 명승 · 보물 · 천연기념물 보전령'을 바탕으로 한 것이었다. 이 명령에 따라 이듬해부터 해방 전까지 '달성의 측백수림'을 제

1호로 해서 제146호까지 지정되었다. 이 법은 1962년 대한민국의 '문화재보호법'이 새로 제정될 때까지 효력을 발휘하게 된다.

일제가 도순동의 녹나무를 천연기념물로 지정한 데는 이유가 있다. 일본인들은 예로부터 녹나무를 귀하게 여겼다. 일본 신사당에 있는 녹나무 같은 경우, 수령을 1,000년에서 1,500년 사이로 본다. 나무 둘레가 22미터나 되는 거목이다. 일본의 불상 대부분이 녹나무로 만들어졌다는 대목도 눈여겨볼 가치가 있다. 이처럼 일본인들은 녹나무에 깊은 경외심을 품고 있었다.

숲의 왕자 녹나무는 모양새가 우람하고 아름다울 뿐만 아니라 쓰임새도 많다. 제주도에서는 녹나무를 집 주변에 심지 않는다. 녹나무의 독특한 향기가 귀신을 쫓는 힘이 있어 조상의 혼백이 제삿날에도 집에 들어오지 못할 거라는 염려에서 비롯된 금기다. 일본에서 불상을 녹나무로 만들었다는 사실과도 무관하지 않아 보인다.

옛사람들은 녹나무로 목침을 만들어 베면 잡귀가 범접할 수 없어서 편안하게 잠을 잘 수 있다고 믿었다. 실제로 녹나무에서 나오는 향기는 사람의 마음을 수긋하게 다스리는 효능을 지니고 있다. 제주도에서 물질하는 해녀들도 갖가지 귀신이 범접하지 못하도록 모든 연장을 녹나무로 만들어 썼다. 해녀들은 바닷속의 뾰족한 바위나 물고기에 상처를 입었을 경우 녹나무를 태워 연기를 쐬기도 했다. 또 크게 다친 응급환자는 녹나무 잎을 깔아

놓은 방에 눕히고 녹나무로 불을 지펴 치료하기도 했다. 그만큼 녹나무는 치유력이 탁월했다.

현재 녹나무는 제주도의 도목道木으로 지정되어 있다. 특이한 점은 삼성혈 안에 녹나무 군락지가 존재한다는 사실. 신비라고 밖에 표현할 수 없는 고高·양梁·부夫 세 신인神人이 탄생했다는 곳을 둘러 감싸고 있는 나무 중에서 제일 우람한 나무가 녹나무다. 묘한 일치가 아닐 수 없다.

제주도목 녹나무. 그 녹나무가 제주 전설의 발원지인 삼성혈 인근을 감싸고 있다는 점이 아주 인상적이다. 삼성혈의 호위무사라고 하면 어울릴까.

이런 정도에서 호기심은 쉽게 해결되었다. 남은 것은 증보탐라지 79페이지 문제. 증보탐라지가 출간된 것은 1954년 9월, 권두사는 편집위원 중 한 명이 6월에 썼다. 권두사에서 정념의 죽음에 대해 언급했다. 정념은 증보탐라지의 명소고적 편 200페이지 중 단 한 페이지만 자신이 쓰지 않고 죽었다.

완성을 앞두고 죽어서 누군가 뒷부분을 이어 썼다면 이해가 되지만, 79페이지는 명소고적 중 서두 부분에 속한다. 앞뒤 아귀가 맞지 않는 것이다. 그렇다면 정념이 명소고적을 모두 완성했으나, 갑작스런 사정으로 79페이지만 다른 사람이 썼다고 추측해볼 수 있다.

정념은 어떻게 죽었을까. 왜 한 페이지만 다른 사람이 쓰도록 내버려뒀느냐 이 말이다. 아무리 많은 가정을 되작거려봐도 서로 개 이빨처럼 어긋나기만 할 뿐 명쾌한 해답을 얻을 수 없었다. 그렇다면……. 당시 신문을 찾아보자. 전광석화처럼 불쑥 생각이 떠올랐다. 정념 같은 제주도 학자가 죽었다면 소문이 짝자그르하게 퍼지진 않아도 부고計告 정도는 실렸을 가능성이 있다.

먼저 증보탐라지 발간 기사부터 검증하기로 했다. 그러나 1954년 9월부터 12월 사이 제주신보濟州新報에 증보탐라지 발간 기사는 보이지 않았다. 다른 검색을 해봐도 마찬가지였다. 이 점도 이상했다. 제주도에서 내로라하는 석학들이 선조의 탐라지 전통을 잇겠다는 취지에서 발간한 증보탐라지. 이런 중대한 성과물에 대한 기사가 하나도 실리지 않았다니. 발간을 몰랐다면 몰라도 중대한 과오가 아닌가 생각되었다. 그것은 제주현대사 연표에도 올라와 있지 않았다. 제주도의 공식적인 어떤 지면에도 증보탐라지가 몇 월 며칠에 발간되었다는 언급이 없었다. 희한한 일이었다.

그렇게 1954년의 신문을 뒤지다 보니 눈에 띄는 기사가 있었다.

통행금지 시각인 새벽, 무장대에 의해 성내城內의 학자가 사살된 사건이 발생했다. 정념正念 고씨는 향토지 발간을 앞두고 있었다. 오른 무릎과 배에 두 발의 총을 맞았

다. 인근에서 칼빈 소총 탄피가 발견되었다. 시체는 산천
단 곰솔로부터 북쪽 1킬로미터 지점의 해송에서 발견되었
다. 괴이한 것은 해송에 목을 맨 채 자살한 것처럼 위장되
었다는 점이다. 경찰은 배에 맞은 총상이 치명상이었다고
추정했다. 유족으로는 아들 고문석(15세)과 미망인. 통행
금지 시각에 아직도 공비가 출몰하고 있으니 시민들의 각
별한 주의가 요구된다.

　－ 제주신보, 1954년 5월 21일

짧은 기사였다. 이형민은 먼저 읽은 다른 기사를 떠올렸다.

　무장대에 가담했던 여자 대원 한순애韓順愛가 소총을 들
고 귀순하여 잔여 무장대가 5명임을 진술하였다.

　－ 제주신보, 1954년 2월 13일

좀 전에 증보탐라지 기사를 찾을 때 봤던 기사도 다시 뒤적여
보았다.

　제주도경찰국 신상묵辛相黙은 한라산 금족지역禁足地域
을 해제하여 전면 개방을 선언하였다. 또 그때까지 지역
주민들에게 부과되었던 마을 성곽城郭 보호 임무를 철폐

하였다. 이는 실로 4·3사건 발생 후 6년 6개월 만에 제주 전 지역이 평상시 체제로 환원된 것이다. 경찰은 잔여 무장대가 5명 정도이고 99식 소총으로 무장하고 있다는 정보를 지난 2월 귀순한 한순애로부터 입수한 바 있다.

    - 제주신보, 1954년 9월 21일

1948년 발발한 제주 4·3사건. 역사학자들은 1949년 6월 제2대 인민사령관 이덕구가 사살된 시점을 기준으로 사실상 무력항쟁은 종료된 것으로 본다. 이들 중에서 살아남은 잔당이 한국전쟁 중에 한라산에서 빨치산 활동을 하다가 이즈음 다섯 명이 남았다는 기사였다.

이상한 점은 또 발견되었다. 1954년 9월에 남은 무장대의 수가 다섯. 2월에 투항한 한순애의 증언에 따르면 99식 소총을 가지고 있었다는데, 정념의 주검 인근에는 칼빈 탄피가 떨어져 있었다……. 이를 공비의 소행으로 몰아간 게 논리상의 모순으로 보였다. 또 죽은 이의 사체를 나무에 목매달아 전시했다는 점도 납득이 되지 않았다. 보통 사람들은 이런 식으로 행동하지 않는다. 뭔가 음모의 냄새가 났다. 혹시 본보기가 아닐까.

행여 정념이 빨치산 잔당에게 밉보여서 비참한 말로를 당했을 수도 있다. 그러나 정황상으로 말이 성립되지 않는다. 4·3의 무장대는 1949년 이후 괴멸되었다고 봐야 옳기 때문이다. 휴전 이후의 빨치산에게는 아무 희망이 보이지 않았다. 그들이 이런 식으로 돌발 행동을 할 여력은 더욱 없었다. 투항 기회를 엿보거나 섬을 빠져나갈 기회를 노렸다고 보는 게 옳지, 이런 식의 '공개적인 처형' 같은 군더더기 허드레를 행했다는 것은 추론에 있어 하자가 많은 것이다.

*

이형민은 정념의 아들 고문석을 만나봐야겠다고 생각했다. 이러구러 50년은 훌쩍 지나간 일이었다. 사건 발생 당시 열다섯 살이었다면 지금 일흔 살이었다. 이미 저세상 사람이 되었을 수도 있다. 들고양이처럼 은밀하게 다가가서 세상의 모든 암컷처럼 집요하게 파헤쳐야 한다. 그런 판단이 섰다. 이 사건은 나무의 수령과 위치 따위를 조사하는 것과는 차원이 달랐다. 사람 목숨이 달렸던 문제였다.

기실 사무관의 제안에 따른 것도 조사에 대한 편의를 제공받을 수 있기 때문이었다. 도청 공보실은 제주도의 핵심 정보와 가장 가까이 닿아 있었다. 외지인이 이런 사건을 조사하려면 도청 공보실 소속이라는 직함도 필요했다.

이형민은 시간이 얼마가 걸리든 꼬리를 물고 이어지는 궁금증을 해결할 생각이었다. 혈연과 지연으로 엉켜 있는 제주도에서는 누구도 믿을 수 없었다. 한 다리만 걸치면 모조리 연결되는 제주도 인맥의 특성상 모두를 경계해야 했다. 사무관도 예외는 아니었다.

5

편집위원회에서 향토사학자 고씨의 원고를 두고 한바탕 설전이 오갔다. 실무를 담당하는 사무관과 관광대학교 겸임교수인 김 교수 사이에 의견이 창날처럼 대립했다. 사무관이 조금만 더 기다려보자고 했지만 김 교수가 시일이 너무 촉박하다는 이유를 들어 어깃장을 놓았다. 김 교수는 타협할 생각이 전혀 없어 보였다.

김 교수는 자기가 기획한 특집이 이번 호에 실리지 못한 데 바짝 게염이 나 있었다. 때마침 고씨의 원고가 들어오지 않았으니 절호의 찬스를 잡은 거나 마찬가지였다. 김 교수의 기획은 김만덕에 관한 내용이었다. 최근 들어 TV 주말 드라마에서 소재로 다루고 있어 김만덕 전시관을 다녀가는 사람이 부쩍 늘었다 했다. 제주도지에서 직접적으로 김만덕 기념관의 필요성을 언급하면 힘이 실릴 게 분명하다는 주장도 첨가되었다.

일리 있는 주장이었다. 제주도 출신의 여성 중에 육지까지 잘 알려진 대중적인 인물. 자신이 평생 번 돈을 내어 기근에 시달리는 백성에게 곡식을 나눠준 여성. 노블레스 오블리주의 전형. 그런데도 김만덕 전시관은 제주시 사라봉 모충사 한 귀퉁이에 더부살이로 얹혀사는 대우를 받고 있었다. 역사적으로 높이 평가를 받는 인물치고는 너무 옹색한 전시관이었다. 한마디로 흉내만 냈다고나 할까. 제주도지에서 다뤄주면 김만덕 기념관 건립

여론에 탄력이 붙을 것이었다.

　격론 끝에 김만덕 특집 원고를 수합하기로 하고 게재할지 말
지는 다음 번 편집회의로 미루자고 사무관이 앵돌아져 선언했
다. 사무관은 고씨의 원고에 미련을 버리지 못했음이 분명했다.
편집회의를 끝내고 메일함을 확인하니 이상한 편지가 도착해 있
었다.

　　나, 당신 알아요. 그 얘기는 차차 하기로 하고. 당신이
　　미더운 사람이라는 판단하에 우리가 보내는 거예요. 어떻
　　게 할지는 당신의 결정에 맡기도록 하죠. 제주도지에 신
　　기에는 파격적인 내용에, 상당히 많은 분량일 거예요. 바
　　다의 나무가 잘렸으니 지운地運이 열릴 거예요. 그게 크게
　　작용했어요. 뭔가가, 시작된 거죠. 휴화산 밑에 깔려 있던
　　용암이 서서히 분출을 준비한다고나 할까. 당신이 그 중
　　심에 서게 될 거예요. 그럼 다음에.

　내 메일 주소를 아는 사람이 있었던가. 도청에서 업무용으로
사용하는 메일이었다. @jeju.go.kr로 끝나는 메일. 명함에 적혀
있는 공식적인 메일. 도청에서는 사적 메일의 로그인을 원천 차
단했으므로 업무 중에는 공식 메일을 사용해야 했다. 그렇다면,
그래, 명함밖에 없다. 내 명함을 누구에게 줬더라……. 열 명도

안 될 것 같았다.

이형민은 그 순간 향토사학자 고씨 집 마루에 명함을 두고 온 기억을 떠올렸다. 하마 발견하게 되면 연락을 달라고 남겨둔 것이었다. 부재중 방문 엽서를 문틈에 끼운 등기 배달원처럼 족적을 남기는 차원에서 한 일이지만.

문서도 문제였지만 '바다의 나무가 잘렸으니 지운이 열릴 거예요' 란 문장도 이상했다. 나무가 잘렸으니 지운이 열린다? 요즘도 이런 표현을 쓰던가. 지운이라면 땅의 기운. 땅의 기운이 열린다? 새퉁맞은 말이었다. '우리' 란 표현도 눈에 거슬렸다. 우리라면 최소 둘 이상을 뜻했다. 그중에서도 단연 목젖에 딱 걸리는 말.

'뭔가가 시작된 거죠…… 당신이 그 중심에 서게 될 거예요.'

이형민은 첨부 파일을 다운로드 받아 더블클릭했다.

6 만 덕 전 (萬 德 傳) ①

이 글은 계유년癸酉年(순조13, 1813)에 일어난 남쪽 섬의 억울한 옥사獄死와 관련된 것이다. 이 옥사는 전방위적 음모에 의해 은폐, 왜곡되었다. 이 음모를 대표할 수 있는 말은 '국사가소國事可笑'다. 어느 임금이 듣더라도 불뚝 화를 내지 않고는 못 배길 표현이다.

임금의 자존심을 건드리는 이 말은, 조선왕조실록 정조17년 (1793) 11월 11일 제주 출신 장령 강봉서姜鳳瑞의 상소에 처음 등장한다. 조선왕조실록 그 어디에도 이렇게 국정을 노골적으로 비하한 글은 찾아볼 수가 없다. 이 도발적인 말을 입에 올릴 수 없었던 신하들은 '도리에 어그러진 네 글자'라 바꿔 불렀다.

가만 생각해보자. 정조17년이 어떤 해였던가. 제주섬은 정조 14년부터 심각한 흉년을 겪고 있었다. 이런 흉년에 제주목사 이철운李喆運의 행태는 가히 부박했다. 강봉서의 상소 내용은 이렇다.

제주도에 여러 차례 흉년이 들었지만 지난해처럼 추수할 것이 전혀 없었던 경우는 처음이었습니다. 그런데 8월에 또 큰 바람이 불어서 정의현과 대정현은 초토화되었고 제주 좌면과 우면도 혹심한 재해를 입었습니다. 내년 봄이면 틀림없이 금년보다 배나 더 생쥐 불가심할 것도 없는 살림살이가 될 게 번연합니다.

이러한 상황임에도 불구하고 제주목사 이철운은 밤낮없이 술에 취하여 비틀거리고 있습니다. 백성들의 고통은 아랑곳하지 않은 채 환곡을 마구 받아들이고 있습니다. 나눠줄 때는 곡식 한 말을 일고여덟 되로 속이고 받아들일 때는 두서너 되를 더하고 있습니다. 나눠줄 때는 작은 됫박을 쓰고 받아들일 때는 큰 됫박으로 셈을 해서 애면글면 이자 아닌 이자를 장만하느라 백성들의 원성이 하늘을 찌르고 있습니다.

또한 이철운은 고을의 기민을 뽑아 조건 없이 곡식을 나눠준 백성의 수가 2,000명에 불과한데도 4,000명이라고 허위 보고했고, 섬의 유지들이 추렴한 곡식이 300섬에 지나지 않은데 600섬이라고 숫자를 부풀렸습니다. 그리고 전 명월만호 고한록高漢祿이 자진하여 바친 곡식이 쌀 60섬과 벼 60섬에 어상반한데도 500섬이라 허위로 보고하였습니다.

기민 먹이는 일이 끝난 뒤에는 의뭉하게도 공의 치적을 바랐는데, 한록에게는 정의현감 자리를 주고 자신에게는 옷가지를 하사하자 포르르 성을 내면서 샐쭉하게, 나라에서 하는 일이 가소롭다[國事可笑] 했다 합니다. 이게 어디

관장으로서 입에 담을 말입니까? 신은 철운은 삭직하고 한록에게 내린 상도 시행하지 말아야 마땅하다고 주장하는 바입니다.

여기에 나오는 '국사가소'란 네 글자가 이번 음모와 관련이 있다. 이철운은 기민을 구휼한 일에 대한 포상으로 기대가 컸던 모양이다. 상소 내용을 보아하니 벼슬이나 품계를 올려주기를 바란 게 틀림없다. 미상불 빨리 진급해서 흉년이 계속되는 제주섬을 빠져나가고 싶었을지도 모른다. 고한록에게는 정의현감 자리를 하사했는데, 자신에게는 하찮은 입성을 내주었다고 종주먹을 들이댄 것이다. 그래도 국사가소라니. 나라에서 하는 일이 가소롭다니. 상소에서 주장하듯 국가의 녹을 먹는 자가 감히 이런 말을 입에 올리다니.

원래 나라에서 기근 구제를 표창하는 규정은 10등급으로 나누어져 있다. 벼슬이나 품계를 올려주는 일은 10등에 속하지만, 임금이 친히 감사의 글을 써서 주는 것이 최고 윗길이요, 안팎 옷감에 옥새玉璽를 찍어 하사하는 것이 그 다음 길에 속한다.

강봉서의 상소를 읽은 정조는 이철운이 무식한 무신武臣이기 때문이라고 탄식한다. 눈에 보이는 것에만 관심이 있을 뿐 상의 등급에 관해서는 생짜라고 한탄한다. 신하들이 국사가소란 말을 입 밖에 꺼내지 못하고 전전긍긍하자 정조는 서둘러 그 말에 대한 해석을 꺼내놓는다.

철운이 마구발방하여 나랏일이 가소롭다고 한 말은 어찌 들으면 도리에 어그러진 말과 같다. 하지만 자세히 따져보면 백성들이 입버릇처럼 늘 하는 말이다. 마치 세상 사람들이 걸핏하면 나랏일이 가소로운 것이 많다고 하는 말에 다름 아니다. 그러니 이철운이 말한 네 글자는 우리나라의 표창하는 규정이 아주 가소롭다고 해석해야 옳지 편벽되이 해석해서는 아니 될 것이다.

문제는 장령 강봉서다. 강봉서는 제주 출신으로 정4품의 사헌부 소속이었다. 감찰업무를 담당하던 그는, 제주에 늙은 아버지가 있어서 휴가를 받아 내도한 상태였다. 그는 아버지를 뵙고 난 후 제주도를 감찰하는데, 이것이 그 유명한 강봉서의 상소로 이어지게 된다.

이 상소로 인해 강봉서와 이철운 둘 다 파직을 당한다. 강봉서는 이철운보다 품계가 낮았는데, 상급자의 허물을 상소하는 일이 하극상처럼 보여 풍속에 어긋난다 하여 파직에 이르게 된 것이다. 강봉서는 조릿조릿 조바심이 일어 자신을 적극적으로 변론하고 나선다.

이철운이 도리에 어그러진 네 글자의 말을 한 것은 바로 올해 4월 기근 구제를 끝내고 베푼 연회 때의 일입니다. 신이 조정에 돌아온 후 고을의 폐와 백성들의 고통에 대해 의견을 올리려고 제주 유생과 의논해보았는데, 그가 몇 가지 조항을 적어 보였습니다. 그중 한 꼭지가 바로 이철운의 도리에 어그러진 네 글자였습니다. 신이 물론 그의 말이 한때 망발임을 알았지만 차일피일 미루다가 마침 법을 위반한 진상을 일일이 따지는 데 연관시켜 적어 넣었습니다.

정조는 이렇게 비답批答을 내린다.

강봉서의 말이 사실이라면, 지금에 와서 이철운에 대해 죄를 줄 근거가 사라지게 되었다. 이철운에게는 죄명에서 벗어날 수 있는 한 가지 단서가 있다. 기민 구제를 끝내고 연회를 베푼 것은 4월, 표창에 관한 회답 보고는 5월에 있었으니 제주에 글을 가지고 가서 공표한 것은 7~8월 어간이었을 것이다. 정황이 이러할진대 황차 이철운이 표창하는 등수가 어느 등급에 들었는지 어떻게 알 수 있었겠는가.
전 목사 이철운은 굶어 죽는 백성들을 구제하지 않은 죄와 구호 곡식을 가지고 뒷박놀음을 한 두 가지 혐의만을 들어 의금부에서 잡아다가 진상을 알아내도록 하라.

 결과적으로 둘 다 죄를 받게 되었다. 정조의 발 빠른 조처가 그르다 할 수 없다. 그러나 정조가 간과한 것이 있다. 이철운이 말한 도리에 어그러진 네 글자. 제주목사 입에서 연회 때, 그것도 사람들이 많이 모인 공적인 자리에서 나라에서 하는 일이 가소롭다, 라는 말이 나왔다는 사실. 당시 제주 사회에서 나랏일에 대한 감정이 어땠는지 짐작해볼 만하다.
 과연 그 국사가소란 바람이 정조가 풀이했던 대로 한갓 건들바람에 지나지 않았을까. 의뭉한 노대바람을 정조가 미리 간과하지 못하고 안이한 해석을 신속하게 가했던 것은 아닐까.

*

 나의 스승은 조신선曹神仙이다. 그는 지독한 서음書淫이자, 아주 유명한 서쾌書儈였다. 숙종과 영조 때까지 조선에는 변변한 서점이 거의 없었다. 따라서 판매자와 구매자 사이를 연결해주는 중개인이 생긴 것은 지극히 자연스러운 일이었다. 이들 책 중개인을 보통 서쾌라 부르는데, 이름이 얼마나 짜하게 퍼졌던지 스승에게는 신선神仙이라는 별칭이 따라다녔다.

조선 사회의 지식과 정보를 전하는 가장 중요한 매개체는 서책이었다. 서책의 공급과 수요는 양반 사대부 계층에 집중되었고 조정에 의해 통제되었다. 지식의 공급과 유통을 조정에서 관장했기 때문이었다. 조정은 정책적으로 서점의 설립을 금하거나 억제했다. 통제를 용이하게 하기 위해 나온 정책이라 미루어 짐작할 수 있다. 이런 토양에서 서점의 역할은 떠돌이 책장수 서쾌가 도맡아 담당할 수밖에 없었다.(역자 註)

스승이 서쾌로 이름을 날렸던 이유는 단순한 책장수가 아니었기 때문이었다. 스승은 박식하고 개결한 사람이었다. 제자백가의 온갖 서적, 그리고 그 문목과 의례에 대해 모르는 것이 없었다. 그가 서적에 대해 술술 이야기보따리를 풀어놓으면 웬만한 선비들은 눈이 풀려 슬슬 게걸음을 치다가 뒤꽁무니를 내빼기 일쑤였다.

스승은 어디를 가든 걷지 않고 뛰어다녔다. 그는 마치 나는 듯이 뛰어다녔다. 오죽하면 풍무자風舞者란 별명이 또 붙었을까. 바람의 춤. 바람처럼 들까불며 날아다니듯 뛰어다니는 사람. 하여온갖 부류의 사람들이 스승을 알아보았다. 동서남북 존비귀천에 구애받지 않고 한양 곳곳을 찾아다녔기에 그의 발걸음이 닿지 않은 집이 없었다. 위로는 높은 벼슬아치부터 아래로 소학小學을 읽는 어린아이에 이르기까지 책을 필요로 하는 모든 사람에게 스승은 발자취를 남겼다.

저녁 어스름이 자욱하게 깔리면 스승은 책을 팔아 번 돈을 들고 주막으로 달려갔다. 어딜 가도 걷는 법이 없었다. 누군가 스승에게 물었다.

"고생스럽게 책을 팔아 무엇을 하려 하오?"

"책을 팔아서 술을 사 마시려고 그러오."

그뿐이었다. 스승은 밥 대신 술로 연명했다. 처자식이 없으니 저녁에 마실 술 한잔을 위해서 책을 팔았다.

*

스승께서 초서抄書를 했다는 사실을 아는 사람은 그리 많지 않다. 사람들 눈에는 스승이 책 판 돈으로 술을 사 마시는 기인쯤으로 보였을 뿐이었다.

조선의 서책은 대부분 중국에서 들여온 것이었다. 역관이나 사신에게 부탁하여 책을 사오는 경우를 제외하고는 책을 구하기가 어려웠다. 서쾌는 이 과정에서 흘러나오는 중국본만을 다루었다. 반면 보따리장수들, 특히 여자 책장수들은 한글 소설을 필사해서 사대부의 아낙네나 부유한 여자들에게 팔기도 했다.

따라서 중국본은 그 입수의 어려움과 수량의 한계 때문에 돈이 있어도 구할 수 없는 경우가 다반사였다. 이로 인해 전문적인 초서가들이 등장한 것은 불가결 수순이었다. 초서는 다른 이가 소장한 원본을 빌려다가 한 권 전체 혹은 일부를 뽑아 베끼는 행위를 말한다.

스승은 아무도 모르는 집으로 돌아와 늦은 밤까지 초서를 했다. 참고로, 스승은 자신의 사생활을 누구에게도 드러내지 않았다. 고향이나 심지어 거처조차도 애써 밝히지 않았다. 그는 의도적으로 자신의 사생활을 비밀에 부쳤다.

초서한 책을 누구에게 팔 것인가는 미리 결정되어 있었다. 원본을 들면 누가 필요로 할지 직감적으로 알아차렸기 때문이었다. 스승은 소모적인 흥정을 하는 대신 우물 속처럼 고요한 집에 들어앉아 초서를 시작했다. 초서본 끝에는 꼭 조신선이라고 이름을 붙였다. 갓 시작한 초서가들과 차별을 두려는 이유에서였다.

그의 초서는 원본과 똑같았으므로 조신선 초서본이라면 사람들이 무조건 믿고 샀다. 주문형 방식을 따르거나 필요한 사람을 염두에 두고 만들었기 때문에 양은 그리 많지 않았다. 그러나 어디에나 시장의 법칙은 존재하는 법. 조신선의 초서본은 희귀했으므로 값이 비쌌다.

아, 안타깝구나. 스승께서 돌아가실 날이 가까워오니 슬픔의 화인火印이 오목새김으로 무참하게 아로새겨지는구나. 최근 들어 스승께서 자주 꺼내는 말이 있다. 제주도 얘기였다. 내가 가까이 모시던 20년 동안 단 한 번도 들을 수 없었던 얘기. 이 얘기를 자꾸 입에 올리는 것을 보면 뭔가를 감지한 모양이다.

자신의 생명이 얼마 남지 않았음을 알아차린 것이다. 죽음의 음습한 대문 앞으로 한 발 성큼 다가갔음을 깨닫고 나니 제주도를 향해 모든 상념이 달려가는 것이다. 스승이 방금 소세를 마치고 나온 아이처럼 맑고 형형한 눈빛으로 고백했다. 제주도에 두 번 다녀왔다고. 그때를 지금까지 단 한 순간도 잊은 적이 없었다고.

*

나는 지금 제주에 머물고 있다.

스승의 간곡한 부탁 때문이었다. 왜 하필 이렇게 멀고 물로 가로막힌 궁벽한 섬일까, 하는 원망이 밀물처럼 가슴을 두고두고 쳤다. 스승은 무엇 때문에 제주를 그리워하는 것일까. 가엾은 제주 백성을 사랑하고 측은히 여겨서 그랬을까.

돌이켜보면 스승께서 제주에 머물렀던 것은 영조47년(1771)과

정조15년(1791) 즈음해서 두 번뿐이다. 그때 평생 동안 잊지 못할 뼈아픈 사건을 겪은 게 틀림없다. 지금이 경진년庚辰年(순조 20, 1820)이니 전생처럼 멀고도 아슴아슴한 과거의 얘기다.

호기심이 나면 조릿조릿해져서 참지 못하는 지독한 서음. 읽고 싶은 책이 생기면 바다 건너 땅끝까지 가서라도 기어이 읽고 마는 서음. 뭔가에 한 번 빠지면 뿌리째 뽑아내야 직성이 풀리는 무서운 편집증의 소유자.

손금 보는 자가 스승의 손금을 '막쥔 손금'의 전형이라 평했다. 두뇌선과 감정선이 서로 달라붙어 손바닥을 반듯하게 가로지르는 손금. 생명선, 두뇌선, 감정선 이렇게 세 개의 굵은 선을 가지는 게 보통인데 스승의 손바닥에는 생명선과 이 반듯한 선만이 새겨져 있었다. 이러한 손금을 가질 확률은 1/200로써, 뭔가에 빠지면 검질기게 파고드는 습성이 강하다고 들었다.

스승이 지독한 서음이라 해서 아무 책이나 닥치는 대로 읽은 것은 아니었다. 스승이 즐겨 읽은 것은 대부분 명·청의 서적들이었다. 숙종 전반기(17세기)까지만 해도 조선의 정치와 문화는 여전히 중국을 지향점으로 두고 있었다. 중국의 사상과 문예의 신경향은 조선의 지식인들에게 큰 자극제가 되었다. 당시 조선의 지식인들은 송대의 성리학을 곧이곧대로 추종하고 수용한 게 전부였다.

그러나 숙종 후반기(18세기)에 들어서면서 명·청 문예에 대한 개방적 자세 혹은 체계적 비판이 시작된다. 이러한 움직임은 영·정조 시대 조선 학예 향방에 있어 중대한 밑거름으로 작용한다. 정조 대에 들어서는 북학北學을 기치로 내건, 보다 적극적 수용 자세를 띤 학파가 수면 위로 모습을 드러낸다.

이 무렵 스승의 활약은 가히 눈부시다 할 만했다. 북학파와 다산학파에 직접적으로 도움을 줬던 사람이 바로 스승이었다. 북학파는 비교적 조건이 좋았다. 중국으로 간 사신이나 수행원들, 즉 역관들을 통해 상당량의 책을 입수했기 때문이었다. 그러나 신문물을 허발하듯 먹어치우는 그 오연하다는 북학파조차도, 희귀본이 생기면 자존심 쓸개처럼 떼어두고 총총 스승을 찾아왔다. 어디에서 그 많은 책을 읽고 정보를 습득하는지 스승의 독서량을 따라올 만한 사람이 없었다. 책의 유무와 향방은 오직 스승만이 손금처럼 훤히 꿰뚫고 있었다.

반면 다산 정약용은 정조 당시에 맺어진 인연이 이후까지 끈끈하게 이어진 경우라 할 수 있다. 정약용이 강진 유배 당시에 엄청난 분량의 책을 읽었다는 것은 널리 알려진 사실이다. 머나먼 강진 그 유배지까지 책을 바리바리 싸들고 조달했던 이가 바로 나의 스승, 조신선이었다. 책 봇짐 비끄러매고 길을 떠나던 스승의 뒷모습이 상기도 선연하다.

이쯤에서 스승과 정약용의 일화를 소개하지 않을 수 없다.

두어 달 전에 스승이 써준 소개장을 들고 경기도 양주에 들른 적이 있다. 최근에 완성된 목민심서牧民心書 필사본을 만들기 위해서였다. 정약용은 해배되어 고향에 머물고 있었다.

정조 초기 정약용은 한양에서 스승에게 산 책을 읽었고, 강진 유배 당시에는 외가인 해남 윤씨가 보유한 방대한 책과 스승이 날라다 준 책을 읽었다. 일찍이 스승이 정약용의 그릇을 알아본 까닭이었다. 스승은 귀한 책을 구하면 늘 정약용을 떠올렸다. 책마저도 제 주인을 잘 만나야 한다는 신념 때문이었다.

스승은 내가 만들어온 목민심서 필사본을 읽고 감탄했다. 박지원 열하일기의 자유분방함과 정약용 특유의 편집증이 잘 얼크러진 작품이었다. 스승은 목민심서를 초서하면서 고개를 끄덕였다. 자신이 실어 나른 책을 밑거름 삼아 과즙이 듬뿍 배어나는 열매를 빚었으니. 그 튼실한 결과물을 보면서 입에 침이 고이는 자신을 다시 발견하고 말았으니.

스승은 뭔가를 결심한 듯 보였다. 정약용에게서 목민심서만 구한 게 아니라 다른 조언도 받았기 때문이었다. 스승에게 직접 보낸 서찰이었기 때문에 내용은 확인할 수 없었다. 나는 그 길로 전라도 강진으로 떠나야 했다. 강진에 다녀오니 이번에는 제주도에 내려가라고 했다. 편도의 여비만 주면서. 최신판 목민심서만 들려서. 일이 전혀 다른 방향으로 급선회하더니 가파른 속도로 진척되었다.

정약용이 스승에게 보낸 편지에는 무슨 내용이 적혀 있었을까. 그 편지가 이 모든 사건의 발단이었다. 그것은 분명히 제주와 관련되어 있었다. 정약용이 스승에게 사적으로 부탁할 일은 딱 한 가지밖에 없었다. 책과 관련된 부탁. 무슨 책이었을까, 그 책이.

"서귀포에 다시 다녀오게."

사무관으로부터 호출이 들어왔다. 향토사학자 고씨의 원고에 대한 집착을 버리지 못한 까닭이었다. 회의감이 어항에 떨어뜨린 먹물처럼 번졌다. 이형민은 임무를 회피하려는 병사처럼 뱅충맞은 척하며 자리에서 빠져나오고 싶었다. 메일로 전달된 문서가 심상치 않게 느껴지던 참이었다.

"고수산 선생의 딸을 만나보게. 거기에도 원고가 없다면 다른 특집을 준비해야겠지. 그 사이에 고 선생과 연락이 닿았을 수도 있잖아. 마지막으로 한 번만 더 부탁하겠네."

"전화번호를 알면 먼저 통화를 해보는 편이……."

오금을 박듯 말끝을 바짝 잡아당기던 사무관이 신경질적으로 오른손을 들었다가 내려놓았다. 평소에는 거의 하지 않는 행동이었다. 회의 때 여러 의견이 난발하면 수습 차원에서 하는 동작이었다.

"딸이 지금 도청에서 일을 하고 있다고 들었네. 총무과 무기계약직인 모양이야. 전화를 걸어보니 오늘 휴가를 내고 서귀포에 갔다고 하더군. 하원 아버지 집에 말이야. 중요한 원고를 받으러 갈 때는 예의를 지켜야 하네. 귀한 원고에 대한 예우 차원에서 말이지. 노처녀가 지극정성이네만."

노처녀란 말에 귀가 번쩍 뜨였다. 몇 살일까. 일흔 넘은 고 선생에게 딸이 있다는 얘기는 금시초문이었다.

"늦둥이인 모양입니다?"

사무관이 괜한 관심을 갖지 말라는 투로 한마디 툭 던졌다. 공연한 관심과 확대 해석을 미리 차단하려는 듯.

"30대 후반에 본 외동딸이야."

*

이형민은 서부산업도로로 차를 몰았다. 정실을 통해 5·16도로로 나가도 됐지만, 왠지 뻥 뚫린 도로를 질주하고 싶었다. 서부산업도로로 가다가 제2산록도로로 빠져나갈 생각이었다. 1100도로 분기점에서 탐라대 방향으로 내려가면 하원 고씨의 집에 도착할 것이다.

이형민은 제2산록도로를 좋아했다. 2차선이지만 속도를 내서 달리기도 좋을 뿐만 아니라 한라산을 가까이 볼 수 있어서 눈이 즐거웠다. 바다에 인접한 서귀포 시가지 전체가 한눈에 들어오는 도로였다. 특히 남주고 부근. 거기서 내려다보이는 서귀포는 별유천지였다.

고 선생의 원고는 성사되지 못하고 흉내만 내다 끝날 것이다. 그간 상황을 종합해보건대 원고를 받을 가능성은 거의 없었다.

제주도지 일을 빨리 아퀴 지어야 증보탐라지에 관한 조사에 들어갈 수 있을 텐데. 제주도지 발간만 끝나면 도청 공보실은 소강 상태에 이른다. 북적거리는 관광객이 빠져나간 고적한 바닷가처럼 비수기가 되는 것이다.

그나저나 제대 소나무를 죽인 범인은 누구일까. 요즘 사람들은 오래된 것에 대한 경외심이 없다. 답답했다. 모든 상념이 자오록하게 깔린 안개 밑으로 가라앉아 머츰해진 느낌이었다. 찰나적으로 머릿속이 기타 통처럼 텅 비어 공동화되는 느낌에 사로잡혔다. 그때였다.

가만있어 봐라…….

머릿속이 환해지더니 이윽고 전광석화電光石火처럼 생각이 떠올랐다. 안개 아래 다소곳이 엎디어 있던 상념이 비로소 툭툭 털며 몸을 일으킨 느낌이었다.

'바다의 나무가 잘렸으니 지운이 열릴 거예요.'

혹시, 바다의 나무가…… 제대 소나무 아닐까. 최근에 잘리고 나서 이상한 일만 벌어지고 있다. 증보탐라지 정념의 시체가 매달렸던 곳도 제대 소나무가 아닐까. 1954년 제주신보 기사에 따르면, 산천단 북쪽으로 1킬로미터 지점이라고 했다. 바로 그거야. 아, 왜 그 생각을 못했던 거지.

'제대 소나무 = 향토사학자 정념의 시체가 발견된 해송 = 바다의 나무'

이런 도식이 성립했다. 그러나 제대 소나무를 죽인 자는 사거리 인근의 토지 소유자나 도로 편입과 관련된 이해 당사자일 확률이 높다는 게 세간의 중론이었다. 어쨌거나 바다의 나무는 잘렸다. 그렇다면 지운이 열릴 일만 남았다. 만덕전을 보낸 자의 말에 의하면.

지운이 열린다? 지운이 열리면 어떻게 된다는 뜻일까. 머리가 지끈지끈 아팠다. 어떻게든 되겠지. 당신이 그 중심에 서게 될 거예요. 제기랄, 그건 또 무슨 뜻이란 말인가. 뭐가 어떻게 돌아가는지 밑그림을 그릴 수 없으니⋯⋯. 머츰하던 생각의 봇물이 한 번 터지자 무서운 속도로 흙탕물 되더니 이윽고 머릿속에 회오리로 넘실댔다.

이형민은 체머리 흔들면서 라디오를 켰다. 제주 시내에서 한참 떨어진 중산간 지대라 라디오 신호가 잘 잡히지 않았다. 주파수를 이리저리 돌리자 귀에 익은 뉴스가 들려왔다.

실종된 여교사와 관련된 뉴스였다. 여교사의 시체가 발견된 지 이틀 되었다. 여자는 결국 고내오름 인근 배수로에서 사늘한 시체로 발견되었다. 실종 당시의 웃옷을 입고 있었지만 하의는 모두 벗겨져서 배수로에 엎드린 채 죽어 있었다.

경찰은 여자의 유류품이 발견된 지점 인근에 있는 프로빌 아파트의 감시카메라를 주목했다. 폐쇄회로 테이프를 확보해서 동시간대의 차종을 추적하고 있다 했다. 실종 다음 날 비가 많이 내렸기 때문에 밭에 버려진 여자의 가방에서 아무 단서도 찾지 못한 까닭이었다. 빨리 잡혔으면 한다는 아나운서의 개인적인 소견이 각주脚註처럼 첨부되었다.

여교사가 시체로 발견되었다는 뉴스가 퍼지면서 제주 사회는 충격과 분노에 휩싸였다. 섬 전체의 분위기가 벌집을 쑤셔놓은 듯 뒤숭숭해졌다. 작년 서귀포 어린이 납치 사건 이후, 강력 사건이 1년 만에 또 터진 것이다. 경찰의 치안 부재가 도마에 올랐고, 딸을 키우기 힘든 세상이라는 탄식이 들불처럼 번져나갔다. 평화의 섬 제주도까지 극악무도한 범죄에 무방비로 노출되어 있다니. 그렇지 않아도 경기도 연쇄살인사건의 범인 강호순이 세간에 준 충격과 공포가 마음 밑바닥에 침전물처럼 가라앉아 완전히 가시지 않은 무렵이었다.

사건이 오리무중에 빠지자 사람들은 머리를 맞대고 추리에 들어갔다. 대부분 사람들이 택시 운전수가 범인이라 여기는 눈치였다. 정황상 택시 운전수가 의심받을 만했기 때문이었다. 새벽 3시에 남자친구 집에서 나온 피해자는 콜택시 회사로 전화를 걸었다. 배차 시간이 30~40분 걸릴 거란 답변에 여자는 전화를 끊었다. 몇 분 후 다시 전화를 했을 때도 사정은 마찬가지였다. 토요일 밤에서 일요일 새벽 사이 흥청망청한 시각, 콜택시를 부르는 사람이 많았기 때문이었다.

여자의 집은 제주시에서 15킬로미터 떨어진 애월읍 구엄리.

집까지 가려던 피해자가 순순히 차를 탔을 경우는 두 가지. 아는 사람의 차이거나 택시일 경우다. 누군가 선의로 태워준다고 해도 집까지는 너무 먼 거리였다. 새벽 3시에 생판 모르는 사람의 차에 순순히 올랐을 가능성도 거의 없었다. 누가 상상해도 택시 운전수가 범인으로 보였다.

수사는 답보 상태였다. 그러자 누군가 인터넷 기사에 댓글을 달았다. 자신이 마치 범죄 프로파일러라도 된 듯한 착각에 빠져서.

> 범인이 제주도 사람은 아닐 것 같은데. 경기도 안 좋은 데 택시 운전수만 그렇게 족치면 되나. 머리가 그 정도밖에 안 돌아가나. 렌터카도 조사해봐야죠. 육지에서 제주도에 놀러와 사고(?)치고 섬을 빠져나가는 사람들이 얼마나 많은데. 저는 100% 우리 제주도 사람이 범인은 아니라고 확신해요.

무람없이 이죽거리는 댓글에 눈꺼풀로 불잉걸이 홧홧 피어올랐다. 눈이 산 밖으로 비어졌다. 범인이 제주도 사람이면 어떻게 할 거냐고 호통이라도 치고 싶었다. 하지만 아무도 반대글을 달지 않았다. 그저 댓글에 대한 반대는 0회, 추천은 50여 회 이상 클릭. 제주도 사람들은 이자의 주장에 일리가 있다고 생각하는 모양이었다. 어디에나 지배적 문화가 있음을 인정한다 치더라도 잘못된 것은 분명히 잘못된 것이다.

그러고 보니 또 다른 경우도 떠올랐다. 몇 년 전인가 제주도에 프로축구팀이 생겼다. 제주유나이티드. 서귀포 월드컵 경기장을 본 구장으로 하고 SK에서 후원하는 축구팀이었다. 부천에서 제주로 연고지를 옮긴 팀이었다. 제주 연고이기 때문에 도민들이 자발적으로 서포터즈가 되었다. 시즌 개막을 홍보하는 광고 포스터도 거리에 나붙었다. 수원삼성 팀과의 개막전을 보름 앞둔 날이었을 것이다.

'섬과 육지의 전쟁'

포스터의 메인타이틀부터 그랬다. 인상이 저절로 찌푸려지는 문구였다. 너무 걸쌈스러운 거 아닌가. 승부욕을 대놓고 드러내면 사람들이 피한다. 공격적이기 때문이다. 그렇게 해서라도 이기고 싶은가. 꼭 그렇게 선을 그어야 하고, 대립각을 날카롭게 세워야 한단 말인가. 이것은 심하게 말하면 섬의 국수주의, 섬에 숨어 있는 사생활이었다. 섬사람과 외지인 사이의 심적 거리는 그렇게 별과 별 사이처럼 아득히 멀었다.

이런 구호를 만드는 저의가 대체 무엇일까. 그러나 누구도 이의를 제기하지 않는다는 점이 더 큰 문제였다. 제주도 사람들의 내면에는 그런 피가 흐르고 있는 모양이었다. 이 포스터는 제주도의 진보적인 신문에서 너무 공격적이라는 사설을 발표할 때까지 그대로 걸려 있었다. 지금이 어떤 시대인데 섬과 육지 운운하느냐는 반론이 제기되었다. 그제야 광고업체는 사람들 눈치를 살피다가 슬그머니 포스터를 내렸다. 주최 측에서 한 변명이 가관이었다.

'관심을 끌고 싶어서.'

제주도 사람들의 승부욕을 자극해서?

별거 아니다. 그저 관심을 끌려고 했다……. 그래, 당신들에게는 아무 의미도 없겠지. 그렇지만 그런 얘기를 듣는 외지인들은 굉장히 불쾌하단 말이야. 소수에 대한 배려가 전혀 없는 문화. 섬에서 태어난 사람들만 제주도민이고, 육지 사람은 모두 관광객이라고 생각하는 사람들.

문제는 아무리 새된 소리로 왜장독장쳐도 끄떡도 하지 않는다는 점이다. 아, 이젠 떠나고 싶다. 이런 식의 대우를 받으며 이 좆같은 섬에서 살아가야 하는가. 뭐 대단한 작품을 쓰겠다고 이런 곳에서 용의 선상에 오르면서 사람대접도 못 받으며 살아가야 하느냐 이 말이다.

8

핑크PINK였다. 한때 나를 서귀포에 머물도록 만들었던 여자. 사고무친의 은둔형 외톨이라 해도 토를 달 수 없었던 서귀포 시절, 마음속으로나마 한때 좋아했던 여자. 떠나야지, 이 저주받은 섬을 떠나야지…… 발갛게 달구어진 쇠붙이 같은 결심 수긋하게 스뤄준 여자. 어느 날 홀연히 다가와 발밑 다붓하게 밝혀주고 어깨 나란히 섰던 등롱 같은 여자. 섶섬 너머 남쪽 바다에서 불어오는 명주바람 따라 낭창낭창 하늑이던 버들가지 같은 여자.

"오랜만이군요."

핑크가 먼저 말머리를 열었다. 오랜만이군. 또 어딜 갔다 온 거야. 이형민은 사무관이 만나보라고 한 향토사학자 고수산의 무남독녀가 핑크임을 확인하고 화들짝 놀랐다. 그렇다면 서귀포 도서관에서 봤던 그 노인이 고수산? 그는 현대판 서음이라 불릴 만한 지독한 책벌레였다.

핑크를 만난 것은 서귀포관광나이트 5층에 위치한 피트니스 클럽에서였다. 유리창 너머 서귀포 앞바다가 보이는 러닝머신이 있어 달릴 때마다 섶섬의 바람이 들까불며 얼굴을 때리던 곳. 기억나는 것은 바다로부터 전해지던 애인의 살결 같은 바람 하나, 그리고 그 바람에 리듬 맞춰 꼬리 흔들며 부리로 날개깃 다부지게 고르던 작은 새 같던 핑크.

핑크는 당시 요가 수업에 나오고 있었다. 일반적으로 피트니스 클럽은 요가와 댄스, 그리고 헬스를 포함한 가격을 받는다. 3개월 단위로 가격을 깎아주기 때문에 보통 3개월을 끊는다. 그러나 서귀포는 헬스를 기본으로 하고 댄스와 요가에 대한 요금을 따로 받고 있었다. 헬스와 요가를 하려면 달마다 추가 비용 3만 원을 더 지불해야 했다.

문제는 요가 회원 중 남자가 한 명도 없다는 것. 이형민은 육지에서 요가를 배운 적이 있었다. 그곳 역시 남자 회원이 없어 여자들 사이에서 혼자 운동을 해야 했다. 시간이 지나면서 사정은 달라졌다. 유리창 너머로 건들건들 구경하던 남자들이 이형민의 존재에 의지하여 하나둘 요가 수업에 참여했다.

여자들만의 장소에 남자 혼자 있으면 알게 모르게 여자들이 쳐다본다. 그러나 둘이 되는 순간 그런 부담감은 사라진다. 젊은 남자라면 금상첨화다. 여자들의 관심이 그쪽으로 쏠리니까. 그때까지만 참고 견디면 되는 것이다.

그러나 서귀포의 사정은 달랐다. 아무리 기다려도 남자 회원은 들어오지 않았다. 매일 유리창 주위를 어슬렁거리며 안을 힐끗거리는 남자는 많아도. 소문이 두려운 것일까. 좁은 동네라. 아니, 요가 요금을 따로 받아서 부담이 되나. 여러 가지로 열악한 조건이었다.

핑크는 늘 강의실의 왼쪽 앞자리에 앉았다. 요가란 게 본디 넓은 공간을 필요로 하지 않기 때문에 가까이에서 핑크를 지켜볼 수 있었다. 그녀는 늘 엉덩이에 'PINK'라는 영문이 쓰인, 딱 달라붙는 요가복을 입고 다녔다.

작지만 귀엽고 탄탄한 몸매. 남자들의 사심 어린 눈길과 여자들의 질투가 빚어낸 성숙한 몸매라면 정확할까. 가까이 있으면 핑크의 몸에서 달콤한 참외 냄새가 날 것 같았다. 요가 자세를 취하는 동작을 봐서 핑크는 꽤 오랫동안 요가 수업에 다녔음이 분명했다.

특히 차크라가 완벽했다. 바닥에 등을 대고 누워 두 팔과 두 발로 온몸을 지탱하고 허리를 들어 올리면 몸이 활처럼 휘어진다. 요가의 꽃이라 불리는 이 자세는 보통 1년 정도의 수련 기간이 필요하다. 팔의 힘이 좋아야 하고 균형을 유지하려면 허벅지의 힘도 필요하기 때문이다. 힘뿐만 아니라 균형감각도 요구된다. 몸의 어느 한 곳이라도 뒤틀려 있으면 통증이 귀신같이 알아차리고 그곳으로 몰려든다. 가장 약한 제방을 골라 무너뜨리는 수마水魔처럼.

핑크는 차크라를 완벽하게 소화해냈다. 그녀만큼 오래 버티는 여자가 없었을 뿐만 아니라 가히 곡예라 할 만한 자세를 유지했다. 차크라는 두 팔과 두 다리의 거리가 가까울수록 허리에 상상도 못할 압박이 가해진다. 엑소시스트 같은 공포 영화에서 이 자세가 종종 애용된다. 산발한 여배우가 눈 흘겨 뜨고 몸이 뒤집힌 채 손과 발로 계단을 내려오는 장면에 나오는 자세가 바로 차크라다. 정상적인 자세는 아닌 것이다. 대부분의 요가 자세가 그렇듯.

차크라를 완벽하게 소화한 핑크는 요가 강사가 허리에 깍지를 끼워 살짝 앞으로 끌어당기자 차려 자세로 반듯하게 섰다. 이어 뻐근하다는 듯 허리 부근을 두어 번 툭툭 치더니 만세를 부르는 것처럼 두 손을 머리 위로 뻗었다. 그러더니 허리를 비닐하우스 뼈대처럼 뒤로 꺾어 두 팔로 바닥을 짚고 다시 차크라로 복귀하는 게 아닌가. 고난이도 경지였다. 각 클럽마다 한두 명 있을까 말까 한.

이형민은 당시 서귀포에 염증을 느끼고 있었다. 그러나 핑크를 바라보는 순간만큼은 그런 생각이 들지 않았다. 토요일 일요일을 제외하고는 운동을 빠뜨리지 않았으므로 아무 때나 가도 만날 수 있는 게 즐거웠다. 말은 한마디도 건네지 못했다. 그녀에 대해 아는 것도 거의 없었다. 서른 전후의 나이로 보이고 결혼을 하지 않았다는 것 정도. 그것도 요가 수업이 시작되기 전 옆자리 여자와 떠는 수다를 듣고 알아낸 바였다.

피트니스 클럽 말고 다시 그녀를 만난 곳은 서귀포 도서관이었다. 증보탐라지 연구에 빠져 자료 조사를 하고 있을 무렵이었다. 책벌레처럼 향토자료실에 틀어박혀 있던 나날이었다.

어느 날 핑크가 나타났다. 이형민은 무르춤하게 내립떠보다가 '당신이 여기에 웬일이냐'는 표정을 지었다. 핑크의 깊고 검은 눈동자가 순간 석유통에 든 물처럼 출렁 요동쳤다. 알아본 게 틀림없었다. 하긴 그랬을 것이다. 요가 수업에 나오는 유일한 남자를 모를 리 있겠는가.

"아버지, 식사는 하셨어요?"

핑크가 옆 테이블에 방호 진지처럼 책을 쌓아놓고 읽던 노인에게 인사를 건넸다. 향토자료실에 숨은 그림처럼 책을 읽고 있어서 있는지 없는지 모를 정도로 존재감이 없던 노인이었다. 그러더니 쓰윽 이형민을 가릅떠보았다. 그때 이형민은 느꼈다. 핑크가 아버지를 부끄러워한다는 사실을. 치부를 들킨 사람처럼 몸 둘 바를 모른다는 사실을.

이유를 짐작하고도 남을 만했다. 아버지라고 하기에는 너무 늙수그레한 아버지였다. 작은 할아버지쯤이라고 해야 어울릴까. 노인은 핑크를 쳐다보지도 않고 옆 책상에 쌓아둔 책을 가리켰다. 복사를 해오라는 뜻이었다. 그뿐이었다. 이형민은 말을 걸고 싶었지만 핑크가 꺼리는 느낌이었다. 숨은 그림처럼 움직이지 않는 노인이 신경 쓰이기도 했다. 그게 핑크와의 처음이자 마지막 사적 만남이었다.

그런 핑크가 6개월 정도 보이지 않았다. 이형민이 서귀포를 떠나기 1년 전쯤부터 클럽에 나타나지 않은 것이다. 이형민은 가슴 한구석이 뻥 뚫린 느낌이었다. 운동을 해야 한다는 강박감에 가긴 했지만 핑크가 친구들과 전깃줄에 도열한 참새처럼 재잘대는 소리를 들을 수 없어서 아쉬웠다. 한 번만이라도 핑크의 차크라 자세를 더 보고 싶었다. 그래야 하루 몫의 운동량을 채운 것처럼 개운한 느낌이 들 것 같았다.

멀리 섶섬에 눈을 두고 러닝머신을 달리면서 한동안 이형민은 핑크를 떠올렸다. 다른 체육관으로 옮긴 것일까. 여기가 서귀포에서 가장 잘되는 클럽인데. 혹시 제주시로 이사 간 것일까. 그것도 아니라면 남자가 생긴 것일까. 6개월 내내 이형민은 서귀포를 떠나야 할지 말아야 할지 다시 고민해야 했다.

그렇게 기다리던 핑크가 뜨거운 여름날에 나타났다. 그녀는 긴 요가복을 입고, 멀리 섶섬에 눈을 둔 채 러닝머신 위를 초승달처럼 처연하게 달리고 있었다. 핑크라고 쓰인 반바지를 입어도 좋을 텐데. 핑크는 욕망을 떨쳐버리려는 금욕주의자처럼 몸을 혹사시키고 있었다. 극도로 폐쇄된 심정의 반영이라고나 할까.

저런 표정으로 운동하는 사람이 있다. 이어폰으로 귀를 꽉 틀어막고 운동에만 전념하겠다는 듯 무표정한 사람. 옆사람은 신경 쓰지 않는다. 반가움보다는 애처로운 마음이 들었다. 6개월 사이 핑크에게 무슨 일이 일어났던 게 틀림없었다.

요가 시간에는 정도가 더 심했다. 핑크는 예전처럼 조잘대지 않았다. 사람들이 반갑게 인사를 건넸지만 그녀는 요지부동이었다. 넋을 놓고 땅이 꺼져라 한숨을 내쉬기도 했다. 속이 텅 빈 것처럼 눈동자가 흔들리고 자신감도 늙은 닭 볏처럼 축 늘어져 있었다. 이형민은 그런 모습을 보면서 핑크가 이 자리를 몹시 그리워했다는 인상을 지울 수 없었다.

"그 남자하고 어떻게 된 거니?"

"그렇게 되었어."

이 한마디. 말의 뉘앙스로 보아 핑크는 그사이 남자를 만난 게 분명했다. 6개월 동안 클럽에 나오지 못할 정도로 남자에게 빠져 지냈던 것이다. 아니, 동거를 했다. 직감적으로 알아차릴 수 있었다. 묘한 배신감이 들었다. 다시 운동하러 나왔다는 것은 그 남자와 끝났다는 의미겠지. 안타깝군. 안타까워.

이형민은 핑크가 머지않아 운동을 포기할 거라 단정했다. 핑크는 과거의 자신으로 돌아가고 싶어서 여기에 나온 것이다. 그러나 예전 같지 못할 것이다. 핑크 자신이 예전으로 돌아갈 수 없으므로.

이형민의 예상대로 핑크는 다음 날부터 보이지 않았다. 그렇게 끝나는 것이다. 그나저나 어디에 있든지 잘 지내야 할 텐데. 차라리 어제 운동 끝나고 술이라도 한잔하자고 할 걸. 속 시원하게 털어놓고 울어버리라고. 아니, 거절했을 것이다. 핑크에게는 그럴 만한 여유가 없었다. 혼자 견디며 이겨내야 할 시간이 필요해 보였다. 어머니 배 속에서 웅크리고 있는 태아처럼 고독하게.

이형민은 그 순간 한 남자를 떠올렸다. 그래, 그 자식이다. 그 놈이 분명해. 핑크를 택시에 태워 가던 놈. 피트니스 클럽에 와서 시큰둥하게 운동하는 흉내만 내고, 몇 달이 지나도 배 둘레가 변함없던 놈. 요가 강의실 주위를 느실난실 기웃거리며 유리창 너머로 여자들의 몸을 훔쳐보고, 조리로 쌀을 이듯 샤워실에서 때수건으로 자신의 물건을 정성스럽게 닦던 놈. 덩치에 비해 너무나 왜소해 보이던 녀석의 물건. 놈은 그 물건을 30여 분에 걸쳐 닦고 또 닦았다. 물건이 다 닳아 없어질 정도로. 다른 사람의 눈총 따위는 안중에도 없다는 듯이.

그러나 놈에게는 남다른 장점이 있었다. 개인택시 운전수였던 것이다. 여자들을 유심히 봐두었다가 우연을 가장해 집까지 태워다주곤 했던 것이다. 무료로. 요가 시간에 여자들의 수다 속에서 얻어낸 정보였다. 왠지 핑크가 놈의 설핏한 마수에 걸렸다는 느낌을 지울 수 없었다.

그게 끝이었다. 이후 다시 핑크를 볼 수 없었다. 그로부터 6개월 후 사무관으로부터 러브콜이 들어와 제주시로 이사했다. 이후 이형민은 서귀포, 하면 오래된 정물화처럼 퇴색한 누런빛을 떠올리게 되었다. 베갯머리에 빠진 죽은 머리칼처럼 무참하고도 잔혹했던 그 5년의 시간들.

9

"오랜만이군요."

핑크는 무표정했다. 그사이 레디컬한 단발머리로 바뀌어 있었다. 마침 정낭이 열려 있어서 고씨의 초가에 들어갔는데 시선이 달음질하여 핑크에게 날아가 꽂혔다. 핑크는 윤기 반들반들한 툇마루에 앉아 망연히 하늘을 바라보고 있었다. 기억을 하고 있으니 다행이었다.

오랜만이군. 어떻게 지냈니? 깊고 검은 눈동자도 여전하네. 봄날, 따스한 햇살을 만끽하는 강아지처럼 꼼지락대는 것도 여전하고 말이야. 그런 말이 목젖에 딱 걸려 밖으로 새어나오지 않았다. 이형민은 묻지도 않고 핑크 옆에 앉았다.

"제주도를 떠난 줄 알았는데."

"도청 총무과에서 일을 한다는 얘길 들었어. 제주시에서도 요가 하러 다니나?"

"혼자만의 시간이 필요했죠. 시로 넘어오면서 마음을 다잡았어요. 그런데 여기까지 무슨 일이죠? 업무차 온 건가요?"

업무 때문이냐고 묻다니. 방금 전에는 내가 제주도를 떠난 줄 알았다고 말해놓고.

"아버지 집에 들렀다가 당신 명함을 봤어요."

이형민이 고개를 끄덕였다.

"아버지가 향토사학자 고수산 선생 맞나?"

핑크가 무춤하게 한 발 물러섰다. 핑크의 눈동자가 너울 맞은 수초처럼 불안하게 흔들렸다. 아버지 얘기가 나오자 사위스런 느낌이 들었는지 집 주변을 살펴보기까지 했다. 누군가 감시하는 사람이 없는지 확인하는 모습이었다.

"아버지가 사라졌어요."

역시 무슨 일인가 벌어진 게 틀림없다. 얘기가 길어지겠다고 생각했는지 핑크가 부엌으로 들어가 물을 끓였다. 그러더니 커피 괜찮죠? 하고 물었다.

"아버지를 뵌 지 1년 가까이 되었어요. 누군가에게 쫓기는 것 같았어요. 당시에 말이죠."

"맛이 독특하군. 무슨 커피지?"

"감귤커피."

전에 한 번 먹어본 감귤 초콜릿 맛이 났다. 감귤 특유의 시큼한 맛에 설탕보다 더 무거운 단맛이. 초콜릿의 끈적끈적한 단맛이. 돼지 껍질을 구우면 나오는 불포화지방산 같은.

"늙은 아버지가 1년 전에 사라졌다······. 아버지는 올해 제주 도지에 실릴 특집 원고를 집필하고 계셨다고 들었는데. 어떻게 된 일이지?"

"정말이지 당신이 제주도를 떠난 줄로만 알았다구요."

이번에는 핑크가 동문서답을 했다. 아버지 얘기는 별로 하고 싶지 않다는 투였다.

"떠나려고 했지. 매번 지적 호기심 때문에 실패하고 말았지만."

이형민은 모르는 척 대답을 했다. 업무를 핑계 삼아 사적으로 만나는 것도 나쁘지 않았다.

"지적 호기심?"

"일테면 그런 거야. 나는 뭔가가 궁금하면 참지 못하는 성격이야. 제주도에는 그런 게 많더라구. 다채로운 얘깃거리라고나 할까. 여기 토박이가 아니라 그런지 하나하나 알아가는 과정이 재미있어. 제주의 울연한 문화유산을 대하다 보면 나도 모르게 고개가 숙여지더라구."

"예를 들면?"

"몇 년 전부터 궁금한 게 있었지. 당신 아버지를 서귀포 도서관에서 만났을 때쯤. 지금도 조사 중이야. 제주도지 일만 아니라면 도서관에 틀어박혀 조사를 하고 있었을지도 몰라."

"아버지가 버릇처럼 하시던 말씀이 있었죠. 제주도의 향토사학은 벼랑 끝에 몰렸다고. 제주도에서 향토사학자라고 방귀깨나 뀌는 사람들이, 다들 얼치기 선비처럼 너나없이 베껴먹기식 저술을 하는 수준이라고. 허락도 받지 않고 남의 글을 자기 블로그로 퍼 나르는 것처럼 말이죠."

"옳은 지적이야. 일반 사람들이 관심이 없으니까 최근에 발표한 글이 무조건 원본이라고 믿는 것이지. 참고서적 같은 것은 아예 신경 쓰지도 않아. 얼치기 학자들은 항의가 들어오지 않으니까 구태여 남의 저작을 인용한 거라 밝힐 필요도 없고. 아버지께서 그런 풍토를 탄식했다면 분명 혼자 연구한 게 있다는 뜻이겠지?"

"아버지는 남의 글을 베끼는 사람이 절대로 아니에요. 자존심 하나는 끝내줬으니까. 그 자존심 때문에 내가 요 모양 요 꼴로 살고 있지만."

아버지와 사이가 좋지 않은 모양이었다. 뻔한 잔소리에 세대 차이도 많이 느끼고. 이형민은 상상해보았다. 핑크 최초의 공식 행사 초등학교 입학식. 앞섶에 하얀 손수건 달고 아버지 손 암팡지게 쥐고 참석한 입학식. 그날 이후로 핑크는 아버지가 학교에 오는 게 싫었을 것이다. 남들보다 훨씬 늙은 아버지. 그런 아버지가 부끄러웠을 것이다.

"전부터 묻고 싶은 게 있었는데, 서귀포에는 어떻게 내려온 거예요? 맨 처음에 말이죠."

배 타고 왔다. 이렇게 대답하면 난센스겠지. 공식이었다. 언젠가 핑크에게도 이런 질문을 받을 줄 알았다. 외지인이라면 출신 성분 혹은 호구 조사 질문은 누구도 피해갈 수 없는 통과의례이다.

서귀포 사람들은 이런 궁금증에 편집광처럼 집착을 한다. 다음 질문은 뻔하다. 언제 떠날 것인가. 언제까지 제주도에 머물 것인가. 학교 선생님에게 외지 사람을 만나면 이렇게 물으라고 교육받은 듯한 신명조체 같은 질문들. 'Where are you from, Nice to meet you' 따위의 관용어 같은.

"글을 쓰고 있어. 장편소설을 하나 완성하면 떠날 생각이었지. 1년을 바쳐 다 쓰긴 했지. 그런데 말이야, 소설을 쓰는 1년간 다른 얘깃거리가 떠오르는 거야. 그럼 다시 글을 쓰게 되고……. 그러다 보니 꽤 오랫동안 살게 되었지."

"당신 같은 사람이 제주도 곳곳을 흘러 다니다가 뿌리 뽑혀 떠나는 경우를 많이 봤어요. 솔직히 제주도를 떠나서 쓸 수도 있잖아요."

"좀 전에 말했다시피 나의 관심거리는 거개가 제주도와 관련된 거야. 특히 옛 문서나 오래된 문화, 혹은 이해되지 않는 사람들이 도발적이지. 뭐 이런 종류야. 제주도와 관련된 글은 제주도에 살면서 사람들과 부대끼며 쓰는 게 원칙이거든. 지금 여기,의 문학이라고 할까. 그게 사실적이고 솔직한 거야. 향토사학에 관련된 자료도 도서관에 가면 비치돼 있고 해서."

"언젠가 떠난단 뜻이군요."

"글감이 떨어지면 짚불 사그라지듯 그럴지도 모르지. 떠나고 안 떠나고가 그렇게 중요한가?"

"떠날 거라면 애써 정을 줄 필요가 없잖아요. 괜히 허깨비처럼 떠나버리면 마음 줬다가 낭패를 당하기 십상이잖아요. 정 준 사람만 허망하잖아요."

"그런 얘기는 나중에 제주시에서 만나 술이라도 한잔하면서 하기로 하고. 혹시 아버지께서 무슨 문서 남긴 거 없어?"

다음에 만날 구실을 만들어두는 거다. 다행히 핑크가 고개를 끄덕였다. 핑크가 일어나서 방으로 들어가더니 메모가 담긴 종이를 가지고 나왔다.

"아버지께서 당신이 찾아오면 주라고 했어요. 1년 전에요."

"1년 전에, 나에게?"

"중요한 원고를 작성하고 난 다음에 사라졌죠."

고씨는 미래를 내다보는 능력이 있는 것일까. 족집게 과외선생이 시험 예상문제 찍어주듯 나를 지목한 것일까. 아니, 1년 뒤에 제주도지 원고를 받으러 온 누군가에게 전하라고 한 것일까. 메모를 남기면서 뭐 이런 식으로 타이머를 걸어둘 필요까지야.

"상관없어요. 아버지의 원고를 받으러 온 사람은 당신이니까요."

핑크가 의뭉하게 미소를 지으면서 말했다. 이형민은 메모를 들여다보았다.

c911.99.*55.ㅁ

"이게 고수산 선생이 나…… 아니, 원고를 받으러 온 사람에게 주라고 한 게 맞아?"

"수산은 아버지의 호예요. 아버지는 원래 문자 석자를 쓰시지요."

"고문석高文石?"

그 순간 이형민의 뇌리에 번쩍 스치는 게 있었다. 아, 그 신문. 1954년판 제주신보!

1 0

결국 관광대 김 교수의 김만덕 특집으로 낙점되었다. 김 교수가 메인 필자로 나서고 향토사학자 정씨의 글이 외부 청탁원고로 따라붙는 형식으로 결정이 났다. 사진을 중간 중간에 넣고 분량은 각각 원고지 100매 내외로 해서 30페이지 정도를 할애하기로. 총책임자인 사무관이 딴죽을 거는 일은 더 이상 무리로 보였다. 무엇보다 고문석의 원고가 기한 내에 들어오지 않았다는 점이 명분에서 크게 밀렸다.

김 교수나 향토사학자 정씨의 글은 완벽해서 굳이 교정볼 필요가 없었다. 김 교수는 오랫동안 제주도지에 관여해왔으므로 아예 편집까지 염두에 두고 원고를 작성했다. 향토사학자 정씨도 전에 두어 번 글을 실은 적이 있으므로 제주도지의 시스템에 대해 잘 알고 있었다. 파일로 만들어 메일로 보냈기 때문에 일처리가 야무지고 깔끔한 편이었다.

김 교수와 정씨가 개선장군처럼 기고만장, 공보실을 빠져나가자 사무실 분위기가 급속도로 울울해졌다. 사무실 안을 날아다니던 먼지마저도 경기 침체를 두려워하는 비정규직처럼 몸을 사리는 느낌이었다. 사무관이 우울증을 앓는 환자처럼 고개를 바닥으로 떨어뜨렸다.

김 교수가 이번처럼 대놓고 외장친 경우도 처음이었다. 제주도지에 관한 전권을 가지고 있는 사무관으로서는 자존심이 상할 만한 일이었다. 사무실 불도 켜지 않아 어스름이 밖으로부터 짓쳐들어오고 있었다.

"정말 고 선생의 딸에게서 받은 원고가 없었나?"

사무관이 고개를 들지 않고 두성頭聲 발성으로 물었다. 책상은 T자로 배열되어 있었다. 김 교수와 이형민이 서로 마주보고 사무관이 둘을 좌우로 바라볼 수 있는 배치였다. 이형민은 퇴근 시간이 늦어져 슬금슬금 사무관의 눈치를 살피고 있었다.

"조만간 제주도는 전쟁터가 될 걸세."

어둠발이 드문드문 밀려들면서 사무관의 세설을 시커멓게 물들였다. 주민소환운동 때문이겠지. 강정 해군기지 건설을 저돌적으로 밀어붙이는 도지사의 오만을 심판하겠다며 주민소환운동이 전개되었다. 이번 윤달은 어째 분위기가 심상치 않다. 평소에는 잘 일어나지 않는 사건들이 제주도 곳곳에서 도미노 폭탄처럼 터지고 있다. 주민소환 확정 공고가 나서 앞으로 보름 후면 찬반 투표가 진행된다. 가뜩이나 여교사 살해 사건으로 어수선한데 더 시끄럽게 생겼다.

"나를 신뢰해줬으면 좋겠네."

주민소환에 대한 입장을 신뢰하라는 것인가. 도지사의 직무 정지로 인해 사무관은 오로지 제주도지 업무에 집중하고 있었다. 도지사가 공식적인 자리에 나설 수 없으니 사무관이 연설문을 작성하지 않아도 되었다.

"나는 말이지, 강정 해군기지 건설을 반대한다네."

사무관이 경계심 품은 고양이처럼 몸을 동그랗게 말았다. 사무관 위치에서 할 말은 아니었다. 고위 공무원이 이렇게 자신의 의견을 밝히는 것은 무조건 금기였다. 상대방이 아무리 하급 계약직이라고 해도 입 밖으로 꺼낼 말은 아니었다.

"자네 생각은 어떤가?"

같이 죽자는 뜻인가. 가뜩이나 민감한 사안에 대해 윗사람이 이처럼 자기 생각을 털어놓는 일이 어디 가당키나 한 일인가. 그것도 공무원 사회에서. 지금 나를 시험하는 걸까. 도정을 변론하고 홍보하는 공보관이 도지사 직무 정지를 초래한 사안에 대해 반대한다니…….

"제주도는 제주도다운 데 가치가 있다고 생각합니다."

"제주도답다?"

"제주도 천혜의 자연환경과 독특한 문화, 그것을 파괴하지 않고 보존해야 사람들이 제주를 찾을 거라 생각합니다. 꼭 관광만을 겨냥해서 하는 말은 아닙니다만, 옛것을 소중하게 여기고 보존하는 데 제주도만의 경쟁력이 있다고 생각합니다."

신념을 솔직히 말했다. 사무관이 고개를 끄덕였다.

"어쩔 수 없지. 내가 싫다고 하면 누군가 이 자리를 차지할 테니."

동문서답이었다.

"누군가 차지한다니요?"

"꽃이 이울면 땅으로 떨어질 날이 찾아오겠지. 하지만 힘이 있는 한 나는 앙버틸 걸세. 저들에게 이 자리를 순순히 내줄 순 없지. 저들은 제주도를 팔아먹으려 하고 있어."

"……."

"자네를 공보실로 끌어들인 이유가 바로 그걸세. 자네는 제주도 출신이 아니므로 도청 공보실에서 일하는 게 원칙적으로 불가능해. 해서 내가 고집을 세웠네."

이형민은 계속하라는 듯이 침묵했다. 사무관이 이형민을 등지고 회전의자를 돌려 앉았다. 이어 구두를 옆 책상에 올리더니 컴퍼스처럼 발을 엇꼬았다. 눈을 마주치지 않으려는 속내가 분명했다.

"내가 고집을 세웠어. 자네라면 궨당들의 눈치를 보지 않고 소신을 펼칠 수 있겠다는 확신이 들었으니까."

육지 사람에게 이런 장점이 있다니. 제주도 사람에게 이런 말은 처음 듣는다. 육지 출신이라는 배타적 성분이 긍정적인 측면으로 작용할 수도 있다……. 낯설고 생뚱맞은 말이라 피식 헛웃음이 비어졌다.

"그게 그렇게 중요합니까?"

"직설적인 사람이 필요했네. 직설적인 사람이. 그동안 우리 제주도가 행했던 관성에서 과감히 탈피해야 한다고 생각했네. 특히 역사와 관련된 사안에서는. 좋은 게 좋은 거라는 방식이 역사에 적용되어서는 안 된다는 뜻일세."

"사람을 잘못 보신 것 같습니다. 저는 조용히 글이나 쓰면서 좋아하는 책이나 맘껏 읽고 싶을 뿐입니다. 뭐 거창하게 명리를 얻고자 하는 생각도 없습니다."

"사심이 없다는 거겠지. 자네가 제주도 사람을 싫어하는 거 잘 알고 있네. 그러면서도 제주도에 살기를 바라는 게 어찌 보면 아이러니지. 하지만 나는 자네의 그런 점을 높이 평가하네. 제주도에 살고자 하면서 제주도 사람을 싫어한다는 게 모순 아닌가? 그래도 한두 사람은 필요할 거야. 혼자 살기에 어려운 세상이 되었지. 나는 자네를 최초로 발굴한 사람이야. 앞으로 어떤 일이 벌어진다 해도 나를 신뢰해야 할 걸세. 내가 자네 머릿속 판단까지 개입할 수는 없지만."

사무관이 담배를 피워 물었다. 이형민도 사무관을 따라서 담배를 물었다. 사무실 안은 금연이지만 늦은 시각에 조용히 피우고 흔적을 없애는 일은 암묵적으로 허용되었다.

"솔직히 말하면 나도 육지 사람을 좋아하지 않아. 하지만 이번에는 자네의 집요함이 필요했네."

술 취한 사람처럼 왜 자꾸 집요함이란 말을 반복하는 것일까. 나를 처음으로 도청으로 불러들일 때 했던 말이 아닌가. 그래,

백 번 양보해서 내게 집요함이 있다 치자. 대체 그 집요함으로 뭘 어떻게 하겠단 말인가.

"자네가 모르는 게 있지. 고문석 선생이 자네를 추천했네."

하마터면 담배를 떨어뜨릴 뻔했다. 왜 이 순간 고문석의 이름이 뺑소니차처럼 불쑥 튀어나온 것일까. 고문석은 핑크의 아버지이자 증보탐라지 저자 정념의 아들이다. 고문석과는 서귀포 도서관에서 함께 책을 읽은 기억밖에 없다.

"자네가 문학회에서 활동하는 것을 보고 나를 찾아왔네. 자네가 집요하다면서."

사무관은 두서없이 회상에 빠진 표정이었다. 잠시 멀미가 일듯 머릿속이 출렁거렸다. 그렇다면……. 사무관이 원고를 받아오라고 서귀포에 보낸 이유가 따로 있다. 딸 핑크를 만나게 한 것 역시. 고문석이 내게 메모를 남겼다는 사실도 알고 있지 않을까. 모른다, 서로 물밑 접촉했으면 가능할지도.

"마지막으로 만난 게 언제였습니까?"

"그 후로 얼굴을 보지 못했네. 올해 원고를 보내겠다는 통화만 간단히 했지. 지난해의 탐라직방설에 견줄 만한 특집이었어. 내용이 이어진다고 보는 게 옳을 거야. 이건 말하자면 극비야. 그런데 말도 없이 사라지고 원고도 보내지 않으니. 몇 년 동안 연구한 성과물을 이번에 발표하기로 약속되어 있었다네."

"딸과도 연락이 끊긴 지 1년 되었다고 합니다."

흠, 하면서 사무관이 오른손으로 턱을 받쳤다. 처음 듣는 얘기라는 듯.

"그래서 연락이 닿지 않았던 거로군."

"고문석 선생이 증보탐라지와 관련되어 있다는 사실을 알고 계셨습니까?"

"이번 특집이 그 내용을 다루는 게 아닐까 생각은 해봤지. 아버지 고정념이 증보탐라지의 필자였고, 죽임을 당했다는 것 정도."

이형민은 억지로 차에 실리는 황소처럼 뒷다리에 힘을 주고 버텼지만 미궁 속으로 한 발 더 끌려들어간 느낌이었다. 얘기를 꺼낼까 말까 잠시 갈등이 되었다. 어쨌든 고문석과 사무관 사이에 은밀한 조율이 오갔을 가능성이 크다. 그렇다면. 무슨 일이든, 머뭇거릴 때는 천천히 생각하고 결정의 순간에는 마침표처럼 단호하고 신속하게.

"고 선생이 메모를 남겨두었습니다."

"1년 전에 사라졌다고 하지 않았나. 1년 전에 메모를 남겼다는 뜻인가?"

"알고 계셨습니까?"

"아닐세. 나도 고 선생과 연락이 닿지 않았다고 말하지 않았나. 어떤 내용이었나?"

아니다. 사무관은 알고 있었던 게 분명하다. 내가 직접 입을 열 때까지 기다린 느낌이다. 자발적인 이실직고를 바란 게 틀림없다.

"그게 말입니다. 암호 같아서 아직 풀지 못했습니다."

이형민이 지갑에서 메모지를 꺼내 보여줬다.

'c911.99.＊55.ㅁ'

사무관이 근시를 앓는 노인처럼 미간을 찌푸리면서 눈을 습벅거렸다.

"뭐를 뜻하는 것 같습니까?"

"특집을 거부했다는 말이군."

역시 동문서답이었다. 사무관이 팔짱을 끼고 일어서더니 분주한 타자기처럼 사무실 안을 반복적으로 왔다 갔다 했다. 구두 소리가 진동을 일으키며 우렁우렁 울렸다. 바닥에 가라앉아 어둠을 대비하던 먼지들마저 부산하게 움직이는 느낌이었다. 먼지의 사생활을 위해서라도 사무실을 비워줘야 할 시각이다.

"사정이 있었겠지요. 좀 더 두고 봐야 알 수 있을 것 같습니다."

"고문석의 선택이라면 그대로 따라야겠지."

사무관은 자리로 돌아와 담배를 피워 물더니 겉옷을 집어 들었다. 출입문으로 향하던 사무관이 뒤를 돌아보며 한마디 덧붙였다.

"그 메모 말일세. 도서관 책 청구기호 같지 않은가?"

사무관이 주정차 단속에 걸린 사람처럼 황급히 사무실을 빠져나갔다. 이형민은 담배에 불을 당겼다. 암흑이 커튼처럼 내리깔린 사무실이 라이터 불을 켜자 환해졌다. 덩달아 머릿속도 활연해지는 느낌이었다. 도서관 책 청구기호? 그렇담, 서귀포 도서관이야.

도서관 장서는 책마다 고유의 청구기호를 가지고 있다. 일반
자료는 o, 참고자료는 r, 향토자료는 c로 구분된다. c911.99.＊
55.ㅁ. 한국 십진분류표에 따르면 c 다음의 숫자가 900대이므로
역사책이라는 뜻이다. 000이 총류總類, 100대가 철학, 800대가
문학, 900대가 역사. 대분류 앞에는 알파벳이 붙고 책의 내용에
따라 소분류대에는 숫자가 붙는다. c900대라면 향토자료 중에서
역사와 관련된 책이라는 뜻이다.

고문석이 주로 이용했던 곳은 서귀포 도서관. 거기 향토자료
실이었다.

고문석은 한마디로 개결하고 까칠한 노인이었다. 뭔가에 게염
난 사람처럼 늘 미간을 찌푸리고 입매가 찌그러진 게 뚝별스러
워 보였다. 그는 격리병동에 강제수용된 환자처럼 불퉁가지 그
들먹한 얼굴로 향토자료실에 은둔해 있었다. 하지만 숨은 그림
처럼 자연스러웠다. 눈을 크게 뜨고 들여다보아도 책이 그이고
그가 책인 것처럼 흠잡을 데라곤 찾을 수 없이.

처음 고문석을 봤을 때는 가문의 족보를 확인하러 온 서귀포
노인쯤이라 짐작했다. 잠깐 머물면서 심드렁하게 책을 읽다가
슬그머니 자리를 뜰 줄 알았다. 허나 그가 꺼낸 책은 족보가 아

니었다. 그의 독서 편력은 한마디로 잡식성이었다. 향토자료실의 책이란 책은 모조리 읽고 싶어 허발이 난 사람처럼 보였다. 그는 정말 대입 수험생처럼 엉치뼈에 좀이 슬 만큼 의자에 앉아 있었다. 독서에 방해가 될 정도로 그르렁그르렁 소리를 내며.

이형민이 자료를 조사하러 한창 서귀포 도서관에 들락거리던 시절, 고문석은 늘 가로등처럼 무언가에 몰두해 있었다. 옆사람에 대한 견제도 심해서 점심을 먹으러 가거나 볼일을 보러 나갔다 들어오면 이형민이 읽는 책이 무엇인지 확인하기도 했다. 책상에 펼쳐놓은 책을 넋 놓고 들여다보다가 헛기침 소리에 화들짝 놀란 적도 있었다. 그때 그가 한 말.

"미안하네."

가래 끓는 새된 목소리. 너무 늙어 이 자리에서 당장 죽어버리면 어쩌나 하는 걱정이 들 만큼. 119를 불러야 하고 어떻게 죽었는지 증언도 해야 한다. 그게 귀찮을 뿐이었다. 한 가지 더 불편한 점은 누군가 같이 있다는 것. 혼자 조용히 책을 읽고 호기심 나는 대로 책을 꺼내 보고 싶은데 노인이 있어서 부담스러웠다. 노인에게서 풍기는 시큼한 막걸리 냄새도 싫었다.

까만 뿔테를 낀 도서관 사서가 곤란하다는 표정을 지었다. 출산할 날이 가까워진 모양이었다. 윤달이라 해도 여름은 여름이니까 꽤 부담스러울 것이다. 에어컨을 틀어놨지만 사방에서 열기가 날림공사 한 벽면 빈틈으로 짓쳐들어오는 느낌이었다. 몇 년 전만 해도 안경 낀 말라깽이였는데 그 사이에 결혼을 하고 임신까지 해서 볼살이 실팍하게 올라 있었다.

"도서관 전산이란 게 원래 이래요. 도서명이나 저자 혹은 출판사로 검색하게 되어 있어요. 이런 기호 따위로 책을 찾는 일은 곤란해요."

물웅덩이 위를 가들가들 지나가는 소금쟁이처럼 성의 없고 매가리 풀린 목소리였다. 곤란하다……. 안 된다는 뜻이다. 관공서에서 하는 곤란하다는 말은 명백한 거절의 뜻이다. 약간의 가능성은 남아 있다는 의미로 들리는 말. 상대방으로 하여금 버성긴 틈 잘 뚫아 들어가면 될 수도 있다는 허황된 희망을 품게 만드는 말. 그간 공무원 생활을 하면서 체득했을 것이다. '불가능해요' 보다 '곤란해요'란 표현이 더 세련되다고 믿는 것일까.

"기호로 검색이 불가능하다면 도서 총목록이라도 보여주세요. 향토자료실에 비치된 장서 총목록 말예요."

"그런 식으로 책 찾는 사람이 없다니까요. 차라리 책을 구입해 달라고 하든지. 도민 희망도서라고 도서관 홈페이지에 들어가면 신청할 수 있어요."

팔짱을 낀 채 잦바듬하게 내립떠보는 모습이 일손을 놓고 파업 시위를 주동하는 종업원 같아 보였다. 알아서 찾으라는 뜻이었다. 향토자료실 장서만 해도 1,000권이 넘을 텐데 기호만 가지고 어떻게 책을 찾는다는 말인가. 거기다 관리가 제대로 되지 않아서 기호 순서대로 책이 꽂혀 있다는 보장도 없었다.

"문이나 열어주세요."

이형민이 항복을 선언하는 병사처럼 말했다. 그러자 사서가 미리 준비라도 한 것처럼 묵직한 열쇠 꾸러미를 데스크 위에 올려놓았다.

"자주 오셨으니까 어떤 열쇠인지 아시죠? 용무 끝나면 꼭 반납해주시구요."

이런 정도라면 향토자료실이 없어지길 바란다고 해도 과언이 아니다. 제주도의 정책에 의해 각 도서관마다 생긴 제주도의 옛 문헌을 모아둔 향토자료실은 인적이 뜸하고 방치된 경우가 많아 애물단지나 진배없었다.

서귀포 도서관의 경우 창고라 해도 과언이 아니었다. 여름에는 히터, 겨울에는 선풍기, 폐기 처분 직전의 중고 컴퓨터를 보관하는 창고, 혹은 신착 자료가 들어오면 임시로 보관하는 용도로도 사용되었다. 지금 당장 필요하진 않지만 나중에 쓸 계획이 있는 허드레 물건들을 쌓아두는 공간쯤으로. 야심차게 오픈했는데 줄창 파리만 쫓고 있는 국영 관광지 같은 신세라고나 할까.

다행히 향토자료실은 한국 십진분류표대로 책이 분류되어 있었다. 사람 손을 덜 타서 그런지 책도 기호 순서대로 꽂혀 있었

다. 이 자료들 중에서 역사 파트인 900대만 뒤지면 된다. 4·3사
건과 관련된 책이 많으므로 이것들을 제하면 대상이 반 이하로
줄어든다.

이형민은 천천히 책등 아랫부분에 붙은 기호를 확인했다. 일
일이 하나하나. '©911.99. ＊55. ㅁ' 이라고 중얼거리면서.

고문석이라면 이런 수수께끼를 만들고도 남을 위인이었다. 향
토자료실의 모든 책을 꿰고 있는 사람. 책이란 책은 모조리 읽어
치우고도 성에 차지 않아 군침을 질질 흘리는 사람. 여기에 어떤
비밀을 숨겨놓아도 어색하지 않을 사람이었다. 어쩌면 비밀을
숨겨놓기에 여기가 가장 안전할지 모른다. 향토자료실에 놀러
들어오는 사람은 없으니까.

대체 고문석은 어디에 있는 것일까. 문득 몇 년 전 고문석과
향토자료실에서 나눴던 대화가 선연하게 떠올랐다. 핑크가 도서
관에 온 다음 날인가였다. 이형민은 여느 때처럼 증보탐라지 79
페이지에 대한 기록이 있는지 자료를 살피고 있었다.

"딸을 알고 있나?"

노인이 이런 식으로 말을 붙인 것은 처음이었다. 노인의 입에
서 비리척지근한 담배 냄새가 났다. 이형민은 나쁜 짓을 하다가
들킨 아이처럼 얼굴이 빨개졌다.

"운동을 하다가 두어 번 본 적이 있습니다."

이형민은 어리마리한 상태로 에둘러서 말했다. 왠지 아버지가 자기 딸에 대한 짝사랑을 품고 있는 남자를 면접하는 느낌이었다.

　"딸아이가 걱정이야. 늦둥이가 벌써 서른을 넘겼으니 세월이 참 빠르지. 그 아이가 제대로 된 남자를 만나 시집가는 걸 보고 죽어야 할 텐데. 만난다는 남자놈들이 다 그 모양 그 꼴이니 결창 터져 못 살겠네."

　아니, 핑크가 결혼하고 나서도 잘 사는 모습을 보고 돌아가셔야죠. 말이 입 밖으로 새어나오지 않았다. 웬일로 이렇게 다붓하게 구는 것일까. 이 노인네, 말동무가 필요한 것일까. 하긴 새벽 어스름을 뚫고 도서관에 나와 어둑선해질 때까지 책만 읽는 노인네에게 막걸리 한잔 같이 마실 친구가 있겠는가. 책 말고는.

　"좋은 남자를 만날 거예요. 시행착오라고 마음 편하게 생각하세요."

　"자네는 제주도 출신이 아니군. 고향이 어딘가?"

　"충청도입니다. 뭐 그렇게 되었습니다."

　또 언제 갈 거냐고 물을까 걱정되었다. 처음 나누는 대화가 이런 식이라면 좀 불편하다.

　"결혼은 했나?"

　결혼할 뻔은 했다. 그 여자가 그렇게 배신을 할 줄 몰랐다. 나도 일일드라마나 통속 소설에 나올 법한 경우를 겪었다. 원망할 생각은 없다. 뭐 남녀관계가 그런 것이다. 그때 구원처럼 떠오른 것이 소설이었다. 소설을 써야 살겠다. 이런 생각을 했던 것이다. 핑크도 마찬가지다. 이 남자 저 남자 만나 상처받고 아물다 보면 내성이 생길 것이다. 그러다 보면 좋은 남자도 만나게 될 터이고. 다 세월이 약이다.

"소설을 쓰고 있습니다. 선생님께서 여기에 계시면서 책을 읽는 것처럼 말입니다."

노인이 알겠다는 듯이 고개를 끄덕였다. 더 이상 묻지 말라는 뜻을 노회한 노인네가 간파했을 것이었다.

"외지 출신의 젊은 사람이 이런 책에 관심을 가지다니 놀랍군."

책상 위에는 제주문화원에서 펴낸 증보탐라지 영인본, 수정본, 그리고 역주본이 펼쳐져 있었다.

"재미가 있어서 들여다보고 있습니다. 호기심이 생겨서요."

"뭐가 그리 궁금한가?"

노인이 묻고 싶었던 것은 이것이었을 터였다. 딸에 대한 얘기는 자연스럽게 대화를 열기 위한 과정이었을 뿐이다. 본 게임에 들어가기 전의 전희 단계처럼.

"이 79페이지 말입니다."

자주 얼굴을 봤으므로 거리낌 없이 말했다. 이형민이 영인본 79페이지를 손으로 가리키자 노인이 가까이 다가왔다. 시큼한 막걸리 냄새가 풍겨 이형민은 잠깐 미간을 찌푸렸다.

"이 페이지만 글씨가 다르단 말입니다."

순간 노인의 눈빛이 바뀌었다. 뭐 이런 것을 찾아내다니, 하는 눈빛이었다. 그러더니 당황했는지 창밖으로 황급히 눈을 돌렸다. 시간이 멈춘 듯 폭염이 쏟아지는 여름날이었다. 아무리 많은 물을 쏟아부어도 땅의 열기 때문에 금방 수증기로 증발할 것처럼 무더운 날씨였다.

"이걸 어떻게 발견했나?"

노인의 눈에 생피처럼 뜨거운 광기가 스쳐 지나갔다. 그러나 노인은 마음의 오지랖을 여미듯 한소끔 숨을 몰아쉬더니 형형한 눈빛으로 다시 물었다. 무작정 신뢰를 하기보다는 한 번 더 검증하려는 듯이.

"천연기념물이란 표현 때문에."

사실대로 말했다. 대답을 해놓고 보니 좀 우스꽝스러웠다. 천연기념물이 가당키나 한 말인가. 노인 역시 생뚱맞은 답변이라 생각했는지 피식 웃었다. 하지만 찰나적으로 얼굴에 미묘한 감정이 어지러이 서린 것도 사실이었다.

"남목에 관한 얘기군."

이번에는 이형민이 놀랐다. 녹나무에 대해 알고 있다니. 조사한 바에 의하면 녹나무에 대한 기록이 전해지는 책은 증보탐라지밖에 없었다. 그의 향토사학에 대한 내공이 비로소 느껴지는 순간이었다. 성의 없는 기술자처럼 대충 넘겨짚어 하는 말이 아니었다.

"이 79페이지에 내 일생을 걸었네."

가슴 한편이 고장 난 엘리베이터처럼 철커덩 내려앉았다. 책한 페이지에 일생을 걸다니. 이 페이지가 뭐라고 일생을 운운하는가. 과연 이 페이지가 인생과 맞바꿀 가치가 있단 말인가.

"내 인생은 이 책 79페이지로 시작해 79페이지에서 끝난다고 해도 과언이 아닐세."

외지인에 대한 모든 의심의 눈초리는 까무룩 사라진 듯했다. 경계가 허물어졌다고나 할까. 하지만 노인의 말은 허방을 밟은 듯 좀처럼 현실감이 잡히지 않는 이야기였다. 30대 후반의 이형민으로서는 좀체 알아먹을 수 없는 이야기였다.

죽기 전에 자신의 삶을 되돌아보고 내린 총체적 결론 같은 거라고나 할까. 돌이켜보건대 내 인생은 증보탐라지 79페이지와 밀접하게 연관되어 있더군. 이런 식으로. 일생을 이 79페이지에 걸었다고 말하는 노인. 향토사학에 도저한 노인이 학문을 과하게 내면화시키다 보니 실성의 경지에 도달한 것일까.

"역사는 늘 왜곡되어왔지. 진실이 사람들을 불편하게 만들기 때문이야."

"이 79페이지가 왜곡되었다는 말씀입니까?"

이형민이 넘겨짚었다.

"누군가 반드시 바로잡아야 할 걸세."

정상적인 대화는 그것이 마지막이었다. 지금 생각해보니 고문석은 아버지 고정념의 죽음에 대해 조사했던 게 틀림없다. 고문석은 이 79페이지로 자신의 인생이 시작되었다고 말했다. 인생이 시작되었다면 아버지 정념이…….

그 순간 책 한 권이 사격조준점처럼 시선을 낚아챘다.

'c911.99.＊55.ㅁ'

그것은, 만덕전이었다.

만덕전? 김만덕? 뭔가 이상했다. 혹시 메일로 보냈던 만덕전? 만덕전 ①편에는 김만덕에 대한 언급이 전혀 없었는데. 저자가 표시돼 있지 않을 뿐만 아니라 출판된 형태도 아니었다. 가제본된 책이었다. 원본을 A4용지에 복사해서 급조한 책이었다. 원본은 따로 있을 것 같았다.

아, 그러고 보니 저자의 성에 '＊' 표시가 되어 있었다. 저자 미상이라는 뜻인가? 이형민은 도서 검색대에 가서 만덕전을 쳐보았다.

'c911.99.채79.ㅁ'

이 한 권뿐이었다. 김만덕 기념회에서 최근에 편찬한 편집본이었다. 정조 임금 당시의 영의정 채제공과 다른 저자들이 지은 만덕전만을 뽑아 엮은 것이었다. 전혀 다른 책이었다. 고문석이 지목한 만덕전이 검색에 올라오지 않는 이유는 무엇일까. 혹시 고문석이 임의로 가져다놓은 것은 아닐까. 서귀포 도서관의 데

이터베이스에 속하지 않은 책이라면 서귀포 도서관 장서가 아니란 뜻이다.

저자를 밝히지 않은 만덕전이라……. 원본을 복사한 것이지만, 책을 우측에서 좌측으로 읽고 종서縱書로 쓰여 있는 형태가 전형적인 조선시대의 저작물이었다. 고문석이 직접 편집하고 제본하여 청구기호까지 적어 넣은 게 틀림없었다. 책을 뒤적거리다 보니 책갈피 사이에서 메모지 한 장이 떨어졌다.

지금 이 메모를 읽고 있다면 반은 성공한 걸세. 이 책을 가져다 주역하게.

아, 역시 고문석이다.

고문석이 나를 지목했던 거야. 내가 선택한 게 아니라 그가 나를 선택했던 것이지. 그것은 제주도지 원고를 받으러 올 사람이 나라고 확신했단 뜻이겠고. 다른 사람이 받으러 왔다면 이 메모의 비밀을 풀어낼 수 없었을 거야.

*

이형민은 제주시로 차를 몰면서 생각에 잠겼다. 도서관 전산에 올라온 책이 아니므로 도서관 입구에 있는 책 도난 방지기에 걸리지 않았다. 만덕전이라니. 대체 이 책은 어디에서 솟아난 것일까. 저자도 확인되지 않은 만덕전이라……. 아뿔싸, 그렇지. 관광대 김 교수가 이번에 기획한 특집과 동연한 내용이다. 김만덕 특집. 어제 김 교수의 기획안을 싣기로 최종 결정이 났지. 그래, 김 교수의 특집이 바로 김만덕이었어.

1 2   만 덕 전 (萬 德 傳) ②

홍랑은 아침 일찍 일어나 책을 읽고 있었다. 기생이 되려면 혹독한 훈련 과정을 거쳐야 한다고 했다. 마당에는 제 욕심껏 피어난 왕벚꽃이 이따금 무더기로 떨어지고 있었다.

홍랑은 봄의 열기에 잠시 현기증을 느꼈다. 이렇게 투명하면서도 창날같이 곧은 햇살이라니. 한라산신이 축복을 내린 것 같은 아슴아슴한 봄날. 나도 누군가에게 이런 여인이 될 거야. 행복함과 나른함을 동시에 가져다주는 다사로운 봄볕 같은. 코끝에 봄바람이 다가와 입을 맞추자 홍랑의 하얀 볼이 복숭아처럼 불그스름하게 물들었다.

최근 몇 년 사이 그미는 승승장구하고 있었다. 고만고만하던 객주를 모두 평정하고 제주도 제일의 거상이 되었다. 올해는 특히 소금 도매업으로 많은 돈을 벌어들였다. 수요가 폭발적으로 늘었을 때 물건을 내놓아서 높은 가격을 받을 수 있었다. 근래에 제주도 식량 사정이 좋지 않은 까닭이었다. 식량이 떨어지자 사람들의 관심은 구황식물로 쏠렸다. 이때 꼭 필요한 것이 소금이었다. 소금을 넣지 않고 풀뿌리나 나무뿌리를 삶아 먹었다가는 부황이 올라오기 일쑤였다. 구황식물의 독을 없애는 데 소금이 긴요하게 사용되었다.

돈에 관한 한 그 누구도 따라잡을 수 없을 만큼 반지빠른 어머니. 관에서도 손을 댈 수 없을 정도로 어느새 너무 커버린 어머니. 그미의 야심은 의뭉한 숲처럼 그 끝이 보이지 않았다. 화북 포구에서의 작은 객주 생활이 벌써 10년. 이제는 제주도 최대 규모의 객주를 새로 짓고 제주성 동문 산지천 근처에 객주 2호점을 어연번듯하게 열었다. 새로 지은 화북 객주는 커다란 창고가 딸려 있어서 육지 상인들이 주로 드나들었다. 반면 산지천 객주는 고급 술집으로 육지의 거상이나 제주의 높은 관리 혹은 사대부의 자제들을 상대하는 기생집이었다.

산지천 객주는 금산의 수원지水源池 아래 위치해 있어 사시사철 물을 맘껏 쓸 수 있을 뿐만 아니라 제주성 동문東門과 가까워 접근이 아주 편리했다. 또 산지포구 인근이라 금산에 올라가면 배가 들고 나는 광경을 한눈에 확인할 수 있는 전략적 요충지이자 절경지였다. 어머니가 오랫동안 눈독을 들인 자리였다.

산지천 객주를 찾아오는 사내들은 대개 정신이 제대로 박힌 사람이 없었다. 관 소속의 거들먹거리는 양반들 아니면, 아버지를 믿고 가드락가드락 설쳐대는 막 코밑이 거무스레해진 천둥벌거숭이거나 고향을 떠나 몇 달째 여자의 살냄새를 맡지 못한 발정 난 육지 상인들이 고작이었다. 기생 살맛이 그리워서 어떻게든 한번 음종한 색사나 질펀하게 벌여보려는 자들뿐이었다.

최근에 어머니는 친오빠에게 화북 객주를 맡기고 산지천 객주에 눌러앉았다. 이곳에 머물면서 기생들을 관리하고 제주목사나

판관 등의 고위층이나 아전들을 상대했다. 그미는 공식적으로 제주목에 속한 관기들을 관리하고 교육했다.

어머니가 바깥나들이를 줄이자 제주목 남정네들의 애간장이 어지간히 타들어간 모양이었다. 그미의 교용에 사무친 남정네들이 산지천 객주에 문전성시를 이루었다.

엊그제 제주에 도착했다는 사내가 마당을 어슬렁거리며 한가로이 햇볕을 즐기고 있었다.

어머니가 저런 거렁뱅이나 다름없는 사내를 산지천 객주에 들이다니. 그것도 가장 지밀하다는 안채에. 육지의 잘나가는 사대부로 보이지도 않았고, 커다란 배를 소유한 장사꾼으로도 보이지 않았다. 그저 허랑한 눈빛에 남루한 옷차림의 날품팔이처럼 보였다. 다만 멀리서도 눈에 띄는 것은 큰 키에, 붉은 수염이 자라 있다는 점 정도. 도무지 정체를 감지할 수 없는 육지 사람이라는 것. 나이조차 감 잡을 수 없는.

돌담 너머 소란이 벌어졌다. 한 달 전인가 강진에서 소금을 싣고 온 김씨라는 장사치였다. 소금값을 받아 투전판을 기웃거리고 기생 저고리와 치마 속만 탐하더니 돈이 다 떨어진 모양이었다.

"네년이 어떻게 나한테 이럴 수가 있단 말이냐."

김씨가 어머니의 목덜미를 물어뜯듯 왁살스럽게 외장쳤다. 그미는 눈 하나 꿈적하지 않았다. 저런 일로 마음이 흔들렸다면 이

자리까지 오지 못했을 것이다. 화북 객주에서 산전수전 공중전까지 다 겪은 어머니였다. 남자를 다루는 데 이골이 난 어머니였다.

김씨는 재작년부터 그미와 소금 거래를 시작한 상인이었다. 배에 물건을 가득 싣고 위풍당당 들어왔다가 항상 저런 거지꼴로 떠나는 사람. 매번 비참한 말로를 겪는 비극적 인물. 붉은 수염을 가진 사내가 흥미로운지 돌담 너머로 눈을 두고 있었다.

"남볼썽 사납게 이게 무슨 짓입니까? 돈이 다 떨어졌으면 고향으로 돌아가 소금을 가져오십시오."

시큰둥하게 되받아쳤지만 소름이 오스스 돋아오를 정도로 차가운 목소리였다. 본질은 소금뿐이었다. 소금 거래가 아니면 어머니가 저런 부박한 무지렁이를 상대할 이유가 없었다.

"네년이 내 돈을 다 빼먹고 이제는 등골까지 쪽쪽 빨아먹는구나. 내 익히 이 섬에 오기 전부터 들었다. 얼굴 반반한 구미호가 육지 상인을 홀려 돈을 강탈한다더니 과연 소문과 다르지 않구나. 돈만 밝히는 년. 내 오늘은 꼭 요절을 내고 말겠다."

김씨가 어머니에게 달려들자 옆에 서 있던 종들이 앞을 가로막았다. 그미는 어마뜨거라 한발 물러서는 시늉조차 하지 않을 만큼 노련했다.

"매번 이렇게 끝나는 것도 참으로 딱합니다. 그간 해온 거래도 있고 하니 이번만은 바지저고리를 빼앗지 않겠습니다. 당장 고향으로 돌아가세요."

때마침 돌담 옆 한 구석에서는 여종들이 빨래해온 바지저고리를 말리고 있었다. 물기를 빼고 주름이 잡히지 않도록 탁탁 터는 소리가 크게 들렸다.

그미의 계산은 늘 정확했다. 숙박비가 모자라면 바지저고리라도 빼앗아 밖으로 내칠 정도로 냉정했다. 기생의 품에서 세월 가는 줄 모르고 녹아나다가 옷을 뺏기고 객주에서 쫓겨난 남자들이 얼마나 많았던가.

"내가 실어온 소금을 창고에 쟁여뒀다가 비싼 가격에 팔면서 그런 소리를 하면 안 되지. 아직 팔리지 않은 소금 값을 더 달라는 것도 아닌데, 이렇게 막 나오면 되겠소?"

김씨의 목소리가 한풀 꺾여 있었다. 다급했는지 바지저고리 고의춤을 오른손으로 움켜쥐고 있었다.

"이번에는 그냥 보내준다니까요. 대신 육지에 가면 망건을 팔 거래처나 알아봐주세요."

"망건? 전에는 마모馬毛나 망태를 팔지 않았소?"

장사 얘기가 나오자 김씨의 표정이 싹 바뀌었다. 김씨가 까닭을 모르겠다는 듯이 게슴츠레한 눈을 슴벅거렸다.

"아무래도 망태를 파는 것보다 망건을 직접 만들어 파는 게 더 이문이 남을 것 같아서 말입니다. 판로를 개척해주면 보상은 넉넉하게 해드리지요. 당신이 원하는 모든 것을 제공할 용의가 있습니다."

역시 어머니였다. 이런 식으로 거래를 트다니. 눈치 빠른 하인 하나가 엽전 꾸러미를 바닥에 던져주자, 김씨는 못 이기는 척 돈을 주워 슬그머니 주머니에 넣었다. 다른 곳으로 가진 못할 것이었다. 그 돈을 들고 히쭉헤쭉 투전판에 들었다가는 날벼락이 떨어질 참이었다.

*

사내는 책을 필사하고 있었다. 어머니는 왠지 이 사내 앞에서 기를 펴지 못했다. 온갖 감때사나운 사내들 앞에서도 단 한 번 주눅 든 적이 없었는데 희한한 일이었다.

이유를 짐작할 만했다. 남자들은 어머니를 품기 위해 별의별 꼼수를 다 썼다. 그들의 최종 목적은 언제나 동연했다. 그미의 향기는 그렇게 매혹적이었다. 몸을 탐하는 사내들이 그미에게 처참하게 무릎을 꿇는 꼴을 많이 봐왔다. 허나 이 사내에게서는 그런 음흉함이 읽히지 않았다.

어머니가 방 안에 들어왔는데도 사내는 고개를 들지 않았다. 홍랑은 여태까지 어머니가 이런 대우를 받는 것을 본 적이 없었다.

"인사 올리거라."

어머니가 말했다. 홍랑은 사내가 보든 말든 일어서서 절을 올렸다. 그제야 사내가 얼굴을 들어 홍랑을 바라보았다.

"미색이 고운 것을 보니 이 아이 또한 개구멍서방깨나 거느리겠구먼."

불쾌한 한마디가 질척하게 따라붙었다. 양반도 아닌 것이 이 따위로 말을 붙이다니. 아무리 웃음을 파는 기생이라지만 이런 식의 비아냥거림은 참을 수 없다. 홍랑은 입술을 굳게 다물고 아무 내색도 하지 않았다. 어머니가 가만히 있는데 자신이 나서야 할 이유가 없었다. 분위기가 어색했는지 사내가 붉은 수염을 어루만지면서 멋쩍게 웃었다.

"제 딸입니다. 어여삐 봐주십시오."

"글을 읽을 줄 아느냐?"

"그래서 데려온 것입니다."

어머니가 홍랑이 대답하기 전에 서둘러 말했다. 솔직히 홍랑은 왜 이 자리에 있어야 하는지 이해가 되지 않았다. 그미가 불러서 오긴 했지만 애당초 기껍지 않은 자리였다.

"부질없다. 기생년이 글을 읽어서 무엇을 하겠단 말이냐?"

사내가 책상을 손바닥으로 치며 앵돌아진 듯 뒤돌아 앉았다. 어머니도 이번에는 그냥 있지 않았다.

"책을 파는 분이 그런 말씀을 하시면 되겠습니까?"

찰나적으로 그미의 간잔지런한 아미에 설한풍이 지나갔다. 목소리 역시 음산할 정도로 착 가라앉았다. 어머니가 오른 무릎을 세워 고쳐 앉더니 이윽고 치마 주름을 양손으로 폈다. 기생이 창을 할 때 쓰는 자세였다. 어머니는 눈을 지그시 감고 두 손을 오른 무릎 위에 가지런히 올렸다.

책을 사는 것은 첩妾을 사는 것과 같아
고운 용모에 마음 절로 가벼워지네
첩이야 늙을수록 사랑이 식어가지만
책은 낡을수록 향기 더욱 강렬하지
책과 첩, 어느 것이 더 나을지
쓸데없는 고민 자꾸 이어지네
때로는 내 방에 죽치고 있는 첩보다
서가에 가득한 책이 더 낫지

그미의 목소리가 청아하게 방 안에 울려 퍼졌다. 그제야 사내가 놀란 눈으로 그미를 지릅떠 보았다. 어머니가 많은 남자를 상대하면서 이 시를 읊은 것은 처음이었다.

"청나라 섭덕휘의 시로군요. 이 원악도의 퇴기退妓가 그의 시를 알고 있다니 입을 다물 수가 없습니다. 언뜻 들으면 서책이 애첩보다 낫다는 점을 강조하는 듯 보이나 이 시는 색쇠애이色衰愛弛의 이치를 빗대어 표현한 것뿐이지요. 이런 행간을 알고나 읊은 것입니까?"

순간 새치름하게 앉아 있던 그미의 눈이 납작한 세모꼴로 걀쭉하게 찢어졌다.

"어찌 목숨을 구걸하러 온 자의 말본새가 이리도 툽상스럽단 말입니까?"

그렇지, 이 사내 처음부터 수상했다. 죄를 짓고 도망온 게 틀림없어. 살인죄라도 저지른 것일까. 풍기는 분위기가 삿되더라니 사연이 복잡한 사람이로구나. 사내가 고개를 떨어뜨리고 침묵했다.

"나으리는 책쾌라 불리는 조생 아니십니까? 목숨을 구하기 위해 이 머나먼 제주까지 온 것이 아닙니까?"

"어떻게 알았소?"

어머니에게 대화의 주도권이 넘어오는 순간이었다. 사내가 놀랐다는 듯이 되물었다. 여전히 고개는 바닥에 떨어져 있었다.

"뭍에서 들어오는 모든 정보는 저 화북 포구로부터 시작됩니다. 관아의 제주목사께서 책쾌인 당신을 알아볼 정도라면, 당신의 일거수일투족은 감시당하는 거나 다름없습니다. 하지만 걱정하지 않으셔도 됩니다. 목사께서 나으리를 잘 모시라고 했습니다. 나으리에게서 제가 가질 수 없는 것을 얻게 될 거라고 말입니다."

"지금 제주목사가 누구요?"

"양세현梁世絢입니다."

사내가 고개를 끄덕였다.

"양세현이라면 한양에 있을 때 책을 두어 번 판 적이 있소. 책값은 나중에 계산할 테니 한양에 두고 온 자제들에게 책을 가져다주라는 서찰도 받은 적이 있구요."

*

조신선이 제주도로 도망간 것은 그 유명한 명기집략明紀輯略 사건 때문이었다. 영조47년(1771) 봄에 조신선은 갑자기 전부터 거래하던 재상가와 사대부 집을 두루 찾아다니며 하직 인사를 올렸다.

"제가 사정이 생겨서 당분간 한양을 떠나야 할 것 같습니다. 몇 년 뒤에 돌아옵지요."

조신선이 한양을 떠난 지 두어 달 후 한양에 기이한 사건이 벌어졌다. 책과 관련한 필화 사건이 발생해 조정이 발칵 뒤집혔다. 이 사건으로 서쾌들이 은밀하게 책을 거래하던 정황이 수면 위로 튀어 오르게 되었다. 한양 일대에 한바탕 피바람이 불기 시작했다. 이 사건은 사헌부의 전 지평 박필순이 올린 상소를 영조가 읽음으로써 발단이 되었다.

최근 들어 명나라 사람 주린朱璘이 지은 명기집략明紀輯略을 많이 읽는다고 합니다. 신臣이 우연히 이 책을 보다가 태조임금과 인조임금을 모독한 내용이 있음을 발견하였습니다. 좀 더 정확히 말하자면 자신이 인조반정을 부정하고 광해군을 옹호한다는 내용과 태조임금이 고려기 친신 이인입의 아들이라는 내용이 담겨 있었습니다. 일개 명나라 사람이 조선의 왕조를 모독하다니 무람없기 이를 데 없습니다. 신은 이 책뿐만 아니라 조선에 들어온 주린의 다른 책까지 모두 폐기 처분해야 마땅하다고 생각합니다. 또 이 책을 거래하거나 열람한 자를 일일이 출척하여 엄벌에 처해야 국가의 기강이 바로 설 것입니다.

이 상소는 조정의 뜨거운 감자가 되었다. 5월 21일 영조는 박필순과 대신을 불러들여 대책을 논의한다. 선조 임금을 모욕한 명기집략에 영조는 불같은 노여움에 휩싸였다.

"이 삿된 책을 북경에서 들여온 최고위직 사신들을 색출하여 모두 귀양 보내라."

영조의 서슬은 이 정도에서 풀리지 않는다. 선조 임금이 모욕당했다는 죄책감에 식사를 줄이고 술과 음악을 끊은 영조였다. 급기야 명기집략을 장황하고 장서인을 찍은 서종벽을 추적한다. 서종벽이 죽었음을 확인한 영조는 그의 아들을 연좌로 묶어 의금부에 하옥하고 심문한다.

후속 조치는 여기에서 그치지 않았다. 다음 날 영조는 눈이 산 밖으로 비어져 포고령으로 오금을 박고 나선다.

> 명기집략을 소지하고 있는 사람들은 즉시 자수하라. 자
> 수할 경우 정상 참작하여 용서하겠지만 자수하지 않는 자
> 는 역률로 다스릴 것이다.

영조가 핏발이 선 눈을 희번덕이며 이성을 놓았음을 눈치채고
자수자들이 하나둘 나타났다. 영조 스스로가 친국에 나선다. 유
한길을 비롯한 다섯 명은 죄질에 따라 먼 섬으로 귀양을 보내고
관련된 역관譯官 수십 명 역시 처벌을 받는다. 사대부들에게 서
쾌로부터 서적 매매하는 일을 금지시키고, 중국으로 사신 가는
자에게는 서적을 사오지 말라고 엄명한다. 이어 주린과 관련된
서적은 일일이 탐문하여 거둬들인 다음 한성부 마당에서 불태웠
다. 그 수가 수만 권에 이르렀으니 가히 조선판 분서갱유라 할
만한 사건이었다.

*

끝 간 데 없이 가파르게 떼꾼해진 사내의 눈동자가 돌풍 앞에
흔들리는 촛불처럼 위기감으로 출렁거렸다. 사내는 죽음의 소용
돌이 속으로 빨려드는 돛단배처럼 불안감으로 거세게 요동치고

있었다. 그 와중에도 붉은 수염이 신묘한 분위기를 자아냈다.

"일단 나으리께서 제주도에 계시다는 사실을 아는 자는 거의 없다고 해도 좋을 것입니다. 여기는 산지천 객주 중에서도 가장 지밀하다는 안채입니다. 바깥사람들은 나으리께서 이곳에 계신 줄 모릅니다. 천한 기생년의 집이지만 내 집이라 여기시고 편안 히 머무르십시오."

역시 어머니였다. 사내는 그만 그미의 기세에 눌리고 말았다. 입을 꾹 다문 채 그미만 바라보고 있었다. 상대방의 약점을 전략 적으로 이용한 것이었다. 하지만 어머니는 끝까지 밀어붙이지 않고 숨 돌릴 틈은 제공해주었다. 이런 수완과 자신감이 그미를 제주도 최고의 갑부로 만들었을 거야. 여자 홀몸으로 제주도를 쥐락펴락할 수 있는 재력가로 만들었겠지.

"계시는 동안 이 아이에게 글을 좀 가르쳐주십시오. 저나 이 아이나 글 읽을 줄은 알지만 문장을 엮을 줄은 모릅니다. 이 아 이는 저보다 더 윗길이어야 하겠지요. 제가 목숨처럼 아끼는 아 이입니다."

협상까지 오래 걸렸을 뿐이지 그미의 다음 행보는 재발랐다. 조건을 들이밀고 나선 것이다.

"아버지는 누구인가?"

"이 아이는 제주목 향리 홍 아무개의 딸입니다. 어미를 일찍 여의고 사고무친 지내다가 눈에 띄어 두남둔 아이입니다. 제게 몸을 의탁한 신세이지요."

"그렇다면 행수께서는 상기도 동혈同穴의 연을 맺지 않으셨단 말이오?"

사내가 어머니를 행수라고 불렀다. 좀 전의 안하무인에, 가들막거리는 태도는 꼬리를 감추듯 사라진 지 오래였다.

"돈에 미쳐 살다 보니 때를 놓쳤습니다. 이렇게 관기를 교육시키는 여자를 어떤 남정네가 좋다고 붙겠습니까? 나으리께서는 어떠신지요?"

"나는 책을 팔아 어슬녘마다 술 한잔하는 재미로 살았소. 책을 사고팔고 베끼며 살았지요. 그러다 보니……."

"저는 이제 서른을 넘겼는데 나으리께서는?"

어머니도 궁금했던 모양이었다. 기생 나이를 밝히는 것은 금기다. 사내의 나이를 짐작할 수 없었던지 어머니가 먼저 화통하게 털어놓았다.

"잊어버렸소."

"피, 거짓말."

이제는 아양까지 떨었다. 순간 사내의 얼굴이 수염처럼 붉어졌다. 홍랑은 그미의 모습에 그만 실소를 터뜨리고 말았다. 자리를 비켜줘야 하나, 하는 생각마저 들었다.

"서른다섯이요."

"피, 거짓말."

이번에는 홍랑이 어머니보다 먼저 끼어들었다. 그미가 어이없다는 듯이 홍랑을 가릅떠보았다.

"사람 나이는 서른다섯일 때가 가장 좋지요. 나는 서른다섯으로 내 나이를 마치려 합니다. 언제까지라도 서른다섯에 머물 것입니다. 더 보태기 싫습니다."

그미가 일리 있다는 듯 고개를 끄덕였다. 무슨 얘긴들 그러지 않을까. 홍랑은 사내가 무슨 꿍꿍이수작인가 싶었다. 무림의 숨은 고수 같은 말솜씨였다.

"나으리께서는 어째서 괴로이 책을 파는 것입니까?"

"책을 팔아 술을 사 마시기 위함이지요. 행수께서는 어째서 웃음을 파시오?"

"나으리 같은 분께 술을 대접하려구요."

어머니가 사내에게 그윽하고 끈적끈적한 눈길을 던졌다. 오히려 사내가 원삼圓衫으로 얼굴 가린 새색시같이 수줍어했다. 사내는 그미의 눈을 황급히 피했다. 홍랑은 자기도 모르게 피식, 하고 실소했다.

"지금까지 판 책을 다 읽으셨습니까?"

"모두 그렇다고는 할 수 없지요. 하지만 그 책을 누가 지었고 누가 해석했는지, 몇 책 몇 권인지는 다 압니다. 그러므로 천하의 책은 다 나의 책이라 할 수 있지요. 천하의 책에 대해 나만큼 아는 사람도 드물 것입니다. 만약 책이 없다면 나는 뛰어다닐 일이 없을 것이요, 사람들이 책을 사지 않으면 나는 매일 취하지 못할 것입니다. 이는 하늘이 나를 천하의 책쾌로 운명을 점지해 준 것이요, 나는 천하제일의 책쾌로 생의 의미를 다할 것입니다."

얘기를 듣는 동안 어머니의 눈에 섬광 같은 것이 광속으로 지나갔다. 평생 포기했던 그 어떤 것이 그미의 눈동자 속에서 새벽 봄풀처럼 선뜻선뜻 깨어 일어나고 있다고 홍랑은 어렴풋이 느꼈다. 형식적이고 삿된 내외內外함을 벗어던진 지 오래였다.

어머니의 볼이 노을빛을 받아 모신 치마폭처럼 불그스름하게 변했다. 이번에는 그미가 수줍은 듯 간잔지런한 아미를 다소곳하게 떨어뜨렸다. 둘 사이에 의뭉한 감정이 강물처럼 유장하게 흘렀다. 새삼스레 훌뿌리는 소낙비를 피해 서둘러 자리를 비워주어야 할 것 같았다.

두 사람 정도의 시점이 절묘하게 교차되는 편집이었다. 하나의 이야기를 두고 서로 교차 진술하는 방식이었다. 시점도 어지러이 뒤엉켜 있었다. 문서 중간중간에 기술자의 시점 역시 흔들렸다. 이런 일관적이고 돌발적인 흔들림은 일정 부분 의도적인 것으로 판단되었다. 누군가가 다른 사람인 양 글을 써놓고 중간에 끼워 넣어 편집했다는 느낌마저 들었다.

지금까지 전해지는 만덕전은 모두 한양의 고위관료나 문장가가 쓴 만덕전뿐이었다. 채제공, 박제가, 정약용이 그들이었다. 그런데 제주에도 만덕전이 존재했다니. 200년 가까이 베일에 싸여 있던 책이 돌연 모습을 드러내다니. 놀라운 일이었다. 대번에 사람들의 이목을 끌 만한 대사건이었다.

누군가 보낸 만덕전 ①편은 원본에 충실하게 번역되어 있었다. 조신선의 제자와 홍랑의 시점에 따라 불규칙하게 배열되어 있었다. 편집자의 구미에 맞춰 재배치를 했을 수도 있고 원래 이런 구성으로 썼을 가능성도 있다. 요즘은 이런 방식으로 글을 많이 쓰니까, 현대판 구성이라면 별로 이상할 게 없다.

그러나 원본일 경우 이야기가 달라진다. 옛글에 이런 식으로 등장인물이 교차하며 등장하는 경우는 없다. 박지원의 열하일기처럼 파격적인 시도임에 틀림없다. 열하일기를 읽어본 당시 식

자들은 저잣거리의 천박한 이야기이며 형식조차 갖추지 못한 잡글이라고 평가절하했다. 만덕전에서 밝힌 조신선의 제자가 이 글의 저자라면 빗발치는 비난을 감수해야 했을 것이었다. 결과적으로 조선 후기, 그것도 정조 시대 이후에 이런 기술 방식을 사용했다면 천동설이 유행하던 시대에 지동설을 주장한 코페르니쿠스적 혁명과 다름없었다.

이야기는 단연 만덕에 관한 내용으로 모든 스포트라이트가 집중된다. 김만덕이 어렸을 때 갈 곳이 없어 잠시 기방에 몸을 의탁하다 스무 살 이후에 기적을 박차고 나와 제주도의 거상이 되었다는 얘기는 제주도뿐만 아니라 전국 각지에도 널리 알려져 있다. 그러나 이 만덕전은 달랐다. 김만덕을 관기를 교육시키는 늙은 기생으로 묘사하고 있다. 물론 화북 포구에서 돈을 벌어 거상이 되어 있는 장면부터 출발하긴 한다.

제주도에서 김만덕에 대해 이렇게 진술하는 것은 이를테면 문화적 금기였다. 제주도의 상징이자 두남받는 어머니상, 스스로를 내어 백성을 구한 호방한 의녀義女, 최근 들어 관광대의 김 교수가 주장하듯 진정한 노블레스 오블리주의 전형이라 불리는 여인. 김 교수가 나서서 밀어붙이지 않았다면 흐리마리 잊혀질 이 여인이, 중년의 나이까지 웃음을 파는 기생으로 묘사되었다면 적잖은 파문을 일으킬 게 자명했다. 제주도에서 김만덕의 사생활은 사석에서도 언급을 피하는 이야기였다.

실제로 전해오는 김만덕의 이야기는 편벽된 신화나 다름없다. 인간적인 갈등이 없는 초인적인 측면을 강조하여 그리고 있는 것이다. 신약성서의 예수처럼 인간적인 고뇌나 갈등이 허락되지 않는 것이다. 예수가 마음에 드는 여자를 보고 얼굴이 빨개졌다는 표현이 상상 속에서라도 가능하던가.

그것은 인물에 대한 실제적 진술을 거부한다는 의미였다. 해서 김만덕을 언급할 때는, 가난한 시절 잠시 기방에 몸을 의탁했지만 애면글면 돈을 모아 신분 탈출을 감행하는 용기 있고 당찬 여성으로 진술이 시작된다. 기생은 제주도에서 테우리(목자)만큼이나 천역 취급을 받는 직업이었다.

김만덕은 원래 양인 신분임을 주장하여 기적에서 이름을 지우고 장사판으로 뛰어든다. 돈을 모아 제주도 제일의 거상이 된다. 때마침 제주도에 흉년이 들어 평생 번 돈을 내어 육지로부터 식량을 사들인다. 굶주린 백성을 먹여 살린다. 포상으로 정부에서 내린 벼슬이 남분하다며 다 거절하고 다만 한 가지, 금강산 구경을 하게 해달라고 청한다. 돈이라면 환장해서 눈이 뒤집히던 이가 어느 순간 자신의 죄를 회개하는 사람으로 180도 바뀐다. 이후 돈을 멀리하는 신인神人이 된다. 얘기는 후대에 들어, 입에서 입으로 전해지면서 더욱 그런 방향으로 각색되었을 것이다.

현재에도 누군가 이 만덕전처럼 표현했다면 필화 사건이 일어날 만했다. 서쾌 조신선이 목숨에 위협을 느끼고 도망갔던 명기집략 같은 필화 사건이 일어나지 말란 법도 없다. 신인인 김만덕을 이렇게 뇌꼴스럽게 묘사하는 것은 용납할 수 없는 행위다. 특히 만덕과 엮여 있는 이해 당사자들에게는 더욱 그렇다. 영조가 그랬듯 김만덕의 추종자들이 나서서 책을 회수하고 배포한 자를 끝까지 추적하여 제주도에서 쫓아내도 전혀 어색하지가 않다. 서두가 이렇다면 뒤로 가면 갈수록 내용은 더 파격적이고 포악할 것이었다.

누군가는 막아야 하고, 누군가는 밝혀내야 하는 것이다. 수상한 냄새가 난다. 김 교수와는 정반대의 논조다. 왠지 사위스럽다. 잠복된 뇌관을 건드린 것이다. 고문석은 단호하게 불을 당겨놓고 멀찌감치 서서 불구경만 하고 있는 것이다. 그가 수면 위로 도도하게 나서지 않는 이유는 무엇일까.

1 4

"일은 할 만하나?"

김 교수로부터 호출이 왔다. 신제주의 고급 일식집에서 만났다.

"교수님 덕분에요. 특집 원고는 잘 진행되고 있지요?"

김 교수와 사석에서 단둘이 만난 경우는 이번이 처음이었다. 무슨 얘기가 튀어나올지 몰라 이형민이 먼저 대화의 주도권을 움켜쥐었다.

"이미 다 준비된 원고였네. 언제든 오케이 사인만 나면 제출할 수 있는 원고였다고나 할까."

마치 향토사학자 고씨의 특집 원고가 실리지 않으리라 예상했다는 말투였다. 이형민이 눈을 홉뜨고 바라보자 김 교수가 재빠르게 한발 뒤로 물러섰다. 몸 사림이 녹아든 전형적인 동작이었다. 문책을 당하지 않으려고 두루뭉수리로 혐의를 떠넘길 사람을 물색하는 노회한 공무원처럼.

"자네가 할 일은 별로 없을 거야."

김 교수가 슬그머니 눈길을 돌리면서 말했다. 별 의미 없는 이야기였다. 대화를 트기 위해 먼저 깔아놓는 얘기라고 할까.

관광대 관광경영학과 겸임교수. 제주도의 관광 정책 자문위원. 현재는 김만덕 기념회 회장에, 제주도지 외부 교정 전문가 및 필자 섭외자. 여러 분야에서 왕성하게 활동하는 사람이었다.

반면에 너무 많은 곳을 기웃거린다는 세간의 비판도 그림자처럼 따라다니는 사람이었다.

"사무실 분위기는 어떻던가?"

김 교수가 눈을 가늘게 뜨고 탐색을 하듯 낮은 목소리로 물었다. 김 교수는 키만큼이나 목소리도 작았다. 어떤 일이 있어도 감정의 끝을 내보이는 법이 없는 사람이었다. 비등점이 굉장히 높은 사람이라고나 할까. 아무리 가열을 해도 쉽게 달아오르거나 결코 흥분하지 않는 사람인 것이다.

"고수산 원고 말이야. 특집이 밀리고 나서 풀이 죽은 것 같아서."

"뭐 밋밋한 것은 못 참는 성격이니까요. 김만덕 특집 같은 경우 거개가 김만덕 찬양 일색에다가 새로울 것도 없고, 재해석도 불가능하니까요."

찰나적으로 김 교수의 입아귀가 사납게 비틀어진 것은 사실이었다. 이형민 자신이 생각해도 도발적인 말대답이었다. 이번에 실릴 당신의 원고도 뭐 그 나물에 그 밥 수준 아니겠냐는 비아냥거림. 그러나 김 교수는 곧바로 고요한 호수처럼 평상심을 되찾았다.

"사무관 말마따나 그게 어디 가능한 일인가. 해마다 그 특집 때문에 돌아버릴 지경이야. 매호 최초 발굴 원고를 어디에서 구하느냐 이 말이야. 적당히 넘어갈 줄도 알아야 하는데……."

그러니까 공부를 더 해야지. 당신하고 어울리는 향토사학자들을 닦달해서라도 새로운 원고를 받아와야 할 게 아니냐고. 슬렁슬렁 능놀아가며 업무를 보다가 퇴근 시간만 되면 어디 술 얻어 마실 데 없나 기웃거리는 주제에. 그러나 말은 목젖에 딱 걸려 있을 뿐이었다. 부러 적을 만들 필요는 없었다. 직설적으로 남의 단점을 짚는 것은 볼강스러운 행동이다. 육지놈이라 예의가 없다는 얘기도 듣고 싶지 않았다.

"그나저나 고수산이 무슨 내용을 쓰려 했는지 알고 있나? 뭔가 비판적인 원고가 분명한데. 지난해 탐라직방설 같은 게 또 튀어나오면 곤란하잖아."

"……."

"탐라직방설이 특집으로 나와서 얼굴을 붉힌 고위층들이 꽤 많았어. 사무관 일처리가 독단적이라 남의 말을 듣지 않으니 문제야. 이번 김만덕 특집은 그런대로 환영받을 만한 기획인데, 사무관이 또 무슨 짓을 벌일지 걱정되어서 그러네."

"저 같은 하급직이 어떻게 알겠습니까? 저는 그냥 사무관이 시키는 대로 할 뿐입니다."

"아아, 이러지 말게. 우리도 이제 친해질 때가 됐잖아. 1년 6개월이 넘었지? 도청에서 일한 지가?"

"……."

"그렇다면 6개월도 남지 않은 거야."

김 교수가 식사를 끝냈는지 잔입을 다시며 불치병 선고를 내리는 의사처럼 도발적으로 선언했다.

"……"

"일테면 자네는 지금 외나무다리 앞에 서 있다고 봐야 옳아. 발을 내디딜지 돌아갈지는 자네가 결정할 몫이지. 중대한 선택의 기로에 놓여 있단 뜻이야. 왜 2년 연속으로 계약을 하면 무기계약직이 될 수 있잖아. 법적으로 고용이 보장된 무기계약직 말이지. 무기계약직을 발판으로 해서 다른 직장으로 옮길 수도 있고. 공보실 무기계약직 경력이면 이 계통에서는 서로 스카우트하려고 욕심내는 고급 인력이지. 하지만 나는 이 자리에서 자네에게 무기계약직보다 한참 윗길인 별정 7급을 제안하겠네. 별정 7급 말이야."

하, 별정 7급이라……. 무기계약직이 되면 월급을 많이 받는 것은 아니지만 고용이 안정된다. 연초마다 잘릴까 봐 조마조마 떨 이유도 없다. 1년에 두 번 상여금이 나오고 퇴직금도 정산이 된다. 그것만으로도 가슴이 벌름거리고 황송해 죽겠는데 더 윗길인 별정 7급 자리를 들이밀다니. 가슴 속에서 파문 맞은 송사리 떼처럼 갈등이 요동쳤다. 김 교수가 흔들림을 눈치채고 벌쭉 웃었다.

"그 전에……. 자네에게 할 일이 있어 보이네만. 썩은 동아줄을 잡고 있어봐야 추락밖에 더 하겠나?"

"……."

"사무관은 그 자리에 끝까지 앉아 있지 못할 걸세."

김 교수가 옴팡지게 말끝을 잡아당기며 말했다. 그러더니 이빨이 보이게 씨익 웃었다. 냉혈한 모사꾼의 본색이 본격적으로 드러나는 순간이었다.

도청 안에서 공보실 서기관 자리를 두고 말이 많이 오갔다. 정년퇴직을 얼마 남겨두지 않은 상황이라 현재의 서기관은 허깨비나 다름없는 존재였다. 서기관이 퇴직을 하고 나면 다음 순번인 사무관이 승진 형식으로 그 자리를 꿰찰 가능성이 높다는 소문이 나돌았다.

사무관과 김 교수의 관계를 알 만한 사람은 속속들이 다 알고 있었다. 둘은 서로를 직장 동료로도 인정하지 않는 눈치였다. 도지사가 낙하산으로 내렸지만, 사무관이 자리를 비켜주지 않자 제주도지 편집 쪽으로 방향을 틀었다는 얘기도 나돌았다.

김 교수는 애당초 관광대의 겸임교수 자리에는 미련이 없다. 경력을 쌓으려고 들어간 자리일 뿐이었다. 정치지향적인 김 교수가 지방대의 불안정한 겸임교수 자리 따위에 목숨을 걸 리 있겠는가. 여차하면 사무관을 치고 올라가 서기관 자리까지 거머쥘 사람. 그게 김 교수에 대한 일반적인 평판이었다.

"주민소환운동 때문에 그렇습니까?"

"소환운동본부 측에서는 40%의 투표율을 예상하지만 우리 생각은 좀 다르다네. 기껏해야 10%로 보고 있지. 도지사 복귀까지 앞으로 보름밖에 남지 않았어. 33.3%가 돼야 투표함을 개봉할 텐데 가능성은 희박하다고 봐야 옳아. 문제는 사무관이 주민소환운동에 반대 의견을 피력하지 않는다는 점이야. 도지사는 사무관의 반응을 살피고 있네. 자기 사람인지 아닌지 저울질을 하고 있는 거야."

도지사는 투표 참여율이 낮아 주민소환운동이 실패하면 그만큼 자신의 지지율이 높다고 해석할 것이다. 아전인수식 해석이라 해도 반박할 명분이 없다. 도민의 지지를 얻은 도지사는 업무에 복귀해 곧바로 광포한 사정의 칼날을 휘두를 것이다. 먼저 자기 사람을 추스르고 반대파를 숙청한 다음 행정 안건들을 대차게 밀어붙일 것이다.

강정 해군기지 건설 건만 해도 그렇다. 육지의 보수 대통령까지 직접 나서서 도지사에게 힘을 실어주고 있는 마당에, 사업 추진에 탄력이 붙을 게 분명하다. 문제는 사무관이 이렇다 할 입장 표명을 하지 않는다는 점이다. 그게 도지사의 심기를 불편하게 만들었을 수도 있다.

"이쯤에서 눈 한 번 질끈 감고 배를 갈아타는 게 어떻겠나. 하찮은 것에 목숨을 초개같이 던져야 쓰겠나? 내가 꼭 내 입으로 말해야 알아들을 텐가? 다른 사람 같으면 분위기를 감지하고 진즉 신발을 갈아 신었을 텐데. 동작이 그렇게 느려 터져서 어디

밥이나 얻어먹고 다니겠냐 이 말이야."

"그럼 제가 뭘 어떻게 하면 되겠습니까?"

"이 친구, 탁 하고 치니 억 하고 알아듣는구만. 역시 사무관이 자기 사람으로 데려올 만한 가치가 있었어."

김 교수가 탁자를 손바닥으로 내려치며 말했다. 거래를 하자는 뜻이군. 미끼를 던지자마자 덥석 무는 것을 보니 말이야. 김 교수가 내가 마음에 들어서 이럴 일은 없다. 나에게 원하는 게 없다면 조용히 계약을 해지하면 된다. 뒤에서 후텁지근한 입김 한 번 불어넣으면 그만이다. 그렇다면 이렇게 사사로운 자리가 만들어질 필요도 없다.

"앞으로 사무관의 일거수일투족을 보고하게. 올해 제주도지 특집에도 농간을 부릴지 모르니 말이야. 사소한 일까지 모두 꼼꼼하게."

이것은 또 무슨 뜻일까. 주민소환운동은 실패할 게 분명하므로 도지사가 복귀해서 사무관을 밀어내면 깔끔하다. 역시 손에 피를 묻히지 않고 오랜 정적을 제거할 수 있다. 김 교수는 못 이기는 척 사무관 권한대행으로 눌러앉아 있다가 시기를 봐서 정식으로 발령을 받으면 된다. 정해진 수순이 불 보듯 뻔한데 왜 사무관의 일거수일투족을 프락치처럼 보고하라는 것일까.

김 교수에게 뭔가 꿍꿍이속이 있다. 나에게 별정 7급 자리를 제안하는 거나 사무관을 감시해서 보고하라는 데는 다른 속셈이 숨겨져 있다. 분명히.

　"알아서 잘 판단해. 기회는 이번 한 번뿐이야. 나는 두 번 말하지 않는 사람일세. 자네는 지금 제주도에서 살 수 있느냐 아니면 떠날 수밖에 없느냐, 갈림길에 서 있는 걸세."

　김 교수가 오금을 박듯 낮은 목소리로 으르렁거렸다. 선택의 기로. 내가 바라지 않아도 제주도를 떠나야 한다……. 나를 쫓아낼 수도 있단 말인가, 제주도에서?

15 만 덕 전 (萬 德 傳) ③

간밤, 교교한 달빛 사이로 바람이 다녀가셨던가. 아니, 밤손님이 침입했다. 내가 누구인지 궁금했던 모양이다. 나 같은 사람에게서 돈 냄새를 맡았을 리 없으므로 도둑은 아닐 거야. 나는 그저 풍진 따라 흐르는 방랑자로 보였을 테니까.

그 책 때문이겠지. 스승이 건네준 목민심서 다섯 권 사이에 숨겨둔 책. 최근에 만든 초서본. 스승의 지시로 전라도 강진까지 가서 필사해온 책. 정약용에게 목민심서를 구하러 갔다가 우연히 얻어들은 책. 강진 유배 당시 정약용의 수제자라 불리던 이강회란 자가 최근에 완성한 탐라직방설이었다.

그 탐라직방설을 제주도에 가지고 들어오다니……. 우련한 불빛 하나만으로도 온몸을 투신하는 하루살이처럼 허황한 자살 행위나 다름없다. 스승은 한을 풀어야 한다고 말했다. 그 음모 때문에 편벽되이 왜곡되어버린 사건. 그래서 스승은 입만 열면 제주도, 제주도 했던 것일까.

혹시 객주에 있는 사람 중에 누군가 눈치를 챈 것은 아닐까. 하기야 소매 속에 단검을 숨긴 자객처럼 비밀스럽고 결연해 보이는 사람을 저들이 건듯 보아 넘기겠는가. 스승이 제주에 두 번 머무는 사이에 서쾌라는 직업이 사람들에게 많이 알려졌을 수도 있다. 책을 필사하여 파는 사람, 뭐 그런 정도로 이해했을 수도 있다. 어쨌거나 어떤 책을 가지고 왔는지 호기심 그득먹한 서음이나 저들의 무리 중 염알이꾼일 가능성이 농후하다.

＊

나의 할아버지도 명기집략 필화 사건에 연루되었다. 할아버지는 그 책을 소장한 죄로 다른 선비, 서쾌들과 함께 참형을 받아 청파교에서 목이 떨어졌다. 효수된 목이 사흘 동안이나 장대에 매달리는 무참한 형벌을 받았다. 아버지와 어머니는 노비가 되어 흑산도로 유배되는 수모를 당해야 했다. 내 삶의 등잔불이 야멸치게 짓쳐들어오는 설한풍에 뼛속까지 송두리째 흔들리는 느낌이었다.

영조의 분노는 그해 여름까지 사그라지지 않는다. 하지만 7월 들어 가뭄이 계속되자 영조는 서책과 관련해 내린 형벌이 너무 가혹한 탓이라며 후회했다. 천명天命 사상에 따른 행동이었다. 하늘은 항상 백성을 보살피고 있어 부덕한 권세자가 백성을 괴롭힐 때는 먼저 재앙으로 경고를 하고 그래도 반성과 개선의 여지가 없을 경우 천명이 다른 곳으로 옮겨간다는 사상이었다.

영조는 자신의 부덕으로 인하여 가뭄이 계속됨을 인정하고 명기집략과 관련된 죄인들을 방면하였다. 그때 귀양이 풀린 부모님은 한양으로 돌아왔다. 이 일을 겪은 후 아버지의 눈은 어디를 보아도 먼 곳을 보는 것 같이 쓸쓸하게 바뀌었다. 너른 마당 담장 너머 망연히 눈을 두는 날이 많아졌다. 삽시간에 휘말린 불행에 크게 상심한 아버지는 마침내 세상에 대한 뜻을 접었다. 난데없이 시전에 나가 장사를 배우더니 미친 듯이 돈을 벌어댔다. 양반 신분 따위는 저잣거리 개한테 던져버려라. 양반으로 걸쌈스럽게 산 기나긴 세월이 그 얼마나 속절없던가. 아버지는 매몰차게 양반 신분을 버리고 천한 장사치로 심드렁 펀펀하게 여생을 보냈다. 그리고 지독한 서음이 되었다.

"나라에서 하는 일이 가소로울 뿐이다. 삿된 벼슬자리가 이제와 무슨 소용이란 말이냐. 죽을 때까지 책이나 마음껏 읽다가 죽을란다. 정한에 사로잡혀 돌아가신 내 아버지 몫까지 말이다."

아버지가 조신선을 만난 것도 그 무렵이었다. 아버지는 장사로 모은 돈을 책 사는 데 아낌없이 사용했다. 그 피가 나에게까지 전해졌는지 나 역시 아버지 못지않은 서음이 되었다. 그것이 스승과 인연의 시작이었다.

*

객주의 안주인은 20대 중반의 매초롬한 여인이었다. 알맞게 솟은 이마에 눈매가 시원한 게 제주도 거상의 손녀 며느리라 불릴 만큼 수완이 좋아보였다. 반면 광대뼈 하나만은 유난히 도드

라진 모양새가 모지락스럽게 셈속을 따질 것 같아 보였다. 남편
은 화북 객주를, 아내는 이 산지천 객주를 나누어 맡아 운영하고
있었다. 자식이 없어 양손養孫을 둔 여자 거상. 그 음모와 관련하
여 이 여자를 꼭 언급해야 하다니 가슴팍이 먹먹해진다.

　사실, 스승이 만덕의 모습을 자못 편벽되이 평하고 있다는 비
난을 받을 수도 있다. 그러나 스승뿐만 아니라 만덕의 모습을 같
은 방식으로 묘사하는 책이 더 있다. 심노숭沈魯崇이 지은 계섬
전桂纖傳이 그것이다.

　심노숭은 심낙수沈樂洙 제주목사의 아들이다. 심낙수는 갑인
년甲寅年(1794) 3월 이철운 제주목사가 출척黜斥당하자 이철운의
후임으로 제주도에 들어왔다. 심노숭은 그해 부친을 찾아가 4개
월여 제주에 머문 적이 있다. 무진년戊辰年(1797)판 계섬전에 그
려지고 있는 만덕의 모습은 다음과 같다.

　　지난해 제주기녀 만덕萬德이 곡식을 내어 진휼하니 조
　정에서는 그녀를 예국隸局의 우두머리 종으로 삼고 금강
　산 유람까지 시켜주면서 말과 음식을 제공하였으며, 조정
　의 학사들로 하여금 그녀의 전傳을 짓도록 명하여 규장각
　의 여러 학사들을 시험하였다.

　　지난날 내가 제주에 있을 때 만덕의 얘기를 상세하게
　들었다. 만덕은 품성이 음흉하고 인색해 돈을 보고 따랐

다가 돈이 다하면 떠나는데, 그 남자가 입은 바지저고리까지 빼앗으니 이렇게 해서 가지고 있는 바지저고리가 수백 벌 되었다. 매번 쭉 늘어놓고 햇볕에 말릴 때면 군의 기녀들조차도 침을 뱉고 욕을 하였다. 육지에서 온 상인이 만덕으로 인해 패가망신하는 이가 잇달았더니 이리하여 그녀는 제주 최고의 부자가 되었던 것이다. 그 형제 가운데 음식을 구걸하는 이가 있었는데 돌아보지 아니하다가 도島에 기근이 들자 곡식을 바치고는 한양과 금강산 구경을 원한 것인데, 그미의 말이 웅대하여 볼 만하다고 여겨 여러 학사들은 전을 지어 많이 칭송하였다.

내가 '계섬전'을 짓고 나서 다시 만덕의 일을 이와 같이 덧붙인다. 무릇 세상의 명과 실이 어긋나는 것이 많음을 혼자 슬퍼하니 계섬의 이른바 만나고 만나지 못하는 것이야 말해 무엇하겠는가!

*

스승은 죽을 때가 가까워서 그런지 책에 더욱 게염을 내기 시작했다. 책에 대한 음흉한 마음이 깊어져 남의 글을 읽는 데 만족하지 못하고 자신만의 책을 갖고 싶어하는 눈치였다. 황차영·정조 성군 시대에 성취해놓은 문화 전성기를 고루 만끽한

시대의 서쾌임에야. 그런 욕망은 너무도 당연한 것이었다.

내가 그 작업에 연루되었다. 스승은 이 이야기 중 모르는 게 많았으므로 나를 취재자로 제주에 보냈다. 하마 이 얘기가 전해지면 조신선의 첫 책이 탄생하게 될 것인가. 나로서도 기대하는 바가 크다.

스승은 직접 나를 제주에 보내는 방식으로 정약용의 수제자라는 이강회의 저서와 차별화를 모색했다. 이강회는 우이도로 종신유배형을 받은 제주도 사람의 말을 듣고 탐라직방설을 썼을 뿐이었다. 하지만 이 글의 탄생이 이강회의 탐라직방설에서 비롯되었음을 부인할 생각은 추호도 없음을 미리 밝혀둔다.

*

홍랑이 찾아왔다. 만덕은 홍랑을 기적妓籍에서 내치기로 결심했다. 말하는 꽃이 기생 아닌가. 여색을 밝히는 자들에게 웃음을 팔고 잠자리 시중까지 들어서 재물을 모으는 게 기생이 아닌가.

그런 기생 생활도 스물다섯이 넘으면 그만 사양길로 접어들었다. 그 뒤란은 처참했다. 더 이상 손님들이 찾지 않는 기생. 그러면 기생집을 운영하거나 저잣거리 주점에서 탁주 한 사발에 웃음을 팔거나 가랑이 사이로 구정물 줄줄 흐르는 천기로 여생을 보내야 한다. 드문 일이지만, 늙수그레한 양반의 첩으로 들어앉는 경우도 있었다. 기생 나이 스물다섯. 뭔가를 결정해야 할 나이였다.

그러나 스물다섯의 홍랑이 선택한 남자는 유배 온 조정철趙貞喆이란 사내였다. 한양 당파싸움에서 밀려나 유배 온 패배자. 돈이 많은 사람도, 출세가도를 질주하는 사대부도 아닌 남자. 마지막 향기를 단말마처럼 날려 돈을 모아 남은 삶을 준비해도 모자랄 판에 유배 온 소나이(사내)에 미쳐 똥오줌 못 가리는 꼬락서니라니.

당시 노론은 영조의 아들 사도세자에 대한 처우 문제로 창끝처럼 사납게 대립하고 있었다. 사도세자의 방자한 행동을 지탄한 벽파와 그를 동정하여 정조를 두둔하는 시파로. 그러나 운명은 정조의 편이었다. 정조가 지밀을 차지하자 노론 벽파에게는 몰락의 그림자가 사르륵사르륵 뒤꿈치를 끌며 다가간다. 지금까지 왕위 옹립을 반대한 정파가 사지 멀쩡하게 살아났던 적이 있었던가.

궁지에 몰린 노론 벽파는 황망 중에 정조를 시해하고 은전군恩全君을 추대하려고 계략을 세웠다가 실패하고 말았다. 완벽한 참패였다. 여기에 조정철의 장인이 발을 깊숙이 들여놓고 있었다. 장인은 남양 홍씨였다. 조정철은 할아버지가 영조 때 뛰어난 재상이었던 점이 정상참작되어 간신히 목숨을 건진다. 아내 남양 홍씨는 자결한다. 조정철 나이 27세, 정조1년(1777)의 일이었다.

홍랑이 조정철의 적소謫所에 드나든 것은 정조3년 즈음으로 기억된다. 제주목 성안의 신호라는 자의 집 바깥채가 적소였다. 조정철은 문밖 출입을 삼간 채 황막한 세월을 보내고 있었다. 여름에도 밖이 보이는 문을 잠그고 지낼 정도로 외부와의 왕래를 삼갔다. 육지에서 부쳐오는 쌀도 점차 줄어들었다. 유배 초기에는 쌀과 옷가지를 보내오더니 그것마저 끊기고 말았다.

신호 부부 내외도 조정철의 끼니를 때우는 게 걱정이었다. 생쥐 볼가심할 것도 없는 살림에 입 하나가 더 늘었으니 걱정이 이만저만 아니었다. 만덕이 소문을 듣고 홍랑을 시켜 식량을 가져다주었다. 그 사이에 눈이 맞아버리다니. 만덕은 화가 났다. 가장 아끼는 수양딸이 선택한 남자가 고작 조정철이라니. 말도 안 되는 일이었다.

사실, 만덕은 조정철뿐만 아니라 다른 유배객들에게도 식량을 대주고 있었다. 혹시 모를 훗날을 기약하기 위해서였다. 제주도에 온 유배객들은 운세의 형틀이 풀리면 금방 해배되어 한양으로 올라가는 경우도 있었다. 대부분 정치범이었기 때문에 죄인 신분을 벗으면 곧바로 시퍼런 권력의 칼을 휘두를 수도 있는 사람들이었다.

미래란 자오록하게 깔린 안개 속을 질주하는 것과 별반 다를 게 없었다. 앞이 보이지 않으니 살얼음판 딛듯, 조심스럽게 천천히, 그러나 최대한 속도를 붙여 달려야 했다. 앞일이 순조로이 풀린다는 조급한 낙관론으로부터 앵돌아져 등 돌린 게 언제였던가. 변수가 늘 문제였다. 의도와 달리 새퉁스러운 방향으로 일이 전개되는 경우가 문제였다. 만덕은 살아오는 동안 그 변수가 늘 삶의 방향을 바꿔놓는다는 사실을 동물적으로 체득하고 있었다.

아니, 피해 의식이라 해도 좋을 것이다. 최소한 척을 지진 말자. 그런 사람에게 책잡히고 밉보여서 좋을 게 없다. 사람 일은 모른다. 복권되면 옛날 유배지에서 내가 도와줬다는 사실을 기억해낼지. 그깟 남정네 한 명이 먹는 식량이 뭐 대수이겠는가.

공연한 기우는 아닐 것이었다. 만덕은 그런 꿍꿍이로 제주에 유배 온 사람들에게 많은 식량을 제공했다. 관 사람들이 눈치채지 못하도록 은밀하게 곳간을 채워놓았다. 그 사람들 중 몇 명만이라도 복권된다면 사업에 지대한 도움을 받을 수도 있다. 들인 양식의 수천 수백 배를 남겨먹을 수도 있는 장삿길이 열릴 수도 있다. 이른바, 잠재적 투자의 한 방법이었다.

하지만 홍랑이 선택한 조정철은 전혀 가망이 없는 사람이었다. 당파싸움에 의해 유배 온 사람이라면 정치적 상황이 바뀌면 복권될 수도 있었다. 그러나 정철은 대역 죄인이었다. 정조의 눈에 흙이 들어가기 전에는 절대 해배될 리 없는 사람. 정조를 왕으로 인정하시 않는 죄인, 거기다 암살 음모까지 꾸민 집안의 족속이었다.

만덕의 입장에서는 일고의 투자가치도 없는 유배객이었다. 애먼 곡식만 축내고 있는지도 몰라. 그래도 다른 유배객이 있으니까 밑지지는 않을 거야. 모르잖아, 사람 일이 어떻게 될지.

홍랑은 만덕이 보낸 보리쌀을 들고 신호의 집에 들렀다가 조정철의 모습에 그만 눈물을 흘리고 말았다. 물을 찍어 처연하게 벽에 글씨를 쓰는 모습을 목격했기 때문이었다. 육지에서 가지고 온 책도 목관아에서 점검 나온 관원에게 압수당했다고 들었다. 정철은 한동안 면벽참선하듯 벽만 바라보다가 손가락을 들어 허공에다 글자를 쓰기 시작했다. 얼마나 책을 읽고 싶었으면 그랬을까. 홍랑은 그 길로 만덕을 찾아가 그 집 허드렛일을 맡아 보겠다고 자청했다.

홍랑은 정철의 적소를 드나들 때마다 종이와 먹을 사 들고 갔다. 관아의 병사에게 발각되었다가는 조리돌림당해도 변명의 여지가 없는 일이었다. 홍랑의 정철에 대한 연모의 정은 울울창창 짙어졌다. 그러나 정철의 마음을 움직인 것은 종이와 먹이 아니라 책 한 권이었다.

10여 년 전 어머니의 객주로 숨어들었던 붉은 수염이 난 사내, 눈빛이 형형했던 사내가 필사한 책 다섯 권 중 한 권. 나머지 네 권은 어머니가 비싼 가격으로 팔았다. 책 한 권으로 붉은 수염 사내의 체류비를 해결했을 정도라고 하니까 어머니는 세 권 값의 이문을 남긴 것이다. 인연이란 게 어찌 자로 잰 듯 이리도 정교할 수 있단 말인가.

정철은 홍랑이 건네준 책을 허겁지겁 훑어보더니 급기야 갈쌍 갈쌍 눈물이 고였다. 하염없이 소낙비처럼 우는 것이었다. 음식을 허발하듯 책장을 넘기던 정철의 희고 갸름한 손가락이 파르르 떨렸다.

"어째서 우는 것입니까?"

홍랑이 물었다. 정철은 그제야 자신도 모르게 눈물을 흘린 게 부끄러웠는지 벽 쪽으로 얼굴을 돌렸다.

"여기를 보시오."

정철이 책 마지막 장을 손으로 가리켰다.

'抄書 曺神仙'

"10여 년 전 이곳에 머물며 제게 선물한 책입니다."

"그때 일을 들어 익히 알고 있습니다. 이 책과 관련된 무참한 참화였지요. 영조대왕께서 책을 폐기하라는 바람에 구할 수 없었어요. 그런데 그 명기집략을 생각지도 못한 유배지에서 읽게 되는군요. 맞아요. 여기라면 남아 있다고 해도 어색하지 않을 거예요. 실은 정말 읽어보고 싶은 책이었거든요. 명기집략. 조신선은 제주도로 도망 왔다가 1년 후엔가 한양에 나타났습니다. 그때 사람들 하는 말이, 역시 조신선이다. 미래를 내다보는 사람이다……. 누구보다 먼저 죽음의 낌새를 감지했던 것이지요."

"그런 인연이 있었군요."

정철이 홍랑의 손을 두 손으로 잡으며 연신 고개를 조아렸다.

"고맙습니다. 명기집략을, 그것도 조신선이 손수 초서한 명기집략을 제주에서 읽게 되다니, 내 무엇으로 은혜를 보답하면 좋으리오."

*

홍랑이 다시 찾아온 것은 다음 해 5월 중순 즈음이었다. 홍랑은 아기를 업고 있었다. 지난달인가 낳았다는 계집아이였다.

단풍잎처럼 조그마한 손 아버지에게 이끌려 처음 찾아온 날, 막 세수를 하고 나온 아이같이 하야말쑥한 얼굴에, 몸에서는 갓 바른 문풍지처럼 정결한 냄새가 피어났던 아이. 인사드리거라, 하는 아버지의 말에 허리를 반으로 접더니 고개를 들면서 무 밑동처럼 하얗게 웃던 아이. 마누라를 잃은 아버지는 딴살림을 차릴 눈치였다. 그나마 심성이 개결해서 딸 생각하는 마음으로 밥이나 배불리 얻어먹으라고 먼 길 화북 포구까지 데려온 아이. 두 번 다시 찾아오지 말라는 듯 딸아이 살차게 떼어놓고 투덕투덕 무거운 발걸음 떼 성내로 향하던 아버지.

그 아이가 벌써 장성해 아기를 낳다니. 그것도 복권 가능성이 전혀 없는 대역 죄인의 아기를. 그렇게 만나지 말라고 애걸복걸 신신당부한 조정철. 반대가 거세지자 기방을 뛰쳐나가 몇 달 만에 아기를 업고 홀연히 돌아온 홍랑. 아기는 산남山南의 친척집에서 낳았다고 했다.

만덕은 홍랑이 기방에 들어온 것을 본 사람이 없는지 염려되었다. 최근에 어째 조짐이 좋지 않았다. 성내는 불안한 침묵에 휩싸여 있었다. 복중의 태아처럼 몸을 잔뜩 옹송그리고 지내야 한다는 생각이 본능적으로 들었다.

새로 부임한 제주목사 김시구金蓍耉가 공포 분위기를 조성했기 때문이었다. 김시구는 오래전부터 조정철과 견원지간이었다. 조부 때부터 서로 죽이지 못해 안달 난 집안이었다. 조정철이 제주에 유배되었다는 소식을 듣고 김시구가 제주목사를 자원했다는 소문이 왁자하게 퍼졌을 정도였다.

제주목에 부임한 김시구는 판관 황모와 의논하여 조정철이 귀양 온 후에 있었던 죄목을 캐는 데 혈안이 되었다. 조정철의 죄를 고하면 면포 50필과 함께 벼슬자리를 포상하겠다고 공공연히 현상금까지 내걸었다. 허나 조정철의 죄상을 관가에 고발하려는 자가 나타나지 않았다. 김시구는 조릿조릿해져서 직접 누더기를 뒤집어쓰고 염탐에 나서기도 했다. 조정철과 관련된 비밀을 아는 자는 만덕과 홍랑, 그리고 본인밖에 없었다.

조정철 제거 음모에는 직속상관인 전라감사의 복심이 깔려 있었다. 지난 5월 초에 전라감사로부터 이미 밀서가 도착했던 터였다. 조정철에게 적당한 죄명을 씌워 장살하라는 내용이었다.

어차피 한양으로부터 멀리 떨어진 섬이 아닌가. 조정철은 정조의 왕위를 찬탈하려고 역모를 꾸민 자의 족속이 아니던가. 정조 임금조차도 눈엣가시로 여기는 죄인. 조정철의 할아버지가 영조의 공신이었다는 명분만 아니라면 백 번이라도 목이 떨어졌을 위인. 잘만 하면 이번 참에 도저한 가문이나 아버지에게 더 이상 앙알대던 약삐한 자식이 아님을 증명할 수 있는 기회가 될 것이었다.

제주목사에게는 육지의 다른 수령들에게는 없는 막강한 권한이 부여되어 있었다. 선참후계권先斬後啓權. 모변을 꾸민 대역 죄인의 경우에 한해, 먼저 치계를 하고 나중에 상황을 보고해도 되는 권한. 제주는 육지와 사이에 거친 바다를 두고 있어 일기가 고르지 못할 경우 중앙의 후속 조치를 기다리자면 시일이 너무 오래 걸렸다. 따라서 제주목사에게는 자신의 판단에 따라 먼저 죄인을 처단하고 나중에 장계狀啓를 올릴 수 있는 막강한 권한이 주어졌다.

그러나 대역 죄인의 토설이 필히 포함되어야 하는 장계는 중앙의 엄격한 잣대로 검증을 받아야 했다. 제주목사의 막강한 권력 행사에 제동을 거는 일종의 사법권이었다. 아무나 섬사리 죽이지 못하도록 한 권력 견제 방식의 일종이었다.

김시구는 그런 문제는 가문의 어른과 상의를 하면 쉽게 해결되리라고 확신했다. 적당한 죄명을 뒤집어씌워 장살하면 조정에서도 손 안대고 코 풀기로 흡족해할 것이었다. 거기다 제주목 직속상관인 전라감사까지 힘을 보태고 있지 않은가. 누가 읽어도 인정하지 않을 수 없을 만큼 장계만 깔밋하게 작성하면 된다.

마침내 김시구는 조정철이 적소에서 책을 읽고 육지의 집과 편지를 왕래했으며 양식을 받아먹은 혐의를 들어 관아로 잡아들였다. 사실, 아무리 대역 죄인이라 해도 책을 읽을 수는 있었다. 책 읽는 소리만 문밖으로 새어나가지 않으면 되었다. 조정철은 고향의 어머니와 편지를 알음알음 주고받은 적도 있었다. 그런 것은 목숨이 왔다 갔다 할 만한 중죄가 아니었다. 그러나 홍랑과의 일이 밝혀지면 문제가 달라졌다. 그것은 만덕 자신뿐만 아니라 홍랑, 그리고 새로 태어난 아기 모두 죽는다는 의미였다.

조정철은 야멸치게 내려치는 100여 대의 곤장을 맞았다. 100여 대의 태형은 살아나도 대부분 병신이 되는 가혹한 형벌이었다. 빈사 상태에서도 혐의에 대해서는 전면 부인했다. 정철은 홍랑과의 비밀 때문에 침묵으로 태형을 견뎌냈다. 그러나 매를 견디는 데도 한계가 있는 법. 정신 줄 놓았다가 다시 잡기를 여러 번, 정철의 몸이 서까래 빼낸 지붕처럼 균형을 잃고 풀썩 쓰러졌다. 몸은 이미 피 칠갑이 되어 있었다.

김시구는 승리감에 몸이 근덕근덕 달아올랐다. 병사들에게 조정철을 저잣거리에 내다 버리라고 했다. 저 정도로 매를 맞았으니 살아도 산 게 아니다. 아니, 죽어버려도 어쩔 수 없다. 이제 장계 꾸밀 일만 남았다. 꼬투리 잡히지 않도록 완벽하게.

정철이 초주검이 되어 시체처럼 길가에 버려지자 홍랑이 들짐승처럼 달려들어 정철을 끌어안았다. 홍랑은 목관아 주변을 배회하면서 정철이 살아 나오기만을 바라며 애간장을 졸이던 중이었다. 안색이 푸르딩딩하고 허연 것이 죽은 자의 얼굴이었지만, 다행히 숨은 끊어지지 않은 상태였다. 홍랑은 급히 물을 떠다가 목을 축이고 사람들을 불러 정철을 적소로 옮겼다.

이쯤에서 아퀴가 지어질 사안이었다. 장사杖死하여 버려진 죄인이 다시 살아나면 또다시 잡아들여 죽이는 법이 없었다. 일사부재리一事不再理의 원칙 때문이었다.

조정철의 목숨이 끊어졌다는 소식을 기다리던 김시구는, 그가 살아났다는 소식을 듣고 아드득아드득 이를 갈았다. 김시구는 정철을 살린 자가 누구인지 탐문하여 당장 잡아들이라고 명령했다. 곤장을 칠 때 그렇게 누누이 일러두지 않았던가.

"정철은 성상聖上께 대역을 저지른 죄인이다. 앞으로 이 자를 비호하거나 이 자에게 물 한 모금이라도 주는 자가 있다면 내 가만두지 않으리라. 정철을 길가에 내다버려 백성들로 하여금 대역죄가 얼마나 무서운 죄인지 알게 하라. 대역죄의 말로가 저잣거리의 까마귀 밥이 제격임을, 한 치의 오차도 없이 행하여 백성들로 하여금 생생하게 목격하게 하라!"

어떤 간 큰 놈이 이렇게 서슬 퍼런 제주목사의 명에 고춧가루를 뿌린단 말인가. 김시구는 눈이 시뻘겋게 충혈되어 정철을 살린 자를 찾고 있었다.

만덕도 소문을 들어 알고 있었다. 정철에게 그토록 지극하게 굴 사람이 홍랑밖에 없다는 사실도 번연히 알고 있었다. 누가 매를 맞고 길에 버려진 대역 죄인을 보살피겠는가. 홍랑이 아니면 할 수 없는 일이었다. 홍랑은 시시각각 자신을 향해 뭉실뭉실 다가오는 먹장구름을 감지하고도 옴치고 뛸 수도 없는 처지였다.

"내 그토록 정철과 가까이하지 말라 했거늘."

만덕이 혀를 끌끌 차며 말머리를 풀었다. 홍랑의 낯빛이 시꺼멓게 타들고 10리쯤 꺼진 눈을 보니 어지간히 애간장이 타들어간 모양이었다. 사랑 타령 따위는 개한테나 던져버려라. 철없는 것. 지금 이러고 있을 시간이 없다.

"아기를 맡아주세요."

"배를 구해서 제주를 떠나게 해주겠다."

만덕이 방도를 되작거리다가 입을 열었다. 살아남으려면 한 가지 방법밖에 없다. 한 2~3년만 도망갔다 오면 그 사이에 제주목사가 갈릴 것이다. 그때까지만 버티면 된다. 그래야 목숨을 부지할 수 있다.

"국법까지 어기며 그리하고 싶지 않습니다. 예로부터 여인이 제주를 빠져나가는 것을 금지했습니다. 출륙금지령을 어기면서까지 살고 싶지 않아요."

"어떻게 할 작정이냐?"

홍랑은 잠시 생각에 잠겼다. 만덕이 시근거리며 홍랑의 대답을 보챘다.

"서방님을 살리려면 제가…… 죽는 수밖에 없습니다."

홍랑이 결심했다는 듯 어금니를 악물더니 도끼눈을 뜨고 말했다. 만덕은 홍랑의 눈을 피했다. 어리석은 것. 사랑 따위에 목숨을 걸다니. 아기를 키워야 할 게 아니냐. 사랑놀음 따위는 그 다음으로 미뤄둬도 된다.

"이것이 여기가 어디라고 어린애처럼 앙알대고 있느냐. 너는 지금 홀몸이 아니다. 내키지 않아도 내 말을 따라야 한다. 그 입 다물고 당장 육지로 떠나거라. 내 강진의 상인에게 소개장을 써줄 테니 그를 찾아가거라. 김시구 목사가 출륙할 때까지만 견디면 된다. 아기도 내가 잘 보살피마. 관원의 감시 같은 것은 신경 쓰지 않아도 된다. 이 어미에게 그 정도 깜냥은 있다. 몇 달만 참으면 된다. 제발 몇 달만이라도. 그 사이에 이 어미가 제주목사를 갈아치울 방도를 마련해보겠다."

"어머니 마음은 저도 알아요. 그래도 그런 말씀 함부로 하시면 안 됩니다. 어머니가 제주도 제일의 부자라고 해도 그렇게 편벽되이 엄부력을……."

만덕은 홍랑의 말허리를 분지르고 한숨을 내쉬었다. 이 아이의 고집을 꺾을 수가 없다. 도망가라고 아무리 종주먹을 들이대도 소용없었다. 할 수만 있다면 억지로라도 육지로 출발하는 배에 태우고 싶었다. 화가 빨랫줄처럼 팽팽하게 머리끝까지 치솟았다.

"도대체 정철이 뭐가 그렇게 좋더냐? 네 목숨보다 더 중요하단 말이냐?"

"알고 계시면서 그런 말 하지 마세요. 어머니 같은 분이 평생 사랑이 무엇인지 알기나 하겠어요?"

"무슨 놈의 얼어 죽을 사랑 타령이냐. 사랑이 밥을 먹여주느냐, 돈을 가져다주느냐?"

홍랑이 갑자기 만덕의 품에 안겼다. 차갑고 건조한 눈빛으로 지청구를 쏘아붙이던 만덕은 눈물을 주체할 수 없었다. 불쌍한 것. 제주 여자로 태어나 유배 온 대역 죄인을 사랑하고 아기를 낳다니. 꽃을 뿌리고 술을 나누며 축복받아야 할 혼례의 예식도 치르지 못하고 이 무슨 자닝한 꼴이란 말인가. 무슨 놈의 팔자가 이리도 기구하단 말인가. 이 아이를 살려야 하는데. 이 설운 아이를 살려야 하는데.

"평생 지아비로 모시겠다고 약속했어요."

"고절 따위의 얘기는 꺼내지도 말아라. 우리 같은 기생에게는 해당 없는 얘기다. 모두가 잠깐 스쳐 지나가는 소나기일 뿐이다.

시간이 지나면 다 해결된다."

"내가 죽지 않으면 서방님이 죽어요. 서방님이 죽는단 말예요!"

"못된 것!"

만덕은 자기도 모르게 홍랑의 뺨을 후려쳤다. 가파르게 허공을 가른 손바닥이 뺨을 휘감자 갈쌍갈쌍하던 홍랑의 눈물이 허공에 흩뿌려졌다. 만덕은 앵돌아져 홍랑에게서 등을 돌렸다.

"어머니 같은 분이, 평생을 사내들에게 웃음을 팔던 어머니가, 어찌 사랑을 알겠어요? 저는 후회하지 않아요. 제발 아기를 잘 키워주세요. 아기를 말예요."

"못난 것. 이 사랑옵고 설운 아이를 어떻게 하면 좋을 건고."

만덕은 스르륵 주저앉아 홍랑을 끌어안았다. 만덕은 눈물을 감춘 채 고개를 떨어뜨렸다. 불길한 예감이 스멀스멀 피어나 가슴이 저릿저릿해졌다.

김시구는 동헌 뜰에 끌려온 홍랑을 보자 잔인한 증오심이 홧홧하게 피어올랐다. 이거야 말로 다 된 밥에 재를 뿌린 게 아닌가. 내 이년의 결창을 갈기갈기 찢어 죽여도 분이 풀리지 않으리라.

"네 이년, 죄인의 적소를 함부로 드나들고 죄인과 은밀히 내통한 죄가 얼마나 큰 것인지 알렷다. 네가 그동안 죄인의 집을 드나들었으니 죄인이 저지른 죄목을 누구보다 잘 알 것이다. 네가 전과를 뉘우치고 정철의 죄상을 상세히 고한다면 네 목숨만은 살려주겠다."

김시구는 감정을 추스르려 깊은 호흡을 들이켜고 배에 힘을 가득 주었다. 먼저 조정철을 엮어야 했다.

"소녀는 나으리의 딱한 사정을 듣고 찬거리를 마련해드리고 잔심부름을 한 죄밖에 없습니다. 서방님의 일에 대해서는 아무것도 모릅니다."

순간 김시구의 날카로운 눈이 예리한 창끝처럼 빛났다. 제대로 걸려들었구나. 조정철, 너는 이제 죽은 목숨이다. 감히 죄인 주제에 계집과 통정을 하다니.

"이년이 대역 죄인 정철을 서방님이라고 불렀겠다. 두 연놈이 정을 통한 게 틀림없다. 대역 죄인이 적소에서 여인을 희롱하다니 내 이 자리에서 당장 정철을 요절내도 시원찮을 판이다."

홍랑은 자신의 말 한마디에 정철의 명줄이 달렸다는 것을 알고 있었다. 끝까지 버티는 수밖에 없다. 조포한 목사의 눈이 뒤집히도록 하는 수밖에 없다. 그래, 내가 입을 다물면…….

"아무리 죄인을 다스리는 목사라고 하지만 무고한 자를 이처럼 다룰 수 있습니까? 국법이 엄연한데 사사로이 형벌을 남발할 수 있단 말입니까? 이년의 죄가 무엇인지, 나으리의 죄가 무엇인지 당최 알 수가 없습니다."

"보통 앙칼진 년이 아니구나. 네가 모른다면 내가 가르쳐주겠다. 정철이 성상을 저주하지 않았더냐. 유배 보낸 조정 중신들에게 복수하겠다고 칼을 갈지 않았더냐. 이 섬에 귀양 온 다른 유배인들과 서찰을 교환하고 몰래 만나지 않았더냐? 또한 죄인 주제에 관기와 정을 통하지 않았더냐?"

홍랑은 김시구가 언급하는 죄목을 차분히 곱씹어 보았다. 대부분 역모와 관련된 죄목이었다. 곤장 몇 개 부러져서 해결될 문제가 아니라 그 끝이 향하고 있는 것은 참혹한 죽음이었다. 김시구가 정철을 선참후계하려는 속내가 분명했다. 선참후계의 권한은 역모에 한정된 것이었다. 이 자리는 그냥 인사치레 같은 것이다. 여기에서 끝내지 않으면 서방님에게로 이어진다.

"당치도 않은 말씀입니다. 억울한 죄인에게 역모를 뒤집어씌우려는 계략입니다. 제가 비록 연약하고 무식한 여자라 해도 어찌 사또의 시커먼 속내를 모르겠습니까? 어찌 그리도 거짓 자복을 하라고 강요하십니까?"

김시구는 머리끝까지 분노가 치밀었다. 대수롭지 않게 여기던 여자가 앙칼지게 대거리를 하니 분통이 터졌다. 자복을 받아내면 곧바로 정철을 잡아들여 손을 볼 생각이었다. 김시구는 얼굴이 검붉게 변해 부들부들 떨면서 소리쳤다. 침이 사방으로 튀어 나갔다.

"이런 넉장거리할 일을 다 보겠나? 이년이 어느 안전이라고 그따위 망발을 늘어놓는 것이냐. 이년이 바른말을 토설할 때까지 매우 쳐라."

홍랑의 살이 찢겨지고 피가 쏟아졌다. 중간에 까무러치면 찬물을 끼얹어 의식을 되찾게 한 다음 또 곤장을 내려쳤다. 허나 홍랑은 끝내 입을 열지 않았다. 어차피 여기까지였다. 내가 이 자리에서 죽어야만 서방님이 살 수 있다. 조금만 더 가면 된다. 조금만 더.

김시구는 홍랑이 지독하다고 생각했다. 저 정도로 그악스럽게 매를 견뎌내는 여자를 본 적이 없었다. 홍랑이 내지르는 처절한 비명소리가 목관아 담장을 타고 성내에 울려 퍼졌다. 담장 밖에서 사람들이 숨죽이고 소리를 듣고 있었다. 애당초 여자라고 얕본 게 문제였다.

"저년의 저고리를 벗겨라."

김시구가 매를 멈추게 하고 관리에게 새된 소리로 독장쳤다. 이성을 잃은 김시구의 눈은 금방이라도 피를 쏟아낼 것처럼 시뻘겋게 충혈되어 있었다. 전략을 바꾼 모양이었다. 병사들이 달려들어 형틀에서 홍랑을 풀고 저고리를 벗겼다. 홍랑의 하얀 살결이 격정적으로 드러났다.

"네 이년, 네가 처녀라는데 젖퉁이가 왜 이리도 무람없이 큰 것이냐? 젖꼭지는 어찌 이리도 오디처럼 시커먼 것이냐?"

김시구가 가살스럽게 웃으면서 말했다. 병사들은 차마 홍랑을 바라보지 못하고 먼 하늘로 눈길을 돌렸다. 아이고, 윤달이야.

윤달. 오늘이 윤 5월 5일. 큰 사달이 나겠구먼. 큰 사달이……

홍랑은 이대로 조금만 더 가면 된다고 생각했다. 이런 방법을 쓰는 것은 가망이 없다고 생각해서겠지. 이것은 겁탈과 다름없다. 죽을 만큼 매를 치고 나서 옷을 벗기고 능욕하다니. 결정타만 날리면 된다. 홍랑은 가슴을 가리지 않은 채 도발적으로 김시구의 눈을 바라보면서 소리쳤다.

"네 이놈, 대명천지 밝은 날에 네가 어찌 아녀자의 옷을 벗기느냐. 후환이 두렵지 않으냐. 내 부모로부터 물려받은 몸이거늘 네가 어찌 크다 작다, 검다 희다 하느냐. 애먼 사람까지 업어 들여 죽이는 게 목민관으로서 할 짓이냐. 네가 제주목사라 하더라도 할 말은 해야겠다. 내가 황천에 가더라도 네 놈을 반드시 끌고 가겠다!"

홍랑은 죽기로 작정했다. 이 정도면 김시구의 속이 뒤집어졌을 것이었다. 김시구의 얼굴이 더욱 붉어지더니 눈동자가 동태 눈처럼 흐려졌다. 초점이 잡히지 않을 정도로 눈동자가 희번덕 뒤집혔다.

"저런 발칙한 년!"

김시구는 눈이 산 밖으로 비어져 지휘봉을 홍랑에게 던졌다. 그 외장치는 목소리가 얼마나 큰지 단말마의 비명처럼 들렸다.

"저년을 이 대들보에 거꾸로 매달아서 큰 몽둥이로 죽을 때까지 후려쳐라!"

만덕은 그 광경을 목관아 밖에서 지켜보고 있었다. 목숨 같은 홍랑이 거꾸로 매달려 죽는 모습이 자닝하여 마침내 등을 돌리고 말았다. 갈쌍갈쌍하게 맺힌 눈물이 물꼬가 터진 것처럼 볼에 흘러내렸다. 미상불 저렇게 죽으려고 결정한 것이었어. 저 아이는 정철과 아기를 위해 죽으려고 작정했던 거야.

주위 사람들이 만덕의 어깨를 만지면서 위로해주었다. 만덕은 와드득 어금니를 악물고 종주먹을 불끈 쥐었다. 가슴팍이 천 갈래 만 갈래로 갈기갈기 찢어지는 느낌이었다.

*

만덕은 홍랑이 죽자 울칩하여 며칠을 식음 전폐했다. 호랑이 어금니처럼 아끼던 아이가 그렇게 허망하게 죽어버리다니. 복권 가능성이 전혀 없는 유배객에게 무 밑동처럼 순백한 정을 바치다니. 유배 죄인을 가까이하여 아기를 낳다니. 그것도 역모에 연루된 대역 죄인의. 고사枯死한 구상나무처럼 허망한 일이었다.

홍랑과 정철은 애당초 가까이해서는 안 될 사이였다. 비극적으로 끝날 운명이었다. 조정철이 정조 원년의 왕권 찬탈과 관련된 죄인이있기 때문이었다. 홍랑은 자신의 운명을 알고 있었을까. 삶의 마지막 순간이 이토록 처참하리라는 것을. 그것을 알면서도 목숨을 걸고 모지락스레 사랑을 한 것일까. 대체 그 사랑이 뭐길래.

홍랑이 죄에 대한 토설을 하지 않았고, 정철이 제주에서 역모를 꾸민 게 아니기 때문에 김시구는 홍랑의 죽음에 대한 책임을 면할 방법이 없었다. 눈이 산 밖으로 비어져 창졸간 벌어진 일이라 물벼락을 맞은 것처럼 위기감에 휩싸였다. 그 뒤끝이 심상치 않아 보였다.

들자 하니 김시구가 홍랑의 죽음을 무마시키려고 계략을 꾸미고 있다 했다. 평소에 객주를 자주 드나드는 향리들이 자늑자늑 설명해주었다. 정철이 제주로 유배 오던 해, 그러니까 정조1년에 정조 시해사건에 연루되어 유배 온 사람들이 많았다. 그들이 서로 내통하여 역모를 꾀하고 있었는데 홍랑이 전갈꾼 역할을 맡았다는 내용이었다. 이 역모 사건을 조사하던 중에 홍랑을 선참후계한 것처럼 조작하려는 모양이었다.

만덕은 기가 찼다. 남의 고을에 와서 정적을 제거하려고 멀쩡한 홍랑을 죽이고 역적모의를 했다고 꾸미다니. 문제는 정철뿐만 아니라 지금 입에 오르내리는 적객들에게 만덕이 식량을 제공했다는 점이었다. 이러한 사실이 밝혀져 이득 될 게 없었다.

적객들이 바람 맞은 등잔불처럼 너울거리고 있었다. 요동치고 있었다. 적객들은 운이 없을 경우 한양에서 내려온 사약을 받을 수도 있었다. 목숨이 걸려 있으니 거짓 증언을 할 수도 있었다. 김시구의 장계가 올라가면 사약이 누구에게 내려질지 아무도 예측할 수 없었다.

　제주목사. 정삼품의 다른 목보다 높은 지위. 제주도가 방어적으로 중요한 위치에 있었기 때문에 다른 고을보다 높은 관리가 파견되었다. 육지로부터 멀리 떨어져 있으니 진상만 밝혀지지 않는다면 역모로 몰아도 상관없을 것이다. 사람 목숨을 미물의 그것처럼 하찮게 여기는 것이다. 그것은 제주도를 하시 보는 행위였다. 불리하면 역모로 모는 지정머리가 뇌꼴스러웠다. 과연 금상今上이 김시구의 장계를 읽고 어떤 판단을 내릴 것인가.

　김시구의 장계가 거짓이라 해도 염려되는 부분이 없는 것은 아니었다. 정조 시해사건에 연루되어 귀양 온 사람들이 모여서 역모를 꾸몄다면 정조로서는 귀가 번쩍 뜨일 수도 있었다. 가뜩이나 아버지 사도세자에 대한 열등감에 사로잡힌 정조였으니 판단력이 까무룩 흐려질 수도 있는 사건이었다.

　이쯤 되자 만덕은 마냥 두고 볼 수만은 없다고 판단했다.

　이렇게 울칩할 때가 아니었다. 자칫 잘못하면 이 장계가 한바탕 피바람을 불러올 수도 있다. 억울하게 죽은 홍랑의 원혼도 풀어야 했다. 복수심이 오연하게 피어올랐다. 만덕은 은밀히 사람들을 불러 모았다. 지레뜸을 들였다가는 일이 비꾸러질 수도 있었다.

　그들은 만덕이 재산을 모을 때 옆에서 도와주던 향리들이었다. 특히 제주목 향리층을 대표하는 자들과 제주목사를 가까이에서 대면하는 자들이었다. 지금 움직이지 않으면 홍랑의 원혼이 구천에 떠돌고, 여태까지 내가 이룩해놓은 돈과 명예를 단칼에 날려 보낼지도 모른다.

만덕은 사람들이 모이자 준비한 가면을 나누어주었다. 혹시 아는 사이라 해도 이 일에 관한 한 서로를 모른 척해야 한다는 의도로 제작한 가면. 부엌에 숟가락이 몇 벌 있는지 번연히 아는 사이라 해도, 무조건 모른 척해야 한다. 냉정하게 모른 척하기로 한다……

그것은 둘래지 가면이었다. 큰굿을 할 때 등장하는 둘래지. 둘래지는 저승문을 지키는 문지기였다.

1 6

산천단 곰솔 옆 비원秘苑 주차장에 짙은 선팅을 한 검은색 세단 여럿이 피 냄새 맡은 상어 떼처럼 몰려들었다. 그들의 움직임은 잔잔한 물결을 가르듯 은밀하면서도 저돌적인 힘이 느껴질 만큼 거침없었다. 차라리 비장함이 느껴질 정도였다. 저녁 6시 30분. 차량은 모두 여섯 대. 그중에 단연 시선을 붙드는 것은 검은 색 메르세데스 벤츠였다. 29분을 기점으로 해서 1분 사이에 여섯 대가 모두 모였다.

차에서 검은 양복들이 내렸다. 운전수가 딸릴 법한데도, 최고급 세단을 손수 몰고 왔다. 수상한 광경이었다. 손님이 나타나자 40대 중반의 갈옷을 입은 사내가 허리를 90도로 꺾어 예를 갖추었다. 얼굴을 확인하지 않은 채 허리만 구부리고 있었다. 여섯 명의 양복 역시 서로에게 알은척을 하지 않고 각자의 방으로 들어갔다.

양복들이 사라지자 사내가 재빨리 차량의 앞뒤에 번호판 가리개를 붙였다. 러브호텔 종업원처럼 손끝 여문 동작이었다. 다른 차는 보이지 않았다. 아, 그리고 보니 별채의 주차장이었다. 비원은 일반 손님들이 잘 찾지 않는 고급 식당이었다.

그로부터 10분 후 여섯 명의 사내는 비원의 별채에 앉아 있다. 탁자마다 깔린 하얀 침대 시트 같은 순백색 종이 위에는 아무것도 놓여 있지 않았다. 삼다수 페트병이나 재떨이조차도. 주인은 이들의 구두를 정리하고 삼지창처럼 곧은 자세로 대기했다. 사설 경호원이라도 된 듯 다보록한 눈썹 꿈틀하도록 눈에 힘을 주고 있었다.

"하반기 인사 발령은 준비돼가나?"

개회 선언도 없이 정중앙에 앉은 사내가 물었다. 좌우측으로 두 명씩, 그리고 맞은편에 한 명이 도열하듯 앉아 있었다. 한 명당 자기 몫의 탁자 한 개씩. 여섯 명 모두 돌래지 가면을 쓰고 있었다. 서름한 사이가 아님이 자명한데도 사사로운 인사말이 오가지 않았다. 주저 없이 자신의 자리에 앉은 것으로 보아 자신의 서열을 명확히 알고 있음이 분명했다.

"명단은 정해났습니다만. 하도 민감한 시기이고 해서……."

맨 우측의 1번 돌래지가 말꼬리를 흐렸다. 얼굴로 표정을 드러내지 못해서인지 고개를 살짝 정중앙의 0번 돌래지로부터 비틀었다. 주눅이 든 모습이었다.

"구상은 나왔다는 뜻인가?"

"관례에 따라 진급 대상 중 우리 쪽 인원을 40% 정도 포진시켰습니다."

"투표 결과가 나올 때까지 보류해두었다가 적절한 시기에 발표하기로 하지. 항상 긴장하고 있어야 돼. 불만을 가진 자들이 조직 내에 있다는 사실을 염두에 두어야 할 걸세. 적당히 안배해

서 그들까지도 끌어안는 일 잊지 말고. 그나저나 시청의 그 이
계장인가 하는 사람은 이번 진급 대상에 올랐나?"

1번 돌래지가 머리를 긁적였다. 0번 돌래지가 늘 사사건건 챙
기는 게 부담스러웠다.

"승진한 지 얼마 되지 않아서 말입니다. 내년이나 내후년쯤에
나……."

"방금 전에 제대 사거리를 지나다 보니 나무가 잘려서 시원하
더군. 신호형 교차로가 생기면 깨끗하고 반듯한 도로가 될 거야.
탁 트인 도로가 되겠지. 시야가 확보되니까 답답하지 않을 테고.
숨은 일등공신을 소홀하게 대하면 안 되지."

"워낙 민감한 사안인데다가 환경단체에서 제대 소나무의 원혼
을 달랜다고 연일 굿판을 벌이는 바람에……."

"그래도 제대 소나무를 과감하게 없앤 공로는 인정해야 하네.
자네도 이 계장처럼 목숨 걸고 충성할 수 있겠나? 범인으로 지목
되면 기자들이 개떼처럼 달려들어서 옷을 벗기려고 들 텐데 말
이야. 자리를 걸고 일을 추진할 수 있겠느냐 이 말이야. 무엇보
다도 토지보상금을 절약한 점을 장점으로 부각시켜야 할 걸세."

0번 돌래지가 마치 1번 돌래지의 머릿속에 들어앉아 있는 느
낌이었다. 1번 돌래지의 말은 매번 중간에 잘리고 말았다. 제대
소나무를 중심으로 회전형 교차로를 만들려면 인근 부지를 더
확보해야 한다. 그러면 시에서 지불해야 할 비용이 더 많아진다

는 의미였다. 신호형 교차로는 그만큼 토지보상 비용을 줄일 수 있다는 뜻이었다.

"환경단체의 생각은 다릅니다. 관에서 하는 일에 사사건건 꼬투리를 잡고 늘어지는 게 저들입니다. 세금을 절약한다는 명분이 오래된 제대 소나무를 잘랐다는 명분을 이기지 못합니다."

0번 돌래지가 인정한다는 듯이 고개를 끄덕였다. 시대가 바뀌어서 환경단체의 입김이 거세졌다. 옛날에는 관에서 하는 일에 대놓고 제동을 걸 만큼 배포 있는 사람이 거의 없었다. 반대가 생겨도 불도저로 확 밀어버리면 그만이었다. 세상이 왜 자꾸 이따위로 돌아가는지 도무지 이해할 수가 없다.

"그렇다고 해서 환경단체가 매일 굿을 하게 내버려둘 생각인가? 뭔가 대안을 내놓으란 말이야, 대안을. 명분 같은 쓸데없는 잡소리는 집어치우고."

"방법이 있긴 합니다만."

갑자기 5번 돌래지가 끼어들었다. 1번 돌래지의 표정을 확인할 수 없었지만 가면 속 얼굴이 붉으락푸르락 변했을 것이었다. 5번이 괜히 끼어들었나 망설이고 있으니 0번이 얘기를 해보라는 듯이 오른손을 들어 발언권을 주었다.

"제대 소나무와 수령이 비슷한 나무를 구해다 주변에 심는 것입니다. 신호형 교차로 옆 인도 부근에 말이죠. 죽은 소나무를 대신하는 나무다, 어차피 관에서 죽인 것도 아닌데 그렇게 제대 소나무가 그립다면 상징적으로라도 심어주겠다. 뭐 이런 명분이 좋을 것 같습니다. 최소한의 성의 표시지요. 우리도 당신들이 굿을 하는 것만큼이나 안타깝다. 사실 생색내는 정도의 비용밖에 들지 않을 것입니다. 토지보상금에 비하면 말이죠."

"역시 교수다운 발상이군. 그렇게 하는 게 좋겠어. 명분과 실리 두 마리 토끼를 한꺼번에 거머쥘 수 있잖아. 그리고 이번 인사이동 때 이 계장을 5급으로 승진시키도록 해. 외곽지역 동장 정도로 자리를 떼어줘. 우리 라인이라고 해서 무작정 충성을 기대하면 안 되지. 뭔가 떨어지는 게 있어야 할 거 아니냐고. 뭐 지스러기 따위를 보고 일하는 것은 아니지만 그렇다고 해서 무시할 수도 없는 거지. 아니, 다른 마음을 먹을 수도 있잖아. 몸 바쳐 충성했는데 결국 돌아오는 게 뭐냐 이런 식으로 말이야. 앵돌아져서 잡음이라도 일으키면 서로에게 이득될 게 없다고."

첫 번째 안건이 끝나자 침묵이 장막처럼 내리깔렸다. 모두 가면을 쓰고 있어서 물 한 잔 마시기가 여의치 않았다. 탁자 위에 아무것도 준비되지 않은 것으로 보아 회의하는 동안 담배나 음식물 섭취가 금지된 모양이었다.

"여교사 살인 사건은 어떻게 돼가나?"

"수사 중입니다만, 미궁에 빠져서 말이죠."

2번 돌래지가 자신에게 묻는 줄 알고 재빨리 대답했다. 모두들 자신에게 지청구가 떨어지지 않을까 두려워하는 느낌이었다.

"못 잡을 것 같나?"

"용의자는 있는데 결정적인 증거가 없어서 말이죠. 아무래도 미제 사건이……."

"큰일이군. 저번 관덕정 단란주점 여종업원이나 동홍동 부녀자 살인 사건처럼 또 미제가 된단 말인가. 경찰의 수뇌라는 사람이 매번 그렇게 뱅충맞아서 어디에다 써먹겠나? 강력 사건이 터질 때마다 표가 얼마나 떨어지는지 알기나 하는지들."

0번 돌래지가 한심하다는 듯이 혀를 끌끌 찼다. 2번 돌래지가 서둘러 말을 이어 붙였다.

"면목이 없습니다. 그래도 언론이 다른 사건을 주목하고 있어서 다행입니다. 수사 답보 상태라 언론에서 성급하게 건드리지 못하는데 유독 한 인터넷신문만 발광을 하고 있어서 골칫거리입니다."

"경찰 쪽에서는 무조건 잡는다는 인상을 풍기도록 해. 범인을 못 잡을 것 같아도 용의자를 대충 꾸미고 뭐 DNA 검사다 뭐다 그런 거 있잖아. 적당한 육지 사람 하나 골라서 말이야. 그렇게 결과를 기다리는 척하면서 시간을 끌라구. 해서 중앙 국립과학수사연구소의 무능함을 각인시켜. 그쪽으로 몰아가란 말이야. 이쪽 경찰은 성실하게 조사해서 증거를 보냈다는 인상을 심어주고. 그 인터넷신문은 광고로 쇼부를 보도록 해. 일단 도정 광고를 몰아줘. 일간지들이야 옛날부터 길을 잘 들였지만 새로 생긴 진보 인터넷신문 나부랭이가 도정을 까는 것을 보면 아직 똥인지 된장인지 구분하지 못하는 것 같아. 물량 공세로 적당히 유들유들 주물러 놓으라고. 십중팔구 반응이 나타날 거야."

0번 돌래지의 통찰이 단연 교교했다. 과연 보스라 할 만큼 명쾌하고 카리스마 넘치는 답변이었다.

"강 지사는 왜 그렇게 풀이 죽어 있나? 이럴 때일수록 힘을 더 내야지 그러고 있으면 되겠나?"

이번에는 화살이 3번 돌래지에게 향했다. 중간쯤에서 고개를 떨어뜨리고 있다가 0번 돌래지가 지목하자 마지못해 얼굴을 들었다.

"이번 주민소환투표로 인해 자네 입지를 더 굳힐 수도 있네. 정면 돌파하는 인상을 풍기도록 해. 도지사가 뭐냐고, 제주도를 대표하는 왕이 아닌가. 노무현 탄핵 때를 생각해봐. 역풍이 불어서 노무현이 더 강해졌잖아. 이번 고비만 잘 넘기면 자네 페이스대로 도정을 이끌 수 있을 걸세. 좀 전에 언론 얘기가 나와서 하는 말인데, 댓글 알바를 쓰는 것도 검토해봐. 요새는 댓글 하나가 민심을 좌지우지할 수도 있다고."

"말씀은 감사합니다만, 워낙 소환운동본부 측에서 강성으로 나오는 바람에……"

"거참, 머리가 그렇게 안 돌아가나? 우리에게도 조직이 있잖아. 우리 계에 속한 공무원만 해도 제주도의 40%에 육박하네. 고위직에서부터 말단 계약직까지. 그들의 궨당을 이용해야지. 자네가 도지사 옷을 벗으면 그들의 자리까지 위협받는다는 인상을 주란 말이야. 공포 분위기를 조성하란 말일세."

"투표 반대운동을 할 생각입니다."

답답했는지 4번 돌래지가 슬그머니 발언을 하고 나섰다. 0번 돌래지와 3번 돌래지가 무슨 뜻이냐는 듯 4번 돌래지를 향해 고개를 돌렸다.

"일반적으로 투표 반대라는 것은 공식화될 수 없지만, 이번 주민소환투표의 경우, 강 지사의 일처리에 대한 찬반 투표 형식이기 때문에 가능하리라 생각합니다. 강 지사가 물러나는 데 반대한다면 투표장에 가지 마라. 이것도 도민의 참정권 행사다 뭐 이런 식의 논리를 주장해도 무리는 없을 것 같습니다."

"일리가 있는 말이야. 투표율을 낮춰야겠지. 특히 공무원들의 부재자투표를 전략적으로 막아야 해. 각 지역구마다 부재자투표에 참여한 공무원 명단을 확보하게. 또 마을마다 투표장에 들어간 사람들 명단도 입수하고. 투표에 참여하는 것 자체가 도정에 반기를 든 거나 다름없으니까. 공포 분위기를 조성하라고. 오히려 이번이 좌빨들 명단을 확보할 수 있는 좋은 기회야."

"그런 방식도 좋습니다만, 이렇게 해보면 어떻겠습니까?"

이번에도 반지빠른 5번 돌래지가 나섰다. 0번 돌래지가 기다렸다는 듯이 5번을 바라보았다. 나머지 네 명은 또 저놈이야, 하는 눈치였다.

"예를 들어 제주도민의 정서에 호소하는 방식입니다. 강 지사가 잘했건 못했건 간에 1년 남은 임기를 채우는 게 좋지 않겠느냐는 논리 말입니다. 3년 동안 일 잘한 도지사를 1년 남기고 옷을 벗기는 게 제주도의 정서에 반한다는 게 요점입니다. 모양새가 좋지 않다, 뭐 이런 말로 대표되겠지요. 요새 마케팅도 감성에 호소하는 마케팅이 대세라고 하지 않습니까?"

"탁월한 생각이야. 역시 교수님이라 접근하는 방식이 우리랑 다르단 말이지. 과연 우리 계의 모사꾼다운 발상이야. 어쨌거나 이번 투표가 끝나면 강 지사가 더 탄력을 받을 걸세. 숨어 있는 적들도 확인할 수 있고. 강정 해군기지 건설 건만 해도 그래. 국비가 얼마나 들어오는 사업인데 말이야. 지난번 탑동 매립지 경우처럼 대박이 날 수도 있어. 어떤 상황에서도 빠져나갈 명분은 생기게 마련이야."

0번 돌래지에게 모두의 눈길이 모아졌다. 무슨 뜻인지 궁금한 모양이었다.

"그때 우리 계 재정이 빵빵해졌거든. 매립을 결정할 때 매립 부지를 공정하게 분양한다고 광고했잖아. 실제로 그 땅에 침을 흘린 자들은 대기업이었어. 지금 탑동 광장 주변을 한번 둘러보란 말이야. 하지만 제주시에서는 대기업에 땅을 분양하지 않았어. 제주시가 미쳤나? 생각해보게. 부지를 대기업에 팔아먹었다고 비난받을 일 있냐고. 우린 일반 사업자에게 땅을 판 것뿐이야. 대기업놈들은 수면 아래에 잠수해 있다가 중개업자를 내세워 땅을 조금씩 매입해나갔지. 그렇게 두세 번 칼질을 해서 되팔게 만들었어. 개인업자가 땅을 가지고 장난쳐서 투기꾼이 몰려들었다…… 이런 식으로 분위기를 몰아가고 우리는 뒤로 빠졌거든. 결국 지역 중견 업체에서 공사를 시작했지. 뭐 짓겠다고 크게 광고도 하고. 그러다가 부도를 낸 거야. 고의적인 부도지. 처음부터 계획된 부도. 건물을 짓다 말았으니 흉물스러울 게 아닌가. 왜 상상을 해봐. 마감 처리가 덜 된 시멘트벽에 빨갛게 녹슨 철근이 삐쭉빼쭉 튀어나와 있다고 말이야. 시민들의 민원이 들어오지 않겠나. 몇 번 법원에 유찰되고, 뭐 그동안 시민들은 못 볼 광경을 보게 된 거지. 그때쯤 구원자처럼 대기업이 나서서 싹 정리를 해줬어. 대기업은 관심 없다는 듯 탑동 광장을 어슬렁거리다가 모양새 좋게 땅을 인수했지. 시민들한테 대우도 받고 말이야. 대기업은 우리를 모른 척하지 않았어. 상당량의 로비 자금이 들어왔거든. 결과적으로 욕심 많은 투기꾼만 나쁜 놈이 된 거야. 이 얼마나 예술적인 시나리오냔 말이야. 우리도 배워야 해. 대기업 놈들의 일처리를 말일세."

다섯 명의 돌래지가 동의하듯 고개를 끄덕였다. 분위기에 고무된 듯 0번 돌래지가 계속 말을 이었다. 물이 있다면 이즈음에서 한 잔 마셔도 좋을 것 같았다.

"결과는 늘 바뀌지 않아. 어디에서나 적당한 명분과 논리만 만들면 돼. 빠져나갈 구멍은 얼마든지 있어. 요새 사람들은 특히 일자리 창출과 경제를 살린다는 명분 앞에서는 꾸뻑 죽거든. 그런 논리에 현혹되거든. 마치 하루아침에 백수가 없어지고 자기 호주머니가 두둑해지리라 착각하는 것이지. 그렇게 사람들의 머릿속에 환상을 심어주는 거야. 해군기지 역시 그런 관점에서 접근해나가야 할 걸세."

오랜 시간 동안 회의를 했는데도 돌래지들은 흐트러진 기색이 없었다. 몸 한 번 비트는 사람이 없었다.

"요새 주말연속극 거상 김만덕 잘 보고 있네."

얘기의 말머리가 다른 방향으로 틀어졌다. 누군가를 칭찬하려는 얘기였다. 5번 돌래지를 지목하는 듯했다. 그러자 나머지 돌래지들이 고개를 떨어뜨렸다.

"드라마 스태프, 작가에게 성의 표시는 하고 있겠지? 드라마 제작 지원에도 신경 쓰고. 무조건 도와줘. 해달라는 대로 다 해주란 말이야. 역시 김 교수의 안목이 탁월해. 제주도 안에서뿐만 아니라 전국적으로 김만덕 붐이 일고 있으니 지원금을 한몫 단단히 챙길 수 있을 거야. 이참에 김만덕 기념관을 거창하게 지어보자구. 김 교수도 은퇴하면 그런 자리 하나쯤 차지해야 하잖아."

"그렇지 않아도 올해 제주도지 특집을 김만덕으로 잡았습니다."

5번 돌래지가 서둘러 말했다. 분위기가 좋을 때 신속하게 보고해서 흥을 더 돋우려는 것처럼.

"대신 작년 같은 일이 벌어지면 안 될 걸세."

5번 돌래지가 고개를 떨어뜨리자, 그의 독주에 게염난 돌래지들이 고소하다는 듯이 얼굴을 들었다.

"탐라직방설로 인해 우리 계가 한동안 땅바닥에 납죽 엎드려 지내야 했어. 물론 실체까지 정확하게 드러나지 않았기 때문에 유야무야됐지만. 탐라직방설에 주역을 붙인 고문석하고 별정직 사무관을 저대로 방치해서는 안 될 걸세."

"그렇지 않아도 감시를 붙였습니다. 고문석은 탐라직방설 특집 이후 자취를 감추었고, 사무관은 이번 투표가 끝나는 대로 정리될 겁니다. 제주도지 특집도 김만덕으로 대못을 박아놨으니 별 문제 없을 걸로 보입니다."

"그래도 긴장을 늦추지 말게. 이번에도 실수하면 옷 벗을 줄 알아. 더 이상 봐주는 일은 없을 걸세."

"사무관이 워낙 별종이긴 하지요. 실무 대표인데다가 별정직이라 진급에 관심도 없고 마땅한 회유거리도 없고 해서 말이죠. 한마디로 아쉬운 게 없는 사람입니다. 시조나 끄적거리며 슬슬 사는 사람이죠."

3번 돌래지가 기회를 보다가 끼어들었다. 아무래도 자기 아랫

사람이라 스타일을 파악하고 있는 듯했다.

"예전에 내가 도지사로 있을 때 데려온 게 화근이었어. 호랑이 새끼를 키운 거지. 내가 사람을 잘못 봤어. 그 자의 근본과 출신 배경을 꼼꼼하게 살펴야 했는데. 사실 우리 조직에 필요한 것은 뛰어난 능력이 아니라 충성심이야. 여하튼 투표가 끝나면 도의회 같은 데로 밀어버리자구. 후속 자리는 공보관이 지명하구. 아, 김 교수가 그 자리에 앉으면 되겠군. 김 교수도 서기관 자리 정도는 차지해야 가오가 서잖아."

"이번에는 절대 실망시키지 않겠습니다."

5번 돌래지가 그 말만 기다렸다는 듯이 충성 맹세를 했다. 감사를 표하듯 0번 돌래지에게 허리의 반이 접힐 정도로 절을 했다.

"자, 이 정도에서 회의는 끝내자구. 투표 결과가 나오면 다음 회의 일정을 공고하겠네. 그 사이에 자신이 어떤 일을 해야 할지 생각해오게. 지금부터는 가면을 벗고 놀아보자구. 배가 고파 죽겠어. 내일은 토요일이니까 오늘 밤은 해방 맞은 백성들처럼 거방지게 놀아보자구. 신제주 강 마담에게 연락도 해놓고. 2차 갈 테니까 얍상하고 싱싱한 팬티들 수배해놓으라구 해. 간만에 몸 한 번 화끈하게 풀어보자 이 말이야."

1 7 　 만 덕 전 (萬 德 傳) ④

스승이 왜 제주도에 다시 내려왔는지 이유를 모르겠다. 그것
도 자그마치 스무 해나 흐른 뒤에. 스승은 두 번째 방문 때 우연
찮게 그 음모의 시발점을 목격하게 된다.

이제 창의唱衣하듯 생의 집착을 떼려는 것일까. 저승의 거룻배
에 몸을 맡긴 다음을 준비하는 것일까. 정조 임금이 승하한 지
20년이 지났다. 남인 문화정치의 화려함은 스러지고 세도정치의
먹장구름이 온 세상을 덮은 문화적 암흑기가 시작된 것이다.

하지만 영·정조의 웅숭깊은 문화부흥기를 밑천으로 서책의
저술이 활발해지고 서학이나 북학의 후광을 받은 2세대가 태풍
처럼 등장했다. 그 중심에 정약용이 서 있었다. 정약용의 방대함
과 집요함이라니. 오늘날의 정약용을 도저하게 빚어낸 것은 유
배지 강진의 칼바람과 스승께서 열심히 날라다 준 서책 덕분이
었다.

스승은 비록 이름이 한미했지만, 정약용이란 인물을 만들어냄
으로써 생의 의미를 다했다고 믿는 것 같았다. 스승은 정약용의
발 앞을 홀연히 비춰준 등롱 같은 존재였다. 이제는 안으로 수그
러들어 자신의 삶을 완성하려는 것인가. 평생 입은 옷을 태워 생
을 정리하고 집착을 끊을 셈인가.

　조신선이 김만덕을 두 번째로 만난 것은 정조15년(1791) 즈음이었다. 꼭 20년 만이었다. 이번에도 만덕은 스승을 산지천 객주에서 가장 지밀하다는 방으로 안내했다. 만덕은 나이 쉰셋에도 마흔 살처럼 젊어 보였다. 상기도 남자들이 품고 싶어 안달이 날 정도로 미색이 뛰어나고 요염해 보였다.

　첫 번째 방문 때처럼 만덕의 옆에는 새치름한 여자아이가 서 있었다.

　"그사이에 딸을 둔 것입니까?"

　"홍랑의 딸입니다."

　가만히 살펴보니 홍랑과 얼굴이 많이 닮았다. 스승이 의아하다는 듯이 물었다.

　"아비는 누구요?"

　"조정철이라는 적객입니다. 정유년丁酉年(정조1, 1777)에 유배 와서 정의현을 거쳐 현재는 추자도에 머물고 있습니다."

　"정철이라면……."

　자신이 책을 판 자였다. 그 소문이 하나도 틀린 게 없었다. 김시구 목사가 제주도에서 다섯 달 만에 파직당했을 때 계집 하나를 죽였다 했다. 선참후계의 권한을 남발했다는 상소로 인해 관복을 벗었다고 들었다.

"홍랑은 그때 죽었습니다. 죽기 전에 저를 찾아와 이 아이를 맡아달라고 부탁했지요."

"성상(정조)의 시대는 우리 같은 서책과 관련된 사람에게는 부흥기이지만 정철 같은 유배객에게는 불우한 시절이지요. 책을 읽는 선비에게는 태평성대이나 황차 그 즐거움을 누리지 못하는 선비라……. 불행한 일입니다."

"그렇듯 나라에서 하는 일이 모두 가소롭지요."

만덕이 또 그 이야기냐는 듯 체머리를 흔들며 말했다.

"그런 얘기를 손나팔 불듯 드러내놓고 해서는 안 됩니다."

"우리가 김시구 목사를 쫓아냈습니다. 제주도에서 말입니다. 남은 유배객들과 홍랑을 역모로 엮으려 들기에 한양에 줄을 대어 금상에게 상소를 올렸지요. 어마어마한 돈이 들었습니다."

"정녕 그런 일을 행수께서 했단 말이오?"

"돈은 이 고을에서 신神이라 불립니다. 신은 무엇이든 할 수 있어 신이지요. 신은 목숨을 살릴 수도 있고 앗아갈 수도 있는 오묘한 것입니다."

"홍랑 때문에 상처를 받았군요."

조신선이 어루만지듯이 만덕을 위로했다. 홍랑의 딸은 어미 생각을 하는지 목을 걀쭉하게 늘여 빼고 있었다.

"더 강해져야 한다고 생각했습니다. 제주도 안에서 가장 광포한 신을 가지고 있어서 아무도 함부로 나대지 못하도록 말입니다. 외지에서 오는 고위 관리들이 제멋대로 행동하지 못하게 말입니다. 제주목사가 함부로 백성을 죽일 수 없도록 말입니다. 그게 제주 백성을 위한 길이라 생각했습니다."

"말 속에 가시가 들어 있군요. 당신이 이렇게까지 적나라하게 나랏일이 가소롭다고 비웃을 줄 몰랐소."

"우리 제주도 사람들은 그렇게 살아왔습니다. 적객이 와도 함부로 대할 수 없었지요. 지금도 사정은 똑같습니다. 적객은 중앙에서 죄를 짓고 온 사람입니다. 죄인이지요. 그런데도 우리는 죄인에게까지 예를 다하여 대해야 합니다. 왜 그런 줄 아십니까? 그 사람들이 유배가 풀려 제주도로 돌아와서 복수를 할 수도 있으니까요. 그게 현실입니다. 인정하고 싶지 않아도 인정해야만 하는 냉혹한 현실이죠. 우리는 언제까지 결창 터져도 가만히 당하고만 살아야 합니까?"

만덕이 하늘을 향해 종주먹을 들이대듯 내쏘았다. 하늘의 멱살을 잡고 드잡이라도 벌일 기세였다. 스승은 짐짓 대꾸도 하지 않았다.

"제주도에 왜 출륙금지령이 생긴 줄 아십니까?"

"인조 임금 전에 생긴 제도로 알고 있습니다. 제주도 사람들이 자꾸 육지로 나가려 했으니까요."

"중앙으로부터 파견된 관리들의 착취 때문입니다. 듣자 하니 조선에 가장 돈을 많이 벌 수 있는 벼슬자리가 있는데, 하나는 서북지방의 평안감사요 다른 한 자리는 제주목사라 합디다. 제주목사는 임금으로부터 멀리 떨어져 있어 무소불위의 권력을 행사했습니다. 또한 뇌물을 가장 많이 받기로 유명했지요. 벼슬자리에 들어간 밑천을 뽑기 위해서 제주목사를 자청한다는 게 일반적인 소문 아닙니까?"

"부정적인 시각으로 보면 세상은 살아내기 어려운 곳입니다. 사실을 있는 그대로 받아들이지 못하게 됩니다."

"저도 진절머리가 쳐집니다. 이런 얘기를 해봤자 입만 아프지요. 바뀌지도 않구요. 제주목사가 백성들을 자꾸 못살게 구니까 견디다 못해 너도 나도 육지로 떠난 것입니다. 아시다시피 제주도는 푸서리 땅이라 농사도 잘되지 않아요. 제주도에서 태어난 여자는 제주도 남자하고만 혼사를 치러야 합니다. 몇 해 전부터 출륙금지령에 예외를 두어 제주도 남자 상인에 한해 육지를 마음대로 다닐 수 있게 한시적으로 풀어준 일이 있긴 했지만 말입니다."

"다 나라에서 하는 일입니다. 제주도가 독립국가가 되면 모를까 조선의 어느 곳에서나 벌어지는 일반적인 일이란 말입니다."

"나으리께서는 제주도에 대해 정녕 모릅니다. 중앙에서 파견되는 관리 중에 제주목사를 비롯한 고위층이 처자식을 데리고 제주도에 온 적은 단 한 번도 없었습니다. 이곳은 살기 위해서 오는 곳이 아니라 잠시 머물기 위해 오는 곳입니다. 더 높은 관직에 오르려고 과정으로만 가드락가드락 스쳐 지나가는 곳이란 말입니다. 그 지정머리를 눈꼴틀려 차마 입에 담기도 싫습니다."

"당신은 그들에게 기생을 대어주고 돈을 벌지 않았습니까? 서로 실리적으로 배 맞추는 공생 관계가 아니었던가요?"

"그렇습니다. 나는 그렇게 해서 거상이 되었어요. 목사의 색사를 위해 밤마다 요나한 기생을 대고 있으니 목사의 심중을 누구보다 먼저 헤아릴 수 있었지요. 기생을 시켜 베갯머리송사를 벌이고 때로는 돈을 뿌려 청탁을 넣고. 제주도의 아전들은 거의 내 편이라 어려울 게 없지요. 그렇듯 제주목사란 작자들은 제주에 와서 기생의 속살이나 주무르다가 적당히 돈을 챙겨서 이 섬을 뜹니다. 떠나면 그게 끝이죠. 그러니 내 어찌 나라에서 하는 일이 가소롭다 하지 않겠습니까?"

"왜 이리 말끝이 창을 품은 것처럼 날카롭고 언거번거한 것입니까? 오늘따라 어찌 이리도 잔입을 놀리고 계신 것이지요? 세상사 마음먹기에 달렸다 했습니다. 마음은 장수요, 기운은 졸개이니 장수 가는대로 기운이 따라간다 하지 않았습니까. 대체 그 뿌리 깊은 갈등은 어디에서 비롯된 것이지요? 제주도는 조선에서 가장 중요한 군사적 요충지이고 온갖 진귀한 진상품 생산지입니다. 특히 말이나……."

"외지에서 온 관리들이 입에 달고 사는 말이지요. 잠깐 머물렀다가 떠나는 자들이 실상을 파악하지 못한 채 공식처럼 주장하는 얘기입니다. 우리는 그렇게 각기 다른 성씨를 가진 목사들과 돈을 찾아 몰려드는 육지 상인들을 만납니다. 어차피 그들은 뜨내기입니다. 하지만 우리는 대대로 여기에 살았고 앞으로도 살아가야 합니다."

"힘을 기르려고 제주도 최고의 갑부가 되었단 말입니까?"

"이를 악물고 돈을 벌었지요. 남들에게 손가락질을 받아도, 사내들이 침을 퉤퉤 뱉어도 참고 견뎠습니다. 그게 제주 백성을 위한 일이라고 생각했지요."

그 순간 스승은 처음으로 제주도에 온 것을 후회했다. 이런 뒤틀린 꼴을 보려고 제주도에 내려온 것일까. 세상사 불만을 촛불 그을음처럼 이죽거리는 소리를 듣기 위해서란 말인가. 집착이 심하면 딱딱해진다. 유연하지 못하다. 먼저 어깨가 굳고 마음도 굳는다. 첫 번째 방문 때 느낀 것이지만 그보다 더 자심해졌다. 만덕의 돈에 대한 집착이 왠지 불온한 징후처럼 사위스러웠다.

"상기도 같은 일을 하고 계십니까?"

만덕이 스승의 샐쭉한 심기를 알아차리고 화제를 바꾸었다. 억지로 선웃음을 지으면서.

"그렇소."

"지금도 책을 팔아 술을 마십니까?"

"그렇소."

스승은 더 이상 대화를 나누고 싶지 않아서 데면데면 짧게 대답했다. 자존심이 상했는지 만덕의 입언저리에 비릿한 미소가 우련하게 번져나갔다.

"그렇다면 20년 전처럼 이 아이에게 책 한 권을 선물로 주시면 안 되겠습니까? 나으리께서 직접 초서하셔서 말입니다."

스승은 내키지 않았다. 제주도에 좀 더 잡아두려는 속셈이 분명했다. 초서하는 동안만이라도 제주도에 머물라고 종용한 것이었다. 뭐 어려운 일은 아니지. 내 기꺼이 그렇게 하지. 죽은 홍랑을 위해서라도 이 아이에게 책을 한 권 만들어주고 싶었다. 눈이 초롱초롱하고 재기가 번뜩이던 홍랑. 내 홍랑의 딸에게 선물을 해야겠다. 그리고 이 일을 마무리하는 대로 섬을 떠날 것이다.

*

사흘 정도 지난 밤이었다. 며칠 동안 태풍이 몰려와서 방 안에만 묶여 지냈다. 바다로부터 몰려온 바람이 객주 흙벽을 뚫고 고막을 위협적으로 흔들었다. 거친 산맥처럼 일어선 파도가 성내를 집어삼킬 듯 위협적으로 느껴졌다. 성내의 낮게 깔린 초가는 고팡 속 종이 갉는 생쥐처럼 숨죽여 지내면서 이 광란의 바람이 어서 지나가기만을 기다렸다.

그렇게 홍랑의 딸에게 줄 초서본을 끝낸 다음 날. 육지로 태풍이 빠져나갔는지 아무 일 없었다는 듯 해가 새치름하게 얼굴을 드러내더니 이윽고 포악한 직사광선을 내리쬐었다. 금산의 울울 창창한 숲 속에서는 매미가 소 오줌발처럼 길고 그악스러운 울음소리를 내뱉어댔다. 낮의 열기를 고스란히 간직한 채 어둠이 납작하게 엎디어 있던 밤, 해무海霧가 야만적인 짐승의 아가리처럼 성내를 삼켜 서늘하고도 섬쩍지근한 밤이었다.

어디선가 사람들이 하나둘 안채로 몰려들었다. 산지천 객주의 가장 비밀스런 장소라는 연회장. 스승이 머물고 있던 방 바로 옆에 붙은 널찍한 방이었다. 밤이 이슥해졌을 무렵이었다. 눈 깜짝할 사이에 열 명가량이 방 안으로 들어갔다. 스승은 수상한 움직임을 감지하고 문에 기대 밖의 동태를 살폈다.

자리가 정해졌는지 누군가 말을 시작했다. 수군거리는 소리로 보아 만덕도 참석한 모양이었다.

"오늘은 우리 모임을 발족하는 날이오. 그러니 각자의 심중을 허심탄회하게 털어놓았으면 좋겠소."

목소리 굵은 자가 사회를 보았다. 자리의 가장 어른인 이방이 말머리를 풀었다.

"여러분은 제주도를 대표하는 아전들이오. 향리, 가리, 진무리의 대표자들이 한 분씩 모인 것이오. 세 고을의 각 아전들이 모였으니 나까지 해서 꼭 열 명이오. 먼저 이 자리를 주선해주신 만덕 행수에게 감사하는 마음을 전하고 시작하겠소."

만덕이 일어나 인사를 하자 박수 소리가 터졌다. 스승은 벽에 귀를 대고 건너편에서 흘러나오는 소리를 듣고 있었다. 본론으로 들어섰는지 목소리 굵은 자가 발언을 했다.

"관리란 바로 고을의 살림살이를 도맡아 하는 자요. 우리는 붓과 칼로 문서를 기록하고 다리품을 팔아 관의 살림살이를 관장해왔지만, 한평생 몸은 미천하고 수고스러울 따름이오. 윗사람의 서릿발에 숨죽이며 잘 보이려고 애쓰는 처지요. 신임 목사가 올 때마다 알량한 자리 떨어질까 벌벌 떠는 신세란 말입니다. 또한 유산이란 무일푼, 자식에게 전해질 게 하나도 없소. 어찌해서 700리에 이르는 제주도의 관리라는 자의 빈곤함이 이토록 가혹하기만 하단 말이오."

침울한 분위기였다. 두 주먹을 불끈 쥐는 이도 있었다. 또 다른 사내가 말을 받았다.

"그렇다고 해서 나 혼자만 부유하다면 무슨 소용이 있겠습니까? 우리가 서로 칭찬하고 힘을 합하여 여럿이 함께 부유해지길 바라는 마음입니다. 그래서 우리의 모임을 상찬계相贊契라 정했습니다."

세 아전 무리가 힘을 합쳐서 서로 돈을 나누어야 가난에서 벗어날 수 있다는 뜻이었다. 이번에는 다른 사람이 나섰다.

"우리의 이 계대는 오래전부터 비공식적으로 존재해왔습니다. 10여 년 전 홍랑이 죽었을 때 만덕 행수의 주도로 우리가 상소문을 엮어 김시구 제주목사를 몰아낸 일이 상기도 선연합니다. 이처럼 우리가 힘을 합치면 제주도 안에서 못할 일이 없습니다. 이제 우리 계대를 공식화해야 할 순간입니다."

비밀 모임의 결사를 선언하는 순간이었다. 다음으로 발언한 자는 더 과격했다.

"조선조 개창 이후 우리 제주도에는 왕이 내려온 적이 단 한 번도 없습니다. 어찌하여 왕은 제주도에 다녀가지 않는 것입니까? 왕이라고 해봤자 폐위된 광해군뿐. 나라에서 하는 일이 이토록 가소로우니 우리가 서로 힘을 합하여 제주도의 왕이 됩시다. 우리 계대 스스로 왕이 되잔 말입니다. 제주목사는 시간만 때우는 허수아비에 불과합니다. 우리가 서로 힘을 합쳐서 제주도를 지키고 스스로 왕위에 오릅시다."

"옳소. 우리가 모두 힘을 합쳐서 왕이 됩시다. 서로 부유하게 됩시다."

박수 소리가 와자하게 터졌다. 사회자가 과열된 분위기를 진정시키기 위해 일어섰다.

"여기 계신 여러분은 향리, 진무리, 가리 중에서 각 고을을 대표하는 세 명을 엄선한 분들입니다. 이 자리의 최고 어른은 제주목사를 모시는 이방 어르신입니다. 각자 자신의 밑으로 사람들을 끌어모으시오. 믿을 만한 사람이어야 하고, 힘이 센 자여야 하고, 두뇌 회전이 빠른 자여야 합니다. 제주도 아전이 800이니 그 1/3인 300명만 우리 계대로 끌어들인다면 제주도는 우리의 손아귀로 쉽게 들어올 것이오."

향리가 전국적으로 세력을 얻기 시작한 것은 조선 후반기였다. 세제의 개편과 관련이 있다. 국가에 내는 세금을 현물 대신 쌀로 내고, 각 개인에게 부과하던 세금을 지역 단위로 매기면서 향리가 지방의 실세로 등장한다. 지방마다 군역과 환곡의 장부를 정리하는 일도 이들의 몫이었다. 이 같은 향리의 세력이 가장 강한 곳은 평안도와 제주도였다. 특히 제주도의 향리층은 폐쇄된 섬이라는 공간과 지역적 연고를 기반으로 세를 부풀려나갔다. 출륙금지령도 한몫 기여했다.

제주도는 지리적인 조건과 재정 상황으로 인해서 과거를 통한 중앙 진출이 현실적으로 어려웠다. 과거에 응시하러 한양으로 올라가는 데만 석 달이 걸렸고, 비용도 만만치 않아서 늘 부담스러웠다. 이러한 이유로 섬의 재망 있는 자들은 뭍으로 나가길 꺼리고 제주에 눌러앉아 향리층이 되기를 소망했다. 따라서 다른 지역에 비해 상대적으로 향리층의 규모와 위세가 강할 수밖에 없었다.(이형민 註)

스승은 호기심이 발동했다. 밖으로 나가 문틈으로 이들의 얼굴이라도 확인해두고 싶었다. 문틈으로 살펴보니 한 사람이 일어나 발언을 하고 있었다. 순간 스승은 놀라 뒤로 자빠질 뻔했다. 자리의 중앙에 있는 사람 외에는 모두 가면을 쓰고 있었기 때문이었다.

중앙의 늙은이는 이방으로 보였다. 저승사자의 얼굴마냥 강인하고 험상궂은 모습들이었다. 마름모꼴로 뚫은 두 눈에 일자 입술. 짧고 굵은 목. 불끈 일어선 어깨. 돌래지 가면이다. 그래, 언젠가 서책에서 봤던 돌래지 가면.

"그나저나 지난해부터 시작된 가뭄이 큰 걱정입니다. 세금이 걷히지 않으면 녹봉도 받을 수 없습니다. 제주도의 세금으로 우리 녹봉을 지급하는 것은 잘 알고 계시지요? 이렇다면 우리는 가난만을 자식에게 물려주어야 합니다. 이런 상황일수록 버성긴 틈이 많이 생길 것입니다. 당분간은 그 틈을 이용해야 할 것 같습니다."

다른 돌래지들이 동의하듯 고개를 끄덕였다.

"말씀들 다 끝나셨으면 제가 정리를 하겠소."

유일하게 가면을 쓰지 않은 이방이 일어서면서 말했다.

"나라에서 구휼에 나설수록 우리에겐 이득을 취할 기회가 많이 생길 것이오. 그 방법에 대해 서로 고민해보십시다. 우리가 제주도의 아전인데 가뭄이 들었다고 설마 굶어 죽기야 하겠소? 이럴 때일수록 더욱 뭉쳐야 합니다."

이방이 수장답게 소신 있는 목소리로 선포하듯 소리쳤다. 주위를 집중시키려는 듯 잠시 뜸을 들이더니 이윽고 말을 이어 붙였다.

"자 그럼, 우리 계대로 사람을 끌어들이는 일에 관해 결론을 내리겠소. 여기에 필요한 자금은 맨 뒤에 계신 만덕 행수가 책임을 지게 될 것이오. 지금까지 지니고 있던 여러 독점권과 권리를 보장해준다면 자금을 대주겠다는 다짐을 받았소. 솔직히 여기 계신 분 중에 만덕 행수에게 돈 한 번 꾸어보지 않은 사람은 없을 거요. 만덕 행수는 받은 것을 곱절로 갚아주는 분이니, 각자의 위치에서 도와줄 수 있는 일은 도움을 주고 편의를 봐줄 것은 편의를 봐주십시다."

만덕이 일어서서 허리를 90도로 꺾어 인사했다.

"오늘은 첫 자리이고 하니 이쯤에서 갈무리합시다. 은밀하게 사람들을 끌어들이시오. 목표는 300명입니다. 지금부터는 계대의 출발을 자축하는 의미로 쩍지게 놀아봅시다."

이방이 말하자 만덕이 알았다는 듯이 방문을 열었다. 스승은 깜짝 놀라 뒤로 자빠졌다. 그러자 맨 말석에 앉아 있던 돌래지가 맹수처럼 날렵하게 달려들었다.

"너는 웬 놈이냐?"

억세게 드잡이를 하는 바람에 스승은 숨을 쉴 수 없었다. 옆에 서 있던 만덕이 놀란 눈으로 사내를 말리고 나섰다.

"재검아, 내가 아는 분이다. 내 손님이시다."

"이 자는 우리 상찬계의 발족 순간을 숨어서 지켜보았습니다. 우리는 서로에게까지 얼굴을 공개하지 않은 비밀결사란 말입니다.”

품에서 꺼낸 칼을 실팍하게 잡쥔 재검의 동작은 정확하고 단호했다. 곧바로 찌르겠다는 듯이 날을 바짝 세워 들었다. 스승은 우두망찰 장승처럼 굳어 있었다.

“그만둬라. 이분은 육지 사람이다. 곧 떠날 사람이다.”

“그러니까 더욱 후환을 없애야지요. 초장부터 우리 계대가 이렇게 누설이 되어야 하겠습니까? 그것도 육지 사람한테. 재장바르게 이 무슨 꼬락서니란 말입니까?”

순간, 밥맛이 떨어져 숟가락을 내려놓는 것처럼 만덕의 얼굴에 표정이 싹 가셨다. 그러더니 김재검의 뺨을 후려쳤다.

“내가 책임진다고 하지 않았느냐. 김재검, 너는 어찌하여 날궂이하는 계집아이처럼 잔망스럽게 날뛰는 것이냐! 앞뒤 전후 사정 재가면서 끼어들란 말이다.”

“그만해라, 재검아. 네가 지나치다. 만덕 행수께서 알아서 처리한다고 하지 않느냐. 만덕 행수, 어서 술과 계집들을 들여보내시오.”

만덕의 앙칼진 목소리에 급속도로 분위기가 가라앉자 이방이 나섰다. 그제야 김재검은 손에 묻은 먼지를 탁탁 털며 일어섰다. 곁눈질로 스승을 한 번 더 할금거리더니 자리로 돌아가 앉았다. 스승을 노려보는 돌래지들 모두 살기충천한 눈초리였다.

*

이렇게 된 마당에 스승은 더 이상 제주도에 머물 이유가 없었
다. 약속대로 홍랑의 딸에게 초서한 책을 건네고 서둘러 포구로
향했다. 만덕에게는 기별을 넣지 않았다. 홍랑의 딸아이가 인사를
하고 가야 한다고 주장했지만 어제 상찬계에 당한 낭패를 떠올리
니 얼굴도 보기 싫었다. 이대로 끝나는 것이다. 무슨 미련이 남았
다고 여기에 머무른단 말인가. 서로 각자의 길을 가는 것이다.

배를 기다리고 있는데 말을 탄 사람들이 나타났다. 화적 떼처
럼 뽀얀 먼지를 일으키며 한 무리가 다가왔다. 범인을 추적하는
관아의 병사 무리 같아 보였다.

"사거辭去도 아니하다니 무례하군요."

만덕이 말에서 내리며 음산하게 말했다. 호위무사 같은 만덕
의 종들이 노루 사냥꾼처럼 스승을 둘러쌌다. 말 한마디로 낭패
를 당할 만큼 사나운 분위기였다. 여차하면 이들에게 볼모로 잡
혀 발이 묶일 것 같았다. 그러나 스승은 용기를 내서 배에다 힘
을 주고 만덕에게 따끔하게 일갈했다.

"내 장담하건대, 제주도는 머지않아 저들의 손에 의해 백성들
의 눈에 고름이 고이고 말 것이오. 중앙에서나 지방에서나 향리
들이 판치는 고을이 제대로 돌아가는 꼴을 본 적이 없소."

"제주도의 아전들은 가난합니다. 힘을 합쳐서 조금은 해먹어

도 괜찮습니다."

만덕은 끝까지 뜻을 굽히지 않았다. 이런 확신이 없었다면 애당초 상찬계에 발을 들이지도 않았을 것이다.

"당신이 제주도 제일의 거상이 되는 데 저들의 도움을 많이 받았겠지요? 그래서 감싸고도는 것입니까?"

"제주도는 좁은 곳입니다. 다른 방법으로는 살아갈 수 없습니다. 솔직히 배를 타고 들어오는 외지 상인을 믿을 것입니까, 1년의 임기만 끝내면 뒤꽁무니 내뺄 궁리만 하는 제주목사를 믿을 것입니까? 아니면 나으리처럼 뿌리 뽑혀 흘러다니는 방랑자를 믿어야 하겠습니까?"

"당신들 섬사람들의 특성이지요. 그래도 잘못된 것은 잘못된 거요."

"그래도 우리는 여기에서 살아갈 것입니다. 제주도에는 제주도만의 방식이 있습니다. 솔직히 나으리께서 저를 상찬계와 한통속으로 본다 해도 할 말은 없습니다. 이젠 옴치고 뛸 수도 없습니다."

"오래전부터 저들에게 웃음을 팔고 이권을 보장받지 않았습니까?"

"제가 객주를 시작할 때부터 뒤를 봐준 분들입니다. 이 좁은 제주도 바닥에서 어떻게 저들을 모른 척할 수 있겠습니까? 그건 경우가 아니지요."

"기생으로 웃음을 팔더니 이제 와서는 전략적으로 아전과 배를 맞추는군요."

"한양으로 나가 뜻을 펼친다는 고명한 사대부들이 제주도에 와서 어떻게 사는지 아십니까? 자신의 정적을 죽이려고 이 깨끗한 땅을 피로 물들였습니다. 최소한 그들보다는 나을 것입니다. 우리가 오히려 훨씬 인간적입니다. 나으리처럼 그저 책이나 팔고 술을 마시면 더할 나위 없이 좋겠지요. 이 섬에서는 불가능한 일이지만요."

"내 당신을 다시는 볼 일이 없을 거요. 영원히 기억 속에서 지워버리리다. 다시는 제주를 찾지 않을 것이오. 정말 실망했습니다."

"멀리 나가지 않겠습니다. 부디 안녕히 돌아가십시오."

몌별袂別을 예감했는지 만덕이 고개를 끄덕이며 큰절을 올렸다. 변명은 오해를 낳을 뿐이다. 말에 오른 만덕의 마음 밭에 찬바람이 히잉 불었다. 만덕은 남모르게 눈물을 훔쳤다.

스승은 차츰 멀어져가는 만덕을 아득히 바라보며 한숨지었다. 내 다시는 제주에 발을 들이지 않으리라.

1 8

　예상했던 대로 김 교수와 향토사학자 정씨의 원고는 한 번의 교정 과정을 거친 뒤 인쇄소로 넘어갔다. 제주도지를 잽싸게 해치우고 스렁스렁 시간을 보내고 싶었을 것이다. 원고는 미리 준비되었던 게 틀림없었다. 약빠르고 깔밋한 김 교수 스타일 그대로였다. 밀어붙이는 일처리가 오히려 잔망스럽게 느껴질 정도였다.

　조신선 제자의 만덕전에 그려진 김만덕이 낯설게만 느껴졌다. 동명이인同名異人이란 착각이 들 만큼 전혀 다른 사람으로 보이는 것이다. 어느 방향에서 접근하느냐에 따라 사람에 대한 평가가 저승과 이승만큼이나 간극을 벌일 수 있다니. 그 경계가 이리도 얇을 수 있다니.

　특히 김만덕이 김시구 제주목사를 파직시킬 때 제주 향리와 한양의 관리를 돈으로 매수했다는 점이 충격적이었다. 그로부터 10여 년 후 상찬계의 정신적 지주이자 금고를 관리하는 물주가 되었다……. 혹 이 중의 일부가 올해 특집으로 실렸다면 여러 사람 가리산지리산 헤매게 만들었을 것이다. 탐라직방설에 어금버금할 만큼 충격적인 스토리였다.

　제주도지는 마지막 최종 편집만을 남겨둔 상태였다. 인쇄소를 오가는 사무관의 표정에서 자리를 정리하는 자의 우울함 같은 게 느껴졌다. 곧 떠날 자의 짧은 호흡이라고나 할까. 벚꽃처럼 낙오되어 정식 판에 들지 못한다고 할까. 김만덕 특집이 결정된 이후 더욱 위축된 모습이었다. 하지만 김 교수 앞에서는 불편한 내색을 대놓고 드러내는 게 새삼스러웠다. 하긴 둘은 구순하지도 않고 편편하지도 않은 사이였다. 도청 안에 파다하게 퍼진 별정직 사무관의 교체 소문 때문이었다. 전임자와 후임자. 평화적인 정권 교체가 아니라 한쪽의 일방적인 낙하산 인사였기에.

최근 들어 사무관의 잔심부름이 많아졌다는 게 불만이라면 불만이었다. 은행에 가서 돈을 찾아오라든가, 법무사에게 돈을 부치라든가 하는 따위였다. 공식적인 업무 이외의 사사로운 심부름. 심하게 말하면 술자리에서 담배 한 갑 사오라는 것 같은 잔심부름이었다. 사무관이 돌변했다. 이월상품처럼 진열대 후미진 곳으로 밀려난 다음부터. 사무관은 원래 누구에게도 피해를 주는 사람이 아니었다. 담배가 떨어지면 다른 사람 몫까지 스스로 사오는 사람이었다.

이형민 역시 만덕전 주역 때문에 신경이 갈래갈래 곤두서 있었다. 밤새 작업을 하고 어둑새벽에야 사로자는 통에 사무실에 자꾸 지각을 했다. 사무관이 사정을 알 텐데 편의를 봐주지 않는 점도 이상했다. 왜 이 작업을 끝마쳐야 하는지도 회의가 들었다. 고속도로를 한창 달려 탄력이 붙어서 브레이크 밟는 일이 어색해졌다고나 할까. 나중에 따지자. 번역하는 게 최우선이다. 이형민은 발갛게 달아오른 불잉걸에 풀무질을 하듯 자신을 달구쳤다.

마지막 챕터까지 원고지 100매는 넘어 보였다. 하루 종일 매달려도 꼬박 이틀은 엉덩이를 붙이고 앉아 있어야 완성이 될 듯 보였다. 번역을 하면서 김만덕에 대해 이렇게 기술하는 조신선의 제자가 어떤 인물일까 의문이 들었다. 대체 어떤 사람이기에 이런 얘기를 설만하게 늘어놓고 있는지도 궁금했다.

조신선의 제자는 주로 스승이 한 얘기를 받아 적었고, 모자란 부분은 직접 제주에 와서 취재했을 가능성이 높다. 김만덕을 만나지는 못했다. 만덕전을 쓸 때가 순조20년(1820). 만덕은 순조 12년에 죽었다. 조신선의 제자는 만덕이 죽고 8년 뒤에 제주에 방문했다. 그러나 챕터 중에 김만덕이 1인칭 주인공시점으로 기술하는 부분이 눈에 거슬렸다. 들은풍월을 가지고 이렇게 기술할 수는 없었다. 그렇다면 혹시⋯⋯. 김만덕이 일기 같은 문서를 남기지는 않았을까.

가정이지만, 스승의 얘기를 참조하고, 만덕이 남긴 일기, 그리고 저자가 직접 취재해 얻은 내용을 얼버무려 만덕전으로 엮었을 수도 있다. 허나 그 가설은 조금만 생각해봐도 금세 설득력이 떨어졌다. 만덕전에서 김만덕은 글은 읽으나 문장을 엮을 줄 모르는 것으로 묘사되었기 때문이다. 그렇다면 어떻게 시점의 이동이 가능했을까. 어떻게 조신선이나, 만덕 혹은 홍랑의 심정을 자유자재로 넘나들 수 있었단 말인가.

한편 사무관이 자꾸 법원과 관련된 서류를 만지는 점도 마음에 걸렸다. 은행에서 송금하는 곳도 법무법인이었고, 사무관 앞으로 법원에서 보낸 문서들이 속속 도착했다. 공보실과 단호히 정을 떼려는 듯 자리도 자주 비웠다. 사적인 외출로 보였다. 머릿속이 기타 통처럼 텅 비어 무연한 얼굴을 하고 있는 모양새가 여간 어수선하고 불안정해 보이는 게 아니었다.

이 만덕전을 어떻게 처리해야 할지도 걱정되었다. 고문석이 주역하라고 해서 시작한 일이었다. 김 교수의 제안을 거절한 것도 마음에 걸렸다. 제안대로라면 이 사실을 김 교수에게 보고했어야 옳았다. 하지만 그는 정통을 걷는 사람이 아니었다. 불륜 전담 여배우처럼 정통의 떳떳함이라고는 찾아볼 수 없는 위인이랄까. 뒤틀린 모략가의 냄새가 폴폴 풍기는 것이다.

대체 고문석은 어디에 있는 것일까. 이토록 중요한 문서를 던져놓고 정작 자신은 증발해버리다니. 실종된 지 1년이나 지났으므로 알아낼 도리가 없었다. 아버지가 행방불명된 지 1년이 다 되어 가는데 실종신고도 하지 않는 핑크도 수상했다. 어쨌거나 빨리 이번 일에 아퀴를 짓고 핑크와 술도 한잔하고 싶었다. 아버지 얘기도 좀 하고, 개인적인 얘기도 하고, 슬그머니 작업도 걸어보고.

1 9 　 만 덕 전 (萬 德 傳) ⑤

　제주목사가 바뀌었다. 새로운 세상이 열린 것이다. 제주의 성안, 정의현, 추자도로 유배 생활을 전전하다가 최근에 전라도 광양, 황해도 토산으로 유배지를 옮긴 자. 정조1년(1777)년부터 6년 2월까지 제주목, 14년까지 정의현 성읍, 14년에서 계해년癸亥年(1803)까지 추자도. 제주도에서만 무려 27년간 발이 묶인 사내. 정조 시해사건에 엮여 정조10년도 20년도 아닌 정조1년에 유배 온 인물. 정조가 시퍼렇게 눈을 뜨고 있는 한 한줄기 빛조차 운명의 입구에 비춰지지 않던 인물.

　임금이 바뀐 까닭이었다. 정조 임금과 악연으로 개 이빨처럼 엇물려 있던 자. 정조가 승하하고 11세의 금상(순조)이 즉위하자 영조의 계비 정순왕후 김씨가 수렴청정을 한다. 마침내 그가 승리했다. 정조보다 오래 살았다는 이유 하나만으로. 이런 인생역전이라니. 27세의 꽃다운 나이에 유배 와서 반백의 나이로 제주를 다시 찾게 된 인물. 이번에는 유배 죄인이 아니라 제주목사란 직책으로.

"한양에 올라가봐야 할 게 아닙니까?"

　윤광종尹光宗이 물었다. 김재검金載儉의 오른손은 기생의 치마 속 깊숙이 들어가 있었다. 기생년은 홧홧 달아오른 얼굴로 밭은

신음을 연신 내뱉었다. 손에 끈적끈적한 액체가 묻어 미끌미끌
했다. 시큼한 냄새가 나자 김재검이 도포자락에 서둘러 손을 닦
았다. 윤광종은 자꾸 신경이 쓰이는지 마른 침만 꼴깍 삼키고 있
었다.

만덕이 자리를 내준 산지천 객주. 금산에서 흘러내리는 물소
리가 사시사철 끊이지 않는 곳이었다. 만덕은 일선에서 물러나
죽을 날만 기다리고 있었다. 73세면 저승의 문턱까지 그림자가
길게 드리워졌을 터였다. 살 만큼 살고 누릴 만큼 누린 것이다.
김재검은 상찬계가 출범할 때 조신선이 엿듣는 것을 발견하고
칼을 빼들었던 자였다.

"그것 참."

김재검이 혀를 차더니 혼잣말로 이어 붙였다.

"또다시 목사가 바뀐다……. 이거 신임 목사가 부임할 때마다
한양에 올라가야 하니 우리 팔자가 참으로 기구하구나. 지금 누
가 부이방이지?"

"김양식입니다."

부이방이 누구냐고 물은 것은 전임 목사의 부이방이 신임 목
사의 이방으로 승격되기 때문이었다. 이방은 지방 아전층의 대
표자로 목민관 다음으로 막강한 권한을 틀어쥐고 있었다.

"신임 제주목사가 조정철이라면 그럴 필요가 없을 것 같다."

윤광종은 고개를 외로 꼬며 의뭉스레 재검을 가룹떠보았다. 김

재검은 상찬계 내에서 둘째가라면 서러운 책사로 불리는 자였다. 겉으로 내색은 안 해도 그가 상찬계에서 숨은 실력자라는 사실을 모르는 사람이 없었다. 상찬계의 모든 계략이 그의 머리에서 나온다고 해도 과언이 아니었다. 그 뇌력腦力 좋은 사람이 만들어낸 대책이 고작 이런 것이라니 귀를 의심하지 않을 수 없었다.

윤광종이 김재검에게 한양에 올라가야 한다고 말한 것은 상찬계에서 신임 목사에게 바치는 뇌물과 관련이 있다. 최근 강진에서 만든 이강회의 탐라직방설 초서본은 이렇게 전하고 있다.

> 그러기에 달량(강진)에 머무는 신神이 만만萬萬이요, 영저(전주)에 머무는 신이 만만이요, 경저(한양)에 머무는 신이 만만이라.

신임 목사가 제주도로 부임하기 전에 상찬계의 밀사密使가 한양으로 급파된다. 제주목사가 임금에게 하직 인사를 올리고 제주도로 출발하는 순간부터 이 향리가 따라붙는 것이다. 얼핏 제주도로 오는 여정을 마중 나가는 것처럼 보인다. 상찬계는 제주목사를 세 번 쩍지게 모신다. 한양에서 한 번, 전주에서 한 번, 강진에서 또 한 번. 향리가 제공하는 세 번의 신神에 신임 목사는 제주에 도착하기 전부터 눈알이 잔물잔물 흐려지고 뼈가 녹아난다.

엄청난 향리의 돈에 취해 놀아난 후 서너 달이 지나면 제주목사의 얼굴은 새파랗게 질린다. 청죽靑竹처럼 거연하고 곧은 절개 낭창낭창 흔들리는 갈대로 전락하고 만다. 받아먹은 뇌물에 대한 부채감 때문이다. 그러면 상찬계에서 그 비용을 구실로 들어 슬그머니 다른 정보를 흘린다.

비리와 관련된 내용이다. 대부분 이권과 관련되어 있다. 목사는 자신에게도 돈이 떨어지는 이권에 전광석화처럼 눈이 뜨인다. 빚 탕감을 할 수 있고 더 많은 돈을 만질 수도 있으니 누이 좋고 매부 좋다. 이것이 말하자면 상찬계의 전형적인 수법이었다. 상찬계는 정조 때부터 외지에서 부임하는 제주목사를 이런 방식으로 길들였다.

"정철의 딸과 유배 당시 적소를 제공한 자들을 불러들이게. 그들을 만나야겠어."

장고 끝에 김재검이 입을 열었다. 그의 날카로운 눈이 단검을 품에 숨긴 자객처럼 광기로 번득였다. 계대의 실세. 누구도 범접할 수 없는 직감과 통찰로 머리를 굴리는 최고의 모사꾼. 상찬계 초창기에 막내로 들어와 이제는 계대를 좌지우지 하는 인물. 제주도의 향리 800명 중에 300명이 수장으로 모시는 인물. 김재검은 제주도의 왕이었다. 제주목사가 양지의 왕이라면 김재검은 음지의 왕이었다.

*

　상찬계는 경술년庚戌年(1790)부터 갑인년甲寅年(1794)까지 제주도가 흉년과 풍수해로 지난했던 시절 비약적으로 세를 불려나간다. 이들이 재정적으로 부유하게 된 것은 정부의 구호물자 덕분이었다.

　흉년이 계속되자 육지로부터 제주에 쌀과 곡식을 실어 나르게 되는데, 가짜 명부를 작성해서 쌀을 빼돌렸다. 환곡을 나눠줄 때는 작은 됫박으로 나누어주고 거둬들일 때는 이자를 포함하여 큰 됫박으로 받았다. 이들은 작당하여 군역을 눈감아준 대가로 뇌물을 받아먹었고 육지의 상선商船으로부터 세를 받아 챙겼다. 뇌물을 바치지 못한 자들은 가장 천한 목역牧役으로 내쳤다.

　상찬계의 뒤에는 제주목사의 비호가 있었다. 앞서 말한 대로 신임 목사가 부임하면 육지의 세 곳에서 뼈마디가 녹아나게 접대를 받았으므로 목사는 이들의 행동을 알면서도 눈감아줄 수밖에 없었다. 상찬계의 세는 걷잡을 수 없을 정도로 불어났다.

*

　그러다가 상찬계의 물주 격인 만덕이 어느 날 어깃장을 놓으며 튕겨 나갔다. 그것은 상찬계에 등을 돌린 배신행위라고 할 만한 행동이었다. 지금까지는 서로의 영역을 침범하지 않고 존중해주는 방식의 우호관계였는데, 갑인년 구휼미를 실은 배가 제주로 향하다가 침몰하자 전 재산을 내놓은 것이었다. 그로 인해 상찬계와 서름한 사이가 되고, 이후 만덕은 외곬의 삐딱선을 타게 되었다. 이해할 수 없는 행동이었다.

육지 상인으로부터 싼 값에 산 물건을 창고에 쌓아두었다가 적절한 시기에 물건을 내놔 시세 차익을 남기고, 은밀한 기방을 운영하면서 자신의 세력을 키웠던 여자. 사람들로부터 손가락질을 받아도 눈 한 번 꿈쩍하지 않고 돈이라면 두 눈에 쌍심지 켜고 달려들던 여자가, 평생 모은 돈을 선뜻 내놓은 것이었다.

기실 그것은 상찬계의 공금이라 해도 과언이 아니었다. 상찬계가 친히 두남두지 않았더라면 만덕이 그토록 다대한 돈을 만지는 것은 불가능했다. 자기 능력만으로 재산을 불렸다고 주장한다면 지나친 엄부럭이었다.

만덕은 상찬계의 전 재산을 팔아 전국의 상인들로부터 쌀과 곡식을 사들였다. 곡식이 도착하자 삼성혈과 관덕정 앞에 큰 솥을 걸어놓고 1년 가까이 백성들에게 밥을 지어 먹였다. 김재검은 그 점이 못마땅했다. 명명백백한 공금이었다. 만덕은 이 비자금 중 일정 지분만 가지고 있다고 봐야 옳았다. 그런 상찬계의 공금을 한마디 상의도 없이 개인 돈처럼 다 탕진해버린 것이다.

만덕의 술수는 역시 윗길 중에 윗길이었으니 사세 판단에서 따라갈 자가 없었다. 상찬계에서 백성들에게 나눠줄 곡식을 빼돌리자 직접 밥을 지어서 먹이는 방법을 고안해낸 것이다. 배고픈 백성들을 살리겠다는 명분을 이길 수 없으므로 상찬계에서도 딱히 트집을 잡을 수 없었다.

상찬계 내부에서도 만덕의 행위를 두고 수런수런 말이 많이 오갔다. 그렇게 1년 가까이 백성을 살린 공로자라는 말이 저잣거리에 짜하게 나돌았다. 천한 기생이, 관기를 제주목사에게 대주던 기생이, 돈이라면 눈이 뒤집혀서 갈퀴로 긁어모으기만 하던 지독한 여자가, 회심回心을 하듯이 한순간에 싹 바뀌어버린 것이다. 그 암팡한 속내를 꿰뚫어볼 자가 아무도 없었다.

후에 만덕은 정조를 알현하고 의녀반수라는, 제주도에서는 듣도 보도 못한 벼슬에 제수되었다. 제주 여자는 육지로 나갈 수 없다는 출륙금지령의 올가미를 뚫고 육지로 나갔을 뿐만 아니라 금강산에도 다녀왔다.

제주도로 돌아온 만덕은 집안에 불상을 모셔놓고 불자로 여생을 보냈다. 상찬계와도 일절 접촉을 끊었다. 후사가 없었으므로 60살이 되던 해에 상찬계에서 추천한 오빠의 손자 김종주金種周를 양손養孫으로 들였다. 마침내 만덕의 전 재산은 손자에게로 넘어갔다. 김종주는 가독家督이 되어 화북 객주를 맡고, 김종주의 아내는 산지천 객주를 맡았다.

김재검은 만덕이 전 재산을 내놓은 이유와 상찬계에게 등을 돌린 이유를 짐작할 수 없었다. 만덕의 전 재산이 상찬계로부터 비롯되었다고 당차게 이의를 제기하는 사람도 없었다.

만덕이 일선에서 손을 뗀 것과는 달리 상찬계의 힘은 실팍하게 커져갔다. 제주목사 조정철은 예상대로 상찬계의 계략에 놀아났다. 거기에 동원된 사람들은 적소 주인 신호와 김윤재의 후사, 그리고 홍랑의 딸이었다. 물론 정철에게 남모르게 양식을 댔던 만덕의 양손으로 지명된 차세대 제주도의 거상 김종주도 포함되었다.

*

조정철이 제주목사로 내려온 이유는 홍랑과 딸 때문이었다. 역모죄로 유배 온 중죄인이 유배지에서 낳은 딸, 만덕이 보호해주다가 지방 향리에게 시집보낸 딸을 만나기 위해서였다.

사정을 알고 있던 김재검은 되도록이면 그 점을 부각시키는 방향으로 일을 도모해나갔다. 억울하게 죽은 홍랑의 정한을 달래는 분위기로 몰아가면 될 것이다. 회생 불가능한 유배객이 감시의 눈초리를 피해 사랑을 하고, 여자는 남자를 보호하기 위해 자신의 목숨을 바친다. 훗날 그가 제주목사가 되어 제주도에 내려온다. 여자와의 약속을 지키기 위해서. 사랑을 찾아서. 사랑의 결실을 확인하기 위해서. 이 얼마나 눈물샘을 자극하는 기막힌 이야기란 말인가. 잘만 하면 춘향전보다도 더 어연번듯하고 구구절절한 얘기가 될지도 모른다.

뭐 딱히 걸림돌도 없었다. 전처럼 한발旱魃에 시달리지도 않고, 큰 사건도 없었으며, 상찬계는 잘 운영되고 있었다. 조정철은 우리가 예상하는 것보다 훨씬 빨리 제주도를 떠날 수도 있다. 옛사랑을 떠올리게 만들면 조정철 하나쯤 다루는 일은 식은 죽 먹기나 다름없다. 김재검은 조정철의 머릿속을 손금 보듯 훤히 들여다보고 있었다.

상찬계 내부에서 조정철에게도 똑같이 신을 먹여야 한다고 주장하는 자들이 있긴 했다. 김재검은 가차없이 묵살했다. 괜히 헛돈을 들일 필요가 없었다. 유배 당시 정철을 도와준 사람들을 상찬계로 끌어들이면 자연스레 해결될 것이다. 그들을 정철의 주위에 포진시켜 옛날 옛적 어려운 시절 얘기나 슬슬 하면서 웃기도 하고 홍랑의 죽음을 슬퍼하며 같이 울어주면 그만이다. 그들의 친분을 앞세워 청탁을 넣으면 된다. 이러한 논리를 들어 김재검은 상찬계 내부의 불만 세력을 과감히 잠재울 수 있었다.

다만 서북지방에서 일어난 홍경래의 난이 문제라면 문제였다. 서북지방은 조선 대대로 차별이 심해서 제주도처럼 중앙으로 나가는 관리가 적었다. 태조 임금이 서북지방 출신 관리를 등용하지 말라고 명령했기 때문이었다. 제주는 궁벽한 섬이라 그랬으나 서북지방은 중앙의 차별로 인해 정삼품 이상의 당상관이 다섯 손가락에 꼽힐 만큼 적었다.

사정이 이렇다 보니 서북의 청년들은 출사를 하기보다는 지역의 향리나 아전으로 눌러앉는 경우가 많았다. 이 향리와 아전이 비대해져 비리가 하늘을 찔렀다. 그러자 곪은 상처가 터지듯 홍경래의 난이 일어났다. 난은 급속도록 퍼져서 약관의 금상이 벌벌 떨었다는 일화가 전해질 정도였다.

한 번 역적들의 반란이 있은 다음부터 평안도 백성들의 일은 생각만 해도 아득하다. 음식을 먹어도 맛을 모를 정도다. 내가 덕이 없는데다가 멀리 있는 백성들을 잘 돌봐주지 못해 반란이 일어났을 것이다. 백방으로 고민해봐도 마땅한 계책이 떠오르지 않는다.

신미년辛未年(순조11, 1811) 12월 18일 밤 평안북도 박천 다복동에서 반란의 기치를 치켜들고 일어난 홍경래의 난은 이듬해 4월 17일 정주성이 폭파될 때까지 만 4개월 동안 지속되었다. 홍경래의 난은 4월 21일 정주성에서 농성 중이던 어린이와 여성을 제외한 1,917명 남정네들이 모조리 참수당함으로 끝이 났다. 그로부터 닷새 후 '관서역적關西逆賊'의 평정을 축하하는 금상의 지시문이 인정전에서 선포되었다.

제주에서도 다른 지역과 마찬가지로 버러지와 같은 미물 홍경래를 처단하겠다며 의병이 일어났다. 대정향교를 중심으로 한 유생 무리였다. 대의명분만을 추구하는 책상물림들이라니.

뭐 이런 정도의 소소한 사건밖에 없었다. 조정철은 상소하여 이들에게 논공행상해주기를 간청했다. 정철이 유배 당시부터 감귤에 관심이 많았다는 것은 널리 알려진 사실이다. 상찬계는 이를 먼저 알아차리고 한발 먼저 성 인근에 과원을 조성하자고 주장했다. 이런 일들은 후대 사람들의 입에 오르내릴 업적을 쌓는 일에 불과했다. 관직 경력서에 올릴 치적 항목의 빈칸을 튼실하게 채우는 일이었다.

날마다 아전들은 홍랑의 사랑을 얘기하고 제주도를 잊지 않고 찾아줘서 감사한다는 아부를 연발했다. 정철은 약에 취한 것처럼 과거의 추억에 취해 흐느적거렸다. 아무도 문제 삼지 않았다. 세 치 혀를 잘 놀리면 되었으므로 비용도 들지 않았다. 아무렴, 육지에서 삼신三神을 먹이는 것보다 훨씬 효과적이고 경제적인 방법이었다. 조상 대대로 전해지던 "아무리 가망이 없는 유배객이라도 함부로 대하지 말라"는 말이 딱 맞아떨어진 경우였다.

기실 그것은 만덕 할망이 미리 뿌려놓은 씨앗이었다. 만덕 할망의 사람 보는 눈이 그토록 좋았다니. 그녀가 수십 년 전에 해놓은 일이 지금까지 효력을 발휘하다니 믿을 수가 없었다. 심술이 얼마나 나는지 진상 가는 송아지 배때기라도 차고 싶은 심정이었다.

김만덕이 죽은 것은 조정철 목사가 떠난 지 5개월쯤 되었을 때였다. 정철은 예상대로 1년을 딱 채우더니 도망치듯 제주를 떠났다. 명예직이긴 하지만 제주도 출신 여자 중 가장 높은 벼슬인 의녀반수가 되어 임금을 알현하고 금강산을 구경한 여자. 만덕의 선행은 당대 최고의 문장가들이 시를 지어 길이길이 기록으로 남겼다.

기실 그것은 현실과 다소 괴리가 있었다. 단 한 번의 선행으로 나라를 들썩일 만한 국가적인 영웅이 되는 경우는 아주 드물었다. 게다가 여자가 아닌가. 천한 기생 출신의.

김재검은 거기에 뭔가, 정치적인 속셈이 깔려 있다고 확신했다.

채제공, 박제가, 정약용 등이 만덕전을 지은 대표적인 사람이다. 이 중 채제공은 십년독상十年獨相이라 불릴 만큼 정조대에 최고의 지위에 있던 인물이다. 그런 불세출의 인물이 여성의 이야기, 그것도 기생의 전傳을 짓는 것은 흔한 일이 아니다. 이는 채제공에게 어떤 다른 목적이 있었을 가능성이 농후하다. 거기에는 정조 당시의 지배층들이 자신들의 지배 이념에 부합되는 인물을 널리 표창함으로써 지배 구조를 더욱 확고하게 전달하고자하는 복심이 깔려 있다.

따라서 채제공은 만덕이 제주에서 어떠한 방식으로 치부했고, 보다 이른 시기에 제주 백성을 진휼하지 않고 왜 기근이 거의 끝날 무렵인 갑인년甲寅年(1794) 이후에 재산을 흩었는지 질문하지 않는다. 제주도의 기근은 경술년庚戌年(1790)에 본격적으로 시작되었다. 만덕의 제주에서의 생활에 대해서도 전혀 아는 게 없다.

채제공이 관심을 가진 부분은 단순히 만덕이란 여성이 평생 모은 재산을 흩어 제주도민을 구휼했다는 결과에 있다. 지배층의 이념에 적합한 행동을 한 사람에게 그에 따르는 논공행상이 있음을 밝히고 있는 것이다. 그렇다면 채제공은 어떤 배경에서 만덕전을 지었단 말인가.

당시 조정은 사회의 기강이 문란해져서 위기감이 목까지 차올라 있었다. 그 한 예로 만덕이 출륙하여 금강산을 구경할 수 있게끔 교령敎令이 떨어진 정조20년(1796) 11월 25일을 전후한 실록의 기록에서 그 양상을 엿볼 수 있다. 만덕에게 상경이 허락되기 불과 며칠 전인 11월 19일 누군가 아주 긴 상소문을 올린다.

성상께서는 몸소 검약을 실천하여 세상을 교화하고자 하나 세상 사람들은 이를 따르지 않고 있습니다. 조정에는 유언비어가 난무하며 사대부들은 기강이 서지 않아 심지어 하룻밤 숙직을 하게 되면 마치 죽으러 가기나 하듯 마구발방하고 있습니다. 또한 여염집 부녀자들도 낭비가 심하고 사치가 과하여 근검절약하는 풍속도 사라진 지 오래입니다. 조선왕조 개창 이후 최대의 총체적 위기 상황입니다. 사회 전 분야에 걸쳐 기강을 바로 세우기를 신이 목숨을 내놓고 아뢰는 바입니다.

이러한 지적들은 한순간 유행처럼 생겨난 것이 아니다. 사회 기강이 점차 무너지고 그 정도가 심각한 수준이었기 때문에 유생이 상소를 올린 것으로 해석된다. 이러한 위기감은 지배 이념의 약화를 의미한다. 따라서 그에 대한 타개책으로 지배 이념에 부합되는 행동을 한 사람이 절실하게 필요했다. 그런 사람이 있다면 잔치를 열어 표창하고 조선팔도 억조창생이 와자지껄 칭송해도 좋을 것이었다.

그 절묘한 순간에 혜성처럼 나타난 자가 바로 김만덕이었다. 만덕은 운이 좋았을 뿐이었다. 그래서 제주에 거주하는 여성이 바다를 건널 수 없다는 국법에도 불구하고 한양에 발을 들여놓을 수 있었던 것이다. 국법이 지엄한데도 그것을 어기면서까지 만덕의 행위를 칭찬해줬던 이유가 바로 그것이었다.

김재검은 이러한 정황을 빈틈없이 꿰뚫어보고 있었다. 나라에서 하는 일이 이렇듯 가소롭다니. 김재검은 김만덕이 갑인년에 자신의 재산을 다 내놓은 다음부터 아예 안면을 몰수했다. 한 번

의심의 봇물이 터지자 불신不信의 강물로 가열차게 불어났다.

상찬계의 안목 있는 어른들이 김만덕을 멀리하라고 조언한 이유도 그것 때문이었다. 만덕은 상찬계를 배신한 여자였다. 김재겸 역시 그렇게 확신했다. 만덕은 공금을 자신의 사금고처럼 사용해버렸다. 그 돈을 흩어 육지로 나가 임금의 용안을 뵙고 금강산을 다녀온 기회주의자였다. 거둥길 닦아 놓으니까 깍정이가 먼저 지나간다더니 만덕이 꼭 그 짝이었다.

제주도로 내려온 김만덕은 상찬계에서 손을 쓸 수 없을 정도로 커져 있었다. 국가에서 밀어주는 의인. 제주목사조차 그 앞에서 벌벌 기게 되는 당당함. 거기다 명예직의 높은 벼슬. 제거가 불가능할 정도로 막강한 힘을 구사하고 있는 여자. 김만덕은 이미 제주도 한 지역에 국한된 인물이 아니었다. 소문이 하도 왜자하고 대단해서 김만덕이란 이름만 들어도 잔뜩 기가 죽는 상황이었다.

그나마 금강산 구경을 갔다 와서는 일선에서 손을 놓은 게 다행이었다. 상찬계 따위는 상대하지 않겠다는 듯 집에 틀어박혀 밖으로 나오지 않았다. 함께 일을 했다가는 사사건건 부딪쳤을 것이다. 김재겸은 그렇게 늘 한발 반지빠른 만덕이 뇌꼴스러웠다.

김재겸은 만덕이 포상을 바라고 자신의 전 재산을 내놓은 것이 분명하다고 확신했다. 정조 때만 해도 구휼을 한 자들에 대한 포상이 대대적이었다. 허나 제주목사는 김만덕의 구휼 행위를

215

1부 바다의 신神

상소하지 않았다. 남자들에 한해 상소를 올려 상을 받게 했을 뿐이었다. 고한록高漢祿은 승품했고, 홍상오洪相五는 어마御馬를 받았다. 또 양성필은……. 그러나 김만덕은 불만을 제기하지 않았다. 다만 다음 제주목사가 올 때까지 차분히 기다렸을 뿐이었다.

전임 목사와 달리 새로 부임한 유사모柳師模 제주목사는 만덕의 선행을 조정에 보고했다. 김재검은 김만덕의 침묵과 기다림에 기가 질렸다. 지독하게 때를 기다리는 사람. 그 인내심에 혀를 내두를 수밖에 없었다. 만약에 전임 목사 때 선행이 보고되었더라면 만덕은 뭍에 나가지 못했을 것이다. 형평성의 문제 때문이었다.

유사모가 단독으로 기생 출신 만덕의 선행을 보고하고 나서야 만덕은 육지로 나갈 수 있었다. 거기까지 계산해두었던 것일까. 그랬다면 정말 소름이 돋을 만큼 치밀하고 무서운 여자였다.

김재검은 김만덕의 선행이 단지 육지로 나갈 계획을 세우려고 한 행동이라 단정했다. 임금이 계신 궁궐을 구경하고 금강산에 오르고 싶다는 말은 핑곗거리에 불과했다. 만덕의 목적은 분명히, 다른 데 있었다.

*

만덕 할망이 죽었다. 유언은 다음과 같았다.

제주목과 항구가 훤히 보이는 곳에 묻어달라. 남자들이
나를 밟고 지나다니도록 큰길가에 묻어달라. 석상을 세워
달라. 자식이 없으므로 동자석으로.

누가 들어도 떠오르는 곳은 딱 한 군데밖에 없었다. 고우니모루.
김재검은 이해할 수 없었다. 만덕의 유언은 유명한 기녀들의
그것과 같았다. 예로부터 시집을 가지 못하고 죽은 여자를 큰길
에 평장하는 풍습이 있었다. 죽어서라도 남자들의 기를 받으라
는 배려였지만 만덕은 경우가 달랐다. 평생 기생으로 살았다고
스스로를 낮잡아 평가한 것이다. 사람들 역시 이해할 수 없다는
눈치였다.

만덕은 유언에 따라 고우니모루에 묻혔다. 바다가 훤히 보이
는 건입마을 돌 고개의 정상에 묻혔다. 관은 최고급이라는 비자
나무를 사용했다. 만덕이 관에 대해 유언하지 않았으므로 양손
김종주의 주장에 따라 비자나무 관을 짰다. 비자나무는 고급 바
둑판에 사용되는 목재로, 망자에 대한 최상의 대우를 한 것이었
다. 유언에 나온 동자석은 성내 최고의 돌챙이라는 서씨 성을 지
닌 사내가 제조했다. 서씨는 만덕이 한양에서 내려온 뒤 자주 어
울리던 사람이었다.

그렇게 만덕은 74세의 삶을 누리고 끝내 저물었다. 제주도를
쥐락펴락한 파란만장한 인생치고는 특색이 없는 죽음이었다. 본

디 죽음이란 다 그렇게 가뭇없이 허망한 것이긴 하지만.

2
— 바
람
의

춤

2 0

갓 세탁한 빨래의 새물내가 가시지 않은 따끈따끈한 책이 어슬새벽 조간신문처럼 배달되었다. 희붐한 새벽 닭 회치는 소리처럼 도착한 책은 다름 아닌 제주도지 제113호. 이번 호는 김만덕 특집. 최근 들어 부쩍 관심이 높아진 김만덕을 탐라인물열전 형식으로 집중 조명했다.

올해에도 제주도지는 최초 발굴이라는 도민의 기대를 저버리지 않았다. 이번 만덕전은 조선시대 채제공, 박제가, 정약용의 만덕전이 아니라 조신선曺神仙의 제자가 직접 제주에 방문해 썼다는 점에서 의의가 있다 하겠다. 내용 또한 도발적이며 파격적이다. 도민 여러분의 일독을 권한다.

탐라의 사생활

시간은 어떤 사건을 돌이킬 수 없게 만듦으로써 잔인하게 존재증명을 하고 나선다. 예정보다 사흘이나 지레뜸을 들인 제주도지. 공보실 직원조차 허를 찔린 기습적인 발간이었다. 게릴라적 공격에 무마책을 강구할 새도 없이 무작스럽게 당했다고나 할까. 사무관이었다. 사무관밖에 없었다. 사무관이 김 교수의 특집 대신 조신선의 만덕전을 끼워 넣은 것이다. 이형민은 재빨리 사무관의 책상으로 시선을 돌렸다.

오 마이 갓. 책상 위에 놓인 실내화처럼 하얀 편지봉투와 휴대폰. 휴대폰은 배터리가 분리되어 본체와 나란히 놓여 있었다. 자살을 결심한 사람이 낭떠러지 위에 가지런히 벗어놓은 신발처럼. 편지봉투는 사직서였다. 어젯밤에 두고 간 것일까. 사직하기로 마음먹은 것인가. 휴대폰을 분리해놓은 것은 연락을 하지 말라는 의미이겠고.

뒤늦게 출근한 김 교수가 사무실에 들어서자마자 둘둘 말은 신문으로 책상을 내려쳤다. 방금 전까지 평생 모은 전 재산이 불타는 장면을 바라보다 온 듯한 표정이었다. 그의 텅 빈 눈길은 이미 건물 너머, 끝 간 데 없이 멀고 아득한 곳을 향해 달려가고 있었다. 김 교수가 담배를 꺼내 물더니 호주머니를 뒤적거렸다. 라이터를 어느 주머니에 두었는지 기억이 나지 않을 정도로 혼비백산한 모양이었다.

그 순간 낯선 사람 두 명이 공보실 안으로 들어섰다. 저마다 무표정한 얼굴로 노란색 플라스틱 끈으로 밴딩된 책을 양손에 들고 있었다. 출판사에서 보낸 인부였다. 제주도지 113호 인쇄 본. 이형민은 그중 한 권을 빼들었다. 목차부터 확인해보았다.

탐라인물열전 김만덕
최초 발굴 자료 – 조생전曺生傳에 실린 만덕전萬德傳
이형민(제주도청 공보실)

이형민은 어마뜩해서 뒤로 자빠질 뻔했다. 만덕전 역주본을 파일로 보냈을 뿐이다. 사무관이 언질도 주지 않고 제주도지에 원고를 실었다. 내 이름을 만장처럼 드높이 들어 전면으로 내세우다니. 작년처럼 제주도청 공보실이라고만 적었으면 좋았을 텐데. 어떻게 해야 하나. 사무관은 사직서를 내고 잠석해버렸다. 나보고 뒷일을 어떻게 감당하라고.

사실 사무관에게 만덕전 역주본을 건넨 것은 책임을 전가하기 위해서였다. 김 교수가 제안한 별정 7급 자리 따위는 어떻게 돼도 상관이 없었다. 심적 부담이 컸던 문서인 만큼 사무관에게 떠넘기고 그만 발을 뺄 생각이었다. 사무관은 올해에도 어김없이 자기 스타일대로 첩보 작전을 감행했다. 특집이야 비밀리에 채택되고 사무관의 고유 권한이므로 누구도 나무랄 수 없다. 그러나 역자 이름이 문제였다. 역자 이름이.

"내 제안을 거절했군."

김 교수가 목차를 확인하고 힐난하듯 눈을 지릅뜨며 말했다. 쌍심지에는 열꽃이 발긋발긋 돋아올라 있었다. 이를 어떻게 한다.

"저는 모르는 일입니다. 여기에 어떻게 제 이름이 올랐는지 모르겠습니다. 다 사무관 혼자서 꾸민 일입니다."

이왕 이렇게 된 거 허벅지에 힘을 주고 끝까지 버티는 수밖에 없었다. 나는 명의만 빌려줬다. 나도 당신과 똑같은 피해자다. 사무관 혼자 꾸민 일이다……. 이런 식으로. 사무관에게 모두 뒤집어씌울 수밖에 없었다. 살아남은 자의 슬픔이라고 할까. 물론 내가 주역한 원고였고 신념적으로 옳은 행동이었다. 하지만 이름이 남들 입에 오르내려서 좋을 일이 없었다.

"사무관은 아직 출근 안 한 거야?"

"책상 위를 보십시오."

"하, 이것 봐라. 일은 자기가 다 벌여놓고 우리보고 수습하라는 거야 뭐야. 사직서만 내면 끝날 거라 착각하는 모양이군. 빨리 수배해봐, 사무관 어디에 있는지."

어차피 승부는 끝났고, 모든 책임은 사무관에게 있다. 사무관이 공식적인 제주도지 편집장인 것이다. 다만 도의적으로 김 교수에게 미안하다는 말 정도는 할 수 있다. 이 정도 선에서 아퀴가 지어질 사안이었다. 김 교수는 상처 입은 짐승처럼 사무관에 대한 증오심을 감추지 않았다.

"벌써 책이 나왔는데 어떻게 합니까? 언론사에도 배포되었구요."

이형민이 수습에 나섰다. 그 순간 김 교수의 휴대폰 벨이 그악스럽게 울렸다. 걸려온 전화번호를 확인한 김 교수의 얼굴은 하얗게 사색이 되었다.

"이봐, 무슨 일을 그따위로 하고 있어!"

김 교수의 휴대폰에서 된소리가 터져 나왔다. 전화를 건 상대편도 상당히 화가 난 모양이었다. 통화가 되자마자 첫마디부터 고래고래 소리를 지르고 있으니. 머리끝까지 화가 수직으로 뻗쳐오른 게 분명했다.

"아, 그게 어떻게 된 거냐면요……. 잠시만요."

김 교수가 말끝을 잔뜩 흐리더니 휴대폰의 수화기를 틀어막고 슬그머니 밖으로 나갔다. 상대편을 만나면 반쯤 야코죽여놓고 시작하는 김 교수가 이렇게 불안하게 흔들리는 모습을 노출시키다니. 김 교수의 생침 넘기는 소리가 건물 벽을 뚫고 여과 없이 들리는 듯했다. 통화하기 불편한 것일까. 허둥대다가 책상 모서리에 허벅지가 찍혔는데 아프지도 않은 모양이었다.

인부들은 아랑곳하지 않고 번차례로 밴딩된 책을 엘리베이터에서 내렸다. 보통 5,000부를 찍으니까 두세 시간쯤 걸릴 것이다. 육지의 도서관이나 제주도의 각 기관 단체에 책을 배송할 일만 남았다.

책이 다 도착했는데도 김 교수는 돌아오지 않았다. 대신 여기저기에서 전화가 빗발쳤다. 제주도지를 가지러 오겠다는 사람, 대체 무슨 내용이 실려 있느냐고 드잡듯 캐묻는 사람, 우편 비용은 자기가 댈 테니 책을 보내주면 안 되겠느냐고 하는 사람. 가지각색이었다. 사무관과 김 교수의 전용 전화는 아예 수화기를 내려놓았다.

그나저나 사무관은 어떻게 할 셈인가. 사직서를 제출하고 휴대폰마저 두고 갔으니. 집 전화도 받지 않았다. 가타부타 언질은 줘야 할 게 아닌가. 제주도를 빠져나가 기차 여행이라도 떠난 것일까. 사무관은 평소 KTX를 타보고 싶다는 말을 자주 꺼냈다. 지금쯤 소나기를 피해 그 어딘가에서 등받이를 뒤로 젖히고 두 손을 깍지 껴 배 위에 올린 다음 느긋하게 눈을 감고 있는 것일까. 모든 상념을 뒤로한 채 KTX의 빠른 질주에 몸을 내맡기고 있는 것은 아닐까.

2 1

사무관과 김 교수는 다음 날도 출근하지 않았다.

이형민은 신문을 펼쳐들었다. 신문마다 제주도지 발간 기사가
가스 불 조절에 실패한 뚝배기처럼 대책 없이 끓어 넘치고 있었
다. 한 면 전체를 제주도지 특집으로 할애한 신문도 있었다. 제
주도 4대 일간지 모두 제주도지 특집을 대서특필로 보도했다. 그
중 탐라매일신문 문화부 문 기자의 기사가 단연 돋보였다.

어제 발간된 제주도지 113호 김만덕 특집에 대한 도민
의 관심이 거친 산맥처럼 불끈 일어서고 있다. 도청에 전
화를 걸어 책을 얻을 수 없겠느냐고 문의하는 사람들로
공보실 업무가 사실상 마비 상태다. 제주도지에 관심 있
는 도민은 오후 6시까지 도청 공보실로 찾아가면 된다. 제
주도민에 한해서 신분증을 제시하면 무료로 책을 받을 수
있다.

처음 이 문서를 접했을 때 기자는 이번 만덕전이 이전
의 그것과 어상반한 수준일 거라 시답잖게 생각했다. 허
나 읽고 난 후의 소감은 너무 얼토당토아니하여 아연하지
않을 수 없었다는 것이다. 머리 위로 무거운 수은을 담은
용기를 얹은 듯 육중한 압박감에 시달린다. 이렇듯 적나

라한 문서라니. 이 문서의 파괴력은 핵폭탄에 어금버금하며 후폭풍은 초대형 태풍에 비할 만하다. 이 문서가 발굴될 때까지의 과정이 자못 궁금해진다.

이번 만덕전에는 만덕의 치부 과정, 만덕의 제주도 안에서의 정치적 인맥, 그리고 상찬계와의 관계 등이 사실적으로 묘사되어 있다. 지난해의 112호 탐라직방설 특집과 같은 맥락으로 해석된다. 탐라직방설은 지난해 최초로 제주도지에 독점 소개된 후 출간되었다. 정약용의 수제자라 불리던 한양 출신 유생, 이강회가 양제해의 난에 의해 유배 온 김익강(양제해의 장인)으로부터 들은 얘기를 적고 있다.

그 탐라직방설에 상찬계라는 이름이 등장한다. 이전까지 제주도의 역사책 중 김석익의 탐라기년耽羅紀年에 딱 한 줄 언급되었을 정도로 낯선 이름이다. 문제는 이 두 책 모두 상찬계의 실상을 적확하게 기술하는 데 실패하고 있다는 점이다. 탐라직방설의 경우, 이강회가 우이도에서 다른 사람(김익강)의 진술을 받아 적는 형식을 취했기 때문에 더욱 그런 혐의가 짙다. 이강회는 제주도에 방문한 적이 없었다.

반면, 이번 만덕전은 상찬계의 결성 과정과 중심인물, 그리고 김만덕과의 관계를 리얼하게 묘사하고 있다. 김만덕이 거상으로 성장하는 과정을 집요하게 파헤치고 있다. 거기다 상찬계가 정치적으로 후원하지 않았다면 만덕이 거상의 반열에 오를 수 없었다는 주장까지 곁들이고 있다. 아니, 김만덕이 상찬계의 공금을 관리했다고 명명백백 기술하고 있다. 현대의 학문적 가설이 아니라 고문서를 출처로 하고 있는 만큼 주장에 더 힘이 실리리라 예상된다.

마지막으로 기자는 살얼음판을 디디듯 조심스럽게 다른 질문을 던져본다. 만덕전이라 했다. 제주도지 목차에 조생전에 '실린' 만덕전이라 했다. 조선조에 만들어진 만덕전은 대부분 독립된 책자가 아니었다. 채제공의 경우만 보더라도 자신의 책 일부분에 만덕전을 끼워 넣는 방식을 사용했다. 정약용이나 박제가 역시 같은 방식을 취했다. 지금까지 김만덕 기념회에서 발간한 만덕전은 이 저서들 중 만덕전만을 일부 추려 묶은 것이다.

상당한 분량이긴 하지만 이번 만덕전 역시 그런 혐의에서 벗어나기는 어려워 보인다. 제목에 나와 있듯 조생전에 실린 만덕전이라면, 만덕전 말고 다른 이야기가 더 있다는 뜻일 게다. 기자는 꼭 그다음 이야기를 읽고 싶다. 다른 이의 저작물과 달리 이 조생전은 제주도와 관련된 내용일 가능성이 농후하다. 이번 만덕전이 드물게도 제주에서 직접 쓰여진 몇 안 되는 작품 중에 하나이기에 더욱 그렇다. 다섯 편의 만덕전 역주본을 읽고 난 소감이 그러하다. 기자의 예감이 빗나가지 않길 바란다.

자, 이제 김만덕에 대한 논쟁의 출사표가 결연하게 던져졌다. 돌연 책과 역사에 관심 있는 현대판 서음書淫의 호기심을 자극하는 대목이다.

예리하게 맥을 짚은 지적이었다. 조생전이라……. 가만 생각해보니 서귀포 도서관에서 찾은 만덕전은 A4용지에 복사되어 가제본된 책이었다. 원본은 아니었다. 만덕전의 중간 중간에 조신선의 제자가 1인칭 시점으로 기술하는 부분도 발견되고 있다. 또 만덕전 ①편은 '이 글은 계유년에 일어난 남쪽 섬의 억울한 옥사와 관련된 것이다. 이 옥사는 전방위적 음모에 의해 은폐, 왜곡되었다.'로 시작되고 있다. 하지만 1813년에 일어난 억울한 옥사는 만덕전 ⑤편까지 코빼기도 내밀지 않고 있다.

남은 이야기가 더 있어 보였다. 이런 식으로 남의 애기만 하다가 끝날 리 없었다. 이야기의 전개 스타일이 핵심에서 벗어나 변죽만 울리다 끝난 느낌이었다.

그런 생각에 잠겨 있는 사이 메일이 도착했다.

당신, 보면 볼수록 마음에 들어요. 당신에게 선물을 드리죠.

c919.99.답51.ㅈ

맨 처음 만덕전 ①편을 보낸 사람으로부터 온 메일이었다.

2 2

그것은 증보탐라지 영인본이었다. 실망스러웠다. 예상했던 책이 아니었다. 그것도 몇 년 전에 종일 책상 위에 펴놓고 들여다보았던 증보탐라지 영인본. 허망했다.

이형민은 서귀포 도서관 향토자료실에서 책을 발견하고 한참을 멍하니 서 있다가 책상에 걸터앉았다. 손때가 반들반들 묻은 것 하며 모든 게 너무 익숙할 정도로 그대로였다. 혹시 몰라 이형민은 책을 거꾸로 들어 흔들어보기도 하고 책등을 면밀히 살펴보기도 했다. 그러던 중 한 페이지가 단번에 열렸다. 79페이지였다. 몇 년 전에 이 페이지만 펴보았기 때문에 한 번에 열렸을 거라 대수롭지 않게 생각했다.

오, 거기에 다른 종이가 덧대어져 있었다.

누가 대체 이런 생각을……. 이형민은 자세를 고쳐 의자를 소리 나게 끌어당겨 앉았다. 79페이지 위에 다른 종이를 붙여놓은 것이었다. 복사된 종이였다. 원본 상태가 좋지 않았던 모양이었다. 종이를 접은 흔적까지 복사되어 지저분해 보였다. 세 번 접은 게 분명했다. 세로 중앙으로 한 줄, 가로로 두 줄이 곱 때가 모인 것처럼 굵게 표시되어 있었다. 접어 보관하면서 팬 자국이 틀림없었다. 이형민은 앞뒤로 내지를 뒤적거려보았다.

아…….

이형민은 자신도 모르게 뜨거운 탄성을 질렀다.

＊

그것은 79페이지 원본이었다. 사라진 원본이었다. 증보탐라지가 출간되었을 당시 누군가 급조했던 79페이지. 누군가 이 페이지를 원본으로 바꿔치기해놓았다. 앞뒤 페이지와 글씨체도 동연했다.

혹시 이게 선물?

그래 선물이다. 언젠가는 꼭 알아내고 말 거라고 심중에 쟁여두었던 호기심이 풀린 순간이다. 아령칙했던 역사적 팩트Fact가 느닷없이 몸을 일으킨 순간이었다.

과연 고문석이군. 고문석 스타일이야. 고문석은 이 원본을 어디에서 구했을까. 어떻게 이 원본을 가지고 있었을까. 삽시간에 거기까지 생각이 가지를 치고 뻗어나갔다.

79페이지 원본에는 글이 많이 적혀 있었다. 세로로 쓴 줄을 세어보니 모두 열네 줄. 영인본보다 여섯 줄이 더 많았다. 1954년 당시 편집자에 의해 악의적으로 사라진 여섯 줄이었다.

閏月의 木

濟州邑 我羅里에 在하다. 옛날 神通한 者가 지나다가 나무를 보고 이렇게 말했다고 전해진다.

閏月, 바다의 나무가 쓰러지면 地運이 열린다.
流配 간 아들이 돌아오는 날, 子孫이 다시 誕生하는구나.

解釋이 不可하여 後代의 몫으로 남기려 記錄해둔다.
(j911.99.*55.ㅈ을 찾으라.)

낯익은 문장이었다. 만덕전을 보낸 사람이 비슷한 표현을 했었다. 바다의 나무가 잘렸으니 지운이 열릴 거예요. 여기에서 끝날 줄 알았는데 주말 연속극처럼 계속 이어지고 있다. 제기랄, 문장의 뜻을 또 풀어야 하지 않은가. 산정에 힘겹게 바윗돌을 올려놓으니까 원위치로 굴러떨어졌을 때의 낭패감이랄까. 호기심 많은 사람에게는 고문에 다름없는 일이었다.

고문석은 이 여섯 줄에 일생을 걸었다. 몇 년 전 여기에서 고문석이 그렇게 고백했다. 역사는 늘 왜곡되어 왔다고. 진실이 사람들을 불편하게 만든다고.

'누군가 바로잡아야 할 걸세.'

그렇다면 고문석이 사라지기 전에 이 작업을 해놓은 게 틀림없다. 이렇게 해서라도 79페이지의 왜곡을 바로잡으려 했다는 뜻인가. 고문석이라면 제주도의 모든 향토자료실에 비치된 증보 탐라지 영인본을 다 바꿔놔야 두 발 뻗고 편히 잘 위인이다. 한 번 물었다간 오달지게 생살을 찢어발겨야 직성이 풀리는 캐릭터니까.

고문석, 당신이라면 가능하지. 그토록 책에 대한 편력이 심하던 편집광. 현대판 서음. 왜곡된 것을 바로잡아야 한다는 신념에 사로잡힌 칠칠한 노인.

문제는 또 하나의 기호.

'j911.99.＊55.ㅈ'

복사본 위에 고문석이 볼펜으로 직접 적은 메모였다. 기호를 자세히 들여다보니 처음 보는 것이었다. 'j911.99.＊55.ㅈ'. 도서관 장서 앞에 붙은 청구기호 알파벳은 o, r, c였다. j로 시작하는 책은 본 적이 없다. j로 시작한다……. 기호 중 일부는 낯익었다. 만덕전 사본 'c911.99.＊55.ㅁ'과 비슷했다. 알파벳 첫 글자와 마지막의 ㅈ만 달랐다. 이 책이 조생전 원본이라는 결정적인 증거였다.

"그 사이에 꽤 유명한 사람이 되었더군요."

핑크가 말했다. 점심 식사를 끝내고 신제주 로터리 공원에서 커피를 마시는 중이었다. 윤달 날머리라 본격적인 더위가 파죽지세로 몰려들었다.

"여기가 신호형 교차로라면 이런 운치가 나지 않을 거야."

이형민이 동문서답을 했다. 교차로 중앙 지점을 두른 돌담 한가운데 제대 소나무 같은 해송이 서 있었다. 차들이 서로 각기 다른 방향에서 진입해 자연스럽게 목적지 방향으로 빠져나갔다. 댐 같은 데 걸리지 않고 사부작사부작 흐르는 강물처럼.

"덕분에 이런 공원도 생기는 거죠. 삭막한 교차로보다는 푸르른 나무를 볼 수 있으니까 훨씬 자연친화적이잖아요. 운치가 있으니 여유가 생기는 거죠. 제주도에선 이 신제주 로터리가 회전형 교차로로 유명해요."

"맞아. 여기에 신호형 교차로가 생겼다면 공원이 이렇게 편안하게 느껴지지 않을 거야. 차가 빠른 속도로 달리면 어딘지 모르게 마음이 불안해지잖아. 곡선으로 에둘러 달리니까 여유롭고 느긋해 보여서 좋아. 마음의 안정을 찾을 수 있으니까 사람들이 많이 찾는 거겠지. 은연중에 이 공원으로 발걸음이 떨어진다고나 할까."

점심 식사를 막 끝낸 직장인들이 나와서 커피를 마시고 있었
다. 삼삼오오 둘러앉아 신혼부부처럼 도시락을 먹는 사람들도
눈에 띄었다. 한쪽 구석에서는 슬리퍼를 신은 남자가 배가 축 늘
어진 차우차우를 데리고 나와 산책을 시키고 있었다. 주인은 개
에게 하루 몫의 운동량을 채워줘야 한다는 사명감에 사로잡힌
듯 보였다. 주인이 비장한 표정으로 시범을 보이자 강아지가 립
싱크 하듯 슬렁슬렁 흉내만 냈다. 만사가 귀찮다는 듯 나른한 표
정이었다. 이마에는 심술,이라는 글자가 돋을새김으로 박혀 있
었다.

"제대 소나무만 아깝게 되었죠 뭐. 정말 큰 도로가 아니면 신
호등을 부수고 회전형 교차로를 만드는 게 요즘 추센데 말이죠.
역류하고 말았어요."

"나도 계약직 공무원이긴 하지만, 공무원들에게 영혼이 없어
서 그래. 결재만 나면 득달같이 일을 착수시키고. 비난 여론이
일어도 돌이켜보는 법이 없어. 자기 선을 떠났다고 손을 놓아버
리는 거지. 그러니 자신의 신념 같은 게 스며들 틈이 있겠냐고.
상부 눈치를 보느라 대놓고 반대도 못하고. 나중에 후폭풍이 몰
아치면 자기 책임이 아니라고 발뺌하기 바쁘고."

"제게는 영혼이 있어 보이나요?"

그렇게 보여. 공무원 사회에 잘 적응하지 못하는 영혼. 입 밖
으로 말이 새어나오지 않았다.

"어제 서귀포 도서관에서 증보탐라지 79페이지 원본을 발견했어."

"몇 년 전부터 관심 가졌다던 그 증보탐라지 말이군요."

"새로운 문구가 적혀 있더군. 윤달, 바다의 나무가 잘리니 지운이 열린다는 표현. 꼭 지금이라고 다시 짚어주는 느낌이었어. 원본을 확인하기 전부터 바다의 나무가 제대 소나무가 아닐까 의심했었거든. 전설의 봉인이 본격적으로 풀리기 시작한 거라고."

"본격적으로요?"

"그래, 본격적으로."

"때가 차서 그래요."

이 여자, 다 알고 있으면서 모르는 척하는 것 같았다. 메일을 보낸 사람도 핑크로 보였다.

"이쯤에서 연극 그만하고 무대에서 내려오는 게 어때?"

핑크가 산 초입에서 정상을 바라보는 등산객처럼 허공으로 눈을 돌렸다. 이야기를 할까 말까 여짓대는 모습이었다. 아니, 예기치 못한 상태에서 급소를 잡힌 사내처럼 움쭉달싹 못하는 것 같았다. 5분쯤 지났을까. 핑크가 목을 바닥으로 걍쭉하게 늘어뜨리더니 잔잔한 어조로 입을 열었다. 더 이상 숨기는 것은 무리라 판단한 모양이었다.

"아버지께서 거연히 저승의 거룻배에 오른 것은 작년이었어요. 자기의 죽음을 누구에게도 알리지 말라고 하셨어요. 홀연히 돌아가길 바랐던 거예요. 시끌벅적한 것은 참지 못하는 성격이셨으니까. 탐라직방설을 주역한 직후의 일이에요. 아버지가 써놓은 시나리오대로 일이 톱니바퀴처럼 착착 맞물려 진행되고 있어요."

이제야 이해가 되었다. 애당초 고문석은 이 세상에 존재하지 않았던 것이다. 죽어버린 것이다. 죽은 사람 이름이 지금까지 사람들 입에 오르내리는 걸 보면 한이 많이 맺혔던 모양이다. 저승에 들지 못하고 구천에라도 헤매고 있는 것일까. 집착을 놓지 못해서.

"아버지는 증보탐라지 79페이지에 일생을 건 분이에요. 할아버지가 그 페이지로 인해 돌아가셨으니까. 아버지 한창 호기심 많을 나이에."

틀림없이 고문석은 상처를 받았을 것이다. 뒤주에 갇혀 죽는 사도세자의 모습을 무기력하게 지켜봐야 했던 정조처럼. 나에게 서귀포 여자 어린이 실종 사건이 그랬던 것처럼. 누구나 심중에 그렇게 옹이 진 트라우마 하나씩은 지니고 있다. 속 깊은 얘기라 쉽사리 꺼내놓지 못할 뿐이다.

"하지만 아버지는 할아버지가 의문을 가졌던 79페이지 윤달의 나무를 해석하진 못했어요."

"무슨 뜻이지?"

"지운과 관련된 거예요."

지운? 맞다, 고문석 당대에는 지운이 열리지 않았다. 그렇게 볼 수 있다.

"제대 소나무를 두고 하는 말인가?"

"제아무리 똑똑한 사람이라도 때가 되지 않으니 풀 수 없었던 거죠. 바다의 나무가 잘리지 않았으니까. 아버지는 절망에 빠졌죠. 언제까지 기다려야 할지 안절부절못했어요. 때가 되지 않았으니 누구를 나무랄 수도 없었죠. 누구의 잘못도 아니었단 말예요. 상황이 그렇다 보니 다음 단계로 나아갈 수 없었던 것뿐이지."

"유배 간 아들이 돌아오는 날, 자손이 다시 탄생하는구나?"

"그래요. 전자는 때를 가리켜요. 일테면 전제 조건. 전자가 성립되어야 후자로 넘어가는 것이죠. 조건이 충족되지 않았으니 아버지로선 헤맬 수밖에 없었어요. 할아버지가 목숨 바쳐 지키려 했던 그 문장. 그 문장을 아버지 당대에 해석하고 싶었던 거예요. 아버지는 할아버지와 동연한 운명이었던 거죠. 전설을 그대로 후대에 넘겨주어야 하는 향토사학자의 운명이랄까. 객관적으로 볼 때 아주 불행한 인생들이죠."

"그래도 아버지는 그것을 풀기 위해 최선을 다했잖아. 자기 당대는 아니어도 나무가 잘려서 지운이 열리면, 누군가 비밀을 풀 수 있도록 길을 닦아두었다고나 할까. 예수의 길을 예비한 선지자 요한처럼 말이지."

"아버지가 내밀 수 있는 카드는 결국 그것밖에 없었던 거예요. 비문을 풀기 위해 데이터베이스와 토양을 구축했다고나 할까."

"할아버지가 살해된 게 맞아? 신문에서는 4·3 잔당이 범인이라고 하던데."

"잘은 모르지만 그들이 아니라 증보탐라지 저자 중에 있을 가능성이 높아요."

"담수계 말이야?"

"할아버지가 그 비문을 책에 싣는 게 부담스러웠을 거예요. 그 비문이 자신들에게 치명적인 타격을 줄지도 모르니까 서둘러 입을 막아버렸던 거죠. 왜 세상에서 죽은 사람의 입이 가장 무겁잖아요. 이후 79페이지도 자기들이 급조해서 만들어 넣고. 얼토당토않은 것은 전혀 관련도 없는 당신이 그것을 알아냈다는 사실이죠."

"뭔가 어색했지. 그냥 넘어가기에는."

"우리는 당신의 그 집요함을 높이 평가했던 거예요."

제기랄, 나는 고문석 앞에서 '집요'의 '집' 자도 꺼낼 수도 없는 사람이다. 그 노인네에 비하면 새 발의 피에 불과하다. 고문석이 살아생전에 주위의 많은 사람들 가운데 손가락을 들어 나를 지목한 것이다. 거기에 내 의지도 조금 스며들긴 했다. 호기심. 그래, 나는 호기심을 감출 수 없었던 것이다.

"이제는 확실히 깨달은 것 같군요. 우리는 당신이 믿을 만한 사람인지 테스트 과정을 거쳐야 했어요. 이 문제를 풀 능력이 있는지도 확인해야 했고."

뭐가 이리도 복잡하단 말인가. 사명감에 사로잡혀 인류를 구하기 위해 세상에 하나뿐인 비밀 결사에 입회하는 것도 아니고.

"내가 시험에 통과했다는 뜻인가?"

"사무관마저 집에 틀어박혀 두문불출하고. 우리 쪽 사람은 당신과 나밖에 없단 말예요. 당신이 중심에 서게 됐다는 뜻이죠."

어디에선가 많이 들은 얘기였다. 뭔가가, 시작된 거죠. 당신은 그 중심에 서게 될 거예요. 내친김에 하나 더 물어봤다.

"j911.99.＊55.ㅈ. 무슨 뜻이지?"

"어디에서 난 기호죠?"

"어제 서귀포 도서관에 갔다가 발견한 거야. 고문석 선생이 79페이지를 원본으로 교체하고 손글씨로 적어둔 것이지. 'j911.99.＊55.ㅈ를 찾으라,' 이렇게."

"어디까지 알아냈지요?"

"만덕전과 비슷한 기호라는 점 정도. ㅁ으로 끝난 게 만덕전이었으니까. 이 ㅈ은 조생전의 ㅈ이 아닐까 하는 생각도 들고. 저자는 ＊55로 일치하고 있고. 이게 조생전 원본이라는 뜻이지. 그런데 첫 기호가 j라는 게 마음에 걸려. 여태까지 j로 시작하는 책 청구기호를 본 적이 없거든."

"어디선가 많이 본 기혼데……."

한 발 내디디면 물러났다가 발걸음을 멈추면 왜 다가오지 않
느냐고 달구치는 심술 그들먹한 애인 같다. 난관에 부딪칠 때마
다 해답은 전혀 예상치 못한 곳에서 튀어나온다. 두 부녀가 하는
짓이 그렇게 새삼스럽고 변칙적이다. 정답을 알면 미리 가르쳐
주지 쓸데없이 이게 무슨 짓이란 말인가.

아니, 핑크 역시 모를 수 있겠다는 생각이 불쑥 들었다. 핑크
는 길 안내자일 뿐 본질과는 동떨어져 있을 수도 있다. 무덤 속
에서까지 고문석은 나를 시험하고 있는 것이다. 핑크 역시 예외
가 아니다. 시험 대상 중 한 명만 없어도 문제를 풀 수 없도록 정
보를 갈라서 보관해둔 것이다.

핑크의 까만 눈동자가 찰나적으로 호수처럼 출렁거렸다. 깊은
생각에 빠졌을 때의 표정이었다.

"오, 그래. 탐라직방설! 아버지가 지난해 썼던 특집. 그 책을
번역할 때 원본을 집에 들고 오셨거든요. 아버지가 보란 듯이 책
상에 일부러 펼쳐놓기도 하고. 실제로 j911.99… 뭐 이런 식으로
나갔던 것 같은데. 저도 처음 보는 거라 신기하다고만……."

"원본은 어디에서 가져온 거지?"

"훔쳐온 거죠. 도청에서."

"도청?"

"아버지가 예전에 도청 수장고를 관리하는 무기계약직이었거
든요. 당시에는 도청 기록물관리소라 불렸죠."

도청 수장고라……. 아, 하는 생각이 불쑥 이마를 때리고 지나갔다.

"그렇게 가까운 곳에서 고문석 선생이 일했다는 사실을 놓치다니. 지금은 어느 부서에서 관리하지?"

"탐라기록관리소로 기구가 확대 개편되었어요. 도청 총무과 탐라기록관리소에서 관리……. 아, 그러고 보니 아버지가 나를 총무과 무기계약직에 앉힌 이유가 그거였네. 난 아버지처럼 평생 수장고에 들어박혀서 살고 싶지 않았고, 무기계약직으로 도청에 대를 이어 충성하고 싶지도 않았거든요. 뭐 성골聖骨에 들지 못하고 변죽만 울리는 머리를 길게 땋은 향단이가 된 기분이랄까."

핑크가 근무하는 총무과에서 관리하고 있다니. 고문석이 여기까지 내다봤다는 의미인가.

"서귀포에 계속 살고 싶었거든요. 아버지가 마지막 부탁이라면서 1년만이라도 도청에 다니라고 했어요. 당시에 내가 백조 상태라 아버지 속을 엄청 뒤집어놨거든요. 이상한 남자를 만난다고 뒤통수를 얻어맞은 적도 있어요. 적당한 일자리 하나 봐줬나 했죠. 도청의 성골 노총각이라도 물어서 빨리 시집이나 가라는 소리로 들렸지만."

"그렇다면 수장고 담당을 잘 알겠군."

"당근이죠."

2 4

"탐라기록관리소는 제주특별자치도 출범과 동시에 발족된 기관입니다. 2006년 7월 지방자치단체 최초로 지방의 문서와 기록물을 관리하고 보존하는 탐라기록관리소가 탄생했지요. 전국 지방자치단체 중에서 유일하게 우리 제주도에만 존재하는 기관입니다."

무더위에도 넥타이를 야무지게 동여맨 총무과 관리 주사가 막힘없는 문장으로 말했다. 마이크라도 들이대면 술술 터져 나오는 홍보용 문구 같은 인상이었다. 승진 대상에서 배제되지 않으려고 필사적으로 이수하는 전공필수과목 같은 문구였다.

핑크의 소개로 공보실 중요한 업무 때문이라고 말하니까 의심을 걷은 눈치였다. 핑크가 언급한 이른바 성골이었다. 먼저 공보실 소속 계약직이라고 신분을 밝히니 자신과 경쟁할 사람이 아니라 여겼는지 무장해제를 한 느낌이었다.

"현재 기록관리소에 있는 책들은 이런 식의 관리 코드가 붙어 있지 않아요. 일반적인 도서관의 방식으로 분류되어 있으니까. 관리소가 생기기 전에는 고문석 선생이 자기 취향대로 도청 수장고의 장서를 분리했어요. 책마다 고유청구기호를 부여했는데 'jeju'를 뜻하는 j로 시작되었지요."

넥타이 야무지게 동여맨 관리 주사가 일목요연하게 설명했다.

실제로 만난 적은 없지만 고문석이 탐라기록관리소 안에서는 꽤 유명한 사람이라는 말도 별책부록처럼 덧붙였다. 사실 고문석의 활약으로 관리소가 생겼다고 해도 과언이 아니라 했다.

그러나 특별자치도의 출범과 더불어 기록관리소가 신설되면서 내실보다는 대 도민 서비스 기관으로 성격이 변했다. 그런 일련의 과정을 거치면서 고문석이 모아둔 고문서가 누락되었다. 기록물 보관보다는 민원인의 요구를 충족시키는 데 초점이 맞춰졌기 때문이다. 과거에 목이 곧던 기술자가 현재에는 고객에게 굽실거리는 서비스맨으로 전락했다고나 할까.

탐라기록관리소는 일반 기록물 자료실, 특수 기록물 자료실, 종합자료센터, 기록물 D/B실 등으로 세분화되어 있었다. 고문석이 관리하던 도청 수장고 장서는 이 네 곳으로 분산되었다. 그것들은 각각의 정렬 방식에 의해 새로운 청구기호를 갖게 되었다. 소속 기관의 유니폼으로 옷을 갈아입는 것처럼.

그러는 사이 정말 중요한 탐라 고문서들은 궁뚱망뚱하게 방치되고 말았다. 향토 자료들은 제주도의 일반 문서 공개란 명분하에 소외되었고, 사람들의 관심과 접근으로부터 점차 멀어졌다. 태생의 뿌리였던 고문서를 보관하던 장소가 민원인의 정보 서비스 창구로 전락하고 만 것이다. 예를 들면 도정의 재정 지출, 도지사의 업무 추진비, 각종 관용 사업의 수주 따위의 기밀문서부터 공무원 시험 응시자 명단까지 자리를 비집고 들어앉았다. 본질이 왜곡되어도 한참 왜곡된 모습이었다.

"한때 고문석 선생이 분류한 자료들이 유용하게 사용된 적이 있었죠. 4 · 3사건 연구자들이 해방 이후 관官 측 자료를 찾으려고 수장고에 자주 들락거렸거든요. 그때가 아마 도청 수장고 최대의 전성기였을 거예요. 그 중심에 고문석이 있었죠. 하지만 그후 도에서는 더 이상 j로 시작하는 자료들에 관심을 가지지 않았어요. 도청 수장고를 찾는 사람도 없었죠. 결국 고문석의 주장이 받아들여지지 않았던 거예요. 허리띠를 바짝 졸라매는 바람에 관리비도 책정되지 않았구요. j로 시작하는 자료는 지금 도청 제4별관 지하 수장고에 보관되어 있습니다."

제4별관이라면 공보실이 위치한 건물이다. 공보실 건물 지하가 예전 수장고였다는 사실을 왜 여태까지 몰랐을까. 모든 비밀은 늘 가까운 곳에 있다. 다만 너무 익숙하고 당연하게 여기기 때문에 발견하지 못하는 것뿐이다. 제주도 사람에게 제주도의 명려한 자연환경이 당연하고 밋밋하게 보여 아무런 감흥을 주지 못하는 것처럼.

"둘러보시고 제 개인 휴대폰으로 전화 주세요. 아시다시피 자료 반출이나 대여는 불가합니다. 여기에 출입했다는 사실 역시 떠벌리면 곤란합니다. 내 미스 고 얼굴을 봐서 특별히 도와드리는 겁니다."

넥타이 아무지게 동여맨 관리 주사가 핑크에게 윙크하며 말했다. 더운 날씨 탓일까. 연신 땀을 훔쳐는 그의 손수건을 짜면 땀방울이 뚝뚝 떨어질 것 같았다.

"일 끝나면 식사 대접할게요."

관리 주사는 열쇠를 검지에 끼고 빙빙 돌리며 휘파람까지 불었다. 일찌감치 집구석에 기어들어가 마누라 엉덩이나 두드릴 일이지, 수작은……

"아버지가 직장 동료들과 잘 지내야 한다고 하셨거든요."

멋쩍었는지 핑크가 말을 이어 붙였다.

벽 오른편에 붙은 스위치를 올리자 폐기 직전의 형광등이 몇 번 껌뻑거리다가 켜졌다. 세트 중 하나만 들어와 눈앞이 어룽어룽 흐렸다. 예산을 아끼려고 등마저 하나씩 뺀 모양이었다. 출입문 앞에는 책 도난방지기가 놓여 있었다.

방 안에 들어서자 매캐한 곰팡내가 몰칵 풍겼다. 습도계나 제습기, 공기 정화시설 등속의 기본 시설은 보이지 않았다. 기록관리소의 공식적인 서고가 아니기 때문에 관리하지 않은 듯 보였다. 구석에 작동할지 의심스러운 빨간색 소화기가 고개를 쳐든 채 덩그마니 놓여 있을 뿐이었다.

여기가 고문석이 참따랗게 청춘을 바친 곳이군. 과연 책벌레라 불릴 만한 사람이 일하기 적당한 곳이야. 이런 공기에서 20년 넘게 일했다니……. 고문석의 기관지가 약했던 이유를 이제야 알겠어. 결혼은 어떻게 한 것일까. 책에 파묻혀 지내다 보니 때를 놓쳐 늦장가를 가게 된 것일까. 이형민은 핑크의 뒷모습을 아래위로 살피면서 그런 것도 유전이 될까 의문을 가져보았다.

넓은 책장은 여러 칸으로 나뉘어 있었으나 중간중간에 필요한 자료를 옮겨가서 그런지 흉물스러워 보였다. 막 피난 짐을 꾸린 집처럼 을씨년스러워 보였다. 이후 사람 손이 닿지 않았는지 아무렇게나 책이 쓰러져 있었다. 모든 책은 j로 시작했다. 고문석이 손수 분류한 책들이었다.

j900대로 시작하는 향토자료 거개가 탁한 수족관 속 광어처럼 누워 있었다. 규격 자체가 일반 책보다 클 뿐만 아니라 귀한 자료를 세워두었다가는 원본이 망가질 위험이 있었기 때문이었다. 사람이 출입하지 않아서인지 실내가 섬쩍지근했다. 생물의 온기라고는 느낄 수 없었다. 핑크도 바짝 긴장한 표정으로 책을 찾고 있었다.

이런 귀한 책들이 빛을 보지 못하고 도청 수장고에서 곰팡이 슨 귤처럼 썩어가고 있다니. TV 시사 프로그램 같은 데서 한 번 때려줘야 정신이 번쩍 들겠지. 자기 모가지 날아갈까 봐 오금아 날 살려라 난리 부르스를 춰대겠지. 아무리 기록관리소가 서비스 위주로 개편되었다고 해도 한 사람 정도는 이 고문서들을 돌봐야 할 게 아니냐구.

"찾았어요."

흥분했는지 핑크의 목소리가 터무니없이 살차고 높았다.

'曺生傳'

표지에 제목이 세로로 적혀 있었다. 서귀포 도서관의 향토자료실에서처럼 바코드는 붙어 있지 않았다.

이형민은 책을 들어 천천히 되작거려보았다. 2책 1권으로, 한 권에 두 개의 책이 들어가 있는 형태였다. 1책은 만덕전 ①편에서 ⑤편까지. 2책은 다른 내용으로 이어졌다. 1책이 만덕전 원본이었다.

탐라매일신문 문 기자의 짐작이 들어맞았다. 만덕전은 조생전이라는 책의 일부분이었던 것이다. 아니, 일부분이 아니라 반 정도를 차지하고 있었다. 지분으로 따지면 동업자라고 할까. 목차 역시 마찬가지였다. 누군가 의도적으로 편집을 해서 엮은 게 틀림없었다.

"이 책을 어떻게 하지?"

"뭘 어떻게 해요? 번역해야죠."

"어떻게 가지고 빠져나가느냐 이 말이야."

"남세스럽고 모양새 빠지지만 일단 훔쳐가는 걸로."

이 여자, 도둑질만큼은 아버지 피를 물려받았는지 훔치는 거 엄청 좋아한다. 이형민은 서고에 놓인 다른 책을 들춰보았다. 모두 책 뒷면에 바코드가 붙어 있지 않았다.

"일단 안 보이게 숨기고 나와. 내가 신호하면 뛰라구."

이형민이 먼저 도난방지기의 스위치를 내리고 문을 열었다. 책에 바코드가 붙어 있지 않았고 도난방지기가 작동할지 의심스러웠지만, 모든 돌발상황에 꼼꼼히 대비할 필요가 있었다. 이형민은 머리를 내밀어 복도에 사람이 있는지 확인했다.

"감시카메라가 있을지 모르니까 허리 뒤춤 같은 데다 안 보이게 숨기란 말이야. 멀뚱하게 서 있지 말고!"

곧바로 핑크가 어깨를 으쓱하더니 억지 미소를 지으면서 손가락을 말아 동그라미를 만들어 보였다.

2 5   조 생 전 (曹 生 傳) ①

　어느덧 바람은 까실까실해지고 아침저녁으로 선선한 것이 가을이 목전인 모양이다. 삼복더위 죽창 같은 햇빛 맞으며 한양을 출발하여 한소끔 계절이 바뀌었으니 꽤 오랫동안 제주에 머물렀다. 여름이 그렇게 훌쩍 이우는 사이, 스승이 지나친 발자국을 그대로 따라 밟으면서 제주도 곳곳을 흘러다녔다.

　스승은 별 탈 없이 잘 지내고 계신가, 걱정이 된다. 불문곡직, 내가 한양으로 복귀할 때까지는 어떻게든 버티고 계실 것이다. 뒷짐을 지고 정원을 지수굿이 걸으며 오매불망 내가 도착하기만 기다리고 계실 게 번연하다.

　지금부터는 내가 직접 쓰는 얘기다. 스승에게 들은 얘기가 아니라 내가 직접 발로 뛰어 취재한 글이란 뜻이다. 제주도로 떠나기 전에 스승이 꼭 챙겨가라고 했던 한양 출신 강진 유생 이강회의 탐라직방설. 한 가지 분명한 사실은 탐라직방설이 다른 이의 입을 빌려서 쓴 글에 현학적인 기술 일색이라 진실을 밝히는 것과는 거리가 멀다는 점이다. 스승은 나를 보내 그 행간을 조사하도록 지시했다.

　지금 쓰는 이 글이 저들에게 발각된다면 나는 제명을 다하지 못하리라. 살아서 이 섬을 빠져나갈 수도 없으리라. 어제 그를

찾아냈다. 그 사건의 중심에 서 있던 사람의 넷째 아들. 그 아이
가 벌써 스무 살이라니. 그 사건이 일어나고 벌써 7년이란 시간
이 허망하게 흘러가버린 것이다. 내일 만나러 간다. 서귀포에 위
치한 오래된 절에 숨어 지낸다고 들었다.

*

그래도 잘 자라주었다. 스승의 지시가 아니었으면 그대로 역
사의 진흙탕 속으로 묻혀버렸을 아이. 역사의 검은 구렁텅이 속
으로 흔적도 없이 빨려들 뻔했던 아이. 부모는 몰살되었고, 맏형
은 연좌에 걸려 목이 잘렸으며 나머지 두 형은 고금도로 유배를
떠났다. 다른 가족들은 황망 중에 야반도주했다.

양제해의 네 아들 중 미리 도피하여 참화를 면한 유일한 아들.
어머니가 자살하기 전에 은밀하게 서귀포로 빼돌렸다는 넷째 아
들. 그 아이는 조상 대대로 물려받은 성姓마저 바꾼 채 숨어 살고
있었다. 양일서梁日瑞. 그게 아버지 양제해로부터 물려받은 본명
이었다.

고려 왕건의 후예들은 조선조가 개창된 후 대부분 성을 바꾸
었다고 하지. 점 한두 개를 찍어 스스로 전씨 혹은 옥씨가 되었
다고 하지. 벙어리 냉가슴, 침 먹은 지네 꼴 되어 신산한 세월을
보냈다지. 그래야 살아남을 수 있었으니까. 그 아이 역시 본래

성을 지니고서는 목숨을 부지할 수 없었던 거야. 제택第宅은 파산하고 친속親屬이 분찬奔竄했더라도 산 사람은 어떻게든 입에 풀칠을 하고 살아야 했으니까.

법화사. 그 아이는 고려조에 개산한 사찰에 머물고 있었다. 맑고 깊은 호수 속 같이 고요한 사찰이었다. 그 아이가 스승이 말한 음모에 대해 자늑자늑 설명해줬다. 정약용의 수제자가 쓴 글과는, 허공을 딛고 쓴 글과는 전혀 다른 생동감이 느껴졌다. 그 음모를 꾸며낸 계대가 지금도 굵은 허벅지로 쩍지게 버티고 있는 마당에 이 일이 발각되는 날엔 누구 하나 제대로 살아남지 못하리라.

*

계유년 10월 그믐, 30명 남짓한 사람들이 자박자박 모여들었다. 초겨울 소슬한 밤 푸실푸실한 낙엽 버석거리며 모여드는 발걸음이 저마다 은밀하고도 조심스러웠다. 겉으로는 중면 각 마을의 방헌들이 모여 공회를 여는 일상적인 자리처럼 보였다. 그러나 터져 나오는 기침처럼 숨길 수 없는 긴장감은 지켜보는 이로 하여금 손에 땀을 쥐게 만들었다.

고덕호가 목소리를 높여 외장쳤다.

"마을의 아전들이 간특해서 민폐가 이만저만 아닙니다. 백성들은 끈 떨어진 뒤웅박 신세요, 살림살이는 생쥐 볼가심할 것도 없는 실정입니다. 그 폐해가 날이 갈수록 심해져서 백성들의 원성이 우죽삐죽 하늘을 찌를 듯 팽창하여 가히 폭발 일보 직전입니다."

양제해가 고개를 끄떡였다. 양제해는 방헌의 우두머리인 헌장이었다. 그의 옆에는 각 마을 방헌뿐만 아니라 향교, 그리고 향수를 지낸 김익강金益剛, 맏아들 양일회梁日會가 자리를 지키고 있었다.

양제해는 한 무리를 떠올렸다. 그들밖에 없었다. 신神이라면 덴 소 날치듯 하고, 큰어미 날 지내는 데 작은어미 떡 먹듯 하는 자들.

"이제 방헌께서 헌장이 되었고 또 들으니 사또께서 아전들의 일을 밝혀 살피시고 그 뜻이 백성을 위하는 길에 있다 하니 지금이 바로 그때입니다."

"옳은 말씀입니다. 저들의 간폐를 더 이상 두고 볼 수만은 없습니다."

"방헌께서 계책을 세우십시오."

여기저기에서 이구동성이었다. 아전들의 착취가 날로 심해지고, 백성들의 원성이 하늘을 찌르고 있으니 이를 어쩐다……. 정조 임금 당시 제주도의 흉년 때부터 날로 세력을 확장하고 그로부터 20년 넘게 제주도의 지배 세력이 된 그들. 상대하기에 녹록

지 않은 자들이다. 어떻게 해결한다……. 장고 끝에, 양제해가 결심했다는 듯이 오금을 박았다.

"아전의 간사한 소굴을 쳐부수는 일은 상찬계를 타파하는 데 달려 있소. 그런 뒤에라야 백성들이 두 다리 편히 뻗고 잠을 잘 수 있을 것이오."

여기까지 말하고 양제해는 집중하라는 듯 말문을 닫았다. 사람들의 눈이 자신에게 쏠리자 양제해가 다시 입을 열었다.

"1년 반 전에 관서지방에서 변란이 일어났소이다. 그곳과 우리 섬의 사정이 아주 비슷합니다. 나는 그때 홍경래의 편에 서서 싸우고 싶었습니다. 국가의 녹을 먹는 아전들의 횡포가 관서지방에서도 어지러웠던 모양입니다. 어찌하여 변방마다 이런 해괴한 일이 벌어진단 말입니까?"

양제해가 책상을 치며 울분을 토했다.

"우리의 뜻을 담은 소장을 올립시다."

누군가 소리치자 모두 불끈불끈 주먹을 쥐었다. 때가 되었단 뜻인가. 참을 만큼 참았단 말인가. 상처가 부풀어 올라 고름이 가득 찼다. 도려낼 수밖에 없다. 개부심 외에는 마땅한 방도가 없다. 양제해는 오른손으로 턱을 받치고 마음을 정리하듯 상념 속으로 빠져들었다. 얼마 전에 돌아간 만덕 할망의 당부가 겹쳐 떠올랐다.

만덕 할망이 양제해를 조용히 부른 것은 조정철 목사가 제주도를 떠난 해 여름이었다. 만덕 할망의 나이 일흔세 살 때였다. 빨을대로 빨은 몸은 이제 뼈만 남아 있었다. 만월처럼 거늑하고 기개 넘치던 만덕 할망은 시간의 잔혹한 존재증명에 의해 색쇠애이의 처지로 전락했다. 아름다운 몸이나 권력은 허망한 것이었다. 손바닥에 부은 물처럼 영원히 쥘 수 없는 것이었다.

"내 자네를 부른 것은 자네의 됨됨이를 보아온 바가 있기 때문일세. 자네는 한때 상찬계에 머물다가 떠난 적도 있고 해서 계대의 속사정을 속속들이 알고 있지 않나."

양제해는 만덕 할망이 왜 이런 이야기를 새삼스럽게 꺼내는지 의아했다. 만덕 할망이라면 초기 상찬계의 인물들과 줄이 닿아 있던 사람이다. 서로가 공생관계였다. 만덕 할망은 아전들이 편의를 봐줬기 때문에 제주도의 거상이 될 수 있었다. 그에 따른 보답으로 상찬계에 비밀 자금을 대고 돈을 관리했다. 그런 사람이 지금에 와서 이런 말을 입에 올리다니.

하긴 금강산에 다녀온 뒤로 상찬계로부터 등을 돌렸다는 소문이 돌긴 했다. 서로 앵돌아져 버성긴 사이가 되었다고 들었다. 그러나 만덕 할망의 양손 김종주는 제주도 사람이 다 알고 있을 정도로 유명한 사람이었다. 상찬계의 젊은 실세였다. 장차 상찬계를 짊어지고 나갈 차세대 기둥이라는 평판이 자자한 인물이었다.

"상기 지운이 열리지 않아서 힘이 들 걸세. 나야 이제 이렇게 이울어 죽을 날만 기다리고 있으니 안타까울 따름이야. 내 젊은 날에 대해서도 할 말이 없네. 하지만 나는 후회하네. 내가 신神에 미쳐서 상찬계를 이만큼 키워놨으니 육니하여 몸 둘 바를 모르겠네. 이제는 내 힘으로도 어찌해볼 수 없을 정도로 세가 불어났으니, 이를 어쩌면 좋단 말인가.”

　늙은이의 한소끔 삶에 대한 성찰 같은 말이었다. 살아온 세월을 돌이켜 내린 결론 같은 것. 우리도 상찬계 때문에 내장에 굵은소금을 뿌린 듯 쓰라린데 당사자의 심정은 어떻겠는가. 그렇다 해도 만덕 할망은 원죄로부터 절대로 자유로울 수가 없다. 상찬계를 몸소 낳은 어머니, 상찬계를 만들어낸 만덕 할망. 누구도 부인할 수 없는 사실이다.

　“저를 부른 이유가 무엇입니까?”

　“상찬계의 미친바람 홀로 거슬러 달려온 자네가 아닌가. 상찬계에서 끊임없이 유혹의 손길을 보냈어도 끝내 계를 떠난 자네가 아닌가. 상찬계에서 가장 두려워하는 사람이 자네라는 사실을 모르는 제주도 사람은 없을 걸세. 자네가 나서서 상찬계를 깨주게.”

　“상찬계를요? 제게 무슨 힘이 있어 그렇게 하겠습니까?”

　양제해가 만덕 할망의 눈을 황급히 피했다.

　“그런 소리 말게. 이 늙은이도 하는데 자네가 못 한다는 게 말이 된다고 생각하는가?”

양제해가 깜짝 놀라 만덕 할망을 내립떠보았다. 허깨비처럼 이불에 누워 있었지만 기세까지 내려놓진 않았다. 눈썹이 꿈틀하도록 엄하게 꾸짖는 표정이었다.

"꼭 깨지 못해도 괜찮아. 타협을 하지 말아야 해. 그놈들의 계략은 성기고 비열하고 간특하기 이를 데 없으니까. 하지만 누군가는 그런 시도를 자꾸 해야만 할 걸세. 그런 모습을 자꾸 백성들에게 보여줘야 하네. 어리석은 백성들이 자각할 수 있도록 말일세. 오직 자네만이 할 수 있을 걸세."

"행수께서는 무슨 행동을 했습니까?"

"지운이 열리면 차차 드러나게 될 거야."

"지운요?"

양제해는 만덕 할망이 말한 '지운'이란 말을 되뇌었다. 혓바늘이 돋는지 입 안이 모래가 씹히듯 깔끄러웠다. 가슴이 저릿저릿하고 오금이 떨렸다.

"소장을 제출하면 소장의 장두는 처음에 욕을 보게 될 것이오. 우리 중에서 누군가 장두가 될 만한 사람이 있는가?"

양제해가 사자후를 토하고 주위를 둘러보자 사람들이 윤달 만난 회양목처럼 바짝 오그라들었다. 시간이 지날수록 사람들의 고개가 한 단계씩 더 밑으로 떨어지는 느낌이었다. 다들 꼬리를 내리고 회피하는 느낌이었다. 그것은 장두의 전통 때문이었다.

누군가 가르쳐주지 않아도 본능으로 알고 있는 장두의 전통. 민란 직전 단계인 등소. 등소장의 장두는 소를 책임지는 우두머리로, 민란으로 확대되면 장두가 되어야 했다. 장두가 될 자는 자신의 목숨을 내놓아야 한다는 두려움에 사로잡혔다. 민란이 실패하면 관의 형벌을 받아 무참하게 목이 떨어진다.

그러나 민란이 성공해도 죽는 것은 매한가지였다. 백성들의 요구 사항을 대표로 고한 후 들어주겠다고 하면 스스로 목숨을 내놓아야 했다. 민란에 참여한 만백성을 대신하여 본보기로 목을 바쳐야 했다. 임금의 권위에 대항하여 난을 일으켰으므로. 그래야 민란이 끝났다.

"오직 방장이라야 가능할 것이오."

무겁게 내리깔린 침묵을 찢으며 누군가 소리쳤다. 맏아들 일회가 고개를 들어 제해를 바라보았다. 아버지, 하지 마세요. 일회의 눈동자가 파랑에 쓸리는 쪽배처럼 요동치고 있었다.

소리친 자는 윤광종이었다. 어릴 적 거마촌에서 같이 자란 동무. 사람들의 시선이 윤광종에게 쏠렸다. 그 순간 물꼬가 터진 것처럼 사람들이 너나할 것 없이 소리치기 시작했다. 한 번 봇물이 터지니 둑을 넘는 것은 순식간이었다. 고양이 목에 방울을 달 자가 정해진 것이다.

"오직 방장만이 그 일을 할 수 있을 것이오."

"옳은 말이오."

"양 헌장이 해야 하오. 우리가 뒤를 따르겠소."

결정을 내려야 할 순간이었다. 소장의 맨 위에 내 이름을 쓰면 그 밑으로 자기 이름을 적겠다는 뜻이다. 장두라……. 내가 장두가 되어야 한다……. 이젠 구석에 몰린 생쥐처럼 옴치고 뛸 수도 없게 되었다. 마음을 정해야 한다.

"여러분의 뜻이 정 그렇다면 글을 잘 짓는 자를 수소문해서 소장의 초안을 만들어 오시오. 어차피 죽기 살기로 작정하고 걸음을 떼야 할 일이오. 내가 장차 백성들을 위해 한 번 죽지 두 번 죽지는 않겠소."

양제해가 소임을 다했다는 듯이 입을 악다물었다. 이번에는 김익강이 고개를 가로저었다. 김익강은 양제해의 장인이었다. 하지만 너무 늦었다. 칼을 뽑았다……. 한 번 칼을 뽑은 이상 얌전하게 칼자루에 집어넣을 수는 없는 일이었다.

*

공회가 끝난 후 윤광종은 김재검의 집으로 달려갔다. 윤광종은 제해에게 장두가 되라고 소리친 자였다. 김재검은 늦은 밤에 광종이 찾아왔다는 소식을 듣고 찜찜한 마음을 감출 수 없었다. 가뜩이나 만덕 할망이 일을 꾸며놓고 죽었다는 생각에 밤잠을 설치던 때였다. 잘 나가다가 마지막에 방향을 튼 것이 꺼림칙했다.

역시 제주도 최고의 거상의 술수는 남달랐다. 상찬계 최고 뇌력을 지닌 자신이 따라잡을 수 없을 만큼 발 빠른 판단과 손끝 여문 일처리를 두루 갖춘 여자. 만덕 할망이 교활한 함정을 파놓았다. 그 야살스런 할망이 아무 일도 하지 않고 죽었을 리 없다. 김재검은 만덕 할망만 떠올리면 옻독 오른 것처럼 바짝 게염이 났다. 죽은 지 1년이 넘었는데도.

"형님, 큰일 났습니다."

"무슨 일인데 이렇게 호들갑이냐?"

"형님이 성내의 부호인 까닭에 사람들이 형님을 노리고 있습니다. 오늘 걸머리 마을 양제해와 민상회가 우리 상찬계를 타파하겠다고 죽음으로써 맹서하였습니다. 우리 모두 목숨이 위태롭게 되었습니다."

부리나케 뛰어온 광종이 거칠게 시근거리며 말했다. 김만덕의 망령이 되살아난 것인가. 우려했던 일이 터지고 말았구나. 오늘따라 어째 입 안에 거위침이 도는 게 상서롭지 않더니만. 재검은 숨을 폐부 깊숙이 들이마시고 천천히 내뱉었다.

"나는 제해의 사람 됨됨이를 잘 알고 있네. 제해는 이 제주목을 통틀어 우리 상찬계의 근혈을 가장 잘 숙지하고 있는 자야. 상찬계에 끌어들이려 별의별 방법을 다 동원해봤지만 효과가 없었지. 제해가 상찬계를 휘적휘적 걸어나갈 때 비웃듯 삐쳐 올라간 입꼬리가 늘 마음에 걸렸네. 그놈들이 목숨으로 맹서했다면 결코 쉽게 볼 일이 아니란 뜻이지. 저들은 거짓말할 사람들이 아니야. 비록 우리의 신이 다수라 해도 신으로 해결되지 않는 게 있거든. 제해는 지금 어디에 있는가?"

"걸머리 마을 집에 있습니다."

"법을 들어 엮어 넣는다 해도 가볍게 처벌하면 후환이 남을 걸세. 우리 계의 전말이 밝혀져 그 손해와 화를 입을 것은 불 보듯 뻔하고, 앞으로 우리 계가 어떤 곤경에 빠질지 짐작조차 할 수 없네. 그 파괴력은 상상 이상일 거야. 신중하게 처리하지 않으면 낭패를 당할 수도 있어."

재검은 다시 생각에 잠겼다. 어떻게 해야 이 일을 잘 마름질할 수 있을까. 상찬계 최고 두뇌 재검의 머릿속이 키 위의 콩처럼 분주하게 돌아갔다. 잠시 후 결심했다는 듯이 재검의 눈이 반짝였다. 마음을 정한 듯 보였다. 재검의 입아귀가 사납고 잔인하게 비틀어졌다.

"빨리 집으로 돌아가서 고변장을 작성하도록 하게."

"고변장이라니요? 너무 짧은 시간입니다."

"일단 모양새만 갖추어서 목관아로 가져오게. 고변장이 정식으로 접수되면 목사도 없던 일로 넘길 수는 없을 게야."

재검이 비열한 웃음을 지었다. 가장 극단적인 방법이자 단순한 방법을 생각해낸 것이다. 정면 돌파. 승부수를 던진 것이다.

"쉽게 생각할 문제가 아니라고 했잖나. 우리 상찬계에 도전했다가는 어떤 꼴을 당하는지 따끔하게 맛을 보여줄 때가 되었네. 본보기로 말이야. 우리는 이미 돌이킬 수 없는 강을 건넌 걸세. 물론 누구의 잘못도 아니지. 하지만 언젠가 꼭 한 번은 터질 일이었어. 남을 죽이고 우리가 살 수 있다면 후회나 쓸데없는 연민 따위는 사치에 불과한 걸세."

과연 김재겸이었다. 그랬다. 고변장은 변란을 밀고하는 문서였다. 반역으로 몰아서 양제해를 제거하겠다는 의미였다. 아예 뿌리까지 과감하게 앗아버리겠다는 뜻이었다.

김수기 제주목사에게 고변장이 보고된 시각은 삼경 즈음이었다. 성내의 촛불은 다 꺼졌고 기생들은 잠자리에 들어 모두 무르녹았을 무렵이었다. 김재겸은 제주성 동문과 서문을 은밀히 열어 800여 관리들을 동원했다. 목사의 숙소 앞으로 한꺼번에 들이닥쳐 시끄럽게 북새를 놓도록 했다. 목표물을 사방에서 포위하여 한 방향으로 몰아갈 생각이었다.

800여 명의 관리들이 횃불을 환하게 쳐들고 무력시위에 들어갔다. 다음 단계로 김재겸이 두려워하는 표정으로 목사의 숙소 정면에 섰다. 그러나 배에 힘을 가득 주고 고변장을 비장한 어조로 독장쳐 읽어나갔다. 왁자하던 무리들이 입을 다물자 김재겸의 목소리가 자못 근엄하게 들렸다.

그 순간 김수기 목사가 불을 피해 동굴에서 도망 나온 사냥감처럼 사색이 되어 뛰쳐나왔다. 기생 품에서 녹아나다가 깜짝 놀라 오지랖도 제대로 여미지 못한 상태였다.

"아이고, 이 일을 어찌하면 좋습니까. 아이고, 이 일을 어찌하면 좋단 말입니까."

무력시위를 벌이던 상찬계원이 그대로 바닥에 주저앉아 땅을 치며 통곡했다. 김재검은 눈을 가릅뜨고 김수기 목사의 눈치를 살폈다. 의심하지 않는 눈치였다. 생각할 여유를 주지 말고 가열 차게 몰아붙여야 한다. 일의 고삐를 바투 잡아당겨야 한다. 상기도 잠에서 덜 깼는지 김수기의 눈동자에는 초점이 없었다. 황망 중이 분명했다.

"사태는 이미 급박해졌고. 적은 숫자로 흉내만 냈다가는 일을 그르칠 수도 있습니다. 지금 이 인원을 모두 동원해서 밤을 틈타 양제해를 습격하여 포박하는 방법 외에는 없습니다. 서둘러야 합니다. 한시가 촉박합니다."

포졸들이 양제해의 집을 포위한 것은 그로부터 한 시간 후였다.

제해는 우레 같은 소리로 코를 골며 잠들어 있었다. 포졸들은 양제해를 덮쳐 체포한 뒤 목관아로 압송했다. 계상에서 안절부절못하던 김수기 목사는 포졸 하나가 양제해의 두 팔을 뒤로 단단히 비끄러매는 모습을 확인하고 국문 채비에 들어갔다. 양제해는 뜰 아래 무릎이 꿇려졌다.

"너는 어떤 놈이관데 감히 모변을 꾸몄느냐?"

"나는 양씨라는 섬사람이오. 모변이라는 말을 익힌 적도 없고 들어본 적도 없습니다. 저는 글을 엮을 줄도 모르고 모변이란 말을 풀이할 수도 없는 처지입니다. 모변이 대체 무슨 뜻입니까?"

당연했다. 제해는 집이 가난하여 글을 배우지 못했다. 어깨너 머로 글을 읽어서 뜻이나 간신히 파악하는 수준이었으니 모변이 무슨 뜻인지 알 도리가 없었다.

김수기 목사는 거짓말이라고 확신했다. 중면의 풍헌이란 자가 글을 엮을 줄 모르다니, 모변의 뜻을 모른다니 가당치도 않은 말 이었다.

"이놈의 혼이 제대로 들어오도록 매우 쳐라."

무참한 형벌이 제해에게 가해졌다. 좌우에서 세모 방망이와 치도곤이 칼춤 추듯 허공을 가르자 제해는 그만 제정신을 놓아 버렸다. 김재검은 김수기 옆에서 그 광경을 지켜보고 있었다.

"모변이 무슨 말이오? 모변이 무슨 뜻이냔 말입니다."

김수기가 입에 게거품을 물고 단호하게 소리쳤다.

"그 주둥아리 닥치지 못하겠느냐. 네가 모변의 원흉인데도 어 찌 모변의 뜻을 모른단 말이냐? 이는 속임수가 분명하다. 이놈이 바른말 할 때까지 계속 쳐라."

그 순간 김재검의 눈이 반짝 빛났다. 윤광종에게 몰강스럽게 눈짓을 하자 광종이 알아차렸다는 듯 고개를 끄덕였다. 멸구지

책滅口之策. 이 자리에서 끝장을 내라는 뜻이었다. 목사 역시 상찬계와 결탁해 있었으므로 이 자가 입을 열면 곤란한 일이 한두 가지가 아니었다.

곧바로 매질하는 자가 상찬계원으로 교체되었다. 우악스럽게 생긴 자가 곤장 손잡이를 잡아들더니 무서운 기세로 제해의 학무릎을 두들겨 팼다. 치명적인 매질이었다. 제해의 눈에는 이미 헛거미가 아른거리고 있었다.

"네가 오늘 작당하여 도모한 일이 없었느냐?"

양제해는 그제야 깨달았다. 자신이 이곳에 끌려온 이유를, 이토록 혹독한 매질을 당하는 이유를.

"소장을 올리려 한 까닭은 민폐 때문이었습니다. 상찬계의 독이 백성들에게 민폐를 끼치니 장차 도래할 불행을 막아보자는 의견이 한 번 돌았습니다."

양제해는 죽을힘을 다해서 소리쳤다. 어차피 죽기 살기로 작정하고 시작한 일이었다. 제해의 입에 상찬계란 이름이 오르자 목사가 당황한 듯 턱수염을 어루만졌다. 약속이나 한 듯 재검 역시 헛기침을 하면서 먼 곳으로 허둥지둥 눈을 돌렸다.

"이밖에 죽음으로써 결행하자는 논의밖에 없었습니다."

김수기 목사는 양제해를 감옥에 가두도록 지시했다. 실토를 더 받아봤자 애먼 방향으로 소문만 부풀릴 터이니 이쯤에서 손을 떼는 게 상책이었다. 그러나 간수가 일을 더 크게 벌였다. 그는 전에 제해로부터 덕을 입은 적이 있었다. 그는 측은하고 불쌍한 마음이 들어 제해의 목에 씌운 칼과 포승을 풀어주었다. 이어 마지막 가는 길이라도 편안하게 가라는 배려로 감옥 문을 열어주었다.

제해 역시 이미 혹독한 곤장 세례를 받았기 때문에 살아날 가망성이 없다고 생각했다. 장독으로 시름시름 앓다가 죽느니 한시라도 빨리 육신의 고통에서 해방되고 싶은 생각뿐이었다.

제해는 모든 여한을 뒤로한 채 죽을 곳을 찾아다녔다. 길은 더디고 정신은 까무룩 흐렸다. 서문을 밀치고 길을 나서 병문천다리 어름에 도착했을 때였다. 그래, 저기에 몸을 던져 죽어야겠다. 하지만 추위가 한창이라 물이 말라 있었다. 한라산에 비가 내려야 물이 흐르는 건천乾川이었다. 남볼썽 사납잖게 죽을 만한 곳이 쉽사리 눈에 띄지 않았다.

성내는 다시 발칵 뒤집혔다. 제해가 없어졌음을 확인한 도간수는 눈앞이 캄캄해지고 두려움에 몸을 떨었다. 목사가 알았다가는 말 그대로 불벼락이 떨어질 참이었다. 그 순간, 성 밖에서 짐승처럼 울부짖는 소리가 들려왔다. 맘대로 죽지도 못하는 제해의 한 맺힌 통곡 소리였다. 그 소리가 얼마나 큰지 온 성을 우렁우렁 울리는 느낌이었다. 도간수는 곧바로 추적해서 제해를 다시 잡아들였다.

그 사이 걸머리 마을에 모였던 사람들 중 나포되어 온 자가 30

여 명이나 되었다. 한 사람 한 사람 신문해도 실질적인 소득이 나오지 않았다. 제해는 목에 칼을 매어달게 되었고 마침내 옥에서 숨을 거두었다. 그의 나이 44세였다.

*

엉덩이에 불이 붙은 측은 김수기 목사였다.

벼락이 정수리를 때리고 가는 순간이 있다면 아마도 이 순간일 터였다. 모변대역을 했더라도 자복하지 않고 고문을 받다가 허망하게 죽어버린 경우가 발생한 것이다.

자복을 하지 않으면 죄를 범한 것으로는 인정하지 않고 연좌도 행하지 않는다. 따라서 범인이 살아 있도록 하는 게 무엇보다 중요했다. 모반의 원흉을 조포하게 죽여 없앴으니 이 사실이 조정의 귀에 들어갔다가는 당장 모가지가 날아가도 모자랄 판이었다.

다음 날 김재검이 찾아왔다. 김수기는 김재검을 데리고 관아 밖으로 나와 산지천 객주로 향했다.

"일단은 모변이라고 보고를 올려야 합니다."

"죄인 제해가 죽었잖소?"

"그러니까 더더욱 모변으로 꾸며야지요. 죽은 자는 입을 열 수 없으니까요. 장계를 새로 작성할 때까지 제해가 살아 있었다고 둘러대면 될 겁니다."

김수기는 귀가 번쩍 뜨였다. 듣던 대로 제주도 제일의 모략가라 부를 만했다. 이 자의 머릿속에는 무엇이 들어 있기에 주판알보다 더 빨리 셈속이 돌아가는 것일까.

"양제해가 역모를 자백한 것처럼 일을 꾸미잔 말이오?"

"그렇습니다. 지금 조정의 분위기로 보아 잘 넘어갈 수도 있을 것입니다. 홍경래의 난이 일어난 게 불과 1년 반 전입니다. 조정은 상기도 홍경래의 악몽에서 벗어나지 못했을 것입니다. 그러니 제주도에 또 다른 버러지 같은 미물 경래가 출몰했다고 하면 분명 금상께서 눈이 산 밖으로 비어질 게 자명합니다. 순풍에 돛처럼 조정의 분위기를 잘 타야 합니다. 분위기에 잘 편승해야 한다는 뜻이지요."

"자네 말에 일리가 있군."

"너무 괘념치 마십시오. 각본은 우리 쪽에서 작성할 것입니다. 조금만 기다리십시오. 먼저 제해에게 동조한 자들이 모변의 진상을 토설토록 만들어 서둘러 끝매듭을 지어야 합니다."

*

등소等訴란 여럿이 하소연한다는 뜻이다. 등소는 백성이 떼 지어 관에 가서 억울함을 소장訴狀에 적어 하소연하는 비폭력 운동이다. 경우에 따라 낮은 수준의 사회경제적인 개혁을 지향하기도 한다. 등소가 저지당하면 그냥 잦아들거나 즉각 민란으로 확대된다. 따라서 등소는 민란의 전 단계라 할 수 있다.

민란民亂이란 향촌사회에 뿌리를 두고 그 속에서 생산 활동을 하던 사람들이 국가권력에 의한 부세 수탈이나 수령과 이서배의 수탈에 대항하여 통문通文을 돌리거나 등소를 거쳐 봉기하는 것을 말한다. 봉기 지역은 고을 단위로 이루어지며, 투쟁의 목적도 탐관오리의 규탄이나 부세 수탈 등 부당한 대우에 대한 경제 투쟁의 차원에 머무른다. 주로 향회에 의해 주도되고, 군현 단위의 향권을 장악하거나 중앙정부의 회유가 있으면 곧바로 진정된다.

반면에 변란變亂은 향촌사회에 뿌리를 내리지 못한 훈장, 의원, 지관 등을 생업으로 하던 저항적 지식인 집단이 정감록을 비롯한 이단 사상을 무기로 하여, 빈민이나 유랑민 등을 동원해서 투쟁하는 행위를 말한다. 동원된 민인들을 병기로 무장시키고 직접 관아를 공격한다. 참여층이 특정 고을을 벗어나 고을 간 연대 세력을 형성하고, 궁극적으로는 조선왕조의 전복을 기도한다. 모변 혹은 병란(군사반란)이라고도 불린다. 그러나 민란의 경우처럼 등소를 가탁하여 변란을 도모하는 경우는 드물다. 영조 임금 때의 이인좌의 난, 순조 때의 홍경래의 난 등이 대표적인 변란이다.(이형민 註)

　11월 7일, 윤광종의 진고장이 다시 김수기에게 제출되었다. 진고장은 상찬계의 존폐와도 직결된 중요한 문서였다. 김수기의 장래와 함께 상찬계의 생사가 틀니처럼 서로 맞물린 문제였다. 이 진고장의 내용에 따라 범인의 추핵이 진행되기 때문이었다. 추핵 과정에서 먼저 짜놓은 각본에 충실하게 죄인들로부터 자백을 받아낸다. 자백 중의 일부를 추리고 엮어 조정에 보고하면, 이를 조정에서 검토하여 모변이냐 민란이냐를 판단한다.

　윤광종은 명의만 빌려줬을 뿐, 사실상 진고장은 김재검의 작품이었다. 이 과정에서 상찬계 내에 지모가 뛰어나다는 간부급이 총동원되었다. 말썽의 씨앗 제해를 제거해 한시름 덜었지만, 제해의 장살 소식이 한양에 알려지면 상찬계나 목사에게 치명적인 해가 될 게 불 보듯 뻔했다. 진고장 제출은 곧 추핵의 시작을 의미했다.

　추핵관으로 목사 김수기, 판관 장특대, 대정현감 백사건, 정의현감 권항일이 내정되었다. 제주에서 드문 이른바 모변 사건이라 제주 4관장이 총동원된, 이례적으로 신속한 조처였다.

　11월 6일 밤 가령 숲속에 300명이 매복하다가 11월 7일 새벽 제주성 남문이 열리면 공격을 개시한다. 대정, 정의

현을 동시에 공격한다. 성내 동조 세력을 포섭하여 화약으로 관아에 불을 지르고 목사와 판관을 살해한다.

장정 900여 명을 이 변란에 동원한다. 300명은 주성으로, 300명은 정의로, 300명은 대정으로 각각 나누어 보낸다.

등소가 군사 반란으로 거짓 보고되는 순간이었다. 떼 지어 관으로 가서 연명으로 하소연하는 비폭력 운동이 3읍을 동시에 공격하여 해당 읍의 관장과 판관을 살해한다는 역모로 둔갑한 것이다. 상찬계는 걸머리 마을에서 30여 명이 한 등소 모의를 반란 모의로 꾸미는 과정에서 터무니없이 숫자를 부풀렸다. 미상불 30명만으로 제주성을 공략하는 것은 어불성설이었으므로.

반란 계획이 수립되었을 때, 본디 반란군 지도자들 초미의 관심사는 광범위하게 산재한 백성을 반란 대열에 흡수시킬 동원의 신념 체계를 창출하는 것이다. 예를 들어 사회를 구원하기 위해 머나먼 해도로부터 정진인이 출현하여 새 나라를 만들러 온다든가, 도탄에 빠진 백성들을 구제하려고 미륵불이 평등 사회를 세운다든가 하는 따위이다. 홍길동전에서 보이는 율도국도 좋은 예다.

상찬계는 이 요망한 말과 이야기를 역으로 악용하여 양제해가 제주만의 영웅 반역 장수 김통정의 화신이 되어 섬의 왕이 되려

했다고 꾸몄다. 이 주장의 핵심은 조선에서 분리된 다른 나라, 즉 제주에 독립국을 세운다는 내용이다. 김재검은 진고장 초입 부분에 "내 마땅히 이곳의 도주가 되리라"를 교묘하게 끼워 넣었다.

이 섬의 민생은 요즘 부역이 고통스럽고 무거워서 사람을 소중히 여기고 편안하게 할 길이 없다. 내가 바야흐로 중민을 위해 살길을 마련할 것이다. 이는 반드시 영문과 3읍의 네 관장을 살해한 후 합하여 하나로 만든 후에야 가능하다. 이 거사가 성공하면 내 마땅히 이곳의 도주가 되리라. 오직 제주 이 한 섬을 내 소유로 만들려는 마음이 오래전부터 있었다.

나라를 세우는 데 뛰어난 장수는 필수 요소다. 마찬가지로 반란군의 사령관은 뛰어난 장수여야 한다. 아니, 뛰어난 장수를 뛰어넘는 만능의 지혜와 용력을 지녀야 한다. 이른바 초인超人이다. 아무리 뛰어난 자라 하더라도 백성의 확실한 기대에 못 미칠 경우, 백성은 선뜻 동조하거나 참여하지 않는다.

홍경래의 난 때도 그랬다. 애당초 벌레 같은 미물 경래 때문에 사로자기 일쑤에 밥맛도 잃었다는 금상도 홍경래의 반란군 뒤에 세상을 구할 성인 정주민의 10만 철기군이 버티고 있다는 격문을 잘 알고 있었다. 상찬계는 이 반란군에 가담하고 싶다던 양제해를 고려와 원에 반역한 삼별초의 사령관 김통정에 비견하였다. 김통정은 제주에서 당시 인기 있는 설화의 주인공 가운데 하나였다.

> 양제해가 말하기를,
> 옛날 반역 장수 김통정이 이 섬을 지배했을 적에 부역은 회 석 되에 빗자루 한 개에 불과했는데 조선에 조공을 바친 이후부터는 부역이 눈덩이처럼 불어났다. 내 군사를 일으켜 성을 공격하고 탈취한 다음 북쪽의 바닷길을 막아 조선과의 관계를 청산하려 한다. 토선의 육지 출항을 금지시키고 육선이 오면 재물을 빼앗고 배를 뒤집어서 북로 北路를 막아버릴 것이다.

김통정 지배 시대와 달리 조선의 과중한 부역을 부각시켜 민심을 양제해 쪽으로 끌어들이려 했다고 꾸민 것이다. 돈이나 쌀 대신 회 석 되와 빗자루를 세금으로 받은 김통정은, 제주 백성의 민생 안정에 기여하는 애민의 구현자였다. 또한 뛰어난 전략가로도 알려져 있다.

왜적의 배가 나타나면 비축해두었던 회를 성 위에 뿌리고 말꼬리에 빗자루를 달아 채찍질 하면서 성을 한 바퀴 돌면 먼지가 자욱하게 인다. 그 먼지를 많은 사람이 성을 지키는 것으로 착각하여 왜적들이 뱃머리를 돌렸다. 섬사람이면 다 아는 설화였다. 저들이 이 설화를 악용한 것이고 양제해는 이 설화의 희생자였다.

김통정은 고려사에서 역적이나 적당의 우두머리로 평가받고 있지만, 제주 민중들에게는 피지배층을 구원해주는 영웅적 존재였다. 즉, 고통받는 민중, 도탄에 빠진 백성, 지배층으로부터 억압과 착취를 당하는 민중을 구원한 초인이었다.

김재검의 논리는 여기에서 한발 더 나아간다.

이번 반역 사건을 꼼꼼히 살펴보건대, 양제해는 탐라섬을 가리켜 양가의 옛터라 하고 자신을 옛 반역의 장수 김통정에 비유하고는 처음부터 얄망궂은 김익강의 딸과 혼인하고 반역의 절차를 장인과 앞서거니 뒤서거니 하며 서로 우두머리가 되어 도모했습니다.

탐라섬을 가리켜 양가의 옛터라 이르더니, 별도국 창설자인 자신이 탐라의 고을라 · 양을라 · 부을라 이 3대 시조 중에 양을라의 후손이라 하며 그 정통성과 정체성을 부여하려 했습니다. 이 어디 가당키나 한 소리입니까?

옛 탐라국의 재건을 위해 삼성혈 3대 시조 중 양을라의 후손인 양제해가 나섰다는 뜻이다. 이 문장은 양제해가 조선왕조를 부정한다는 결정적인 증거로 채택되었다.

*

둘만의 은밀한 자리였다. 문밖으로 소리가 새어나가는 게 두려웠는지 윤광종이 김재검에게 속살속살 물었다. 김재검은 밖의 급박한 상황과 달리 마음이 편편해 보였다.

"이 정도로 모변을 밝혔는데 혹시 조정에서 양제해가 죽었다는 사실을 알면 가만있겠습니까? 시일만 차이가 날 뿐, 모변의 당사자가 모변을 자백하던 중에 죽었다는 점이 자꾸 마음에 걸립니다. 조정에서 어사가 파견되어 양제해의 죄를 다시 한 번 자복받고 극형을 내려야 하는데 그 점을 물고 늘어지지 않을까 저어합니다."

"우리 책임이 아닐세."

윤광종은 생각에 잠겼다. 우리의 책임이 아니다……. 그럼 누구의 책임이란 말인가.

"김수기가 관복을 벗어야겠지."

마침내 본색을 드러냈다. 김재검이 마침표를 찍듯 단호하게 말했다. 그렇다면 상찬계의 운명은 어떻게 될까. 윤광종은 지금까지 김수기와 상찬계가 같은 길을 갈 거라 생각했다. 어느 한쪽이 무너지면 다 죽는다고 생각했다. 서로가 등을 돌려 뻗장대고 선 장면을 단 한 번도 상상해본 적이 없었다.

"김수기가 가만히 두고만 보겠습니까?"

"어차피 장계가 한양에 도착하면 어사가 파견될 걸세. 제주에 문제가 생기면 조정에서 어사를 내려보내는 게 정한 수순이지. 그때 임금의 입에서 제주목사를 파직시키라는 명령만 떨어지면 되는 걸세."

"죄인을 온전히 살려놓지 못했으니 벌을 받아야죠."

"그래서 우리가 미리 제해에게 손을 쓴 게 아닌가."

그제야 광종은 고개를 끄떡였다. 걸머리 마을 공회에서 장두를 정할 때 양제해의 등을 떠민 광종이었다.

"김수기의 입을 막을 방도가 있습니까?"

"벌써 연락을 취해놓았네. 전라감사 박윤수에게 평소에 먹여놓은 신이 힘을 발휘할 걸세. 전라감사가 제주목사의 직속상관이므로 문책을 당하지 않으려면 제주목사를 일찌감치 제거하려 들 거야. 슬그머니 으름장을 놓기도 했지. 만덕 할망이 살아 있을 때 가르쳐준 방법, 김시구 목사를 쫓아낼 때 쓴 방법 말이야."

김재검의 눈이 단도를 품은 자객처럼 날카롭게 빛났다. 한양의 높은 사람에게 대신 상소를 올리게 하는 방법. 신의 위력은 다대했다. 전라감사 박윤수 역시 뒤가 무둑한 사람이니 우리 제안을 거절하지 못할 것이다. 다 신에 취해 뼈가 녹아난 까닭이다.

위기를 기회로 만드는 절묘한 계책이었다. 윤광종은 입이 쩍 벌어져 다물어지지 않았다. 김수기의 명줄이 김재검의 세 치 혀에 달려 있을 줄이야. 지금까지 그토록 장단이 잘 맞던 제주목사를, 희생양으로 만들어버리겠다니. 김재검의 빠른 사세 판단, 군더더기 없는 결단력과 찰나적 순발력이 도저했다. 이해관계가 뒤엉킨 자라도 자기가 피해를 볼 것 같으면 가차 없이 제거하는 얀정머리라곤 찾아볼 수 없는 김재검.

"반역 죄인을 살려두지 못했다는 이유로 김수기가 파직되어도 시비를 걸 사람이 아무도 없을 걸세. 다른 것은 차치하고, 명분 하나만으로도 충분히 설득력 있는 주장일 거야."

"우리 쪽에서는 중앙에서 파견될 어사를 상대로 일을 꾸며야 한다는 뜻이군요."

"자네 안목도 날로 웅숭깊어지는구먼."

"다 형님 밑에서 배운 덕분이지요."

윤광종이 김재검을 존경한다는 뜻으로 허리를 반으로 접어 읍하는 자세를 취했다. 어쨌거나 칼자루는 김재검이 쥐고 있다. 괜히 어깃장을 놓을 필요는 없다. 아니, 김재검의 판단이 옳아 보였다. 희생양이 필요했다.

"남들보다 한발 빠르게 움직여야 살아남을 수 있을 걸세. 당분간 고달픈 나날이 계속될 거야. 그러면 그럴수록 상찬계는 똘똘 뭉쳐야 할 걸세. 자나 깨나 입조심하고. 이왕이면 옥에 갇힌 죄인들의 입을 막는 게 좋은데 그러긴 버거울 것 같고. 어사의 실사를 대비해서 사람들 입을 맞춰놓는 게 좋겠어."

상찬계의 힘으로 제주도 안에서 해결이 안 될 문제는 없었다.

어차피 어사가 도착해도 형식적으로 조사하다가 대충 수계繡啓만 올리고 섬을 떠날 것이다. 늘 그래왔다. 그동안만 납작 엎드려 지내면 된다. 그러면 다시 우리 상찬계의 세상이 오는 것이다.

설령 상찬계가 아닌 사람이라도 쉽사리 증언에 나서지 못할 터였다. 일쩝을 일이 많이 생길 것이다. 어사가 떠나고 나면 상찬계에서 무참하게 응징을 가할 것이므로. 김재검이 그대로 구경만 하고 있을 위인이 아니므로. 그걸 뚜르르 꿰지 못했다면 제주도 사람이 아니다.

"그나저나 제해의 넷째 아들 일서는 어떻게 되었나?"

"난이 일어난 다음 날 사라졌습니다. 아들 셋은 감옥에 갇혀 있고, 제해의 처는 자결했습니다."

"찾아내야 할 텐데. 아들 셋은 연좌에 묶여 처벌을 받을 거야. 하지만 일서가 걱정되는군. 우듬지만 잘라서 정리될 일이 아니지. 화근을 끝까지 추적해서 뿌리 뽑아버려야 하는데. 잠시도 빈틈을 보여서는 안 되는데. 아버지가 죽은 문제는 신이 위력을 발휘할 수 없는 영역이야. 빨리 찾아내. 또한 장인 김익강도 반드시 제거해야 할 걸세."

"김익강을 따르는 무리가 많아서요. 쉽지가 않습니다. 오죽하면 집장들조차도 그에게 곤장 치는 것을 거부했겠습니까?"

"일률(사형)이 안 된다면 종신 유배라도 떠나게 해야지. 제주도에 발을 못 붙이도록 하든가."

"유배요? 제주도에서도 유배를 떠나나요?"

광종이 궁금하다는 듯이 물었다. 처음 듣는 얘기였다.

"당연하지. 여기에 유배 오는 사람이 많다고 해서 유배를 가지 않는 것은 아니라네. 주로 남해안의 외딴섬으로 유배를 보내지. 조선 최대의 유배지 제주도에서 다른 곳으로 유배를 간다는 게 어딘지 모르게 어색하긴 하지만."

*

김수기 제주목사와 상찬계가 올린 장계를 읽은 금상(순조)은 다음 날 제주 백성들을 효유하는 교서를 내렸다.

지난밤에 제주목의 모변謀變한 죄인을 체포하여 문초한 장계를 읽어보았다. 그 광경을 떠올리니 너무나 한심스러워 잠을 이룰 수 없었다. 탐라는 큰 바다 바깥에 위치하여 왕화王化가 잘 미치지 못하고 수령의 잘잘못을 사실대로 듣기가 어렵다. 육지의 멀고 먼 곳보다 쉽게 마음을 놓을 수 없는 곳이다.

이번 모변이 비록 효경梟獍(어미새를 잡아먹는다는 올빼미와 아버지를 잡아먹는다는 짐승)의 심장을 가진 제해의 소행이라 하더라도, 이는 인심이 착하지 못하여 그 상도常道를 잃었음에서 비롯된 게 분명하다. 만약 고을의 수령들이 널리 백성들을 교화하고, 관원이 가혹하게 빼앗고 긁어모으는 정치를 하지 않았더라면, 비록 뱀같이 모진 성품도 어린아이처럼 순해졌을 것이다. 이는 첫째도 조정의 잘못이요, 둘째도 조정의 잘못이다. 어찌 어리석고 미욱한 난민들만 나무랄 수 있겠는가?

한편으로는 죄인을 색출하여 다스리면서도 한편으로는 품어 안아서 보호하여야 할 것이다. 협박을 받아서 따른 자는 모두 개과천선하도록 하고, 평민들은 그 고통을 살펴서 위엄과 은혜를 같이 실행하여 서로 어긋남이 없도록 한 다음에야 탐라 전체가 안정을 취할 수 있을 것이다.

관원 중에 불법하게 백성을 학대한 자가 있으면 일일이 조사, 적발하여 지위여하를 막론하고 출척黜陟을 행하라. 그리고 제주에서는 오랫동안 시재試才를 못 하였으니, 특별히 문무과의 시험을 시행하여 궁벽한 구석에 출세의 길을 열어주도록 하라.

이 일을, 특별히 이재수李在秀로 하여금 찰리사察理使 겸 위유사慰諭使로 제주에 파견하여 철저히 행하게 하라.

*

갑술년甲戌年(순조14) 2월 14일, 이재수 찰리사가 제주에 도착했다. 임명받은 12월 5일부터 따지면 68일 만이요, 양제해가 옥사한 지 101일 만의 늦장 도착이었다. 어사의 내도 소식은 낙망했던 백성들에게 한 줄기 서광을 비춰주었다.

"죄인을 편안하게 보호하라."

이로써 섬을 옥죄던 공포 분위기는 싹 풀어졌다. 전주에 도착한 찰리사의 명령이 제주에 먼저 하달되었기 때문이었다.

이 명령으로 양제해의 장인 김익강이 기적적으로 회생한다. 이 사건의 몸통일 뿐만 아니라 상찬계의 속사정을 양제해만큼이나 잘 알고 있던 전前 제주목 향수鄕首. 사위는 장사杖死하고 딸은 자결했다. 김익강은 상찬계의 계략에 의해 위험천만한 생사의 굽잇길을 지나고 또 돌아 나와야만 했다.

등소 모의 사건이 일어난 다음 날, 그는 관아에 끌려와 사건의 주모자로 몰렸다. 양제해가 김익강과의 연관성을 끝내 토설하지 않았으므로 자백을 받아내야만 했다. 김수기 목사는 김재검의 조언에 따라 김익강을 추핵했다.

김익강이 자신은 모르는 일이라고 딱 잡아떼자 목牧의 집장들에게 형을 집행하라는 명령이 떨어졌다. 이때 목의 집장들이 모두가 곤장을 내팽개치고 엎디어 머리를 조아렸다.

"우리가 어찌 감히 김 향수에게 매질을 가할 수 있단 말입니까? 우리들 모두 김 향수에게 한두 번은 빚진 일이 있습니다. 비록 죽는 한이 있더라도 이런 일은 차마 견딜 수가 없습니다."

반나절이 다 가도록 누구 하나 곤장을 치겠다고 나서는 사람이 없었다. 김재검은 하는 수 없이 옆 마을 정의현의 집장을 불러들였다. 여러 번을 거듭해도 김익강이 죄를 인정하지 않자, 양제해 때와 마찬가지로 김재검이 윤광종에게 신호를 보냈다. 멸구지책. 한껏 치켜세운 곤장이 허공을 가차없이 가르며 김익강의 볼기에 눌어붙었다. 피가 튀고 살이 찢어지자 김익강이 버르적거리며 외장쳐 울부짖었다.

"내 분명히 지은 죄가 없다고 말하지 않았느냐. 딸아이는 자결했고, 사위는 매를 맞아 죽었고, 나는 이렇게 몸이 찢겨졌다. 이렇게 된 마당에 살아서 무엇하겠느냐. 부디 급살시켜줄 것을 요청하노라."

김재검은 김수기 목사의 뒤에서 바드득바드득 이를 갈았다. 김수기는 김익강의 기세에 눌려 더 이상 매질을 명하지 못했다. 대신 옥에 가두고 칼을 씌웠다.

김익강은 이후 무려 석 달 가까이 입에 밥을 대지 못한 채 버텨냈다. 한밤중에 그의 은덕을 입었던 노파나 군교들이 몰래 들여온 떡이나 엿을 먹고 아슴아슴 목숨을 부지했다. 이재수 찰리사가 전주에서 내린 명령 이후에야 비로소 그는 몸조섭을 할 수 있게 되었다.

제주에 도착한 이재수는 김익강과 대질심문하여 다음과 같이 결론을 내렸다.

제주 관인의 무리가 상호 찬조하는 계를 만들었다. 이름 하여 상찬계다. 위로는 아전에서 아래로는 관노의 무리에 이르기까지 서로서로 붕당을 만들어 부정한 방법으로 연줄을 댔다. 제주성 밖의 품관들이 벼슬에 나아가려면 이들 무리를 붙좇아 서로 자리를 두고 다투는 싸움이 비일비재하다. 상찬계가 자기에게 속한 자는 끌어들이고 자기와 뜻을 달리하는 자는 출사길을 가로막은 까닭이다.

무릇 여러 관인의 소임과 향인의 직임이 모두 상찬계 가운데에서 나오니, 이들의 범위 밖에 있는 인재들은 비록 능력이 있더라도 참여할 길이 없다. 금번 양제해가 모변한 일은 지극히 흉악하고 패려하다. 허나 그 근본을 살펴보면 실로 상찬계 밖의 사람으로서 좌수나 천총의 직임을 맡을 수 없었던 데 연유한 것이다.

내 일찍이 여러 고을 중에 상찬계 같은 무리가 있는 곳이 망하는 꼴을 적잖이 보아왔다. 내 반드시 상찬계를 쳐

부수리라.

이재수는 본격적으로 상찬계 조사에 들어간다. 먼저 해당 일을 맡은 서리에게 조사하도록 명했다. 이에 서리가 제주도 사정이 밝은 홍 아무개 도집사를 찾아갔다. 조사를 도와달라고 부탁하기 위해서였다.

"천리 이역에서 애먼글면 염탐하여 묻기는 무척 어려울 것입니다. 갈팡질팡 헤매지 말고 여기 적힌 사람들을 곧장 찾아가십시오. 큰 도움이 될 것입니다."

홍 아무개가 말했다. 문서에는 수십 명의 이름이 올라 있었다. 홍 아무개는 상찬계 소속이었다. 김재검이 입을 맞추라고 한 자들을 그대로 서리에게 가르쳐준 까닭이었다. 미리 김재검이 손을 써둔 것이었다. 따라서 제대로 조사가 될 리 없었다.

이를 눈치챈 이재수 찰리사는 홍 아무개를 파면하고 고우태를 집사로 삼았다. 고우태는 청렴하고 드레질뿐만 아니라 상찬계의 사정에 대해서도 속속들이 잘 알고 있던 사람이었다. 하지만 양제해 같은 사람마저 죽어나가는 마당에 자기에게까지 피해가 올까 오금이 떨렸다. 상찬계의 보복이 무서웠던 것이다. 해서 홍 아무개가 가르쳐준 대로 사람을 지목했다.

결국 이재수 찰리사는 상찬계의 실체를 알면서도 이를 타파하지 못했다. 증인으로 지목된 자들 모두 상찬계에게만 편벽되이 유리한 증언만을 되풀이했을 뿐이었다. 제주목에서 가장 헌거롭다는 고우태마저도 두려워하는데 다른 사람들은 오죽했겠는가. 찰리사는 조사가 끝나면 제주를 떠나지만 자기들은 제주에서 계속 살아가야 했기 때문이었다. 역옥과 관련된 일에 쓸데없이 나섰다가 공연한 후환을 사는 게 두려워 굳게 입을 다물고 말았던 것이다.

이재수가 조용히 김익강을 찾아왔다. 실체를 밝히지 못한 데 미안한 마음을 가지고 있었다.

"미안하오, 김 향수. 내 상찬계란 이름을 실제로 거론만 했을 뿐이지 소굴은 소탕하지 못했소."

"예상했던 바입니다."

"내 당신의 죄를 탕감하여 목숨만은 살려주겠소. 모두가 상찬계 앞에서 입을 다무는데 당신만은 내 일에 협조했기 때문이오. 더 이상은 힘들 것 같소. 미안하오. 내가 할 말이 없소."

"제해를 역적으로 보십니까?"

"나는 제주에 찰리사로 내려오면서 두 단계나 품계가 승격되었소. 조정은 상기도 홍경래의 난의 악몽에서 깨어나지 못했소. 상처가 아물지 않았단 말이오. 이런 분위기에서 이미 조정에서 역모로 판정한 일을 나 혼자 뒤집기는 버거울 것이오."

"사실을 알고 계시잖습니까?"

"언거번거하게 말할 필요도 없소. 역모가 아니라 상찬계의 폐해를 타파하자고 분연히 일어선 지극히 작은 등소 모임일 뿐이었소. 부디 다른 방도를 강구해보시오. 당신들, 탐라 사람들의 내부 문제이니 당신들이 풀어야 할 것이오."

김익강은 우이도 종신 유배형을 받는다. 거기에서 최근에 정약용의 제자 이강회를 만난다. 김익강은 바로 이때라는 확신이 든다. 이강회에게 양제해에 대해 증언하자 이강회가 받아 적어 문서로 남긴다. 탐라직방설이 탄생하는 순간이었다.

*

제주에 아직까지도 유명한 말이 오롯이 전해지고 있다. 이재수가 조정에는 양제해의 변란을 인정하는 수계를 올렸지만, 속마음은 달랐던 것 같다. 제주를 떠나기 전에 그가 한 말이 자못 의미심장하다.

"양제해는 제 몸과 제 붙이를 죽여 백성에게 혜택을 준 사람이다. 양제해는 본래 역적이 아닌데, 어찌하여 성을 떼어버리는가? 어째서 죄인 제해라고 부르는가. 대민은 성을 갖춰 양제해라 부르고, 소민은 양헌(양제해 풍헌)이라 예의를 갖추고 호를 배척해서는 아니 될 것이다."

2 6

도지사가 복귀했다. 주민소환투표는 여러 공무원의 예상대로 10%의 투표율에 그쳤다. 투표함은 개봉되지 않은 채 폐기 처분되었다. 지방대 출신의 이력서가 단 한 줄도 읽히지 않고 휴지통에 처박히듯.

투표 다음 날, 도지사는 쿠데타에 성공한 군인처럼 위풍당당하게 기자회견장에 모습을 드러냈다. 그의 복귀 운동을 도운 지지자들이 호위무사처럼 뒤따랐다. 세를 과시하듯 여러 분야의 지지자들을 삼지창처럼 뒤에 세워놓고, 도지사는 비장한 표정으로 업무 복귀를 선언했다. 처음 도지사 당선 소감을 밝힐 때처럼 목소리에 힘이 잔뜩 들어가 있었다. 도지사는 앞으로 해군기지뿐만 아니라 직무정지 기간 동안 밀린 도정의 현안을 강력하게 밀어붙이겠다고 열변을 토했다. 선거에서 이겼으므로. 정면 돌파에 성공했으므로.

도지사는 도민 90%의 지지를 얻어 복귀했다고 가들막거리다가 분위기가 사늘해지자 모든 게 자기 부덕의 소치라며 재바르게 머리를 조아렸다. 병풍처럼 둘러서 있던 지지자들도 우왕좌왕 허리를 구부렸다.

투표에 참여하지 않은 사람들을 모두 업무 복귀에 찬성하는 쪽으로 확대해석하려 했던 것이다. 어떤 이는 내년에 예정된 제주특별자치도 민선 5기 도지사 선거에도 영향이 있을 거라 내다 보았다. 90%의 지지율이라면 누구도 경쟁자로 선뜻 나서지 못할 것이었다. 한 번의 낙마로 오히려 더 큰 힘을 발휘하게 되었으니, 인생 역전이란 바로 이런 경우를 두고 하는 말이었다.

사무관의 사표는 도지사의 복귀와 함께 수리되었다. 하지만 사무관의 자리를 차지한 사람이 의외라면 의외였다. 투표 반대 운동에 앞장섰던 지역 일간지 편집국장 출신 양씨가 낙점되었다. 관광대 김 교수가 그 자리에 앉지 못한 점이 이상했다. 도청 내부에서조차 양 국장의 발탁에 남세스러운 자기 사람 심기라며 노골적으로 반발을 일으켰을 정도였다.

김 교수는 제주도지 발간 이후 몸이 아프다는 핑계로, 낙향한 선비처럼 자취를 드러내지 않았다. 자신이 낙점되지 않으리라 예상했다는 듯이. 사무관 역시 마찬가지였다. 한 번 마음먹으면 어떤 경우에도 번복하지 않는 부류들. 다만 사무관은 전화를 걸어 자신의 책상과 우편물을 정리해달라는 말은 남겼다. 깔밋한 사무관 스타일 그대로였다.

지역 신문에는 제주도지에 대한 기사가 특종으로 이어지고 있었다. 정치면은 도지사의 업무 복귀, 문화면은 이번 만덕전이 특종이었다. 만덕전에 대한 반론에 재반론으로 찬반 측이 팽팽하게 날을 세우고 있었다. 공보실에 찾아와 제주도지를 받아간 사람만 해도 1,000여 명, 우편으로 보내달라고 신청한 사람도

1,000명이 넘었다. 이번 특집은 한마디로 광고나 바겐세일을 하지 않아도 될 만큼 히트 상품이었다. 책이 모자랄 지경이었다.

책을 모두 우편으로 보냈으니 공식적인 업무는 마무리되었다. 정산 처리를 위한 영수증과 세금계산서 첨부만 남았을 뿐. 직장을 그만두게 될 것이므로 살아갈 방법도 궁리해야 했다. 신문 기사를 스크랩하다 보니 한 기사가 눈에 띄었다. 기사가 아니라 칼럼이었다.

이번 제주도지 만덕전은 악의적으로 김만덕을 왜곡·폄훼하고 있다. 곰곰이 한번 생각해보시라. 제주도에 김만덕만 한 인물이 여태까지 존재했던가. 김만덕은 제주도민의 자랑거리이자 자부심의 상징이다. 마땅히 내세울 것 없는 척박한 제주섬에서, 김만덕 같은 인물마저 진흙탕 속으로 끌어내려야 속이 시원하단 말인가.

도대체 얼마나 속이 뒤틀린 사람이관데 이따위 짓거리를 서슴지 않는단 말인가. 김만덕은 전 재산을 흩어 굶주린 제주 백성을 구원한 도저한 의인이다. 이는 누구도 부인할 수 없는 팩트다. 다른 해석은 있을 수 없다. 우리 역사상 최초의 여성 CEO, 축적한 부를 사회적 약자를 위해 사용한 불세출의 노블레스 오블리주. 그뿐이다.

그런 김만덕이 올해 제주도지에 의해 무참히 봉변을 당

하고 말았다. 재활용 깡통 무더기처럼 깡그리 구겨졌다. 도정을 변론하는 공보실 전부가 합작하여 왜곡에 참여했다. 자리보전이 그토록 중요한가. 자리가 그리도 욕심난단 말인가. 매번 특집, 최초 발굴 어쩌고 하면서 듣도 보도 못한 고문서를 특집이라 꺼내놓으니 이 무슨 설만한 지정거리란 말인가. 참담한 심정 감출 수가 없다. 제주도민이 당신들 자리를 위한 들러리인가, 아니면 마루타인가? 그도 저도 아니면 신상품 얼리어답터란 말인가?

자, 우리 모두 차분하게 생각해보자. 성서에도 정경政經과 외경外經이 있다. 의식 있는 독자들은 이 정도쯤은 구분할 수 있으리라 믿는다. 외경 도마 복음서에 막달라 마리아가 예수의 애인으로 묘사되었다 해서, 예수가 결혼했다고 믿는 사람은 아무도 없다. 그러나 더 큰 문제는 이 도마 복음서로 인해 다른 책이 나오고 영화가 만들어진다는 점이다. 이렇게 만들어진 것들이 나중에는 사실로 왜곡된다. 그사이에 저잣거리 장사치들은 사람들의 호기심을 자극해 책을 팔아먹고 영화관에 들게 하여 돈을 번다. 영혼마저도 팔아버리는 비열한 상술인 것이다.

부디 이번 조신선의 만덕전 역시 정경이 아닌 외경에 속한, 일고의 가치도 없는 이야기임을 명심하기 바란다. 우리가 인정하는 만덕전은 채제공, 정약용, 박제가의 만

덕전뿐이다. 조신선의 만덕전을 부인하는 마음만이 진정
한 제주도민의 양심이라 믿어 마지않는다.

　　－ 김만덕 기념회

　김만덕 기념회 회장인 김 교수가 쓴 글이었다. 옳다. 그의 주장
대로 이번 만덕전은 외경과 다름없다. 하지만 진본이다. 누가 꾸
며서 만들어낸 문서가 아니다. 조생전이 물리적으로 존재하는 것
이다. 또한 제주에서 쓰여진 작품이라는 데 큰 의의가 있다. 조생
전은 조신선의 관점에서 보면 팩트인 것이다. 김만덕 기념회 혹
은 모든 제주도민이 인정하지 않는다고 해도, 팩트는 팩트다.

　김 교수의 논리는 이른바 민주주의의 근간이라는 다수결 원칙
의 폐해에 해당된다. 다수결을 맹신하는 사람들은 소수의 의견
따위는 짓밟혀도 상관없다고 생각한다. 정확하게 표현하면, 생
각만 하는 것은 아니다. 때로는 폭력이 동원되기도 한다. 다수의
의견이므로 무조건 따라야 한다는 전체주의적 폭력성을 맹수의
이빨처럼 포악하게 드러내는 것이다.

　다수결의 원칙에는 뒤집힌 대못 같은 그런 위험이 도사리고
있다. 물론 옛 문서가 항상 옳을 수는 없다. 그러나 항상 그른 것
도 아니다. 이 상대성을 인정해야 한다. 모든 사회에는 주류의
문화가 있지만, 비주류의 문화도 동시에 존재하는 것이다. 제주
도에 제주도 토박이만 사는 게 아닌 것처럼.

조생전 역주본도 문제였다. 고문석이 남겨놓은 마지막 문서. 번역은 하고 있지만 어떻게 처리해야 할지 고민이 됐다. 이 조생전의 경우, 전과는 달리 대놓고 실명을 거론하며 상찬계를 비난하고 있다. 만덕전보다 더 비판적이고 급진적인 문서였다. 결론적으로 조생전의 손가락 끝이 가리키는 것은 양제해의 난을 왜곡시킨 상찬계였던 것이다.

　발표할 지면도 녹록잖고, 사무관 역시 나타나지 않는다는 점도 문제였다. 모든 순간이 선택이었다. 창날 같은 선택과 선택. 직장이 아쉽지는 않았다. 그냥 확 신문에다 내질러버릴까? 탐라매일신문 문화부 문 기자도 조생전을 읽고 싶다고 하지 않았던가.

　조생전 ②편도 궁금했다. 김만덕이 양제해를 만나서 한 말. 내가 상찬계를 깨기 위해 무슨 일을 했는지 알게 될 것이다. 만덕은 과연 어떤 행동을 했을까. 김재검마저 두려워했던 만덕의 술수란 어떤 것이었을까.

　그나저나 핑크하고 술 한잔해야 하는데. 그사이에 탐라기록관리소 주사하고 벌써 만난 것은 아닐까. 그 기름기 좔좔 흐르는 느끼한 놈하고. 핑크가 자꾸 마음에 걸렸다.

2 7 조 생 전 (曺 生 傳) ②

석공 서씨는 황당했다. 대명천지에 뭐 이런 어이없는 경우가 다 있단 말인가. 일단 납품을 했으면 끝난 거다. 그게 부서졌든 없어졌든 내가 알 바 아니다. 이제 와서 책임을 지라고 하면 나 보고 어쩌란 말인가. 물건에 하자가 있었던 것도 아니다. 사고였을 뿐이다. 고의가 아닌 사고. 물론 할아버지의 잘못도 아니었다. 그런데 지금 와서 60여 년 전에 납품한 물건을 책임지라니. 하자를 보수하라니. 몇 날 며칠을 곰곰이 생각해봐도 이건 경우가 아니었다.

이 황당한 사건의 발단은 남문성 밖에 서 있던 제주목 23번째 돌하르방으로부터 비롯되었다. 몇 달 전인가, 진상품을 가득 실은 수레가 전복되는 사고가 발생했다. 말이 마구발방하여 알지도 못하는 집으로 뛰어드는 바람에 수레가 길 바깥으로 튕겨 나갔다. 궤도를 이탈한 수레는 남문 앞에 붙박이로 서 있던 애먼 돌하르방을 휘감더니 남의 집 돌담까지 결딴내버렸다. 그 여파로 돌하르방이 돌바닥에 쓰러지면서 상반신이 몸체로부터 분리되어 떨어져 나간 것이다. 창졸간에 벌어진 일이라 손쓸 겨를이 없었다.

소식을 듣고 부랴부랴 달려가 보니 사람들이 힘을 합쳐 돌하르방을 일으키고 있었다. 이런 제기랄. 사람들은 뭔가 불길한 징

조라 믿는 눈치였다. 제주도를 지킨다는 돌하르방. 제주목의 동서남문에 각각 8기씩 마주보고 서 있는 돌하르방. 성내로 들어가려면 가장 먼저 만나게 되는 성의 수문장. 그 수문장 중 하나가 이렇게 결딴나버리다니……. 사람들이 일으켜 세운 돌하르방 하반신 위에 상반신을 찾아 간신히 올려놓았다. 불행 중 다행으로 절단된 면이 지질펀펀했다. 누군가 고의적으로 밀지 않는 이상 그대로 붙어 있을 것 같았다.

문제는 몇 달 뒤에 제주목사가 남문을 지나갈 때 돌하르방의 상반신이 떨어졌다는 점이었다. 상반신이 그대로 땅에 착지하여 목사의 행차를 가로막았다. 땅속에서 상반신만 뚫고 돌올하게 솟아오른 모습이었다. 상반신 밑동으로 안개가 낀 것처럼 먼지가 자욱하게 일었다. 먼지가 걷히자 부리부리한 눈으로 목사를 쏘아보고 있는 돌하르방이 모습을 드러냈다. 목사는 어마뜨거라, 기겁했다.

"이게 어찌된 일이냐?"

목사가 이방에게 물었다. 이방은 김재검이었다. 수년 전 중앙에서 어사가 내려와 양제해의 난을 조사할 때 거론된 인물이었지만 용케도 목숨을 건사했다. 그나마 다행인 것은 양제해의 난이 일어난 후 몇 년간 이들의 행동이 쥐 죽은 듯 조용했다는 점이었다. 그러나 최근 들어 김재검이 부이방에서 이방으로 승진하면서 서서히 분위기가 바뀌었다.

"제 불찰입니다. 빨리 원래대로 복원하겠습니다."

김재검이 엉덩이를 불에 덴 양 급박하게 말했다.

"갑술년(1754) 김몽규金夢煃 목사 때 만들었다는 돌하르방이 아니냐. 내 대에 돌하르방이 부서졌다고 책잡히고 싶지 않다. 어서 빨리 조처하라."

그렇게 해서 서씨가 불려가게 되었다. 할아버지가 돌하르방을 만든 석공이라는 이유 하나만으로. 서씨는 최근 무덤가에 놓일 동자석을 주문형 생산방식으로 만들어 생계를 이어가고 있었다.

"이게 모두 네 할아버지가 돌하르방을 하찮게 만들어서 그렇다. 관에 납품하는 물건이라고 해서 이렇게 성의 없게 만들어 쓰겠느냐?"

김재검이 서릿발처럼 차갑고 섬뜩한 목소리로 달구쳤다. 그 순간 서씨는 차가운 고드름 창에 찔린 듯 얼얼한 느낌에 온몸이 저릿저릿했다. 이 좁은 제주도 바닥에서 김재검 눈 밖에 나서 좋을 일은 없었다. 서씨는 최대한 예의를 갖춰 허리를 반으로 접고 재검의 다음 말을 기다렸다.

"네 할아버지가 잘못 만들었으니 네가 돌하르방 한 기를 만들어줘야겠다."

"예?"

서씨는 고개를 모로 꼬며 짐짓 빙충맞은 표정을 지어보였다. 재검 역시 멋쩍다는 듯 눈을 피해 다른 곳으로 눈을 돌렸다. 그래도 미안한 감은 들었는지 에헴, 에헴 헛기침을 하면서.

"저는 어려서부터 동자석만 만들었기 때문에 돌하르방에 대해서는 아는 바가 없습니다. 부디 명을 거두어주십시오."

"거참, 돌챙이놈 주제에 잔망스럽게 말도 많구나. 부서진 돌하르방을 가져다가 그대로 본떠 만들면 될 게 아니냐. 내 결딴난 돌하르방을 네 집 작업장에 부려다 주겠다."

"그래도 곤란합니다."

서씨는 김재검이 돌챙이라 부른 게 불쾌했다. 이 사람들은 평소에는 돌을 깎는 돌챙이라 하시 부르다가 상이 나면 석공 어쩌고 하면서 말을 바꾸는 자들이었다. 부모 묘에 세울 동자석을 잘 만들어달라고. 필요할 때만 찾아와서 형님 어쩌고 하면서 속에 없는 말 연발하는 철없는 사촌 동생처럼.

최근에 재미를 본 것은 김만덕 묘에 들어간 동자석이었다. 김만덕이 살아생전 동자석을 만들어달라고 유언했고, 양손 김종주가 돈을 지불했기 때문이었다. 제주도 최고 갑부의 묘에 들어갈 동자석이라…… . 그때만큼 돈을 많이 받고 대우도 제대로 받은 적이 없었다. 서씨는 이번 돌하르방 일에 발을 들이고 싶지 않았다.

"정 급하다면 다른 석공을 알아보시는 편이."

"이놈이 어느 안전이라고 잔입을 놀리고 있는 게냐. 네놈이 말똥 냄새를 맡아봐야 정신이 번쩍 들 것이냐? 네놈 하나 잡도리하는 것쯤은 일도 아니란 걸 정녕 모르는 게냐?"

김재검이 두 눈을 부라리고 사납게 을러댔다. 제주도의 공역 중에서 가장 천하게 여기는 게 목역牧役이었다. 김재검이라면 그렇게 하고도 남을 위인이었다. 상찬계에 잘못 보여 말테우리가 된 경우가 얼마나 비일비재했던가. 아버지가 목역으로 전락하자 과년한 딸이 자결한 일도 있지 않았던가.

"알겠습니다. 비용은 어떻게 처리하실 것입니까?"

소모적인 신경전은 이 정도면 충분할 것 같았다. 흥정을 할 때는 낚시하듯 적당히 놓았다가 당겼다가 해야 한다. 때를 놓치면 그냥 뒤돌아서서 가버리는 것이다. 그래, 이왕 할 거면 돈이나 왕창 뜯어내자.

"비용이라고? 지금 비용이라고 했느냐? 이놈이 실성을 한 게 분명하구나. 네 할아버지가 다 받아 처먹고서는 돈을 또 내란 말이냐?"

서씨는 뜨악했다. 이런 억지가 세상 어디에 있단 말인가. 법으로 따져보아도 공소시효가 훨씬 지난 일이었다. 아니, 돌하르방을 부순 놈이 물어내거나 말 수레를 끈 병사에게 책임을 물어야 했다. 그런 얘기는 뒤로 쑥 빼놓고 슬그머니 물건에 하자가 있다는 식으로 몰아가다니.

"돌하르방이 부서진 것은 사고 때문이었습니다."

"이놈이, 네 할아버지가 대충 만들어서 그런 게 아니냐? 정말이지 말이 많은 놈이구나. 내 네놈의 볼기를 쳐서 말과 함께 둥

굴도록 만들겠다. 네 딸년도 필시 좋아할 게다."

김재검이 마지막 치명타를 날리듯 야살스럽게 말했다. 비열한 웃음이 더욱 잔인하게 느껴졌다. 목역은 천역이라 모두가 빠져나가려 했다. 석공과 테우리의 신분적 거리는 별과 별 사이만큼이나 멀었으므로 일단 피하고 보는 게 상책이었다. 목역으로 떨어지면 딸아이도 노비가 되어 그에 걸맞은 남자와 결혼을 해야 한다. 딸아이가 자결하지 않는다는 보장도 할 수 없다.

"하겠습니다. 언제까지 납품하면 되겠습니까?"

"두 달 말미를 주겠다. 그사이에 원래대로 복원하면 된다. 너무 잘 만들 생각하지 말고 적당히 만들어라. 사또가 지나갈 때 또 대가리가 떨어지지 않을 만큼만 말이다."

보나마나 김재검은 사또에게 비용을 청구해서 가로챌 속셈이 분명했다. 안 봐도 뻔했다. 그냥 똥 밟은 셈 치자. 돌하르방 만드는 사이에 누군가 초상이 나면 동자석을 만들면 되니까. 그때 돌하르방 때문에 바빠서 못하겠다고 뻗대다가 대놓고 값을 올려받아 모자란 돈을 채워 넣으면 된다.

할아버지가 처음부터 제주도 제일의 석공이었던 것은 아니다. 제주도에는 돌이 많아 돌을 다루는 솜씨가 빼어난 사람들이 많았다. 때문에 옛날부터 육지의 석공들이 불가능하다고 나자빠진 다리 공사를 제주도 출신 석공이 투입되어 해결한 경우도 있었다. 할아버지가 잘하는 것은 고작 돌담을 쌓는 일밖에 없었다. 할아버지는 시골에서 옆집 돌담과 밭담을 쌓아주고 막걸리나 얻어마시던 중늙은이였다.

돌을 잘 다룬다는 소문이 왁자하게 퍼지자 주위에서 할아버지에게 동자석을 만들어보라고 충고했다. 때마침 상이 난 집이 있어 재미삼아 만들어봤는데 서민들 사이에서 반응이 좋았다. 할아버지의 동자석은 차츰 유명세를 타기 시작했다. 할아버지는 내심 동자석이 기본 재력이 있는 집안이나 신분적으로 위치가 높은 사람의 묘에만 놓였던 게 불만이었다. 그래서 서민들의 묘 담 안에 세울 작은 동자석도 만들기 시작했다.

쳇, 양반들 묘에만 동자석을 세우란 법 있어.

사람들은 묘 주인의 영혼과 친구인 동자석이 잔심부름도 하고 말벗으로 같이 놀아준다고 믿었다. 살아생전 부역에, 각종 세금에 시달렸는데 죽어서라도 손자 같은 귀여운 종 하나 있으면 얼마나 좋겠는가. 평생 누리지 못한 양반 흉내를 죽어서라도 내보는 게 얼마나 신명나는 일인가. 할아버지의 동자석에 대한 신념은 청죽靑竹보다 더 곧았다.

할아버지의 동자석은 나날이 유명세를 탔다. 할아버지의 동자석이 작고 귀여운 데다가 절묘한 느낌을 풍겼기 때문이었다. 생활 형편도 점점 나아졌다. 제주도를 통틀어 할아버지가 만든 동자석이 현존 최고라는 칭찬도 들렸다. 할아버지의 동자석은 특히 심술 그득먹한 눈에 앵돌아진 듯 토라진 표정이 일품이었다. 만사가 귀찮다는 듯 시큰둥한 얼굴도 사람들로부터 오히려 귀엽다는 평을 받았다. 어떤 이유에서인지는 몰라도 제주 사람들은 심술궂고 요상하게 생긴 동자석을 가장 선호했다. 할아버지는 석공 일에 다대한 자부심을 가지게 되었다.

할아버지가 돌하르방 제작에 발을 들여놓은 것은 갑술년 영조 임금 당시 제주목사로 온 김몽규 때문이었다. 흉년이 계속되고 민가에 귀신이 출몰한다는 둥 괴괴한 소문이 돌자 관의 주도로 돌하르방 제작에 나섰던 것이다. 할아버지는 그 몇 년간 제주목 24기의 돌하르방을 모두 만들었다. 후에 정의현과 대정현에서도 12기씩 각각 제작했다. 그러나 할아버지의 돌하르방은 그 크기가 우람하고 부리부리한 눈을 가지고 있어서 제주섬을 지키는 대표적인 수문장으로 추앙받았다. 그것은 단순한 석물石物이 아니라 신앙적인 존재였다.

그 제주목 돌하르방 중 23번째 돌하르방의 목이 떨어져 버린 것이다. 어차피 원래 모습 그대로 크기까지 맞춰 다듬으면 될 것이다. 할아버지야 제주도에서 알아주는 석공이었지만, 서씨는 그런 허망한 명예 따위에는 추호도 관심이 없었다. 그냥 남에게 무시당하지 않을 만큼만 돈을 가지고 있으면 된다. 신분의 경계가 모호해져서 이제 반상을 따지는 일 자체가 의미 없어진 세상이 되었다.

*

돌하르방의 몸통을 만들고 얼굴 표정을 다듬는데 한 사내가 찾아왔다. 사실 서씨는 그를 기다리고 있었다. 뭔가 다른 육지 사람. 정말이지 묘한 분위기를 풍기는 사람이었다. 양반 같지도 않았고 그렇다고 해서 몸을 막 굴리거나 무람없는 상놈처럼 보이지도 않았다.

사내는 우리 같은 무지렁이와 다른 고절한 삶을 산 게 분명했다. 생각하고 추구하는 게 다르다고 할까. 마치 바람 같기도 한 사람. 여름철 위압적으로 태풍을 몰고 들어왔다가 슬그머니 빠져나가는 모루구름 같은 사람이었다.

서씨가 사내를 만난 것은 고우니모루에서였다. 제주성 동문을 지나 화북이나 정의로 가려면 꼭 지나쳐야 하는 건입마을의 바위 동산. 그는 김만덕 무덤 주변을 배회하고 있었다. 10여 년 전 유언에 따라 제주성과 바다가 잘 보이는 고우니모루 큰길가에 위치한 김만덕의 무덤이었다.

처음에 서씨는 사내를 경계했다. 김만덕 묘담 안의 동자석 때문에 늘 조바심이 일었던 까닭이었다. 김만덕의 유언이기도 했고, 꽤 많은 제작비를 받아 작업한 동자석이었으므로 서씨는 하루에 한 번 고우니모루에 올랐다. 운동하는 셈 치고 뭐 별일이 없나 확인한 다음에야 일이 손에 잡힐 정도였다.

길을 지나가는 사람들은 김만덕 무덤에 별다른 관심을 두지 않았다. 동자석 얼굴 표정이나 시큰둥 곁눈질하고 갈 길을 서두를 뿐이었다. 문제는 그 사내가 다음 날에도 그렇게 무덤 주위를 서성거렸다는 점이었다. 혹시 동자석을 훔치려는 게 아닐까. 제주도에서 제일 비싼 동자석이 아닌가.

그럴 수도 있었다. 동자석은 근래 만들어진 것 중에 가장 윗길의 재질이라 할 만했다. 지금까지 전해지는 것 중에 고봉례高鳳禮 부부의 동자석을 가장 오래된 것으로 친다. 산남山南 지역에서는 헌마공신獻馬功臣 김만일金萬鎰의 동자석을 최고급으로 인정하고 있다. 그 외에 가장 돈을 많이 들인 것이 김만덕의 동자석이었다. 가장 귀하다는 서귀포의 산방산 돌이 재료로 사용되었다. 혹시 훔쳐갈 수도 있다. 뿌리 뽑혀 흘러 다니는 육지 사람이 뭘 알겠는가.

그러면 이 23번째 돌하르방처럼 새로 만들라는 명령이 떨어질지 모른다. 제주 성내는 물론 제주도 전체에 유명했던 김만덕 장례식. 제주목사가 참석할 정도로 성대한 장례식이었으니 죽을 때까지 주목을 받은 김만덕이었다. 솔직히 말해, 김만덕이 친히 부탁하지 않았다면 이번 일에 손을 대지 않았을 것이다. 굳이 김만덕의 묘가 아니더라도 동자석 만들 일은 하늘의 별처럼 널려 있었다. 누군가 태어나면 누군가는 죽어나가니까. 앞이 벌 정도로 과분한 사례비를 받아 챙긴 것이 부담이라면 부담이었다.

거기다가 최근 들어 분위기가 심상치 않은 상찬계도 신경에 거슬렸다. 김재검이 이방으로 나서면서 김만덕의 양손 김종주와도 자주 어울리는 눈치였다. 김종주는 김만덕 오빠의 손자였다. 간사하고 반지빨라서 김재검이 후계자로 키운다는 소문도 들렸다. 김만덕의 동자석이 없어지면 제주목 23번째 돌하르방 같은 일이 벌어질지 모른다. 김종주가 가만히 있겠는가. 다시 만든다 해도 산방산 돌을 구해야 했으므로 재료값도 만만치 않았다.

그러나 사내는 동자석을 훔치려는 것이 아니었다. 뭔가를 찾고 있었다. 오래전에 표시로 뿌려둔 흐리마리한 오줌 냄새를 찾으려는 개처럼 묘 주위를 맴돌고 있었다. 만덕 할망이 죽기 전에 알려준 인상착의와는 달랐다. 만덕 할망은 자신의 무덤에 붉은 수염을 가진 사내가 찾아올 거라고 말했었다. 그렇지만 이 자의 수염은 검었다. 수상쩍은 분위기를 풍기는 사내였다.

"뭘 찾고 있는 거요?"

서씨가 톱상스럽게 물었다.

"스승께서 만덕 행수의 무덤을 둘러보라고 하였습니다."

사내가 공손하게 대답했다. 서씨가 아들뻘인데도 예의 바르게 말했다. 그렇구나, 이 사람이 만덕 할망이 말한 남자의 제자였구나. 약속을 지키기 위해 제자를 대신 보낸 걸까. 쉽사리 넘겨짚을 문제는 아니었다. 검증 과정을 거쳐야 했다.

"선생의 스승은 수염이 무슨 색깔이오?"

검은색, 흰색, 아니면 회색. 이 셋 중의 하나다. 붉은 수염을 가진 사람은 극히 드물다.

"붉소."

"저녁에 집으로 찾아오시오."

만덕 할망이 지목한 남자의 제자가 틀림없었다. 그렇다면 만덕 할망에게 받은 문서를 돌려줘야 했다. 만덕 할망이 죽기 전에 말했었다.

"혹시 내가 죽어 무덤이 생기면 붉은 수염의 어르신이 찾아올지도 모르네. 그분께 이 문서를 꼭 전해주어야 하네. 자네는 제지를 받지 않고 내 무덤에 드나들 수 있는 유일한 사람이니 내이렇게 부탁하는 걸세."

사실, 그 문서는 서씨가 작성한 것이었다. 매일 밤마다 찾아가 만덕 할망의 얘기를 듣고 그 자리에서 문장으로 바꾸었다. 만덕 할망이 문장을 엮을 줄 몰랐기 때문이었다.

그 밤에 서씨는 사내에게 김만덕의 문서를 전해주었다. 문서를 떠넘기고 자신은 그만 손을 뗄 생각이었다. 이로써 김만덕 무덤을 기웃거리는 일은 끝날 것이었다. 땀으로 젖은 옷을 갈아입은 듯 개운함이 몸 전체로 빠르게 번져나갔다.

＊

    한 달 뒤 사내가 다시 찾아왔다. 그사이 서귀포에 다녀왔다고 했다. 돌하르방은 완성을 목전에 두고 있어서 마지막으로 손끝 여물게 들이대면 납품을 해도 될 것 같았다. 부서진 돌하르방을 그대로 본떠 만들었기 때문에 골치 아플 일도 없었다. 각 부분의 치수를 재서 똑같이 복제하는 형식으로 작업했다. 덩치가 크다는 점만 빼면 동자석보다 손이 덜 갔다.

    "이걸 자네에게 주겠네. 자네가 보관해주게."

    서씨는 책으로 엮인 문서를 뒤적거려 보았다. 안에는 만덕 할망이 지은 글과 사내가 쓴 글이 서로 얼크러져 있었다. 만덕 할망의 글을 인용하고 자신의 해석과 새로운 글이 맞물린 형식이었다.

    "조생전?"

    "사람들이 스승을 그렇게 부른다네. 자네가 보관해주게. 이 문서에는 제주도에서 밝혀져서는 안 될 내용들이 많이 들어 있어."

    "그렇다면 나으리께서 육지로 가지고 나가시는 편이."

    "왜 등잔 밑이 가장 어둡다고 하지 않은가. 그게 마음먹은 대로 될 것 같지 않아서 말이야. 저들이 낌새를 알아차릴 수도 있고. 30여 년 전에 상찬계의 김재검이 스승을 죽이려 한 적도 있었네. 내가 조신선의 제자란 게 밝혀지면 저들이 가만두지 않을 거야. 내 몸 하나 건사하기도 벅찬데 문서까지 지니고 있을 순 없네. 너무 위험한 모험이야. 이 조생전은 자네가 지켜내야 할 걸세."

"섬 밖으로 가지고 나가십시오. 저는 평생 돌만 만지며 산 돌 쟁이입니다. 그렇게 중요한 문서를 왜 여기에 두려는 것입니까?"

"왜 그런 생각을 하지 않았겠나? 가지고 나간다 해서 풀릴 문제가 아니라니까. 여기 제주섬 안에서 해결해야 할 문제란 말일세. 이것은 제주도만의 문제일세."

서씨는 이번 일에 휘말리기 싫었다. 만덕 할망한테는 받은 도움이 있어서 유언을 거부할 수 없었지만, 이 사내는 그렇지 않다. 아는 사람도 아니고 제주도 사람도 아니다. 공연히 중요한 문서를 가지고 있어봤자 부담감만 가중될 뿐이다. 만덕 할망의 문서만 해도 보관하는 데 얼마나 많은 심적 고통이 뒤따랐는지 모른다. 언제 이 사내가 제주도에 올지 애간장 졸이며 10년의 세월을 보냈다. 그 마음고생을 다시 하라고? 죽어도 못한다.

만덕 할망의 만덕전이 확대되어 재생산되었다면, 이 조생전에는 상찬계의 출생과 비밀이 적나라하게 적혀 있을 게 번연하다. 만덕전을 양손에게 물려주지 않고 나에게 맡긴 것은 사내로 하여금 그 뒷부분을 이어 쓰라는 의미이겠고. 만덕 할망이 거기까지 계산해 두었다……. 나는 단지 붉은 수염을 지닌 자에게 만덕

전만 전하는 역할이었는데, 오히려 더 오금 떨리는 문서를 넘겨
주다니. 그것도 갑절의 분량으로 불어난 조생전을. 만덕전은 조
생전에 비하면 새 발의 피였다. 이런 식으로 은혜를 갚는 사람은
없다.

"양제해의 장인이 우이도로 유배 간 일을 알고 있는가?"

사내가 샛길로 빠지듯 전혀 다른 얘기를 꺼냈다. 서씨는 고개
를 끄덕였다. 김익강이라는 향수였다. 그 사건으로 인해 제해의
맏아들은 연좌에 걸려 목이 잘렸고, 두 아들도 유배를 갔다. 장
인 김익강도 주모자로 몰려 유배 길을 떠나야 했다. 후에 양제해
아들들의 가족은 모두 야반도주하듯 제주도를 떠났다. 넷째 아
들만 행방이 묘연했다. 난리 때 양제해의 처가 넷째를 죽이고 자
진했다는 소문도 들렸다.

"김익강이 다산 선생의 제자 이강회를 만나서 그 사건의 전말
을 책으로 엮은 게 있네. 내 스승께서 이 일을 조사하도록 나를
여기에 보내신 걸세. 거기에 만덕 할망이 일조를 한 것도 있고
해서. 탐라직방설에는 상찬계의 실체가 정확하게 드러나 있지
않았지. 무슨 이유에서인지 모르겠지만, 김익강은 김만덕이 상
찬계의 시발점이라는 사실을 제대로 적지 않았네. 그것 때문에
내가 제주에 들어온 걸세."

서씨는 고개를 끄덕였다. 만덕 할망의 업보였다. 이제는 다 지
나간 일이다. 양제해 덕분인지 사건이 일어난 후 몇 년간은 평화

로웠다. 살림살이도 훨씬 나아졌다. 하지만 똑같은 일이 반복되고 있다는 점이 문제다. 김재검이 이방 자리에 앉은 다음부터는 더 자심해졌다. 상찬계로 사람을 불러 모으고 세를 부풀리고 있다. 이런 일이 계속된다면 머잖아 양제해 같은 장두가 다시 나타나지 말라는 법도 없다.

"조생전을 세상에 알리면 될 게 아닙니까?"

서씨는 마지막으로 한 번 더 설득했다. 정말이지 그만 발을 빼고 싶었다. 제기랄, 만덕 할망의 동자석은 왜 만들어가지고. 만덕 할망이 부를 때 가는 게 아니었어. 만덕전을 쓰지 않았으면 여기까지 오지도 않았을 테고, 이런 갈등에 빠질 일은 더더욱 없었을 터이다.

"이 책은 이 섬에 있어야 가치가 있을 걸세. 다시 한 번 말하지만, 지운이 열릴 때까지 기다려야 할 걸세."

"대체 그 지운이 무엇입니까?"

서씨의 인내심은 비등점에 이르러 폭발하기 직전이었다. 사내는 앵무새처럼 한 말을 또 반복했다. 할 얘기가 그것밖에 없다는 듯. 정말이지 참을성 하나만큼은 인정하지 않을 수 없는 사람이었다.

"이강회는 탐라직방설에서 양제해의 난이 실패한 이유가 지운이 열리지 않아서라고 지적하고 있네. 지운이 열릴 때가 있을 걸세."

"언제입니까, 그때가?"

"오랜 시간이 흘러야 할 걸세."

"그때까지 제가 이 문서를 보관하란 말입니까? 차라리 나를 죽이십시오."

"자네가 죽고 내가 죽고……. 그로부터 한참의 세월이 지나서야 가능할 걸세. 그러니 지금 죽으나 나중에 죽으나 결과는 매한가지야."

"그렇다면 언제 지운이 열리는지 알 수 있습니까? 조생전을 맡을 사람이 저라면 그 정도는 알아야겠습니다."

"나무와 관련이 있을 거야."

"나무요?"

*

이왕 이렇게 된 거 잦바듬한 마음 고쳐먹고 일처리 야물딱지게 아퀴를 지어야 했다. 평생 죄책감의 가시에 찔리면서 출구 없는 나날을 보낼 순 없었다. 다음날 서씨와 사내는 나무 한 그루를 들고 산에 올라갔다. 양제해의 고향 걸머리 마을을 지나 한라산 방향으로 한참을 걸어 올라갔다. 한라산 정상에 햇무리로 치장한 안개가 내려앉은 것으로 보아 밤에는 비가 내릴 것 같았다. 산천단 어름에 가까워졌을 때였다.

"이 지점에 나무를 심게."

"양제해의 영혼을 위로하는 나무입니까?"

"그럴 수도 있고, 아닐 수도 있네. 이 지점이 나중에 중요한 자리가 될 걸세. 모든 사건의 시발점이라고나 할까."

서씨는 사내가 시키는 대로 땅을 파고 나무를 심었다. 산천단의 오래된 해송과 같은 수종이었다. 지운이 열리는 것을 어떻게 이 나무로 확인할 수 있단 말인가.

사내가 주머니에서 접은 한지를 꺼내주었다. 손차양으로 햇빛을 가리고 펼쳐보니 문장이 적혀 있었다.

閏月, 바다의 나무가 쓰러지면 地運이 열린다.

流配 간 아들이 돌아오는 날, 子孫이 다시 誕生하는구나.

"이대로 돌에 새겨 나무 앞에 세워두게."

"바다의 나무에서 바다는 양제해梁濟海의 해海를 가리키는 거군요. 제해濟海라는 이름 자체가 절묘한 예언처럼 들립니다. 바다를 건넌다……. 그가 죽음으로써 많은 사람이 바다를 건너게 되었으니까요."

사내가 우련한 미소를 지으면서 고개를 끄덕였다. 서씨는 자신을 향해 시시각각 다가오는 거대한 음모에 휘말려 드는 느낌이었다. 이 사내는 보통 사람이 아니다. 미래를 내다보는 혜안을 지니고 있는 것일까. 뼛속 깊은 곳에 사내의 지시가 뿌리를 곧게 내리고 들어앉은 느낌이었다. 이 사내는 누구일까. 이런 사내를 길러낸 스승이란 자는 또 누구일까. 만덕 할망은 왜, 무엇 때문에, 차가운 흙 속에 누워서까지 이 사내의 스승을 기다리고 있었단 말인가.

2 8

그 문서가 현재까지 존재했다니. 막아야 한다. 어떻게든 중단시켜야 한다. 재앙이다. 정말 무시무시한 재앙이 틀림없다. 상찬계에서 그토록 막으려 했던 문서. 김만덕의 저주가 다시 시작된 것이다. 김만덕과 관련된 육지 것들. 이 자들은 볼강스럽고 룰을 존중할 줄도 모른다. 당시 석공을 제거하기 전에 그 문서를 빼앗았어야 했다. 죽은 자는 입을 열 수 없다. 그러나 문서는 불멸성이다. 확실하게 파기되지 않으면 언젠가 부활하고 마는 것이다.

상찬계에서도 찾지 못했으니 반대 세력도 사정은 마찬가지였다. 깊은 바닷속으로 가라앉은 바위처럼 영원히 떠오르지 않을 문서였다. 미궁 속에 영원히 갇힌 문서였다. 아무도 찾지 못했다. 그렇게 전설로만 존재하던 문서다. 전설조차도 몇몇만 알고 있을 뿐. 상찬계에서도 나와 김 교수밖에 모른다. 헌데 그 문서가 느닷없이 어디에서 튀어나온 것일까.

석공 서씨의 경우, 아무에게도 말하지 않은 게 확실했다. 궨당 모두를 수배해서 조사했다고 들었다. 서씨의 아내와 딸마저 입에 재갈을 물리기 위해 죽여버렸던 것이다. 서씨 역시 상찬계에서 보낸 돌래지의 칼에 맞아 비명횡사했다. 상찬계는 문서를 찾지 못한 채 가매장하듯 사건의 전모를 서둘러 덮어버렸다.

한 집안이 조생전 때문에 몰락해버린 경우였다. 후에 그 집은 폐가가 되었다. 일가족이 몰살당했으니 당연했다. 밤마다 원혼이 여한을 놓지 못해 호곡 소리를 내지른다 했다. 꼴좋게 됐다. 어디나 자기가 영웅이라고 착각하는 사람들이 있다. 스스로 매를 버는 것이지. 천박한 것들. 영웅심 따위에 사로잡혀 가지고.

그렇다면 어쩌다가 이런 재앙이 시작된 것일까. 우리는 강제검姜悌儉의 난, 이재수李在守의 난의 살벌한 시국에도 오롯이 살아남은 상찬계다. 김만덕의 양손 김종주가 강제검의 난 때 운이 없이 본보기로 처형당하긴 했지만. 지금까지 산전수전 공중전까지 다 겪고 대차게 살아남았는데, 어려울 때마다 나부죽 엎디어 신산한 세월 참고 견뎌냈는데, 이게 웬 날벼락이란 말인가.

현대에 와서는 더 살아남기가 편했다. 공식적인 정치 라인으로 인정받았기 때문이었다. 정치 라인이란 말 아래로 비밀 모임이 위장되어도 어색하지 않을 세상이 된 것이다. 어찌 가시밭길이 없었겠는가. 해방 후 4·3사건의 미친바람이 불었을 때가 가장 큰 고비였다. 빨갱이놈들이 우리를 제거 대상 1호로 찍는 바람에 계원 절반 이상이 테러당하는 수모를 겪었다.

이제 와 그런 얘기해서 무엇하랴……. 하지만 근래 들어 도지사가 계속 상찬계에서 나오고 지방자치가 되면서 경제적으로나 정치적으로 탄탄대로였는데. 이 조생전이 다 망쳐놓았다. 제주 도지에 실린 만덕전도 모자라 탐라매일신문에 조생전이 연재되고 있으니 큰일이었다. 상찬계 최대의 위기 상황이었다.

그래, 그 나무를 함부로 자르는 게 아니었다. 나무를 자르면서 일이 이렇게 음식물 쓰레기처럼 막 섞이고 말았다. 엊그제 김 교수가 그 사실을 상기시켜주었다. 제대 소나무 앞에 비석이 있었다고. 비석은 석공 서씨가 만든 것으로, 일제 때 상찬계에서 뽑아다가 부숴버렸다고. 하지만 100년 가까이 서 있었기 때문에 사람들이 그 전설을 숙지하고 있었다고. 제대 소나무에 대한 전설이 비밀리에 구전되고 있었던 것이다. 비록 극소수에 의해 전해졌다 하더라도.

그런 나무를 대놓고 잘랐으니. 조신선의 제자가 대인 지뢰처럼 목적을 가지고 심어놓은 나무에다 히쭉해쭉 톱을 들이대고 말았으니. 나무가 잘리기만 해봐라, 손꼽아 기다리던 저들이다. 저들은 세대가 거듭할 동안 나무의 비문秘文 옴팡지게 쥐고 나무가 잘릴 날만 학수고대했다. 계속 감시의 끈 늦추지 않고 가로등처럼 숨죽이고 지켜봤던 것이다. 지독한 놈들. 성질 급한 놈은 자기 가슴을 찢어 죽어도 몇 번은 죽었을 만큼 오랜 세월이었다. 돈 몇 푼 아끼려다가 노리어 저들을 노와준 꼴이 됐다.

사실, 증보탐라지에 비문을 올린 자를 제거한 이유도 그것 때문이었다. 전설 같은 경우 허황된 말이라고 적당히 눙쳐 넘길 수 있지만, 책에 올라갈 때에는 얘기가 달라진다. 기록으로 남으면 누군가 읽게 된다. 그것을 아버지는 가장 두려워했다. 해방 이후 제주도에서 유일한 차부회사 사장이었던 아버지는, 만년에 금융

기관까지 설립했다. 지금까지 그 금융기관이 이름만 바뀌어서 운영되고 있다. 아버지는 제주도 유지였다. 상찬계 대부분의 계원이 그랬듯이.

증보탐라지의 12저자 담수계 중에서 상찬계 계원은 4명이었다. 제주도 모든 경제, 정치, 문화 단체에서 1/3을 넘겨야 한다는 상찬계의 행동 강령에 따른 것이었다. 1/3을 기본으로 몇 사람만 더 포섭하면 어떤 표결에서도 승리할 수 있다. 그렇게 포섭된 사람이 6명. 모두 10명이 상찬계의 손을 들어줬다. 그러나 어디에도 도드라지는 사람이 있는 법.

정념과 그의 제자. 두 사람이 윤달의 나무에 대해 적으려 했다. 정해진 수순대로 다수결에 부치자고 했다. 표결로 결정하자고. 결과는 정념의 참패. 무려 10명이 반대했다. 윤달의 나무 얘기는 빠져야 했다. 허나 저들은 뜻을 굽히지 않았다.

상찬계는 서둘러 정념을 제거하는 동시에 79페이지 원본 회수에 나선다. 정념의 제자는 산남山南의 남원으로 낙향한다. 낙향하지 않았다면 정념과 같은 운명이 되었을 것이다. 아버지가 윤달의 나무 얘기만 쏙 빼놓고 79페이지를 새로 작성한다. 그렇게 쥐도 새도 모르게 증보탐라지 건은 마무리되었다.

그런데 그 전설이 기지개를 켜고 모습을 드러냈다. 파라오의 저주에서 깨어난 임호테프처럼. 아니, 실현되고 있다. 그게 더 큰 문제다. 전설이 전하는 예언의 시기가 돌아온 것이다. 재앙이다. 서둘러야 한다. 미리 막았어야 했는데 너무 오래된 전설이라 누구도 관심을 가지지 않았다. 지금은 예언의 임팩트쯤은 무시해도 될 만큼 고도로 발전된 사회가 되었다. 저잣거리 전설 따위가 파괴력이 있으면 얼마나 있겠는가. 그저 피식, 웃어넘기면 끝날 일이다.

하지만 우리는 아궁이에서 재를 모두 끌어내듯 좀 더 손끝 여물게 행동했어야 했다. 그런 것을 뒤늦게 알아낸 김 교수도 문제의 소지가 다분하다. 상찬계의 모사꾼으로는 어딘지 모르게 나약해 보인다. 2% 모자란 것이다. 수습해야 한다. 어떻게 수습하느냐에 따라 상찬계의 운명이 달라질 것이다. 문서의 영원한 안식을 방해한 자는 가혹한 형벌을 받아야 한다. 내가 만들어낸 말이 아니라 기원전에 파라오가 이미 저주한 내용이다. 역사는 늘 반복되고 또 반복되는 것이다.

"어르신, 고문석은 이미 사망신고가 되어 있었습니다."

도지사가 다가와서 인사도 없이 다짜고짜 말했다. 0번 돌래지는 왼손을 들어 시계를 확인했다. 약속 시간 1분 전. 딱 맞춰 나타났다. 내일 태풍이 온다고 했다. 장마철처럼 장대비가 우악스럽게 쏟아지고 있었다. 0번 돌래지는 용연의 팔각정에 서 있었다. 밤 11시가 되자 야광 조명등이 다 꺼졌다. 저 아래 용연에서 우리 선배들이 제주목사와 함께 뱃놀이를 하고 놀았는데. 제주도 1%

라고나 할까. 요새는 절경마저도 너무 하향평준화가 되었다.

0번 돌래지는 약속 시간보다 먼저 도착해서 생각을 정리하고 있었다. 일을 어떻게 풀어나갈지 대책도 마련해야 했다. 기실 상찬계를 공식적으로 소집하지 않은 이유도 그것 때문이었다.

사무관이 이 반란의 중심에 서 있었다는 뜻이군. 0번 돌래지는 다시 생각에 잠겼다. 내가 사람을 잘못 쓴 것이다. 벌써 노안이 되어버렸나. 사람 보는 눈이 이리도 흐릿해졌단 말인가. 놈의 근본을 확인했어야 했다. 神과 권력의 위력이 먹히지 않는 자. 약관의 나이로 신춘문예에 당선되어 세상모르고 가드락거릴 때 완전히 밟아버렸어야 했다. 재기가 불가능하게. 절망해서 낭떠러지로 투신해버리게.

문제는 측근 중에 누군가가 그런 인재를 썩히면 안 된다고 주장했다는 점이었다. 그때 내가 말했었지.

"아깝긴 하지. 자네들 의견이 정 그렇다면 좀 더 지켜보자구. 철이 들면 쓰고 아니면 완전히 밟아버리는 걸로."

놈은 결혼하고 아이를 낳고, 사회생활도 했다. 적당히 앞길을 막았기 때문에 자갈밭 같은 고생길이 깔려 있었다. 나는 왜 이렇게 되는 일이 없을까, 하고 절망할 정도로. 그렇게 변죽만 울리다가 스러질 운명이었다. 놈은 겉으로 보기에 잘 견뎌냈다. 최저생계비에 못 미치는 월급을 받으며 10년의 세월을 묵묵히 참아냈다. 재능은 두 번째 문제였다. 우리의 입맛에 맞게 행동하느냐 아니냐가 관건이었다.

놈은 영리했다. 숱한 시련과 좌절이 놈을 강철처럼 단련시킨 것으로 보였다. 그 후 놈이 상찬계 주위를 기웃거리기 시작했다. 그때 기회를 주지 말아야 했다. 놈이 정신 차렸다고 착각했던 것이다.

무지렁이가 어떻게 제주도 1% 사회에서 산단 말인가. 가랑이가 찢어져 못 살지. 놈은 그냥 비리척지근한 시장 바닥이 어울렸다. 근본이 없는 자는 사사건건 비판적이고 타협이란 말뜻을 모르므로. 말이 너무 많아 시끄러워 살 수가 없으므로. 어딜 가도 늘 분란만 일으키므로. 시장판에 나가 봐라. 그런 놈들 널려 있다. 삶 전체가 불만으로 똘똘 뭉쳐진 놈들 말이다.

놈을 도청으로 불러들인 게 가장 큰 실수였다. 5급 별정직 자리를 주고, 제주도지 편집장에 앉힌 게 화근이었다. 너무 커버린 것이다. 놈이 그렇게 뒤에서 칼을 갈고 있을 줄은 몰랐다. 마음 깊은 곳에 시퍼런 칼을 쟁여놓았으리라고 예상하지 못했다.

다시 한 번 말하지만, 근본을 확인해야 했다. 놈의 아버지가 누구이고 어떤 일을 했는지, 어떤 사상을 지녔는지 깡그리 조사해야 했다. 그것을 꼼꼼하게 파악하지 않은 게 이 사달의 시작이었다.

"계약직 이형민이란 놈도 엮여 있습니다. 김 교수가 별정 7급을 미끼로 회유했지만 듣지 않았다고 합니다."

"이 순간 가장 중요한 것은 조생전 원본을 회수하는 일이야. 그게 회수되어야 뭐든 꾸밀 수가 있어. 신문에다 백날 발표해보라고 해. 원본이 없다면 설득력을 잃게 될 거야. 그냥 소설 나부랭이가 되는 거지."

빗줄기가 더욱 거세졌다. 아베크족으로 보이는 남녀가 우산 속에서 서로를 끌어안고 있었다. 0번 돌래지는 이렇게 중요한 순간에 저들이 눈에 띈 게 못마땅했다. 돌이라도 집어 던져 쫓아버리고 싶은 충동이 파르르 솟구쳤다. 어디서 개 같이 흘레붙고 지랄이야. 아무 데서나 붙는 천박한 것들 같으니라구.

"사무관 쪽에 있을 거 아닙니까?"

"모든 방법을 동원해서 찾아내. 사무관이 신빙성이 없는 사람이라고 스리슬쩍 물을 흐리는 방법도 좋을 것 같아. 별정직 사무관 자리를 지키려고 없는 문서를 만들어내서 언론플레이를 한다고 말이야. 고문석은 죽었으니까 입을 열 순 없잖아. 적당한 향토사학자를 한 명 내세워 조생전 같은 문서가 제주도에 있을 수 없다고 주장하게 만들어. 조생전이 실릴 때마다 반론 보도를 내란 말이야. 네거티브 스타일로. 너무 걸쌈스러우면 사람들이 의심하니까 적당히 수위를 조절해가면서."

"알겠습니다. 김만덕에 대한 제주도민의 애정을 이용해도 좋겠군요. 사무관을 김만덕의 이름에 먹칠을 한 앞잡이로 몰아가면 좋을 것 같습니다. 그렇게 제주도를 팔아넘기면서까지 자리를 지키고 싶으냐, 이런 식으로 말입니다. 출세를 위해서라면 부모 형제, 고향마저도 팔아넘기는 파렴치한으로 이미지를 굳히는 겁니다. 돈과 권력 때문에 그랬다면 사람들의 손가락질을 받는 것은 시간문제입니다."

"좋은 생각이야. 사람들은 새로운 얘기가 나오면 혼란스러워 하거든."

"그나저나 김 교수는 언제까지 저렇게 방치할 겁니까? 김 교수 측근의 향토사학자 세력을 이용해야 하는데요."

"일단은 겁을 더 줘야 해. 목숨을 바쳐 지키지 못하면 밑바닥으로 기약 없이 떨어질 거라고 말일세. 사실 이번 일처리에 문제가 많아. 실망했어. 김 교수가 다 좋은데 어떨 때 보면 너무 아귀가 무르단 말이야. 거칠게 나가야 할 필요도 있는데. 말로만 세상일이 풀리면 얼마나 좋겠나. 경우에 따라서는 주먹도 필요하고 칼도 필요한 법이야. 그게 김 교수를 제치고 양 국장을 공보실에 내린 이유야. 경고를 했으니 긴장하고 있을 걸세."

"그래서인지 계속 두문불출하고 있습니다. 휴대폰 통화도 거의 되지 않고. 학교에도 잘 나타나지 않는 모양입니다."

"최후의 방법도 생각해두어야 할 걸세."

"최후의 방법을요?"

도지사가 오스스 소름이 돋아 뒤돌아보았다. 0번 돌래지가 떼꾼한 눈을 들어 도지사의 눈을 들여다보며 말했다. 영혼을 꿰뚫어보는 듯한 눈에는 아무런 감정이 들어 있지 않았다.

"약발이 떨어지면 극약 처방을 내려야 하지. 돌래지를 쓰게. 이럴 때 쓰려고 준비해둔 돌래지들 있잖아. 1년에 한 번 움직일까 말까 하는데 애들 몸도 좀 풀게 해주고. 왜 월급을 받는지도 깨닫게 해줘야 하지 않겠나?"

"그냥 낙향하게 두시지요. 꼭 그렇게까지 해야 합니까?"

"본보기를 만들어야 해. 왜 저번 회의에서 경고하지 않았나. 이번 일이 잘못되면 옷 벗을 줄 알라고. 한 번 물꼬가 터지면 둑이 무너지는 것은 시간문제야. 규율이 무너지면 걷잡을 수 없는 게 조직의 생리란 말이지……. 왜들 이렇게 나약한 거지? 확 밀어붙이란 말이야. 인정사정 보지 말고. 피도 눈물도 없이."

"알겠습니다. 이형민은 어떻게……."

"그 계약직은 제주도에서 쫓아버려. 아, 돌래지들을 동원해 겁을 줘서 제 발로 떠나게 만들면 되겠군. 제주도지에 자기 이름으로 만덕전이 나갔다면 그 정도 수모는 감수해야겠지."

0번 돌래지가 우산을 펴고 구름다리 쪽으로 성큼성큼 걸어갔다. 빗물이 자꾸 구두에 튀어 뼛성이 일었다. 이런 구정물 같은 놈들. 그냥 두면 분수도 모르고 날뛰다가 구두를 더럽히겠지. 죽여도 어디선가 계속 기어 나오는 바퀴벌레처럼. 발로 완전히 짓이겨버려야 한다. 노란 내장이 터져 나와 시멘트 바닥에 흩뿌려지도록 잔인하게.

2 9

도로 맞은편으로 사람들이 몰려오고 있다. 반대 측에서 동원한 사람들이다. 자기 의지와 상관없이 끌려나온 사람들. 제주도의 문화와 역사의 중심지 남문. 관덕로와 남문로를 잇는 중앙로의 확장 공사가 한창이었다.

시내가 너무 가파르게 변하고 있다. 옛 도심의 느릿느릿한 운치는 어디에서도 찾아볼 수가 없다. 차량 통행량이 증가함에 따라 2차선을 4차선으로 확장한다 들었다. 시끄러워서 도무지 살 수가 없다. 멀쩡한 땅 헤집어놓고 애먼 지붕 개량하고, 화장실을 정비하는 등, 쿠데타로 집권한 선글라스 대통령이 저돌적으로 밀어붙이는 새마을운동. 심상치 않은 질주의 속도전이다.

고문석은 아침부터 철거민들과 함께 무력시위를 벌이고 있었다. 구경나온 사람들은 도로 공사에 동원된 불도저와 거대한 트럭에서 시선을 떼지 못했다. 도로 확장을 찬성하는 측에서 세를 과시하기 위해 동원한 사람들이었다. 처음 보는 신식 기계들이라 마냥 신기한 눈치였다. 곧 불도저와 거대한 트럭이 화려한 몸놀림으로 현란한 기술의 향연을 베풀 것이다.

철거반원이 집을 때려 부숴 폐기물을 트럭에 실으면 불도저가 밀어붙여 길을 낼 것이다. 마지막으로 거대한 트럭이 바통을 이어받을 것이다. 이른바 마감 처리 전문. 이 트럭의 손길을 거쳐야 제법 길 모양이 나기 시작한다. 하루 종일 달려도 몇 킬로미터 가지 못하는 철 롤러가 달린 트럭. 멧돼지처럼 어깨 불끈 일으키고 한 번 지나가고 나면 모든 게 가루가 되는 차량이다.

다른 집 같으면 나도 구경을 나왔을 텐데.

고문석은 그렇게 생각했다. 도로 확장 지점에 부모로부터 물려받은 집이 포함되었다. 태풍에 반파된 듯 폐가가 된 집. 어둑발이 깔리면 더 섬쩍지근해 보인다는 흉가. 주민들조차 부수고 시원하게 길을 냈으면 바라는 계륵 같은 집. 집을 내줄 수 없다고 했더니 집값을 더 받아내려는 수작이라며 시에서 토지강제수용령이 떨어졌다.

고문석은 막 제대를 한 상태였다. 이제부터 무엇을 해야 하나 고민하고 있었다. 산남의 남원으로 제대 인사도 다녀와야 했다. 아버지의 제자가 거기에 살고 있었다.

먼 친척보다도 더 가까운 석재 삼촌. 아버지가 죽자 석재 삼촌이 가족을 돌봐주었다. 삼촌은 집에 들를 때마다 빈손으로 오는 법이 없었다. 손님 집에 갈 때는 빈손으로 가는 게 예의가 아니라며. 그러나 정작 가난한 쪽은 삼촌이었다. 그 당시 어머니는 30대 후반이었고 아버지는 마흔두 살이었다. 아라리의 해송에 목매달고 죽었을 때가. 한라산 무장공비의 소행이라 들었다.

어머니는 시퉁하게 삼촌을 대했다. 석재 삼촌만 아니었으면 아버지가 그렇게 비명횡사로 한 방에 가진 않았을 거라고 믿는 눈치였다. 어머니는 석재 삼촌을 보면 죽은 아버지가 떠오르는 모양이었다. 그래서 더 참을 수 없었을지도 모른다.

아버지와 석재 삼촌은 사제지간이 아니라 절친한 동료처럼 보였다. 나이가 열 살 이상 차이가 났지만 다붓하게 공부를 하고 토론도 즐겨했다. 해방이 되자 아버지가 삼촌에게 중학교 선생님 자리도 알아봐주었다. 삼촌은 아버지를 친형처럼 따랐다. 피차 손이 귀한 집안이었다.

*

고문석은 그날 밤을 잊을 수가 없었다. 쟁반 떨어지는 것 같은 소리가 나서 고문석은 슬그머니 눈을 떴다. 겨울 밤 창문을 치는 서북풍처럼 요란한 소리였다.

땀으로 뒤범벅된 아버지가 서 있었다. 아버지는 전쟁이 터져 피난짐을 싸려는 사람처럼 허둥대고 있었다. 지독하리만치 낯선 모습이었다. 그러더니 손을 잡아끌고 밖으로 데려갔다. 땀이 흘러 손바닥이 자꾸 미끄러지자 아버지가 암팡지게 문석의 손목을 잡아당겼다. 곧 통행금지가 시작될 시각이었다. 비가 내리려는지 달무리가 아련하게 끼어 있었다.

"문석아, 지금부터 아버지가 하는 말 잘 새겨들어야 한다."

아버지가 시근거리는 숨 사이로 나지막이 말했다. 공비에게 쫓겨 민가로 숨어든 군인처럼 주위를 자꾸 살펴보았다. 그때까지도 문석은 잠기운이 가시지 않아 지르퉁하게 서 있었다. 아버지가 주머니에서 종이를 꺼내 쥐여주었다. 손바닥만 하게 접힌 갱지였다.

"이 종이를 네 목숨처럼 보관해라."

"······."

"아버지가 사정이 생겨서 당분간 집에 들어오지 못할 것 같다. 부디 네가 잘 보관해다오. 진실을 꼭 밝혀다오. 혹 아버지가 없더라도······."

고문석은 무슨 뜻인지 알아들을 수 없었다. 아버지가 지금 무슨 얘기를 하는지 감을 잡을 수 없었다. 급박한 상황이라 그런지 아버지의 목소리가 터무니없이 살차고 높았다. 얇은 옷 밑으로 소름이 오스스 돋았다.

"역사는 왜곡되어서는 안 된다. 부디 네 대에 지운이 열려야 할 텐데······. 어린 네게 이런 짐을 떠넘기다니 내가 참으로 몹쓸 아비다. 정말이지 미안하다는 말밖에 할 말이 없다."

아버지 몸에서 땀 냄새가 몰칵 풍겨왔다. 통행금지 시각인데도 어딘가에 또 들러야 한다고 했다. 급한 일이 아니면 내일 해도 괜찮을 텐데. 아버지는 젖은 솜처럼 피곤해 보였다. 석재 삼촌을 만나려는 것일까. 그렇게 떠난 아버지의 등에는 달무리 사이로 내리쬐는 처연한 달빛이 붙박여 있었다. 그 달빛, 아버지의 형형한 눈빛과 많이 닮았었지…….

아버지는 다음날 해송에 목을 맨 채 시체로 발견되었다. 라디오에서 한라산의 무장공비가 자주 출몰하고 있으니 통행금지 시각에 외출을 삼가라는 경찰의 인터뷰가 통행금지를 알리는 사이렌 소리처럼 우렁우렁 들려왔다.

아버지와 함께 역사책을 만들었던 동료들이 찾아와 장례를 치러주었다. 사람을 불러 천막도 치고 음식도 장만해주고 묏자리도 알아봐주었다.

"우리 문석이, 앞으로 공부 열심히 해서 훌륭한 사람이 되어야 한다. 이 삼촌들이 도와줄 테니까 학비 걱정하지 말고, 열심히 공부만 해라."

석재 삼촌이 뒤로 물러나 함께 어울리지 않는 점이 수상했다. 10명 남짓한 사람과 눈도 마주치지 않고 구석에 내놓은 빨랫감처럼 앉아 있었다. 목을 길게 늘어뜨린 채 애먼 소주잔만 들이켜고 있었다. 아버지의 동료들 역시 석재 삼촌에게 말을 붙이지 않았다. 마치 서로를 투명인간 취급하는 것 같았다. 허공에는 눈에 보이지 않는 의뭉한 난기류가 거물거물 흐르고 있었다.

사실, 책임감 있게 행동한 사람은 석재 삼촌이었다. 말만 번지르르하던 그들과 달리 삼촌은 학교나 집안 생활 등 여러 면에서 꼼꼼히 챙겨주었다. 그럼에도 불구하고 어머니는 그들과 어울리는 것 같았다. 매일 밤늦게 들어오는 거나, 입에서 술 냄새가 나는 거나, 화장이 짙어지는 게 수상쩍고 위태로워 보였다. 아버지의 동료 중에 새마을금고 원장이 아버지 생각한답시고 어머니를 취직시켜준 이후 벌어진 일이었다.

고문석은 알고 있었다. 중학생, 사춘기를 겪고 있었다. 남자와 여자 사이에서 벌어지는 비밀스러운 일에 대해서 알고 있었다. 어머니는 갓 시집온 새색시처럼 허둥거리다가 문지방에 발을 찧기도 했다. 몹쓸 바람이 분 게 틀림없었다. 난데없이 어머니에게서 은밀하면서도 내밀한 격정 같은 게 느껴졌다.

아버지가 몸담았던 증보탐라지가 발간된 후 석재 삼촌은 더 이상 집으로 찾아오지 않았다. 다만 고향으로 내려가겠다고 작별인사는 왔다. 안정된 교사 자리도 팽개쳐버린 채 낙향하여 농사를 지으면서 살겠다고. 이후 삼촌은 세상에 뜻을 버리고 은둔한 선비처럼 모든 꿈을 접고 출사를 포기했다. 마지막으로 석재 삼촌이 말했다.

"네 아버지는 옳은 일을 했다. 그러니 자부심을 가져도 된다."

그 후에도 어머니의 가슴에는 후덥지근한 바람이 그치지 않았다. 정 그렇다면 재가를 해도 좋을 텐데. 고문석은 못마땅했지만 인정하자는 쪽으로 마음을 고쳐먹었다. 아버지는 죽었고, 어머니는 젊었으므로. 아직도 내면에 격정을 품고 있을 때였으므로.

그 충격적인 사건이 일어난 게 아버지가 죽은 지 3년쯤 되던 해였던가. 그 저주받은, 그 미친바람이 휘몰아쳤던 때가.

어느 날 학교에서 돌아오는 길에 보니 집 앞에 경찰차가 서 있었다. 문석은 불안한 느낌에 사로잡혀 우당탕 집 안으로 뛰어들어갔다. 경찰들이 서까래에 매단 메주처럼 늘어져 있는 어머니를 끌어내리고 있었다. 옆에는 한 여자가 서 있었다. 그 옆에는 다른 남자가 뒷짐을 지고 고개를 바닥에 떨어뜨리고 있었다. 여자가 다짜고짜 달려들어 문석의 멱살을 잡았다.

"이 화냥년의 새끼!"

여자가 고문석의 뺨을 후려쳤다. 경찰은 아랑곳하지 않았다. 어머니의 시체를 내리는 데 정신이 팔려 있었다. 오직 그것만이 주어진 임무라는 듯이.

"애가 무슨 죄가 있다고. 그만둬."

남자가 여자를 말리고 나섰다. 왠지 구색만 맞추는 느낌이었다.

"꼴좋다. 저년 사타구니 구멍 맛이 그렇게 죽이대? 쫄깃쫄깃해서 지금도 못 잊겠지? 이 개 같은 년의 새끼를 요절내버리겠어. 이 미친년은 경찰이 들이닥칠 줄 알고 미리 뒈져버렸으니."

고문석은 넋을 잃은 듯 사색이 되었다. 어머니가 죽었다는 슬픔보다 수치심으로 온몸이 부르르 떨렸다. 눈물도 나오지 않았다. 흰 천으로 덮여 방바닥에 누워 있는 어머니가 너무도 부끄러웠다. 고문석은 순간 밑둥치 베인 짚단처럼 힘없이 주저앉았다.

"어디 붙어먹을 여자가 없어 이런 화냥년을 고른 거야. 병신 같은 새끼. 나가 뒈져버려라."

화가 났다. 그래도 어머니가 죽었는데 집에까지 들이닥쳐 난장을 치는 여자가 미웠다. 어머니가 만났다는 남자 역시 죽여버리고 싶었다. 고문석은 방 안에 놓여 있던 작대기를 집어들었다.

"씨팔년놈들. 다 내 집에서 나가! 죽여버리기 전에."

눈알이 희번덕 뒤집혔다. 아무것도 보이지 않았다. 아무 생각도 떠오르지 않고 살기만이 오롯했다. 몸에 있던 기운이 백사장에 뿌린 물처럼 흔적도 없이 사라졌다. 썰물처럼 한순간 방바닥으로 다 빠져나간 느낌이었다. 그 순간만큼은 모든 게 귀찮고 의미가 없었다. 혼자 있고 싶었다. 이 충격적인 사건을 인정할 수 있을 때까지 시간이 필요해 보였다. 어머니에게 물어볼 말도 있었다. 제발, 혼자 있게 해줘. 빨리 내 눈앞에서 사라지란 말이야. 다 죽여버리기 전에.

문석이 작대기를 난폭하게 휘두르면서 악다구니를 쳤다. 남자가 위협을 느끼고 뒷걸음질 쳤다.

"지 아비 닮아 성질머리 하나는 고약하구면."

낮고 뾰족한 한마디가 목덜미로 날아와 박혔다. 반전이었다. 어머니와 바람이 난 남자가 방을 나가면서 한 혼잣말. 하마터면 작대기를 놓칠 뻔했다. 힘이 하나도 들어가지 않았다. 하지만 고문석은 작대기를 실팍하게 잡쥐었다. 다시 눈알이 희번덕 뒤집혔다. 문석은 작대기를 거칠게 휘둘렀다. 닥치는 대로 집안의 물건을 찍어 내렸다. 뒤를 돌아본 여자가 비릿하게 웃으면서 말했다.

"그 피가 어디 가겠어?"

*

고문석은 철거민을 대동하고 불도저 앞을 가로막았다.

뭐든 일단 부수고 시작하는 인간들. 철거민의 눈물을 한 번이라도 생각해본 적이 있는가. 대가리 속에는 온통 돈, 돈 생각밖에 없지……. 나 고문석이야. 설마 나를 모르는 건 아니겠지. 엊그저께 해병대 제대한 가미가제 고문석이라고. 전설의 남문통 돌깡패 고문석. 다수와 붙어도 한 놈만 죽어라 패는.

사람들이 모여들어 고문석을 향해 날카로운 화살촉 같은 눈길을 보내고 있었다. 용역업체 직원들도 쉽사리 건드릴 수 없는 고문석이었다. 옛날 남문통 시절부터 한 번 걸렸다 하면 끝까지 추적하기로 유명했다. 싸움이 붙었다 하면 무작스럽게 뼈를 꺾어놓아야 끝난다는 걸 알기 때문에 육지로 황급히 도망가는 경우도 많았다.

왜 남문 가미가제라고 모르는가. 곤조라는 불알 두 쪽 만장처럼 드높이 세워 들고 다니던. 거기다 해병대까지 전역했으니 저 잣거리 야인 덩저리에 광포한 문신 하나 더 추가한 셈이었다.

"집값을 제대로 주고 나가라고 해야 할 게 아니요."

"맞습니다."

"여러분, 모두 길바닥에 누웁시다. 여러분, 나를 따르십시오."

고문석이 종주먹을 불끈 쥐고 하늘을 찌르며 독장쳤다. 여기저기에서 동의하는 목소리가 다급하게 솟구쳤다. 도열한 억새풀처럼 뒤에 서 있던 사람들이 고문석을 따라 눕기 시작했다. 서로의 체온을 확인하여 동류의식을 확보하려는 듯 팔짱을 끼고 뒤로 누웠다. 동질감의 온도를 떨어뜨리지 않으려는 행동이었다. 끝까지 함께하겠다는 의지의 다른 표현이었다.

"집값을 보상하고 대책을 마련하라. 토지강제수용령이 웬 말이냐!"

어차피 두려울 건 없었다. 군대에 가 있는 동안 사람이 살지 않아 폐가가 되었다고 해도 집은 집이었다. 집을 헐고 길을 내는데 집주인의 동의도 받지 않다니. 죽기 아니면 까무러치기다. 한발 양보해서 집을 부순다고 해도 땅값은 챙겨줘야 할 게 아닌가. 군대도 아니고 불도저식으로 밀어붙이면 서민들은 어떻게 살란 말인가.

불도저 기사가 밖으로 나오더니 황급히 어딘가로 사라졌다. 전화를 걸러 간 게 분명했다. 이렇게 두세 번만 버티면 값을 제대로 받을 수 있을 것이다. 제대해서 살길도 막막한데 땅값도 못 받고 쫓겨날 수는 없다. 한 시간 뒤쯤 불도저 기사가 사람들을 데리고 나타났다. 뿌옇게 먼지가 이는 모양으로 보아 수가 많아 보였다. 앞줄의 사람들이 삐딱하게 서더니 도발하듯 떠들어댔다.

전라도 경상도 사람들이었다. 경찰들은 그들 뒤에 줄을 지어 병풍처럼 서 있을 뿐이었다. 깡패들이군. 한라산 종단도로 공사에 강제로 동원된 자들이야. 이번 도로 공사 때문에 전국의 깡패들이 끌려왔다고 했다. 박정희가 행색이 불량한 자를 잡아들여 제주도 도로 공사에 투입시켰다고 들었다.

"다들 해산하라."

"여러분 한 발짝도 움직이지 맙시다. 그대로 누워 있읍시다. 도로를 뚫으려면 내 배에다 먼저 길을 내야 할 거요."

그 순간 경찰 우두머리가 지휘봉을 들어 육박전 신호 같은 걸 보냈다. 깡패들이 각목을 들고 소리를 지르며 봇물처럼 터져 나왔다. 고문석은 자리에서 일어나 "싸웁시다" 하고 사람들을 선동했다. 하지만 20명의 인원으로 50여 명을 상대하기에는 역부족이었다. 인원수에서 밀렸을 뿐만 아니라 싸움을 할 줄 아는 사람도 별로 없었다. 여기저기에서 신음소리가 으깨진 호박처럼 터져 나왔다.

고문석은 힘이 빠졌다. 세 명을 때려 눕혔지만 더 이상은 무리라 판단되었다. 그래도 죽을 때까지 싸운다. 고문석 가오가 있지. 설마 이 고문석이 이쯤에서 포기하리라 생각하는 것은 아니겠지. 천만의 말씀이야.

"개새끼, 저 새끼 앗아브러!"

둘러싼 깡패들 뒤에서 경찰 우두머리가 지휘봉을 부르르 떨며 도발했다. 저 새끼, 나중에 꼭 손 좀 봐줘야겠군. 나 고문석이라고. 한 놈만 끝까지 추적해서 작살내는. 네가 당첨된 거야. 바짝 긴장하고 있으라고.

갑자기 눈앞에 검은 휘장이 드리워졌다. 누군가 각목으로 뒤통수를 후려쳤다. 아, 시팔. 제주도 사람들끼리 이럴 수가 있단 말인가. 육지 깡패들한테 다구리당하고 있는데 같이 싸우는 놈은 고사하고 말리는 놈 하나 없다. 제주도가 어쩌다가 요 모양 요 꼴이 되었단 말인가. 아무리 종주먹을 들이대도 반응은 얼음장처럼 차가울 뿐이었다.

등 뒤에서 소리가 들렸다. 나한테 찍힌 놈 목소리.

"이 새끼 헛빵이네. 안 보이는 데다 갖다 버려."

30 조 생 전 (曺 生 傳) ③

기나긴 장마가 끝났다. 제주를 거쳐 육지로 거슬러온 장마. 산
지천은 범람하지 않았는지 걱정이다. 제주를 떠나온 지 1년 가까
이 되었다. 지난 가을 제주를 출발해서 겨울 한양에 도착하고,
올봄 금강산에 다녀왔다. 장장 석 달에 걸친 기나긴 여정이었다.
이제 제주로 돌아갈 일만 남았다. 한양을 떠나 원래의 자리로 돌
아갈 일만.

여기까지 오는 데 6년이란 시간이 소요되었다.

오랜 세월 살집 저미는 고통과 살천스러운 압박을 견뎌낸 끝
에 얻은 육지행이었다. 상찬계로부터 배신자로 낙인찍히고 뭇사
람들에게 손가락질 받으면서 모은 돈을 모두 흩어서 만든 기회
였다. 반지빠른 김재검이 날짐승처럼 사납게 날뛰었지만, 원래
돈이란 게 개같이 벌어서 정승같이 쓰는 것이다. 돈이란 게 본디
그런 속성을 지니고 있다.

따지고 보면 백성들에게 돌아갈 돈이었다. 가격을 올려 받아
이득을 취해 번 돈이었고, 세금을 빼돌려 만든 비자금이었다. 백
성들의 한숨과 눈물을 담보로 해서 축적한 돈이었다. 그러므로
백성들에게 돌아가야 마땅했다. 나는 잠시 보관만 했을 뿐이다.

조신선의 예언대로 상찬계의 술수와 모략은 날이 갈수록 교묘
하고 악랄해졌다. 흉년이 들어서 백성들이 굶어 죽는데도 그들

은 매일 밤 산지천 객주로 몰려들어 여색에 빠지고 권력의 술에 취해 질탕거렸다. 제주목사를 포섭할 궁리도 했다. 제주목사가 마음에 안 들면 제주도 밖으로 몰아낼 계책도 세웠다. 그들은 서로 힘을 합하여 스스로 제주도의 왕이 되었다.

도저히 참을 수 없었던 것은, 을묘년乙卯年(정조19, 1795) 윤 2월, 영암을 출발한 배가 침몰했을 때 상찬계가 한 행동이었다. 구휼미를 실은 열두 척의 배 가운데 다섯 척이 풍랑으로 침몰하여 무려 2,000석의 쌀이 바닷속으로 가라앉았다. 사람들은 계속 죽어나가고 있었다. 지난해부터 올해까지 제주 백성 1/5이 굶어 죽는 등 말로는 표현 못할 자닝한 상황이었다.

구휼미 실린 배 일곱 척이 도착하자 상찬계가 직접 나서서 신들린 듯 됫박질을 했다. 전부를 쏟아부어도 모자랄 판에 자기 몫을 챙긴 다음 백성들에게 나눠주었다. 돈을 빌려줄 때 선이자를 또박또박 떼고 시작하는 고리대금업자처럼. 아무리 생각해봐도 경우가 아니었다. 넉넉할 때야 뒷주머니를 차도 되지만 지금처럼 위급한 상황에서 자기 몫을 먼저 챙기는 것은 도리가 아니었다. 자기 계대와 궨당들만 살리는 데 넋이 나가 다른 이의 목숨 따위는 안중에도 없었다. 한차례 개부심이 절실한 상황이었다. 더 이상 파랑에 쓸리는 쪽배처럼 저들에게 휘둘릴 수는 없었다.

만덕은 고심 끝에 재산을 다 내놓았다. 지금까지 거래했던 육지의 모든 상단에 기별을 넣어 먹을 수 있는 것은 뭐든 좋으니 배에 실어 제주로 보내라고 했다. 이는 상찬계와의 결별을 의미했다.

누구도 시비를 걸지 않았으나 독이 바짝 오른 김재겸이 제동을 걸고 나섰다. 어째서 공금을 자기 돈처럼 마음대로 쓰느냐는 공격이 들어왔다. 다른 계원들은 따로 챙겨준 떡고물을 처먹느라 혼이 달아났는데도 말이다. 이후 별옷처럼 그들로부터 떨어져 나와 외곬으로 살아야 했다.

구휼이 끝나고 이우현 제주목사가 상소를 올려 남자들에게만 상을 내릴 때도 태연자약하게 있었다. 젖감질 않는 아이처럼 보채서 성사될 일이 아니었다. 그때 홍반처럼 불쑥 생각이 돋아 올랐다. 그래, 나에게도 기회가 온 것이다. 이번에는 내 차례다. 예로부터 기민 먹이는 일이 끝나면 상을 후하게 내리지 않았던가. 하지만 이우현은 거절했다. 다음 제주목사 유사모 때야 비로소 가능해졌다.

한양에 올라가자. 한양에 올라가보자.

유사모의 상소로 한양에 올라오게 되었다. 그러는 데 6년의 세월이 소요되었다. 한양에 와서 성상을 배알하고 중전을 뵙고 금강산에 다녀왔다. 사대부조차 금강산 구경 가는 게 평생소원일 정도였으니 많은 사람들이 게염을 냈다. 제주의 기녀 출신이라는 점도 한양 호사가의 호기심을 자극한 모양이었다. 예순 가까운 나이지만 상기도 마흔 살 같이 젊어 보인다는 소문도 입에서 입으로 퍼져 나갔다. 너도나도 얼굴 한 번 보겠다거나 얘기를 나누고 싶다며 구름 떼처럼 처소로 몰려들었다.

좌의정 채제공, 천재 문장가 박제가, 형조판서 이가환, 승지 정약용 등도 처소에 찾아왔다. 다들 조선에서 둘째가라면 서러운, 내로라하는 인물들이었다. 평소에 늘 꿈꾸어 마지않던 광경이었다. 세상에서 그 어떤 여자가 이런 대우를 받을 수 있단 말인가. 이런 대우를 받는 여자가 얼마나 있을까. 그들은 각각 만덕전을 지어 선물로 주었다. 구름 위를 거닐듯 행복한 나날이었다.

*

채제공이 한 번 더 찾아왔다. 채제공은 만덕전을 지은 사람들 중 유일하게 만덕의 손윗사람이었다.

"제주로 돌아간다는 소식을 들었다. 성상께서 네가 갈 여정을 잘 살펴놓으라고 명하셨다. 부디 몸조심하여 내려가거라."

"이번 생에서 어르신을 두 번 다시는 뵙지 못하겠지요?"

만덕이 음전하게 질문하자 채제공이 만덕의 손을 꼬옥 말아 쥐었다. 이대로 돌아가면 다시는 한양땅을 밟을 수 없으리라. 채제공의 나이도 일흔 중반을 넘겼다. 남은 날이 많아 보이지 않았다. 곧 관직을 버리고 낙향하여 여생을 보낼 것 같았다. 할 수만 있다면 제주에 한 번 들러도 좋으리라. 채제공이 고개를 끄덕였다.

"너를 만난 게 내게는 즐거움이었다. 우리나라에는 삼신산이 있다. 너는 영주산인 한라산 백록담에서 흘러내려 오는 물을 마시며 자랐고, 최근에 봉래산이라는 금강산에 다녀왔으니 삼신산 중 무려 두 개나 가슴에 품었다. 타고난 신분과 성별이 천차만별 차등진다 하나 너는 이처럼 사내들도 하기 힘든 일을 온전히 해냈다. 참으로 대견한 일이 아닐 수 없다."

만덕은 채제공의 진정성이 느껴지는 말이 고마웠다. 마침내 채제공의 눈에 눈물이 갈쌍갈쌍 고였다. 이 사람과의 인연도 이것으로 끝이구나. 사람의 한계, 어쩔 수 없는 죽음. 그렇다면 당당하고 의연하게 맞아야 한다. 누가 뭐래도 사부작사부작 흐르는 강물처럼 도도하고 결연하게. 결단코 생이 부끄럽지 않게.

3 1

아버지!

고문석은 버르적거리다가 소스라치게 놀라 눈을 번쩍 떴다. 죽은 아버지가 나타나 툽상스럽게 손을 낚아채는 바람에 살아났다. 육지 깡패들이 벼랑 끝으로 밀어 천 길 낭떠러지로 속수무책 떨어지던 중이었다. 아버지의 콧구멍에서 풀무질하는 거친 소리가 났다.

주변을 둘러보니 굴 껍데기 같은 어둑발이 험상궂게 내려앉아 있었다. 비가 오려는지 땅에서는 곰팡이 냄새가 폴폴 피어났다. 후텁지근한 모래 바람이 불고 있었다. 아버지가 꿈에 등장한 것은 이번이 처음이었다. 증보탐라지 사본 한 페이지 건네주고 다음 날 차가운 주검으로 발견된 아버지. 석재 삼촌에 따르면 담수계 일원에 의해 죽임을 당했다는…….

*

어머니의 초상을 치르고 난 후 석재 삼촌이 찾아왔다. 이렇게 집안이 쇠락하는 거로구나. 무슨 놈의 팔자가 요 모양 요 꼴이란 말인가. 잘못 태어난 거야. 아버지가 지독하게 원망스러웠다. 아버지가 죽지 않았으면 어머니가 이렇게 더럽고 아니꼬운 꼴을 당하지 않아도 되었겠지.

고문석은 누에고치처럼 몸을 오그리고 계속 잠을 청했다. 하루 종일 불도 켜지 않고, 학교에도 가지 않았다. 사람을 만나면 등허리에 압정이 박힌 것처럼 기를 펼 수가 없었다. 눈을 마주치는 게 두려웠다. 겉으로는 위로하는 척하면서 뒤로는 화냥년의 새끼라고 두런두런 손가락질하는 느낌이었다. 석재 삼촌의 손에는 소주병이 들려 있었다.

"술 한잔해라."

"고등학생입니다."

"삼촌이 따라주는 술은 괜찮다."

삼촌의 목소리가 여전히 꿈인 양 멀게만 들렸다. 석 잔의 술잔이 오갔다. 집은 휘휘하고 적막했다. 어머니가 돌아가셨다는 사실을 정말이지 인정할 수가 없었다. 그저 동문시장으로 저녁거리를 장만하러 나간 느낌이었다. 곧 돌아오실 거야. 맛있는 식사를 준비하는 동안 집안이 왁자지껄하겠지. 포르르 끓어 넘친 된장찌개처럼. 고등어도 굽고⋯⋯. 가늘은 국수를 삶던 저녁하며⋯⋯. 아, 어머니가 고봉으로 퍼 담은 보리밥을 먹고 싶다. 3일 동안 먹은 게 없어서 바람 든 무처럼 속은 버석버석하고 거위침이 돌았다.

문석은 상실감에 한숨을 내쉬었다. 눈물이 코를 타고 목으로 스며들었다. 집을 떠나고 싶다. 도저히 못 살겠다. 어머니 아버지 생각이 떠올라 살 수가 없다. 부모 모두 비명횡사한 집을 사겠다고 나서는 사람이 있을까. 할 수만 있으면 어서 팔고 다른 데 가서 살고 싶다.

"내가 조사를 해봤다. 네 어머니에 대해서."

"어머니 얘기는 그만하세요. 마음만 아픕니다. 저마저 죽일 작정입니까?"

"그게 말이야……."

고문석이 어깃장을 놓고 퉁기자 석재 삼촌이 한발 뒤로 물러섰다. 피해자의 가족 앞에서 범죄 사실을 고백하는 피의자처럼 어디에서부터 털어놓아야 할지 갈등하는 모습이었다.

"어머니가 만난 남자는 담수계원의 동생이었다."

"담수계?"

고문석의 목소리가 촛불의 그을음처럼 너울거렸다. 고문석은 울음을 보이지 않으려고 어금니를 악다물었다. 소리를 감추려다 보니 끄윽끄윽 속울음이 비어졌다. 목에서 개수대에 물이 빠지듯 그르렁거리는 소리가 났다. 담수계라면 증보탐라지 저자들이 아닌가. 그러지 않아도 아버지 장례식 이후로 한 번도 나타나지 않아 이상하다고 생각하는 중이었다. 돈도 많고 유명한 사람들이었다.

"담수계 회원 중에 새마을금고 사장이 있었거든. 어찌어찌하다가 거기 가서 일을 하게 되었는데, 그 사람과 네 어머니가 만나게 된 거지."

지금에 와서 이런 얘기를 끄집어내 뭘 하겠다는 말인가. 회의가 파도처럼 밀려들었다. 고문석은 자신도 모르게 술잔을 들었다. 목이 찌릿찌릿하고 눈앞이 빙글빙글 돌았다. 술에 취한 듯 공중으로 몸이 부웅 뜨는 느낌이었다.

"모두 각본에 의한 행동이었다."

"각본이라구요? 그럼 어머니의 죽음이 예정되어 있었단 말입니까?"

"긴 말은 하지 않겠다. 네 어머니는 자존심이 센 사람이다. 그러니까 자살을 선택한 거다."

"누굽니까? 누가 시킨 겁니까?"

"새마을금고 사장이다. 네 아버지가 맡았던 증보탐라지의 명소고적 부분 79쪽을 대필한 사람이다. 하지만 증거가 없다. 마침맞은 증거가……."

79페이지라면 아버지가 맡긴 사본이 있다. 석재 삼촌은 그 사실을 모르는 것 같았다. 그랬을 거야. 그 밤에, 그렇게 투가리 깨뜨리듯 나를 깨웠을 만큼 아버지는 쫓기고 있었으니까. 비가 내리려는지 땅바닥에 안개가 자욱하게 깔렸던 그 밤을 어떻게 잊을 수 있겠는가. 주먹에 힘이 들어가 터질 것 같았다. 벽을 때려도 그대로 주먹 자국이 패일 만큼.

"모든 일처리가 완벽해서 꼬리가 잡히지 않는다. 네 아버지의 죽음은 공비의 타살로 신문에 보도되었다. 또 네 어머니는 자살을 했고. 누군가 개입했다고 볼 수 없는 죽음들이다. 정황상 외부의 힘이 개입되었다는 증거가 없다는 뜻이지. 저들이 꾸민 계략이 그렇게 치밀하다. 빈틈이 없다."

아버지가 그 밤에 말하지 않았던가. 진실을 등롱처럼 밝히라고. 곧 스무 살이 된다. 어떻게 해야 하나. 돌봐줄 사람도 없는 고아 신세로 전락했다. 너무 일찍 부모님이 돌아가신 것이다. 사실, 두려웠다. 독립하기에는 너무 이른 나이다. 고문석은 술을 한 잔 더 들이켰다.

"솔직히 네가 너무 똑똑해 보여서는 안 된다고 생각한다. 힘을 기를 때까지 바닥에 납작 엎드려 지내야 한다. 싸움을 하고 여자들도 만나고 하다가 군대에 가라. 저놈이 부모 다 잃고 나더니 개망나니가 되었다고 믿도록 말이다. 저놈은 신경 쓰지 않아도 돼, 라고 믿어 의심치 않게. 하지만 뒤로 힘을 길러야 한다. 정말 똑똑하고 강하지 않으면 네가 살아남을 수가 없다. 그래야 네가 제주도에서 계속 살 수 있다."

"삼촌이 낙향한 이유도 그것 때문이었군요?"

삼촌은 대답 대신 긴 한숨을 내쉬더니 담배를 꺼내 물었다. 시대와 궁합이 맞지 않은 지식인. 삼촌이 품어낸 담배 연기에서 그런 무력한 풀냄새가 풍겼다. 뭔가 얘기가 목울대를 넘어오려는 것 같았지만 삼촌은 그것을 억누르는지 부르르 몸을 떨었다. 잠시 후 그의 이야기가 이어졌다.

"나는 낮에 농사를 짓고 밤이면 불 밝혀 책이나 읽는 촌부로 전락했다. 그렇게 날개가 꺾이고 말았다. 약삐하고 비겁하다고 비난해도 헐수할수없다. 나도 자식을 키우고 있으니까 나만의 문제는 아니었다. 그런 측면에서 네 아버지에게 커다란 빚을 지고 말았다."

속이 더부룩하더니 금세 목에서 토사물이 올라왔다. 고문석은 재빨리 밖으로 튀어 나가 음식을 게워냈다. 손가락을 입 속에 집어넣었지만 물밖에 나오지 않았다. 며칠 동안 먹은 게 없어서였다. 하지만 한 번 시작된 토악질은 멈추지 않았다. 악이 머리끝까지 수직으로 뻗쳐올랐다. 석재 삼촌이 다가와서 등을 두드려 주었다. 그렇게 10여 분. 술을 다 토하고 나니 이번에는 겨자색의 위액이 쏟아져 나왔다.

"삼촌 말대로 하겠어요. 때가 무르익을 때까지 힘을 기르며 기다리겠습니다."

＊

가만있어보자. 여기가 어디인가. 고문석은 방호 진지에 몸을 숨기고 적을 정탐하는 병사처럼 고개를 들어 주위를 할기족거렸다. 손길만 스쳐도 살점이 떨어져 나갈 것처럼 쓰라렸다. 코 밑을 훔쳐보니 뜨거운 생피가 타르처럼 뭉쳐 흐르고 있었다. 천천히 둘러보니 너부데데한 돌덩어리가 보였다.

여기가 정녕 어디란 말인가. 고문석은 간잔지런한 눈을 한 번 더 비볐다. 멀찌감치 상점 간판이 새삼스레 시선을 붙잡았다.

만수당약방.

아, 우물통 골목이었다. 남문로 우물통 골목. 용역 깡패와 싸운 장소에서 얼마 떨어지지 않은 곳이었다. 옛날 성내의 남문으로 통하는 S자형 소로였다. 사람들은 정면을 똑바로 바라보며 걷고 있었다. 관심을 두지 않는 것처럼 보였지만 일부러 눈길을 회피하는 느낌이었다. 내 몰골이 그렇게 형편없나. 사람들이 경계심을 품을 정도로. 용역 깡패들이 사람들이 잘 쳐다보지 않는 오소록한 웅덩이에 부려놓은 게 틀림없었다.

그나저나 집은 어떻게 한다……. 아버지와 어머니가 돌아가신 뒤 혼자 지켜왔던 집. 제대를 했으니 그 집을 다시 살려놓아야 한다. 손가락질이 절로 나오는 집이 아니라, 사람들로 하여금 흔연히 우러러보는 집으로. 폐가 출신이라는 감옥 같은 오명에서도 탈출해야 한다. 으스러져 한쪽으로 쇠한 집안의 뼈들 그러모아 청죽보다 곧게 세워놓아야 한다.

고문석은 돌을 딛고 몸을 일으켰다. 몸이 물 먹은 솜처럼 자꾸만 까라졌다. 왼손으로 눈두덩을 만져보니 부어오른 게 시퍼렇게 멍이 들었을 것 같았다. 지탱한 오른손을 느럭느럭 떼는 순간 고문석은 어마뜨거라 신음하고 말았다. 커다란 눈이 살똥스럽게 노려보고 있었기 때문이었다. 절 입구에 서 있는 사천왕상 같은 형상이었다. 꽹과리를 치는 듯한 요란한 소리가 동시에 환청으로 들린 것 같기도 했다. 커다란 얼굴이 오벨리스크처럼 가열차게 부풀어 오르더니 이윽고 스톱 모션처럼 멈춰 섰다.

그것은, 만수당약방 앞 돌하르방이었다.

만수당약방 앞에 늘 혼자 서 있던 돌하르방. 짝을 이루지 못하고 다른 돌하르방에 비해 한 번 부서졌다가 이어진, 정통에 들지 못하고 주변만 배회하는 서자庶子 같은 돌하르방이었다. 돌아가신 아버지로부터 조선시대에 부서졌지만 버리기 아까워서 길가에 세워졌다는 얘기를 들은 적이 있다.

아, 그 돌하르방이 다시 두 동강 나 있었다. 개새끼들, 욕지거리가 튀어나왔다. 그 불도저 기사 짓일 터였다. 도로공사를 한답시고 성내를 들쑤시고 다니는 토건족새끼들. 돈이 생긴다면 아버지 심장이라도 꺼내 팔 깡패새끼들. 원상 복구하지 않고 이런 데다 던져버릴 생각을 하다니. 그게 속편하겠지. 너희 같은 놈들에게 돌하르방은 거치적거리는 돌덩이일 뿐이니까. 그래서 니들이 양아치새끼들이라고 불리는 거야. 병신새끼들.

고문석은 어렸을 때처럼 돌하르방의 얼굴을 쓰다듬고 주먹코를 쥐어보았다. 옛날에는 한 손으로 잡히지 않았는데 지금은 손바닥 가득 잡힌다. 심술 그득먹한 동시에 슬픔이 오련하게 느껴지는 큰 눈. 금방이라도 눈물을 쏟을 듯 갈쌍갈쌍한 눈가장. 짝 없이 평생을 홀로 지내야 하는 운명을 지닌 사람처럼 머리 둘 곳이 마땅치 않아 이리저리 떠도는 사고무친 신세의 만수당약방 돌하르방.

고문석은 몸을 천천히 일으켰다. 안개가 몰려오는 것으로 보아 비가 내릴 모양이었다. 다시 한 번 돌하르방의 얼굴을 쓰다듬자 어렸을 때 손의 감각이 그대로 되살아나 정다웠다. 원상태로 복구해서 원래 자리에 세워야 할 텐데. 시멘트로 붙여도 일손이 많이 필요하겠다. 대여섯 사람은 동원해야 가능할 일이다.

고문석은 배탈 난 아들을 치료하는 어머니의 심정으로 돌하르방 하체의 절단면을 어루만졌다. 상처로 치면 목숨을 앗아갈 수도 있는 치명적인 상처였다. 왠지 눈물이 났다. 환영인지 몰라도, 분리된 상체의 돌하르방이 온화한 미소를 짓는 느낌이 들었다. 한편으로는 야살스럽게 새실새실 웃는 표정으로도 보였다.

바로 그 순간, 이상한 게 눈에 들어왔다. 하반신의 몸통 부분이었다. 허리뼈가 있다면 꼭 그 자리일 듯한 몸통 중앙 부분. 절단된 면에 뭔가가 있었다. 상처 위에 올라앉은 거무죽죽한 딱지 같아 보였다. 고문석은 시력이 나쁜 노인처럼 머뭇거리다가 눈을 크게 뜨고 다시 한 번 면밀히 살펴보았다. 손으로 홈착거려보니 석회석과 점토 흙이 묻어나온다. 아, 옛날에는 돌을 이렇게 붙였구나. 헌데 이상했다. 몸통 중앙 부분에 석회석과 점토 흙덩

어리가 동상凍傷 자국처럼 도도록하게 들어앉아 있었기 때문이었다.

오, 거기 구멍이 뚫려 있었다.

손가락으로 중앙을 쿡쿡 찔러보니 석회석과 점토 흙이 구멍 아래로 밀려들어 갔다. 주먹만 한 직경이었다. 돌하르방 하반신에 구멍이 뚫려 있다니. 혹시나 해서 발아래를 확인해보니 아무것도 없었다. 상반신 절단면 역시 마찬가지였다.

고문석은 다른 사람이 보고 있나 주위를 다시 할금거렸다. 팽팽한 긴장감 때문인지 침이 되직하게 말랐다. 입안이 텁텁했다. 이번에는 주변에 떨어진 쇳조각을 들어 하반신을 좀 더 세게 찔러보았다. 조금씩 들어간다. 입구의 점토 흙을 조금씩 긁어내니 공간이 오롯하게 모습을 드러냈다. 그 안에 뭔가 둘둘 말려 있었다. 기름종이처럼 보였다. 부식을 막기 위해 기름칠해둔 게 틀림없다. 서책으로 보였다. 습기가 스며들지 않도록 야물딱지게 마감 처리를 해두었다. 책이 들어갈 만큼만 구멍을 파내고…….

하, 누가 이런 데다 책 숨길 생각을 했을까. 이런 생각을 다 하다니……. 얼마나 중요한 문서이기에 이렇게 은밀하게 감춰야만 했을까. 돌하르방이 두 동강 나지 않았으면 영원히 발견되지 않을 게 아닌가. 고문석은 잽싸게 책을 품 안에 쟁여 넣었다. 일처리를 완벽하게 하기 위해 하반신 구멍에 큼직한 돌을 넣고 남은 공간은 작은 자갈로 채워 입막음했다.

*

집에 돌아온 고문석은 품 안의 책을 꺼내보았다. 모두 두 권이었다. 표지에 탐라직방설, 조생전이라고 종서縱書로 적혀 있었다. 온통 한문으로 쓰여 있어서 무슨 뜻인지 알 수 없었다. 읽으려면 공부를 많이 해야 할 것 같았다. 이건 우연이 아니다. 뭔가 예사롭지 않다. 누군가 메시지를 보내고 있다. 아버지가 그토록 쓰려 했던 윤달의 나무. 그 비문에 나오는 지운이 아닐까. 지운이 나를…….

그 순간, 방 안이 오랜 정물화처럼 누렇게 색 바래더니 서늘한 바람 소리가 들렸다. 집 돌담을 지나 벽 사이를 뚫고 바람이 짓쳐들어왔다. 섬뜩하리만치 사느란 기운이 느껴지는 바람이었다. 댐 수문이라도 열린 듯 사나운 기세였다. 생전의 아버지가 즐겨 읽던 책들이 이동을 준비하는 새 떼처럼 천장으로 뜨고, 켜켜이 쌓여 있던 먼지들이 회오리치듯 방바닥에서 빙빙 돌았다.

이윽고, 고문석의 눈 안으로 강한 빛이 파죽지세로 파고들었다. 육체가 감당할 수 없을 만큼 강렬한 빛에 머릿속이 하얗게 탈색되는 느낌이었다. 그 순간 고문석은 거대한 음모의 소용돌이

속으로 빨려 들어가는 환상에 사로잡혔다. 고문석은 주어진 숙명을 받아들이듯 비장하게 고개를 끄덕였다. 삶의 목표가 180도 바뀌는 찰나였다.

3 2 조 생 전 (曹 生 傳) ④

결국 안 되는 모양이야. 나는 체념한다. 자꾸만 담장 너머로 눈길이 달음질한다. 쉬이 잠을 이룰 수 없을 것 같다. 두 번 다시 돌아오지 않을 한양에서의 마지막 밤이다. 술이라도 한 잔 마셔야 잠자리에 들 수 있으려나.

이게 운명인 거야. 지금까지 애착을 버리지 못한 내가 등신이지. 사람 인연이 그렇게 마음대로 풀리면 얼마나 좋겠어. 담장 너머로 눈을 두고 땅이 꺼지듯 한숨을 내쉬어본다. 그때 대문이 열리고 사람이 들어온다. 또 내기에 이기려고 객기를 부리는 젊은 녀석이겠지. 오늘이 마지막 날이니 마음껏 즐겨라. 내일부터는 이런 기회도 오지 않을 게다.

담장 너머로는 한양의 협잡꾼들이 서성거리고 있다. 제주도 최고 갑부가 여자라는 소문을 듣고 곳곳에서 몰려든 사내들이다. 담장 너머로 힐끗 얼굴을 훔쳐보기도 하고 부러 신발을 담장 안으로 던져 찾으러 들어오는 자도 있었다. 아니면 자신을 과시하듯 많은 하인을 대동하고 호기를 부리는 자도. 금강산 유람길에 오른 석 달을 빼면 종일 처소에 갇혀 사람들의 구경거리로 살았다.

아니, 저게 누군가……. 그니다. 그니야. 버선발로 뛰어나가 다붓하게 인사를 건네고 싶다. 아니지, 체통을 지켜야 한다. 충

동을 애써 가라앉혀본다. 꼭 6년 만이다. 못 만나고 내려가는 줄
만 알았다. 한양의 모든 사람들이 내가 왔다는 사실을 알 텐데
그니가 나타나지 않아 못내 아쉬웠다.

솔직히 두려웠다. 이런 나의 모습을 보면 그니가 뭐라 할지.
하지만 그니는 내 앞에 모습을 드러내지 않았다. 그사이에 사정
이 바뀐 것인가. 신변에 변고라도 생긴 것인가. 6년 전 제주를 떠
날 때 선언했듯 다시는 나를 만나지 않으려고 작정한 것인가. 여
러 상념이 뒤엉켜 머릿속이 복잡했다.

"오랜만이군요."

그니가 비로소 말머리를 푼다. 붉은 수염이 그대로다. 냉소적
인 표정까지.

"오랜만이지요."

왜 이렇게 늦게 찾아온 것인가요? 원망스럽다. 내일 한양을 떠
나야 한단 말입니다. 수많은 말이 오랜만이지요, 라는 이 한마디
속으로 스며든다. 며칠 전부터 사람들과 하직 인사를 나눴다. 약
속을 지켜야 한다. 내일 한양성 어름까지 관의 병사들이 호위를
해주기로 하지 않았던가.

"행수께선 여전하시군요. 하나도 변하지 않았어요."

"나으리도 여전하시네요."

서름한 침묵이 흐른다. 나는 다시 한 번 그니를 아래위로 찬찬
히 살펴본다. 어디 병색은 없는지, 아프지는 않은지. 여전히 붉

은 수염, 나이를 가늠할 수 없는 외모. 지금도 한양 곳곳을 뛰어 다니는지 건강해 보인다.

"나으리께서 안 오실 줄 알았습니다."

"두 번 만난 것도 인연인데 마지막일 것 같아 이렇게 찾아오게 되었습니다. 이것 받으시지요."

"뭡니까?"

"자그만 선물이오."

그니가 소매에서 하얀 천으로 둘둘 말린 물건을 꺼내 내 쪽으로 민다. 부끄러운지 내 얼굴을 보지 않고 삐뚜름히 앉아 오른손만 건넨다. 나는 애써 천천히 물건을 확인한다. 모란잠牡丹簪이 수줍게 빛나고 있다.

"빈손으로 오자니 뭣해서 시전에 나갔다가 하나 샀습니다. 비싼 물건은 아니니 신경 쓰지 않으셔도 됩니다."

물론 그니에 대해 수소문할 수도 있었다. 임금까지 알현한 내가 한양에서 못할 일이 뭐가 있겠는가. 하지만 나는 그렇게 하지 않았다. 자존심이 상했다. 화북 포구에서 나에게 저주와 독설을 퍼붓고 떠난 기억 때문에.

"상기도 책을 팔고 계십니까?"

내가 화제를 돌려본다. 그래도 고맙다. 어떤 비녀가 어울릴까 하며 나를 떠올렸을 게 번연하다.

"나의 천직이지요. 행수께서는 출세하셨군요? 나 같은 사람을 만나기에는 너무 유명해지셨소."

그니가 툭 내던지는 목소리로 이죽거린다. 하나도 안 변했다. 선물을 내밀 때와는 표정이 영 딴판이다. 선물을 줬으니 이제부터는 마음대로 말하겠다는 뜻인가. 늘 이렇게 삐딱하다. 뭐가 그리도 뒤틀려 있단 말인가. 나는 입을 앙다문다. 무엇 때문에 이런 식의 말을 자꾸 꺼낸단 말인가. 꼴도 보기 싫다.

"제주 백성들은 잘 지내고 있소?"

"다들 무사합니다."

"무슨 소리! 지난 을묘년(정조19)에서 병진년(정조20) 사이에 제주도 인구 중 다섯에 하나가 굶어 죽었다 했소. 행수께서는 좀 더 일찍 쌀을 풀어야 했소. 내가 제주에 내려갔을 때쯤부터 말이오. 상찬계가 추악한 본색을 드러내기 전부터 더 신경을 썼어야 했단 말입니다."

뇌성벽력 같은 역정이다. 너무 가혹한 것 아닌가. 어쩌자고 만날 때마다 가슴에 대못을 박는단 말인가. 어쩌자고 만날 때마다 품 안에 비수를 감추고 온단 말인가. 하긴, 그랬지. 그래야 했어. 그니의 말이 옳다. 지금 생각해봐도 할 말이 없다. 좀 더 일찍 상찬계를 버려야 했다. 그니가 계속 제주에서 들려오는 소식에 귀를 기울이고 있었구나.

"백성의 피와 눈물로 재산을 축적하더니, 결국 1/5의 백성을 죽이고 나서야 금강산 구경을 하게 되었군요. 사람이 어찌 그리도 몰염치할 수 있단 말이오?"

고개를 들 수가 없다. 그니의 말이 백 번 천 번 옳다. 하지만 화가 났다. 6년 만에 만나 이렇듯 서슴없이 칼날을 곧추세우다니. 쥐꼬리만 한 비녀, 그것도 한참 철 지난 비녀 하나 던져주고. 사실 나도 할 만큼 한 것이다.

"그래도 전 재산을 팔아 백성을 구했습니다. 다른 사람은 나만큼도 하지 않았습니다. 내가 뭐 하늘에서 내려온 신선입니까? 세상의 모든 가난한 사람을 어떻게 구하라는 것입니까? 나는 일개 나약한 여자일 뿐입니다. 하지만 나는 그로 인해 조선에서 가장 유명한 여자가 되었습니다. 나으리께서는 오랜만에 만난 내가 유명해진 데 속이 뒤틀린 모양입니다. 만날 때마다 심사가 배배 꼬여 있으니."

울고 싶다. 늘 파국으로 치닫는구나, 당신과 나는.

"돈을 벌 때 사용했던 남다른 귀와 눈은 됐다 뭐하려고 하는 것이오? 어찌하여 이 나라의 부자들은 백성이 괴로워할 때는 눈이 어둡다가도 돈을 벌 때만 되면 그 감이 되살아난단 말이오? 나라에서 하는 일도 그렇게 가소로울 따름이오. 행수의 과거를 아는 사람이 있기나 하오? 행수가 제주에서 어떻게 살았는지 입 밖으로 꺼내놓은 사람이 있느냐 이 말이에요. 나라에서는 기생 출신의 여인이 백성을 구했다는 사실만이 중요한 거요."

"맞아요. 하지만 나라에서 나에게 상을 주었어요. 언제나 마음이 중요한 게 아니라 결과가 중요합니다. 그걸 모르다니 세상을 헛사신 모양입니다. 약관의 책상물림도 아닌 분이 그렇게 세상 물정 모르는 얘기를 하시면 안 되지요."

내가 새된 소리로 앙칼지게 대거리를 한다. 그니. 나는 이런 그니가 좋다. 그니의 통찰이 좋다. 늘 변하지 않는 상록수 같다고나 할까. 한라산의 울연한 숲 같다고나 할까. 평생을 그리워해도 좋은 남자다. 명기집략 사건 이후로 늘 그리워했다. 내게 비수를 꽂고 돌아서 제주를 떠난 다음에도. 하지만 오늘이 마지막이다. 그니와 만나는 게.

"나는 원래 그림자요. 그림자로 살아야 하는 운명을 타고난 자란 말이오. 책을 필요로 하는 자들에게 책을 파는 그림자이지요. 결코 내 이름을 드러내려고 허튼짓을 해본 적이 없다고 단언할 수 있소. 그게 바로 나요. 나는 당신처럼 정치적으로 무리를 짓지도 않았고 계를 만들지도 않았소. 제주도의 상찬계는……."

"제주에 내려가면 내가 손수 상찬계를 부술 것입니다. 내 배로 낳은 자식이니 직접 내 손에 피를 묻힐 것입니다. 내 손으로 직접 매듭을 짓겠다는 뜻입니다."

그럴 생각이었다. 내 책임이었다. 한양에서 이름을 얻었으므로 나는 더욱더 큰 권력을 행사할 수 있다. 큰 싸움이 벌어질지도 모른다.

"불가능한 일이오. 당신은 그럴 수 없을 거요. 당신은 한 명이지만 저들은 다수요.”

그니의 말이 맞을 수도 있다. 하지만 최선을 다할 것이다. 아니 못 부수더라도 진실만은 밝힐 것이다. 내 이름 석 자가 더럽혀지는 한이 있더라도 해야 한다. 나는 너무 오랫동안 신神이라는 꿈에 사로잡혀 구름 위에 떠 살았다.

“제가 무슨 일을 하는지 지켜보세요. 내가 무슨 일을 하는지 꼭 지켜봐달란 말입니다.”

“흥미 없소. 당신들 제주도 사람들끼리 해결하란 말이오. 내가 끼어들 틈이나 있겠소?”

“제주에 한 번만 더 내려오세요. 제주에. 내가 무슨 일을 했는지 꼭 확인해주세요.”

“내가 왜 제주에 가야 하지요?”

그니가 볼멘소리로 되묻는다. 잔정이라고는 눈곱만치도 없는 사람 같으니라구. 빈말이라도 그러겠다고 할 순 있지 않은가.

“내가 전 재산을 팔아 당신을 만나러 한양에 왔기 때문입니다. 당신을 만나기 위해서 모질게 6년의 세월을 참고 견뎌냈습니다. 이래도 안 되겠습니까?”

나도 모르게 소리를 치고 있다. 벽에 대고 악다구니를 치는 것처럼 제정신이 아니다. 눈물이 쏟아졌다. 자존심이 상하지만 어쩔 수 없다. 이 말을 하러 한양에 왔다. 그니의 얼굴이 수염처럼 붉어지더니 바닥으로 떨어진다. 침묵이 납덩이처럼 내리깔린다.

그니도 나도, 지금 울고 있다.

그니가 말없이 대문을 밀고 나간다. 마지막 뒷모습이라도 가슴속에 새겨두어야지. 부디 한 번만 더……. 오랜 세월, 그리워한 당신.

*

아, 당신은 나에게서 눈을 떼지 못하는구려. 화북 포구를 떠날 때 당신이 내가 탄 배가 수평선 너머로 사라질 때까지 지켜봤다는 것을 알고 있었지.

나는 만덕의 처소에서 나와 집으로 걸어가고 있다. 평생을 뛰어다녔지만 이 순간만큼은 뛸 수가 없다. 내가 멀어지자 마지막 모습 간직하려고 까치발 들어 보는 사랑옵은 당신. 내 어찌 당신의 마음을 모르겠는가.

한양에 온 당신을 숨어서 지켜보았다. 당신이 나를 만나기 위해 한양에 올라왔다는 사실도 잘 알고 있다. 당신만 그런 줄 아는가. 나도 그리웠다, 당신이. 산지천 객주에서 섭덕휘의 시를 읊을 때부터 그랬다. 내가 왜 제주에 또 내려가야 했느냐고? 그것을 꼭 대답해야 알겠는가.

그러나 당신에게는 치명적인 독이 있다. 원죄가 있는 것이다.

우리는 만나지 말았어야 했다. 내 두 눈으로 상찬계가 출범하는 것을 본 순간, 나는 당신을 버릴 수밖에 없었다. 명기집략 사건 때문에 어쩔 수 없이 도망갔던 제주도. 그 한 번으로 끝냈어야 했다. 그랬다면 아름다운 추억이 되었으리라.

외로울 때마다 두고두고 꺼내 들여다볼 수 있는, 평생 동안 품에 간직하고 그리울 때마다 아슴아슴 떠올리면 입가에 미소가 번지는, 오래 묵힌 술처럼 혀를 적시면 입안에 향기가 그윽하게 퍼지는……. 그 아름다웠던 순간. 두 번 다시 돌아올 수 없는 그 휘황했던 순간. 그 순간을 서럽도록 기억하고 또 되새김질했으리라.

단언컨대 한 번 더 얼굴을 보려 했던 게 화근이었다. 제주도에 다시 내려가지 말았어야 했다. 당신은 끓는 물처럼 치열하게 사는 사람이다. 뭐든 최고가 되어야 직성이 풀리는 사람이다. 그러나 당신은 자신이 무슨 짓을 저지르는지 몰랐다. 그게 백성들에게 얼마나 많은 피해를 줄지 내다보지 못했다. 너무 낙관적으로 생각했던 것이다. 그게 당신의 원죄다. 부디 회피하지 말기를.

왜 하필 여자로 태어나서, 그것도 멀리 원악도의 여자로 태어나서……. 부디 잘 돌아가시길. 돌아가서 남은 생을 잘 마무리하시길. 이 모든 게 한소끔 꿈이 아니겠는가.

문득 조정철이 홍랑을 기다릴 때 썼다는 시가 떠오르는구려.

먼 데 사람 울적이 생각하며

깊은 밤 외따로이 나앉아

마당 가득 교교한 달빛 아래

내 심정 아는지 우는 가을벌레 소리

그니를 기다리는데 오지 않고

외로운 달 삼경三更이 되려는데

손짐지고 텅 빈 마당에 서니

향기로운 솔바람만 쓸쓸히 다녀가는구나

에
필
로
그

김 교수가 자살했다. 사라봉 기슭의 소나무에 목매달고 스스로 목숨을 끊었다. 새벽 운동을 나온 주민에 의해 발견되었다. 119가 출동했으나 이미 목숨이 끊어진 상태였다. 정확한 사인을 확인하기 위해 부검을 하기로 결정이 났다.

문제는 김 교수가 죽기 전 한겨레신문에 '상찬계, 제주도를 200년 동안 지배한 어둠의 세력'이란 글을 기고했다는 점이었다. 과거로부터 현재까지 실명을 거론하며 상찬계 조직에 대해 폭로했다. 누가 누구를 낳고, 누구는 누구를 낳고……. 마태오복음서 1장 예수의 족보처럼 일목요연하게 정리했다. 특이한 점은 현재의 도지사를 기점으로 해서 과거로 거슬러 올라가는 방식을 사용했다는 것뿐. 인맥의 연결 고리뿐만 아니라 재정, 인재 등용의 문제 등을 세밀하게 기술한 내부고발 형식이었다.

김 교수는 또 상찬계 반대편 사람들을 제거하는 방법에 대해서도 언급했다. 특히 과거 돌연사나 의문사로 치부되었던 사건에 상찬계의 용병 돌래지가 관련되었다는 폭로가 가장 적나라했다. 김 교수는 1954년 증보탐라지의 저자 고정념의 의문사를 그 실례로 들었다.

김 교수는 더 이상 물러날 곳이 없었던 게 틀림없었다. 상찬계에서 제거에 나서자 양심선언을 하고 스스로 생을 마감한 것이다. 그것도 지역 신문이 아니라 서울 일간지를 택해서 비밀이 새나가지 않도록, 상찬계에서 외압을 넣어도 기사를 내릴 수 없도록 말이다.

기사가 발표되자 지역 신문은 너도나도 제주도의 망신이라며 김 교수를 배신자로 몰아갔다. 집안일을 바깥으로 끌고 나간 김 교수의 행동이 우유부단했고, 제주도의 부정적인 측면을 강조하여 청정 제주의 이미지를 망쳐놓았다고 독설을 퍼부었다. 어떤 측면에서는 재앙과 같은 일이었다.

가장 큰 문제는 김만덕과 관련된 것이었다. 제주도지에 발표되는 것과는 파급 효과가 달랐다. 200년 동안 세기의 위인이라 전해진 김만덕이 상찬계 비밀 모임의 창시자나 다름없고, 그 비밀 모임이 지금까지 이어져 자기들끼리 제주도를 좌지우지했다는 사실이 충격적이었다.

다만 죽기 전에 상찬계를 깨려고 부단히 노력했다는 점만은 흔쾌히 수긍하는 눈치였다. 그럼 그렇지, 실수를 인정하고 고치려 노력했다는 점이 중요하지. 과연 만덕 할망다워. 만덕 할망이라면 그랬을 거야. 이런 식으로. 여하튼 김만덕이 만든 상찬계가 현재까지 이어져 제주도의 행정, 경제, 경찰 등 여러 분야에 암세포처럼 퍼져 있다는 사실이 전국적으로 파문을 일으켰다. 한때 온 나라를 쥐흔들었던 전두환의 하나회처럼.

여론이 심상치 않자 국회에서 제주도 특별감사를 하겠다고 발표했다. 제주도는 공식적인 언급을 회피했다. 상찬계 측에서도 이렇다 할 반론을 펴지 않았다. 예상치 못한 돌발 공격에 넋이 빠져 수습을 포기한 것처럼. 예전 같으면 물타기 수법을 사용했겠지. 김 교수가 제주도 지역사회에서 잘 적응하지 못해 인사에 앙심을 품고 내부고발을 했다는 식으로. 허나 문제의 핵심은 김 교수가 자살을 했다는 점이었다. 목숨을 초개같이 내던지고 한 양심선언. 세상의 그 어떤 주장이 이보다 더 강한 설득력을 지닐 수 있단 말인가.

이형민은 이 소식을 소백산 기슭에서 인터넷으로 확인했다. 한 달 전쯤에 사무관으로부터 다급한 전갈이 왔다.

"지금 바로 제주도를 떠나게."

사직서를 내고 사라진 사무관이 갑자기 전화를 걸어 한 말이었다. 한 달 만에 한다는 말이 고작 이런 것이었다. 제주도를 떠나라……. 아무 준비도 되지 않은 상태에서.

"무슨 뜻입니까?"

"놈들이 자네를 노리고 있어. 잠잠해질 때까지만 제주도에서 벗어나 있게."

"조생전 원본은 어떻게 합니까?"

조생전 ④편까지 마무리되어 탐라매일신문에 사무관 이름으로 연재되었다. 사무관이 제주도지에 독단적으로 이름을 올린 데 대한 소심한 복수라고나 할까. 상찬계에서 마지막 발악을 하는 모양이었다. 사무관은 객쩍은 식언을 내뱉을 위인이 아니었다.

"국립제주박물관 관장에게 등기로 보내게. 책을 기증하고 싶다고."

"그쪽은 안전합니까?"

"적어도 상찬계 라인은 아니야. 내 이름도 함께 적어서 보내게. 관장이 물건을 받으면 알아차릴 수 있도록 말이야."

"마땅히 가 있을 데가 없습니다."

갈 데가 없다……. 고향 마을은 중앙으로 고속도로가 나는 바람에 사람들이 뿔뿔이 흩어졌다. 마을 소개령疏開令 따라 저마다 살길을 찾아 떠도는 피난민같이. 이제 더 이상 고향으로서의 의미가 없어졌다. 부모님은 다 돌아가셨고, 10년 가까이 제주도에서 살았기 때문에 사람들과도 연락이 되지 않았다. 물리적인 고향은 그렇게 허망하게 사라지고 말았다.

"경상도 영주에 가면 고문석 선생 젊은 시절에 머물던 산막이 있네. 거기를 아는 사람은 아무도 없어. 이를테면 안전가옥 같은 곳이야."

"안전가옥?"

내부고발자 보호법이 적용된다면 갈 만한 곳이었다. 도대체 얼마나 위험한 상황이기에 안전가옥 운운하는 것일까.

"꼭 가야 합니까? 제주도에 숨어 있으면 안 됩니까?"

"거기가 가장 안전해. 거기에서 정오의 그림자처럼 숨어 지내게. 상찬계에서 자네를 노리고 있어. 해서 자네 고향에까지 사람을 보낼 걸세. 잔말 말고 내 말대로 해. 생활비는 내가 어떻게든 마련해보지."

"언제까지 있어야 합니까?"

"내가 연락하기 전에는 절대 제주로 들어오면 안 돼. 자신을 돌아볼 기회가 될 거야. 누구에게나 그런 시간이 필요하지. 참고로 말하자면 고문석 선생은 그곳에서 인생이 바뀌었네. 일테면 터닝 포인트였다고나 할까?"

"터닝 포인트요?"

제주에 관한 소식은 산막에서 간간이 와이브로로 접속해서 인터넷으로 확인할 수 있었다. 동면 상태의 동물처럼 느리지만 그런대로 웹페이지가 거물거물 열렸다.

김 교수가 자살하고 상찬계의 내부고발자가 됨에 따라, 제주도는 한동안 혼란 상태를 보이다가 몇 달쯤 지나면서 잠잠해졌다. 상찬계나 도지사가 도덕적 타격만 입었을 뿐이었다. 더 이상 누구도 김 교수의 양심선언을 거론하지 않았다.

상찬계에서 손을 쓴 것인가. 하긴 무려 200년간 이어진 비밀 모임이 내부고발자 한 명 때문에 깨지겠는가. 제주도 곳곳에 상찬계와 연결된 사람들이 암세포처럼 퍼져 있는데, 단칼에 잘릴 리가 있겠는가. 이런 상황이 지속된다면 제주도로 돌아갈 수 없다. 영영 돌아가지 못할 수도 있다. 불길한 예감이 들었다.

예상대로 사무관으로부터 기별은 오지 않았다. 불가지론不可知論자들. 신神에 대해 알기가 불가능하다고 주장하는 자들. 그 회의론자들의 주장에 따르면, 어떤 방법을 동원해도 신에 대해 알 수가 없다. 제아무리 토굴에 들어가 기도로 밤을 지새우고 투쟁에 나서도 신은 모습을 드러내거나 계시를 보내지 않는다.

불가지론 같은 회의론. 아무리 노력해도 안 된다는 것. 조생전을 발표해도. 양심선언을 하고 자살을 해도. 만덕 할망조차 그토록 깨려 했던 상찬계. 200년 동안 비밀로 전해지다가 최근에야 추악한 실체를 수면 위로 드러낸 상찬계. 하지만 여기까지가 딱 한계다. 더 이상 할 수 있는 일이 없는 것이다.

하지만 나나 사무관이나 고문석이나 최선을 다했다. 지운이라고 그랬다. 인간이 최선을 다하고 지운을 기다릴 뿐이다. 인력만으로는 되지 않는 것이다. 억지로 발악해도 불가능하다. 성서에서처럼 예수를 계시로 내려준다면 모를까. 한 인간이 신의 속성을 지닌 채 은혜로 태어난다면……. 그게 지운일까.

그나저나 핑크는 어떻게 지내고 있을까. 작별 인사도 제대로 전하지 못했는데. 빨리 제주로 돌아가고 싶은 심정뿐. 정말이지.

그로부터 1년 뒤

'탐라의 사생활'

나는 단호하게 마침표를 찍고 이렇게 소설 제목을 달았다. 사실, 완성이라고 볼 수는 없었다. 결론이 나지 않았으므로. 지금도 계속되고 있으므로. 허무주의로 끝낼 수는 없었다.

소설 마지막 부분이 마음에 들지 않았다. 이 작업을 하는 데에만 꼬박 10개월이 걸렸다. 하루 종일 매달리다시피 해서 기억을 되살리고 기록을 찾았다. 그렇게 해서 글이 풀리지 않으면 상상을 가미했다. 소백산 기슭의 산막에서. 절망적이었다. 어차피 바뀌지도 않을 건데 이따위 글은 써서 무엇하나 하는 회의가 밀려들었다. 하지만 기록을 남긴다는 측면에서 누군가는 해야 할 일이었다.

1년 가까운 기간 동안 나는 외부와의 접촉을 끊은 채 칩거 생활에 들어갔다. 깊은 골짜기 산막. 영주시 풍기읍 비로사 입구에서 민박집을 거쳐 30여 분을 걸어 올라가야 하는 오지 중의 오지. 인근 여섯 채의 가옥 중 두 집에만 사람이 살고 있는 700미터 고지의 소백산 중턱. 여기가 한때 고문석이 부모의 원수를 갚기 위해 깊은 산으로 숨어들어 무술을 연마하는 칼잡이처럼 머물며 공부했던 곳이었다. 마음 수긋하게 다스리고 높은 학문적 성취를 위해 뼈를 깎고 눈물을 참으며 인내했던 곳이었다.

다행히 작년 가을부터 전기가 들어와 TV 시청이 가능해졌다. 노트북도 사용할 수 있었다. 유선전화가 설치되지 않는 지역이라 인터넷은 연결이 되지 않았다. 매일 두 시간씩 운동 삼아 산을 오르내리다 보니 근육이 실팍하게 오르고 호흡도 좋아졌다. 담배 연기에 시달린 폐가 정화되는 느낌이었다.

먹거리는 풍기 읍내에서 사와야 했다. 제주에서 부산으로 실어온 지프차를 타고 20여 분 나가야 했다. 물건을 사면 차를 산 아래에 주차하고, 30여 분 동안 히말라야 셰르파sherpa처럼 나무 지게에 등짐을 지고 올라와야 했다. 모든 나날이 운동의 연속이었다. 몸을 움직이지 않으면 그 어떤 것도 쟁취할 수 없었다.

겨울 지나 봄이 되니 주위가 온통 고로쇠 수액이나 냉이, 달래 등 각종 취나물이 다투어 피어났다. 개두릅, 땅두릅, 당귀나무, 고사리도 넘쳐나서 고추장 하나만 있어도 밥을 먹을 수 있었다. 제주에 살 때 무심코 지나쳤던 것들이 자꾸 눈에 들어왔다. 자연이 이토록 많은 것을 인간에게 제공해주다니 놀랍기만 했다. 또

한 1년 넘게 버틸 수 있는 장작더미가 쌓여 있어서 창고에 쌀가마니가 그득 찬 것처럼 든든했다.

지난 4월 28일에는 큰 눈이 왔다. 다음 날 날씨가 좋아 금방 녹았고, 5월 2일에도 많은 눈이 내렸다. 무려 일주일 동안이나 꼼짝 못하고 집에 갇혀 지냈다. 야트막한 산막 위로 눈이 내리니 한 살배기 말라뮤트가 지꺼져 팔짝팔짝 뒤까불었다. 알래스카 썰매견 유전인자를 지닌 녀석이 고향 생각 떠올라 즐거운 모양이었다. 여차하면 어깨를 불끈 일으켜 세우고 산막을 끌어 어디로든 달려나갈 것 같았다.

산막 생활 초기에 풍기읍 가게에서 분양받은 3개월 된 말라뮤트 순종이었다. 처음에는 녀석도 나처럼 산 생활이 어색했는지 얼굴에 음울한 그림자 같은 게 드리워져 있었다. 우울증에 시달리는 환자처럼 배를 바닥에 깔고 엎어져 삶이 지루해 죽겠다는 듯이 하품만 해댔다. 주위에서 새소리가 들려도 귀찮다는 듯 커다란 눈만 슴벅거렸다. 땅바닥에 철퍼덕 내려놓은 꼬리를 뒷다리 사이로 말아 넣은 폼이 겁을 집어먹은 눈치였다.

혼자 살기에 적적하고 무섭기도 해서 들인 녀석이었다. 한 달 후에 풀어놓았더니 천방지축 노루를 따라 뛰노느라 몇 시간씩 사라졌다가 늦은 밤이 되어서야 귀가하곤 했다. 그나마 집을 잊어먹지 않는 게 다행이었다.

6개월이 지나자 30킬로그램의 거구로 변했다. 다음부터는 무서운 게 없는 모양이었다. 산 곳곳에 굵고 구불구불한 똥을 싸놓고 네 발로 땅바닥을 박박 긁어댔다. 야생성을 회복한 듯 산 전체를 짓까불며 휩쓸고 다녔다. 아침에 나갔다가 저녁에 들어오는 게 친구라도 사귄 모양이었다. 따로 밥을 준비해주지 않아도 되었다. 다른 데에서 뭘 주워 먹고 다니는지 사료에는 손도 안 대고, 앞다리 위에 턱을 올려놓은 채 잠이 들었다.

큰 눈이 내리는 모습을 창밖으로 바라보며 나는 제주를 떠올렸다. 네모난 창 주위로 하얗게 성에가 끼어 있었다. 그리웠다. 중산간의 오름과 1100도로, 제2산록도로를 미친 듯이 달리고 싶었다. 장마철 온 섬을 감싸는 안개도, 서귀포 도서관에서 바라본 한라산의 고고한 자태도 그리웠다. 성산일출봉, 성읍마을의 일관헌 팽나무, 산방산 산방굴사의 약수, 신비의 숲 비자림의 새천년비자나무. 모두 그리웠다. 눈물이 날 지경이었다.

나는 담배를 피워 물었다. 뽀얀 성에 뒤로 포근하게 잠든 말라뮤트 녀석을 바라보고 있으니 공연히 심술이 났다. 주인은 향수병이 도져 잠을 못 이루는데, 녀석은……. 달려나가 발로 녀석의 배때기를 걷어차 주고 싶었다.

한라산에도 눈이 많이 내렸겠지. 올해는 전국 곳곳에 봄 늦게까지 눈이 내리고 있으니. 기상이변이 속출하고 있었다. 20년 만에 찾아온 이상 한파라 했다. 1100도로 눈꽃이 예술인데……. 핑크도 보고 싶었다. 단발머리에 깊고 까만 눈동자를 가진 핑크. 서귀포 도서관 향토자료실에도 들르고 싶었다. 책을 읽고 싶어 미칠 지경이었다. 책상에다가 책을 방호 진지처럼 쌓아두고 그 안에 쏙 들어가 허발하듯 책장을 넘기고 싶었다. 정말이지 겨울잠을 자러 가는 늙은 곰처럼 시간이 무기력하게만 느껴졌다. 제주에 가고 싶어 죽을 지경이었다. 금단 현상이 이런 걸까, 하는 생각.

하루 종일 말 한마디 안 하고 지낸 것도 1년 가까이 되었다. 이러다가는 말하는 법을 잊어버릴 정도였다. 소설을 읽어줄 사람도 없었다. 어느 밤에는 말라뮤트 녀석을 상대로 소설을 낭독해볼까 시도해봤지만, 녀석의 반응은 시큰둥했다. 녀석은 소설 따위에는 관심이 없어 보였다. 밤낮없이 산 곳곳을 뛰어다니는 통에 피곤한지 귓구멍 오지게 틀어막고 애먼 노루를 향해 컹컹 짖기 일쑤였다. 진득하게 엉덩이를 붙이고 앉아 대화를 할 의사도 없어 보였다.

또다시 서귀포에 처음 갔을 때로 돌아간 느낌이었다. 서귀포 생활 5년 중에, 아는 사람이 없어서 아무와도 대화를 하지 않고 보낸 그 1년의 시간. 그 기간 동안 많은 것이 변했다. 적어도 인생이 몇 년 간격으로 반복되는 느낌이었다.

*

그렇다. 유배 생활이다. 나는 책상머리를 탁 치고 말았다. 집에 갈 수도 없고, 임금을 찾아뵐 수도 없고, 가족과 친구를 만날 수도 없는 애처로운 상황. 하루 종일 누구와도 대화할 사람이 없을 만큼 고립된 상태. 갑자기 내가 유배지에 머물고 있는 거로구나, 하는 혼잣말이 귓전을 때렸다. 뼛속 깊숙이 유배인의 심정을 깨닫고 말았다.

그 순간 증보탐라지 79페이지의 예언이 눈앞에 홍보 현수막처럼 펼쳐졌다. 예언은 막힘없는 문장으로 날아들었다. 신비로운 경험이었다.

유배 간 아들이 돌아오는 날,

여기까지는 일부 진행되었다. 앞으로 일이 어떻게 풀릴지 아무도 예측할 수 없었다. 내가 예언의 당사자였다니……. 유배가 풀려 제주도로 돌아가는 날 많은 게 변해 있을 것이었다. 다음에 일어날 일은 요컨대 이것일 터였다.

자손이 다시 탄생하는구나.

무슨 뜻인지 알 수 없었다. 어차피 나의 역할은 여기까지였다. 나는 단지 돌아가기만 하면 된다. 조생전 ①편 말미에서 이재수 찰리사가 김익강에게 한 말 한마디 한마디가 심중에 돋을새김으

그로부터 1년 뒤

로 새겨졌다.

부디 다른 방도를 생각해보시오. 당신들, 탐라 사람들
의 내부 문제니 당신들이 풀어야 할 것이오.

그 태풍의 중심에 사무관이 놓여 있을 터였다. 핑크 역시 미약
하나마 제 몫을 하려고 힘을 보태고 있을 것이었다. 돌아간 고문
석까지 해서 세 명의 탐라 사람들이 들러붙어 있었다. 거기에 보
이지 않는 지운이 지원 사격에 나서고.
　그나마 달마다 사무관이 보내주는 생활비가 꼬박꼬박 들어오
는 것으로 보아 나를 잊진 않은 모양이었다. 집어등 환히 밝힌
오징어 배처럼 어깨에 힘을 빼고 무한정 기다리는 수밖에.

*

이후 나는 제주도 일간지 홈페이지에 들어가지 않았다. 눈이
멀어지니 마음이 멀어졌다고 할까. 신문을 들여다봐 봤자 만날
그 사건이 그 사건이었다. 대신 제주에 머무를 때의 기억이 산발
적으로 떠올랐다. 배타적인 섬사람들로부터 받은 상처 따위가
아니었다. 그것은 제주라는 섬의 현실이자 사생활일 뿐이었다.
내가 좋아한 것은 그 사람들이 아니라 제주도 자체였다. 다시 돌

아간다 해도 그 사람들과 잘 지낼 수 있으리라 생각되지 않았다.

내게는 좀 더 시간이 필요해 보였다. 솔직히 말해 자신이 없었다. 그 사람들과 잘 어울릴 자신이. 나는 늘 벌옻 같은 삶을 살았다. 정식 판에 끼지 못하고 주변을 배회하며 흉내만 냈다고나 할까. 대한민국 어딜 가도 마찬가지일 것이었다.

그러고 보니 유배란 말과 터닝 포인트란 말이 이웃사촌처럼 잘 어울린다. 그래, 제주에 머물렀다가 떠난 게 내 삶의 터닝 포인트가 되었다. 제주도 사람에 대한 불만도 별로 없었다. 아니 불만은 있지만, 그 안에 주저앉아 있을 생각은 없었다. 그것은 섬에 숨어 있는 사생활일 뿐이었다. 나에게도 곧 그런 사생활이 생길 것이다. 나만의 혼연한 사생활이. 소백산 기슭에서 머무는 1년 동안 그 사실을 깨닫고 말았다.

사무관이 제주로 나를 불러들이는 날까지, 부디

별일 없는 거지? 잘 지내야 돼.

나마스테, 서귀포.

그리고 핑크.

불편한 진실에 이르는 험난한 여정

김동윤 문학평론가, 제주대 교수

1. 신예 이야기꾼이 내놓은 야심작

조중연 작가와 만난 지도 어느덧 6년이 되었다. 그는 '제주작
가 신인상' 소설 부문에 응모했고 나는 김병택 평론가와 함께 심
사를 맡았다. 그때 조 작가의 「무어의 집」을 접하고는 무릎을 쳤
다. 이야기를 끌어나가는 솜씨가 여간 만만치 않게 느껴졌다. 독
자에게 끝까지 긴장감을 늦추지 않게 하는 힘이 범상치 않았다.
주저하지 않고 당선작으로 선정했다.

그는 언제나 웃음을 잃지 않으면서도 작품 구상과 관련해서는
진지한 토론을 즐기며 발품을 아끼지 않는, 충청도 출신의 약
간 촌스런 사나이였다. 이후 그는 제주의 역사와 관련된 장편을
썼다며 일독을 청하는 일이 몇 번 있었고, 나는 어쭙잖은 독후감
을 뇌까리곤 했다. 그중 장편 공모 최종심에 몇 번 올랐던 『향기

로운 봄날』은 아주 괜찮은 작품이어서 어서 단행본으로 출판되면 좋겠다고 생각하고 있었다.

그런데 얼마 전 그는 『탐라의 사생활』을 들고 찾아왔다. 일단 읽기 시작하니 눈을 뗄 수가 없었다. 매우 흥미진진한 스토리일 뿐만 아니라 메시지가 퍽 묵직했다. 사회에 던지는 파장도 대단할 것 같았다. 공을 많이 들인 야심작으로, 그의 출세작이 되리라고 감히 예견한다.

2. 잘린 나무에서 진실의 싹이 움트기까지

이 소설은 매우 강력한 흡인력을 가졌다. 역사와 현실을 넘나드는 가운데 시종일관 독자를 긴장시킨다.

프롤로그에서 작가는 적당한 정도의 밑밥을 던져 놓았다. 빗속에서 한 사내가 한라산자락의 소나무 밑에 구덩이를 파서 어떤 문서가 담긴 항아리를 묻는다. 그때 '돌래지 가면'의 한 무리가 나타나 그를 살해하고 문서를 탈취한다.

이렇게 던져 놓은 프롤로그에 이끌려 독자들은 시나브로 이야기의 탄탄한 그물 속으로 질주한다. 도대체 어떤 문서이기에 죽음까지 몰고 왔을까? 죽은 사내는 누구일까? 돌래지 가면의 실체는? 소나무에 얽힌 사연은?

작가는 이런 의문의 추적을 이형민에게 맡겼다. 도청 공보실에서 계약직으로 일하는 이형민은, 작가 조중연처럼, 충청도 출신에다 무연고의 제주섬에서 제주의 역사와 문화에 관심을 가진 노총각 소설가다. 독자들은 이형민을 따라 이야기의 실타래를 하나하나 풀어가는 가운데 놀라운 진실을 향해 나아간다.

소나무의 사연은 뿌리가 깊다. 이형민은 『제주도』지 원고 수합차 서귀포 다녀오는 길에 아라동의 '제대 소나무' 제거 작업을 목격한다. 이 소나무는 200년 가까이 된 해송으로, 도로 확장 공사 실시에 따라 보존이냐 제거냐 시비가 있던 중에 누군가 제초제를 투여하여 악의적으로 말라죽여 버렸다. 『증보탐라지』 79쪽을 추적하던 이형민은 고정념이 그 부분을 집필했으며, 1954년에 바로 그 소나무에서 희생되었음을 알아내게 된다.

의문의 죽임을 당한 고정념은 누군가? 그는 담수계의 일원으로 『증보탐라지』의 명소고적 편을 집필한 향토사학자였다. 그는 문제가 된 79쪽의 사본을 아들에게 남겨둔 채 피살되었다. 그 아들이 『제주도』지 특집 원고 집필 예정자인 고문석이요, 고문석의 딸이 핑크, 바로 이형민이 관심을 두는 여자다.

어린 고문석은 아버지에 이어 어머니마저 여의게 되었다. 그는 그것이 모두 아버지가 황급히 전해준 문서와 관계가 있으며, 거기에는 어떤 거대한 세력의 음모가 있음을 감지했으나, 그걸 세상에 알리기 위해선 '지운地運'이 열릴 때를 기다려야 했다.

그 '때'는 60년 가까이 지나서야 비로소 찾아왔고, 임종에 즈음하여 이형민과 사무관의 도움을 얻으면서 음모와 진실을 만천하에 드러내는 계기를 마련하게 된다.

그렇다면 죽음을 불러온 그 문서의 실체는? 『증보탐라지』 79쪽에 삭제된 부분은 문제의 아라동 소나무(閏月의 木)와 관련된 내용이었다. 고정념은 소나무에 세워졌던 비문의 내용을 소개하려다가 피살된 것이다. 비석에는 "윤월閏月, 바다의 나무가 쓰러지면 지운地運이 열린다. / 유배流配 간 아들이 돌아오는 날, 자손子孫이 다시 탄생誕生하는구나."라는 문구가 새겨져 있었다.

비문이 왜 문제가 되었을까? 비문에 언급된 '바다의 나무'는 제대 소나무였는바, 그것은 18세기 후반에서 19세기 초반까지 전개된 일련의 역사적 상황을 말하는 것이면서, 그 이후에도 지속적으로 막강한 영향을 끼쳐온 어떤 세력과 관련된 경계의 표현이기도 했다. 그런 비문의 내용이 알려질 경우 자신들에게 치명적인 타격을 줄 수 있다고 염려하는 세력이 있었다. 바로 돌래지 가면을 쓴 세력이다.

돌래지 가면으로 상징되는 그 세력은 '상찬계相贊契'를 말함이다. 그것은 제주섬의 토호들로 이루어진 비밀 결사 모임이었다. 실제로 이 상찬계는, 근래에 이강회李剛會의 『탐라직방설耽羅職方說』이 소개되면서 학계에 알려지게 되었으며, '양제해梁濟海 모변 사건'에 대한 새로운 해석의 자료로 주목받았다. 양제해가 상

찬계의 폐해를 막기 위해 등소等訴를 도모하던 도중에 윤광종의
사전 고변으로 인해 미리 관가에 체포되어 급기야 옥사하는 일
이 발생하자, 상찬계와 목사가 이를 모변 사건으로 꾸며서 조정
에 보고했다는 것이다.

이 작품은 『탐라직방설』의 '상찬계 시말'을 바탕 삼아 그것을
훨씬 뛰어넘는 과감한 상상력이 발휘되었다. 의녀요, 거상이요,
노블레스 오블리주의 표상으로 널리 각광받고 있는 김만덕金萬德
을 그 중심에 서도록 함으로써 독자들의 민감한 촉수를 화들짝
놀라게 한다.

작가가 내세운 것은 새로운 「만덕전萬德傳」, 아니 『조생전曹生
傳』이다. 제1부에는 구체적으로 김만덕의 행적을 담아낸 「만덕
전」을 내보였고, 제2부에는 그것을 수록한 『조생전』 전체 내용을
마저 소개하면서 충격적인 사건의 전말을 풀어내었다. 물론 『조
생전』은 실제 전해지는 책이 아니다. 조신선曹神仙은 책장수로
유명했던 실존인물이긴 하지만, 이 소설 속의 『조생전』은 꾸며낸
텍스트다. 추재秋齋 조수삼趙秀三(1762~1849)의 「육서 조생전」
과는 다른 것이다. 이 작품에서 『조생전』은 조신선의 제자가 직
접 취재해서 쓴 이야기로 설정된다. 조신선은 『탐라직방설』을 접
하고는 그것이 상찬계와 김만덕의 관련성을 제대로 밝히지 않았
음을 알고서 제주섬 현장취재와 집필을 제자에게 부탁했다. 조
신선은 상찬계 발족을 지켜본 인물이었기에, 그리고 만덕과의

인연이 각별했기에 일련의 상황을 좀 더 구체적으로 전해야 한다는 소신을 가졌던 것이다.

『조생전』이 오늘날에 전해지게 되는 과정은 매우 극적이다. 조생의 제자는 만덕이 건네준 자료와 스스로 직접 취재한 내용을 종합해서 『조생전』을 완성한다. 만덕의 치부 과정과 구휼, 상찬계의 결성과 활동, 만덕과 조신선의 인연, 홍랑의 사랑과 죽음, 양제해 사건의 전모 등이 모두 거기에 담겨 있었다. 그리고 그것은 석공 서씨에게 은밀히 전해진다. 지운이 열릴 때까지 제주섬에 있어야만 가치가 빛날 것이라고 했다.

존재를 숨긴 채 잠들어 있던 이 책은 세월이 흘러 마침내 운명처럼 고문석에게 발견되었다. 서씨가 동강난 돌하르방 사이에 집어넣고서 보수해 놓았기에 미궁 속에 영원히 갇힌 것이나 다름없었는데, 청년 고문석이 시위 도중에 다시 동강난 돌하르방을 만나면서 그것을 손에 넣게 된 것이다.

『조생전』은 또한 소설적 현재에서도 엄청난 폭발력을 지닌 존재다. 김만덕은 오늘날 거의 신적인 존재가 되어버렸는데, 『조생전』은 그를 결함과 과오도 있는 인간적인 존재로 인식할 수 있게 만들었다. 『조생전』이 만덕을 뇌꼴스럽게까지 묘사했으니 사회적 파장은 엄청났다. 게다가 상찬계는 제주사회에서 여전히, 더욱 강력하게 존재하고 있다. 1950년대에 『증보탐라지』 편찬 과정에서도 그랬듯이, 제주특별자치도 기관지인 『제주도』지 발간

과정에서도 물밑싸움이 치열하게 전개된 것은 상찬계의 위세 때문이었다.

결국 이 소설의 매력은 무엇보다도 김만덕 이야기의 새로운 해석, 그것의 현대적 의미에 있는 것으로 판단된다. 그것은 매우 충격적인 상상력이 아닐 수 없다. 역사자료의 적절한 활용과 추리소설적인 기법이 그 흥미를 배가시켰음은 물론이다.

3. 낯설게 다가선 인간 김만덕의 면모

이 소설에서 김만덕은 크게 두 가지 점에서 독자들에게 낯설게 다가선다. 그 하나는 상찬계와의 관련성이요, 다른 하나는 여인으로서의 지고지순한 사랑이다. 이러한 낯설음이야말로 이 작품의 강력한 특징이다.

상찬계를 김만덕과 연계하여 소설에 수용한 게 이번이 처음은 아니다. 현길언의 장편 『섬의 여인 김만덕, 꿈은 누가 꾸는가?!』(2012)는 상찬계의 권모술수에 어려움을 겪는 피해자로 만덕을 그린 바 있다. 그곳에서의 김만덕은 상찬계의 온갖 악행을 극복하며 그에 맞서 제주의 목민관에게 선정을 베풀도록 영향력을 행사한 인물로 나왔다. 상찬계가 사건을 새로이 꾸미는 구실을 하긴 했어도, 그것이 김만덕이라는 캐릭터에 별다른 영향을 끼친 건 아니라는 말이다.

그러나 조중연의 『탐라의 사생활』은 확연히 다르다. 이 소설에서 김만덕은 상찬계의 한복판에 있다. 상찬계 결성은 홍랑이 김시구 목사로 인해 억울하게 죽은 일에서 비롯되었다. 유배 중인 조정철을 제거하기 위해 제주목사를 자원한 김시구는 조정철에게 대역죄를 뒤집어씌워 초주검으로 몰고갔는데, 그를 사랑하여 딸까지 낳은 홍랑이 극진한 보살핌으로 살려놓았다. 이에 분기탱천한 김시구는 홍랑을 잡아다가 때려죽이고 말았다. 만덕은 울분을 토했다. 남의 고을에 와서 정적을 제거하려고 멀쩡한 홍랑을 죽이고 역적모의를 했다고 꾸민 데 대해 참을 수 없었다. 더구나 자신도 조정철에게 식량을 제공한 사실이 있기에 마냥 두고 볼 수만은 없다고 판단했다. 결국 제주 향리와 한양의 관리를 돈으로 매수하여 김시구 제주목사를 파직시키는 데 성공한다.

"더 강해져야 한다고 생각했습니다. 제주도 안에서 가장 광포한 신을 가지고 있어서 아무도 함부로 나대지 못하도록 말입니다. 외지에서 오는 고위 관리들이 제멋대로 행동하지 못하게 말입니다. 제주목사가 함부로 백성을 죽일 수 없도록 말입니다. 그게 제주 백성을 위한 길이라 생각했습니다."(181~182쪽)

만덕은 이후 상찬계 모임 결성을 주도하게 된다. 제주목 이방

과 세 고을 아전 등 10명이 만덕의 주선으로 만덕의 산지천 객주
의 비밀장소에서 첫 회합을 가진다. 그들이 상찬계를 결성한 이
유는 분명하다.

> "(…) 나라에서 하는 일이 이토록 가소로우니 우리가 서로 힘
> 을 합하여 제주도의 왕이 됩시다. 우리 계대 스스로 왕이 되잔
> 말입니다. 제주목사는 시간만 때우는 허수아비에 불과합니다.
> 우리가 서로 힘을 합쳐서 제주도를 지키고 스스로 왕위에 오릅
> 시다."
> "옳소. 우리가 힘을 합쳐서 왕이 됩시다. 서로 부유하게 됩시
> 다."(189쪽)

당하고만 살 수 없다는 것, 나랏일이 가소로우니 스스로 지켜야
한다는 명분을 내세웠다. 이에 대해 당시 산지천 객주에 머무르다
가 우연히 상찬계 탄생 과정을 접하게 된 조신선은 만덕에게 심각
한 우려를 표명한다. 하지만 만덕의 생각은 흔들리지 않는다.

> "제주도는 좁은 곳입니다. 다른 방법으로는 살아갈 수 없습니
> 다. 솔직히 배를 타고 들어오는 외지 상인을 믿을 것입니까, 1년
> 의 임기만 끝내면 뒤꽁무니 내뺄 궁리만 하는 제주목사를 믿을
> 것입니까? 아니면 나으리처럼 뿌리 뽑혀 흘러다니는 방랑자를

믿어야 하겠습니까?"(195쪽)

만덕은 결국 상찬계의 정신적 지주요, 금고를 관리하는 물주가 된다. 이후 상찬계 세력은 점점 커져 난공불락의 조직이 된다. 양제해의 등소 모의 사건을 모변으로 돌변시키는 일도 서슴지 않는다. 이재수 찰리사는 상찬계의 실체를 알면서도 이를 타파하지 못했다.

200년 동안 세기의 위인이라 전해진 김만덕이 상찬계 비밀 모임의 창시자나 다름없고, 그 비밀 모임이 지금까지 이어져 자기들끼리 제주도를 좌지우지했다는 사실은 독자들을 충격으로 몰아넣기에 충분하다.

거기서 멈췄다면 만덕은 매우 부정적인 인물로만 비춰질 수도 있다. 하지만 만덕은 점점 상찬계의 폐해를 절감하여 그것을 타파할 기회를 엿본다. 갑인년에 전 재산을 내놓아 굶주리는 백성을 구휼하는가 하면, 급기야 양제해에게 상찬계를 깨줄 것을 부탁한다.

김만덕의 사랑 또한 이 소설에서 주목되는 부분이다. 그의 사랑은 홍랑의 사랑과도 관련이 있다. 조정철과 홍랑(홍윤애)의 사랑은 실제로 꽤 널리 알려진 순애보인데, 여기서는 홍랑이 만덕의 수양딸로 나오는 점이 특이하다. 조정철을 살리려고 죽기를 각오하는 홍랑에게 만덕은 지청구한다.

"도대체 정철이 뭐가 그렇게 좋더냐? 네 목숨보다 더 중요하 단 말이냐?"

"알고 계시면서 그런 말 하지 마세요. 어머니 같은 분이 평생 사랑이 무엇인지 알기나 하겠어요?"

"무슨 놈의 얼어 죽을 사랑 타령이냐. 사랑이 밥을 먹여주느 냐, 돈을 가져다주느냐?"(156쪽)

만덕은 사랑 타랑 말라고 홍랑을 질책하지만, 사랑을 위해 목 숨을 던지는 수양딸을 안타깝게 지켜보게 된다. 만덕도 결국 사 랑의 힘에 의해 삶의 전환이 모색된다. 그는 조신선을 연모하고 있었다. 조신선의 우려가 점차 현실화됨에 따라 상찬계와는 다 른 행로를 도모한다. 만덕이 전 재산을 내놓고 구휼한 선행은 육 지로 나갈 계획을 세우려고 한 행동과 무관하지 않았다.

"내가 전 재산을 팔아 당신을 만나러 한양에 왔기 때문입니 다. 당신을 만나기 위해서 모질게 6년의 세월을 참고 견뎌냈습 니다. (…)"(358쪽)

만덕에게 조신선은 "평생을 그리워해도 좋은 남자"(357쪽)요, "오랜 세월, 그리워한 당신"(359쪽)이었던 것이다. 만덕은 상찬 계를 부수는 모습을 보여주고 싶어 제주에 내려오길 간청하지만, 조신선은 외면했다. 하지만 사랑의 힘은 컸다. 조신선이 제주로 오지는 않았어도 만덕은 결심을 실천하려고 노력했다. 만덕은 양제해에게 '상찬계의 독이 백성들에게 민폐를 끼치니 장차 도래할 불행을 막아보라'며 일을 꾸며놓고 생을 마감한다. 사후 1년 여 지나서 양제해 사건이 벌어지는바, 양제해 사건이 김만덕과 관련되었음을 분명히 보여주고 있다.

이처럼 이 작품은 다른 어떤 텍스트보다도 김만덕의 인간적인 면모가 진지하게 탐색되었다. 김만덕이 비로소 이 소설로 인해 화석화되지 않은 인물로 다시 태어날 수 있게 된 셈이다.

4. 여전히 계속되는, 제주섬의 안타까운 현실

작가는 "이 글은 소설이며, 소설로만 읽혀야 한다"고 '일러두기'에서 강조했지만, 이 글은 소설이되 소설로만 읽히지는 않을 것이다. 어느 누구도 현실의 삶과 연계시키지 않고서 소설을 읽지는 않기 때문이다. 특히 이 작품은 특정의 역사와 현실을 진지하게 끌어왔음이 주목되기에 더욱 그러하다. 세부적인 사항들이 정확히 실제에 부합되는 것은 아니지만, 이야기의 큰 틀은 역사와 현실에 대한 예리한 일침으로 읽힌다. 다만, 소설을 실제와 구별하지 못하는 어리석음으로 허튼 시비를 일삼지 말라는, 지극히 당연한 말을 작가가 당부하고 있는 것이다. 그만큼 민감하게 수용될 수 있는 사안들이 잔뜩 다루어진 문제작이라고 하겠다.

소설적 현재에서 상찬계는 시퍼렇게 살아 있다. 제주도의 행정, 경제, 경찰 등 여러 분야에 암세포처럼 퍼져 있다. 지방자치가 되면서 수차례의 선거를 치르는 과정에서 조직은 더욱 단단해졌다.

현대에 와서는 더 살아남기가 편했다. 공식적인 정치 라인으로 인정받았기 때문이었다. 정치 라인이란 말 아래로 비밀 모임이 위장되어도 어색하지 않을 세상이 된 것이다. (…) 근래 들어 도지사가 계속 상찬계에서 나오고 지방자치가 되면서 경제적으로나 정치적으로 탄탄대로(…)(314쪽)

상찬계는 무소불위의 권력이다. 상찬계가 하고자 들면 못 하는 게 없다. 걸리적거리는 존재는 어떤 수단을 동원해서라도 없애버린다.

"방금 전에 제대 사거리를 지나다 보니 나무가 잘려서 시원하더군. 신호형 교차로가 생기면 깨끗하고 반듯한 도로가 될 거야. 탁 트인 도로가 되겠지. 시야가 확보되니까 답답하지 않을 테고. 숨은 일등공신을 소홀하게 대하면 안 되지."(168쪽)

제대 소나무의 제거도 상찬계의 소행이다. 소나무에 제초제를 투입하는 작업을 담당한 공무원을 승진시키라는 지시에서 보듯, 상찬계는 신상필벌信賞必罰도 확실하게 한다. 각계의 핵심 라인을 죄다 장악하고 있으니 인사권 정도는 마음대로 휘두른다.

> "(…) 우리 계에 속한 공무원만 해도 제주도의 40%에 육박하네. 고위직에서 말단 계약직까지. 그들의 궨당을 이용해야지. 자네가 도지사 옷을 벗으면 그들의 자리까지 위협받는다는 인상을 주란 말이야. 공포 분위기를 조성하란 말일세."(172~173쪽)

상찬계는 강정 해군기지 문제에도 깊숙이 개입한다. 도지사가 강정 해군기지 건설을 강행하자, 이를 반대하는 시민단체에서는 주민소환운동을 벌인다. 1/3이 투표하여 투표자 2/3가 찬성하면 도지사를 합법적으로 퇴진시킬 수 있기에, 그것을 해군기지 반대의 강력한 명분으로 삼고자 했던 것이다. 하지만 상찬계는 조직을 총동원하여 아예 투표장에 가지 못하도록 분위기를 조성함으로써 이 운동을 무력화시킨다.

> 투표 다음 날, 도지사는 쿠데타에 성공한 군인처럼 위풍당당하게 기자회견장에 모습을 드러냈다. 그의 복귀 운동을 도운 지지자들이 호위무사처럼 뒤따랐다. 세를 과시하듯 여러 분야의

지지자들을 삼지창처럼 뒤에 세워놓고, 도지사는 비장한 표정으로 업무 복귀를 선언했다. 처음 도지사 당선 소감을 밝힐 때처럼 목소리에 힘이 잔뜩 들어가 있었다. 도지사는 앞으로 해군기지뿐만 아니라 직무정지 기간 동안 밀린 도정의 현안을 강력하게 밀어붙이겠다고 열변을 토했다.(288쪽)

이후 『조생전』이 언론에 공개되면서 곤경에 처한 상찬계 세력은 그동안 충성을 바쳐온 김 교수를 몰아세우면서 약속했던 자리에 다른 사람을 앉히고는 그를 완전히 제거하려고 했다. 결국 그는 자살을 택했다. 그러나 죽기 전에 「상찬계, 제주도를 200년 동안 지배한 어둠의 세력」이란 글을 중앙 일간지에 기고함으로써 큰 파문을 일으킨다. 하지만 그런 충격도 오래가지 않았다. 제주도는 한동안 혼란 상태를 보이다가 몇 달이 지나자 잠잠해졌다.

불가지론 같은 회의론. 아무리 노력해도 안 된다는 것. 조생전을 발표해도. 양심선언을 하고 자살을 해도. 만덕 할망조차 그토록 깨려 했던 상찬계. 200년 동안 비밀로 전해지다가 최근에야 추악한 실체를 수면 위로 드러낸 상찬계. 하지만 여기까지가 딱 한계다. 더 이상 할 수 있는 일이 없는 것이다.(369쪽)

뜻있는 이들이 진실 규명을 위해 최선을 다했지만 현실은 달라지는 게 없어 보인다. 상찬계는 약간의 상처를 입은 채로 여전히 건재한 반면, 사무관과 핑크는 행방이 묘연하고 이형민은 소백산 기슭에 숨어 지낸다.

5. 자손이 다시 탄생하는 날

상찬계는 굳건한 카르텔이나 다름없다. 이 세상을 자신들만의 리그처럼 여긴다. 하고자만 들면 못하는 게 없는 세력을 자처한다. 그러니 만덕이 양제해에게 전하는 간절한 부탁은 현재의 시점에서도 여전히 유효하다.

> "꼭 깨지 못해도 괜찮아. 타협을 하지 말아야 해. 그놈들의 계략은 성기고 비열하고 간특하기 이를 데 없으니까. 하지만 누군가는 그런 시도를 자꾸 해야만 할 걸세. 그런 모습을 자꾸 백성들에게 보여줘야 하네. 어리석은 백성들이 자각할 수 있도록 말일세. (…)"(258쪽)

위의 전언을 곱씹어 보면, 만덕에게 양제해만 양제해가 아님을 알 수 있다. 고정념, 고문석, 사무관, 이형민, 핑크 등이 모두 양제해다. 이들은 왜곡을 바로잡으면서 불편한 진실에 다가서는 장정長征에서 일정한 역할을 수행했다. 만덕 이후 200년 세월이 흘러 고문석은 뼛속 깊은 신념을 피력한다.

"역사는 늘 왜곡되어왔지. 진실이 사람들을 불편하게 만들기 때문이야."

(…)

"누군가 반드시 바로잡아야 할 걸세."(106쪽)

이제 양일서를 떠올려 본다. 이 작품에서 보면, 양제해와 가족들이 몰살당했지만 넷째 아들 양일서만은 미리 도피함으로써 참화를 면하고 숨어 지내는 것으로 나온다. 성과 이름을 바꾸고 존재를 숨긴 채 살아야 했던 양일서는 자손을 남기지 않았을까? 고정념-고문석-핑크가 그 후손은 아닐까? 혹시 사무관은 아닐까? 아니면 우리 중의 누구일 수도 있겠다. 바로 당신일 수도!

언젠가 한라산에 오른 적이 있다. 생일이었고, 마침맞게 눈까지 축복처럼 쏟아져서 내심 지꺼진 날이었다. 나는 아이젠을 구입하고 등산용 지팡이를 장만했다. 그 사이 직장에 다니느라 이렇다 할 준비운동도 제대로 하지 못했던 터였다.

고향의 대둔산이나 계룡산 급으로 한라산을 생각했던 것이 애당초 오만이었다. 한라산 정상에서 내려다보는 서귀포의 풍광이 빼어나다 하여 정상까지 욕심을 내서 올라갔지만, 눈보라가 극심하여 서귀포는 고사하고 백록담조차 구경할 수 없었다. 하산하던 길은 또 어땠던가. 성판악 코스 내리막길의 계단에서는 급기야 무릎이 꺾이고 말았다. 동료들에게 약한 모습을 보여주기 싫어 이를 악다물고 하산하는 데까지는 성공했지만, 그로부터 이틀 동안 나는 병원 신세를 져야 했다.

모든 게 그랬다. 내게 제주도 생활이라는 것은 한라산을 오르내리는 일과 비슷했다. 무시할 의도는 없었지만 내 잠재의식 속에는 제주도를 낮잡아보는 관성이 똬리 틀어 자리하고 있었다. 그것은 은연중 툭 내뱉는 말 한마디에도 적나라하게 드러났다. 그때마다 나는 폐소공포증 같은 좌절과 극심한 정신병적 자아분열을 경험해야 했다. 그런 통절한 깨달음과 절상의 인내가 이 자리까지 오게 만들었다. 이것은 제주도 정착에 있어서 나만의 실제적인 신앙고백이다.

저녁 굶은 시어미처럼 살천스럽고 야멸친 제주도 문학판에 적응하기는 더 어려웠다. 허나 드디어 깨달았다. 책을 내는 순간 나는 작가가 되는 것이고, 작가는 그 무엇보다도 작품으로 존재증명을 한다는 만고불변의 진리를 깨달았다. 잘 꾸며 놓은 남의 저택 담 너머를 기웃거릴 것이 아니라, 청죽처럼 곧은 신념과 뼈를 깎는 인내심으로 참따랗게 길을 개척하다 보면 언젠가 정상에 이르리라는 사실 역시 깨닫고 말았다.

첫 책을 선보인다. 새색시처럼 수줍기도 하고 은근히 기대되기도 한다. 많은 고마운 분들이 계시다. 제주도의 여자 돌하르방 같은 김순이 시인, 그미는 내게 언제나 소재와 상상력을 제공해주신 문학적 어머니다. 또한 비빌 언덕을 만들어준 이종형 사무국장, 제주문단의 맏형으로 맵짠 김수열 시인, 늘 용기를 주며 지지해주는 김동윤 교수, 이외에도 걸쌈스러운 천둥벌거숭이 애정으로 다독여준 제주작가회의 여러 선배들 모두 감사하다. 아울러 삐뚤빼뚤한 글씨 바로잡아주신 충청도의 글지 강병철 소설가, 어려운 상황임에도 발간을 흔쾌히 허락해주신 삶창 출판사 관계자들께도 거듭 감사의 뜻을 전한다.

2013년 8월

햇빛 다사로운 서귀포에서

| 참고 자료 |

국사편찬위원회, 『한국사36 : 조선 후기 민중사회의 성장』, 탐구당, 2003

김순이, 「조정철 목사의 숨결을 찾아서」, 『제주도지』 109호

김영진, 「18세기 한양의 책거간꾼과 중국본 서적의 유통」, 인하대학교 한국학연구소, 2008

김정기, 「양제해와 제주 백성의 '모변'(1813) 다시보기」, 『탐라문화』 제34호, 제주대학교 탐라

문화연구소

김정선, 「옹중석 : 돌하르방에 대한 고찰」, 『탐라문화』 제33호, 제주대학교 탐라문화연구소

김준형, 「만덕 이야기의 전승과 의미」, 『제주도 연구』 제17집, 2000

김찬흡, 『제주사인명사전』, 제주문화원, 2002

담수계, 『증보탐라지』(영인본, 수정본, 역주본), 제주문화원

박찬식, 「양제해 모변과 상찬계」, 『탐라문화』 제33호, 제주대학교 탐라문화연구소

송승헌, 「탐라기행⑪ - 삼성혈과 녹나무의 인연」, 국정브리핑 인터넷기사, 2004

심노숭, 『눈물이란 무엇인가』, 김영진 옮김, 태학사, 2006

안대회, 『조선의 프로페셔널』, 휴머니스트, 2007

양중해, 「김만덕의 자선」, 『제주여인상』, 제주문화원, 1998

이강회, 『탐라직방설』, 현행복 옮김, 도서출판 각, 2008

이경채, 『김만덕』, 나무처럼, 2010

이영권, 『새로 쓰는 제주사』, 휴머니스트, 2005

이필완, 「달밭골 편지」, 당당뉴스(dangdangnews.com)

장혜련, 「심낙수 제주목사의 숨결을 찾아서」, 『제주도지』 113호.

정민, 「상찬계시말을 통해 본 양제해 모변사건의 진실」, 『한국실학연구』 제15호, 2008 전반기

제주도, 『도제 50년 제주실록(1945-1996)』

조성산, 「이강회의 탐라직방설과 제주도」, 『다산학』 제12호, 2008

조정철, 『정헌영해처감록』, 김익수 역, 제주문화원, 2006

현순실, 「제주민속문화의 재발견(상)」, 제민일보 연재.

현용준, 「濟州石像 '우석목(돌하르방)' 考」, 『제주도지』, 1963

현용준, 『제주도 사람들의 삶』, 민속원, 2009

blog.naver.com/johnmark